KB086387

제국이야기 티어문

단두대에서 시작하는 황녀님의 전생 역전 스토리

TEARMOON
EMPIRE STORY
WRITTEN BY
NOZOMU MOCHITSUKI

VII

모치츠키 노조무 지음
Gilse 일러스트

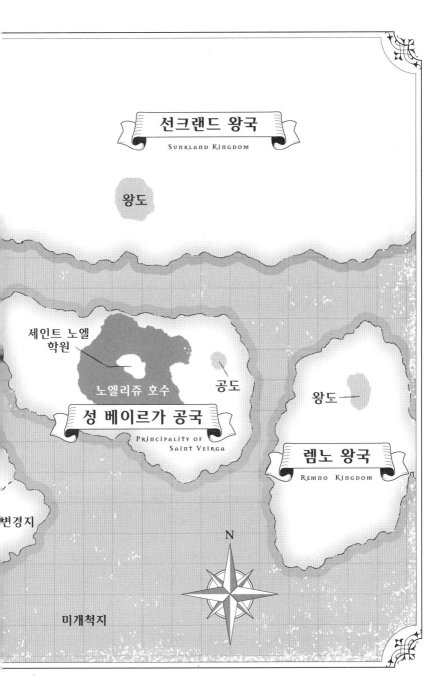

제3부 달과 별들의 새로운 맹약 Ⅲ

제 1 화 ◆ 미아 황녀의 방탕 축제 전편
~식탐입니까? 아뇨, 금지입니다~ 10

제 2 화 ◆ 미아 황녀의 방탕 축제 후편
~희망의 등불·기적의 추억~ 21

제 3 화 ◆ 지고의 색을 휘감고 나아가라! 여제의 길을! 37

제 4 화 ◆ 달과 별들의 다과회 ~이리하여 맹약은 맺어지다~ 69

제4부 그 달이 인도하는 내일로 Ⅰ

프롤로그 ◆ 버섯 냄비 요리로 시작하여…… 94

제 1 화 ◆ 미아 황녀, 정론을 말해버리다 99

제 2 화 ◆ 먹을 것의 원한은 무섭다 114

제 3 화 ◆ 여제파의 탄생
~미아의 오른팔, 다시 멋대로 움직이기 시작하다~ 120

제 4 화 ◆ 베르만은 미아의 신뢰를 손에 넣었다 139

제 5 화 ◆ 소심한 사람의 물량작전 156

번 외 편 ◆ 저 꽃은 어째서……? 160

제 6 화 ◆ 미아 황녀, 접대를 결의! 169

제 7 화 ◆ 어라? 사실 저는, 그때……? 185

제 8 화 ◆ 빵·케이크 선언 196

제 9 화 ◆ 상인의 섭리 202

제 1 0 화 ◆ 미아 할머니의 교육열 207

제 1 1 화 ◆ 과식이란, 즉…… 231

제 1 2 화 ◆ 소소한 복수 ~밑준비~ 242

제 1 3 화 ◆ 상인왕 샬로크 콘로그의 화려한 인생 255

제 1 4 화 ◆ 충신 안느, 마음을 독하게 먹다 260

제 1 5 화 ◆ 미아 황녀, 자신의 토실함을 깨닫다…… 274

제 1 6 화 ◆ 버섯 친구 286

제 1 7 화 ◆ 미아 황녀, 과일 따기를 엔조이하다 293

제 1 8 화 ◆ 케이크 성↔성 케이크   304

제 1 9 화 ◆ 두 사람은 황금의 언덕길을 올라간다   310

제 2 0 화 ◆ 제국의 예지에게서는 도망칠 수 없다   315

제 2 1 화 ◆ 미아의 네거티브 캠페인 대작전!   321

제 2 2 화 ◆ 미아 황녀, 타티아나에 찔리다 (……정신적으로)   327

제 2 3 화 ◆ 운명의 만찬회 ~버섯 삼연발~   344

제 2 4 화 ◆ 운명의 만찬회 ~가시처럼 좀먹는 것~   349

제 2 5 화 ◆ 저를 신뢰해주실 수 있을까요?   359

제 2 6 화 ◆ 대장군 미아의 가차 없는 잔당 청소   368

제 2 7 화 ◆ 미아 황녀, 팔을 붕붕 휘두르다   373

제 2 8 화 ◆ 실   379

제 2 9 화 ◆ 버섯 여제 미아의 응원   384

제 3 0 화 ◆ 페르쟝의 밤   393

제 3 1 화 ◆ 미아에게 휘말린 사람들   400

약속의 카티라   405

미아의 탄신제 일기   427

후기   430

권말 보너스 4컷 만화   434

권말 보너스 만화판 제14화 초반 미리 보기   435

티어문
제국 이야기

Tearmoon
EMPIRE
STORY

선크랜드 왕국

키스우드
시온 왕자의 종자.
시니컬한 성격이지만
실력이 좋다.

시온
제1왕자. 문무겸비의 천재.
이전 시간축에선 티오나를 도와
훗날 단죄왕으로 이름을 떨친
미아의 원수.
이번 삶에선 미아를
'제국의 예지'로 인정하고 있다.

조력

[바람 까마귀] 선크랜드 왕국의
첩보대.

[백아(白芽)] 어떤 계획을 위해 바람 까마귀 내부에
만들어진 팀.

성 베이르가 공국

지원

지원

라피나
공작 영애. 세인트 노엘 학원의
학생회장이자 실질적인 지배자.
이전 시간축에서는 시온과
티오나를 후방에서 지원했다.
필요하다면 웃는 얼굴로 살인할 수 있다.

[세인트 노엘 학원]
인근국의 왕후·귀족 자제가 모이는
엘리트 중의 엘리트 학교.

렘노 왕국

아벨
왕국의 제2왕자.
이전 시간 축에서는
희대의 플레이보이로 유명했다.
이번 삶에선 미아를 만나 진지하게
검 실력을 단련하기 시작했다.

[포크로드 상회]
클로에

여러 나라에서 활동하는
포크로드 상회의 외동딸.
미아의 학우이자 독서 친구.

혼돈의 뱀
성 베이르가 공국과 중앙정교회를 적으로 보며
세계를 혼돈에 빠뜨리려고 하는 파괴자 집단.
역사의 그늘 속에서 암약하지만, 상세는 불명.

STORY

붕괴한 티어문 제국에서 이기적인 황녀라 경멸받았던 미아는 처형당한 뒤
눈을 뜨자 12세로 돌아가 있었다. 두 번째 인생에선 단두대를 회피하기 위해
제국을 바로잡고자 동분서주. 과거의 기억과 주위의 착각 덕분에 혁명 회피에 성공한다.
그러나 미래에서 나타난 손녀 벨을 통해 생각지 못한 핏줄의 파멸과 자신이 암살당한다는 사실을 알게 된다.
회피하기 위해서는 제국 최초의 여성 황제가 될 필요가 있는 모양인데……?

티어문 제국

미아벨

미래에서 시간을 거슬러온
미아의 손녀딸. 통칭 '벨'.

원수

손녀와 할머니

미아

주인공. 제국의 유일한 황녀이자
제멋대로 굴던 황녀.
하지만 사실은 그냥 소심할 뿐.
혁명이 일어나 처형당했지만
12세로 회귀했다.
단두대 회피에 성공했지만,
벨이 나타나서는……?!

혁명

변
경
백
가
루
돌
폰

루드비히

젊은 문관. 독설가.
자신이 숭상하는 미아를
황제로 만들 생각이다.

원수

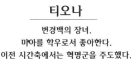

티오나

변경백의 장녀.
미아를 학우로서 좋아한다.
이전 시간축에서는 혁명군을 주도했다.

안느

미아의 전속 메이드.
가족은 가난한 상가. 미아의 충신.

세로

티오나의 남동생. 우수하다.

디온

제국 최강의 기사.
이전 시간축에서 미아를 처형.

사피아스

블루문 공작가의 장남.
미아 덕분에 학생회에 들어간다.

사대 공작가

루비

레드문
공작가의 영애.
남장미인.

슈트리나

옐로문 공작가의
외동딸.
벨이 사귄
첫 친구.

에메랄다

그린문
공작가의 영애.
자칭
미아의 절친.

※ ── 미래 시간축에서의 관계   ※ ……… 이전 시간 축에서의 관계

일러스트 — Gilse

제3부
달과 별들의 새로운 맹약 Ⅲ

THE NEW OATH BETWEEN THE MOON AND THE STARS

제1화 미아 황녀의 방탕 축제 전편 ~식탐입니까? 아뇨, 금지입니다~

성야제 날, 벨의 유괴로 시작한 위험한 음모의 밤을 넘어서 무사히 슈트리나를 구출하고……. 이어서 옐로문 저택에서 역사적인 회담을 마친 뒤 미아는 제도 루나티어를 향해 서둘렀다.

따그닥, 따그닥. 마차를 탄 미아는 턱을 괴고 우수에 젖은 표정을 짓고 있었다.

"앗, 미아 님. 보세요. 루나티어가 보이기 시작했습니다."

오랜만의 귀향에 기뻐하는 안느. 그런 안느를 향해 웃어주면서도 미아는 로렌츠와 나눈 대화를 떠올리고 있었다.

──결국 핵심까지는 아직 먼 것 같아요.

로렌츠의 입에서 나온 뱀의 무녀라는 인물……. 그리고 그 인물이 지니고 있다는 뱀의 교전, 땅을 기어가는 자의 서.

결국 얻은 정보는 그런 게 '있다'는 것뿐이고, 상황은 영 진전했다고 말하기 어려웠다.

로렌츠가 더 뱀에 깊이 심취해 있었다면 더 많은 정보를 얻을 수 있었을지도 모르지만, 처음부터 그리 순종적이지 않았던 그는 무녀를 만난 적도 없다고 한다.

"뱀을 어떻게 할 수 있게 되는 건 언제쯤일지……."

"미아 님?"

문득 정신을 차리자 코앞에 안느의 얼굴이 있었다. 걱정하며 미아의 얼굴을 들여다보고 있다.

"저기, 미아 님. 무슨 일이세요?"

"아⋯⋯. 아뇨, 아무것도⋯⋯."

미아는 당황하며 얼버무리듯이 미소를 짓다가⋯⋯, 생각을 바꿨다.

──그러고 보면 안느에게도 상당히 걱정을 끼쳤으니⋯⋯. 여기서는 솔직하게 이야기할까요⋯⋯.

안느에게 비밀을 만드는 건 미안한 느낌도 들었기에, 미아는 자신의 속내를 이야기하기로 했다.

"옐로문 공작에게서 참 대단한 이야기를 듣고 말았잖아요. 그 결과 결국 적의 크기나 정체를 알 수 없는 면모가 부각되었을 뿐, 수확은 거의 없었다고 조금 낙심하고 있었답니다."

"미아 님⋯⋯."

안느는 순간 침묵했지만, 바로 고개를 저었다. 그러더니 두 주먹을 꾹 움켜쥐고는⋯⋯.

"가슴을 펴 주세요, 미아 님. 미아 님께선 슈트리나 님을 구하셨습니다."

단호하게, 말했다.

"미아 님께서 없으셨다면 슈트리나 님도, 로렌츠 님도 구하지 못했을 겁니다. 그러니 가슴을 펴세요. 미아 님께서는 당당해지셔야 합니다."

그 말에 미아는 반사적으로 뒤를 보았다. 두 사람이 탄 마차를 따라오는 두 대의 마차가 있는 방향을.

그중 하나에는 슈트리나와 벨이 타고 있었다.

바르바라의 일로 완전히 진이 빠진 슈트리나. 그런 친구를 격려하듯, 벨이 제도에 같이 가자고 제안했다.

——흐음……, 그렇군요. 듣고 보니 확실히 그래요. 그렇게까지 비관할 일이 아닐지도 모르겠어요……. 리나 양을 구한 것만으로도 이번에는 잘했다고 해야죠. 아니, 오히려 이번 목적은 그거였으니까 오히려 정보까지 덤으로 얻었다고 생각해야 하지 않을까요?

죽었을지도 모르는 버섯 동지를 구출하는 데 성공했다.

게다가 옐로문 공작을 아군으로 얻게 되었다.

그가 외국으로 탈출시켰던 제국 귀족들도 아무래도 우수한 사람들이었던 모양이니, 다시 부를 수 있다면 분명 힘이 되어줄 것이다.

앞으로 닥칠 대기근의 시대에 참으로 든든한 우방이었다.

——게다가 맛있는 타르트와 쿠키도 먹었으니까요……. 욕심을 내자면 한두 개가 아니라 대여섯 개 정도 더 먹고 싶었지만요…….

어쩐지 마음이 확연히 가벼워지는 미아였다. 태세 전환이 빠른 게 미아의 장점이다.

"그렇, 네요……. 음, 고민해도 어쩔 수 없는 일일지도 모르겠어요."

미아는 미소를 지으며 안느에게 말했다.

"고마워요, 안느. 조금이지만 기운이 났어요."

"네. 우울해하시는 건 미아 님께는 어울리지 않습니다."

"남은 건……, 라피나 님께 보낸 바르바라 씨가 뭐라도 말을 해준다면……. 우후후, 매일 설교를 듣는다니, 분명 질색할 거예요……. 어머?"

그때 제도의 길거리에 시선을 준 미아는 알아차렸다.

대로에는 여러 개의 노점이 열려 있고 거리가 여느 때보다 더 활기가 넘쳐 보였다.

사람의 수도 평소보다 많아서 떠들썩한 분위기가 제도 일대를 감싸고 있는 것 같았다.

"아……, 준비하고 있군요."

티어문 제국의 연말 행사 '미아 황녀 탄신제'.

올해도 그 준비를 착착 진행하고 있는 모양이었다.

총 5일의 일정으로 이뤄지는 그 축제는 이웃 나라의 귀족도 초대하는 성대한 규모이다.

미아도 여러 귀족에게 인사하러 다녀야만 한다. 아무튼 탄신제의 주역이기 때문에 아주 바쁘다.

이전에는……, 미아는 그걸 조금 껄끄럽게 생각했다.

귀족들을 찾아가서 수많은 축하를 받는 게 귀찮다고 느꼈기 때문이다.

하지만 지금의 미아는 알고 있다. 그건 굉장히 호사스러운 일이라는 걸…….

많은 사람이 생일을 축하해주고, 맛있는 것을 배부르게 먹는다는 것.

그건 무척 행복한 일이었다.

매일같이 맛있는 것을 먹고, 그걸 당연하다고 생각했던 때에는 결코 눈치채지 못했지만⋯⋯.

그렇다. 따라서 평소 미아가 많이 먹는 건 절대로 식탐을 부리기 때문이 아니다. 결단코 식탐을 부리기 때문이 아니다. 맹세코 식탐을 부리기 때문이 아니다!

남길 수는 없다고, 늘 감사하면서 싹싹 비우는 걸 미덕으로 여기기 때문이다.

신념과 긍지가 있다! ⋯⋯토실리스트로서.

그렇게 음식을 남기지 않고 다 먹는 주의인 미아에게 자신의 탄신제는 고마워하며 기뻐해야 하는 행사이지만⋯⋯, 동시에 조금 고민되기도 했다.

왜냐하면⋯⋯.

——역시, 아깝긴 해요⋯⋯.

미아는 알고 있다.

탄신제 때, 미아를 부르는 곳에서는 대량으로 남은 음식을 폐기한다는 사실을.

귀족이란 허영에 살아가는 존재.

그리고 얼마나 많은 음식을 차리고, 낭비하며 버릴 수 있는지는 그자의 힘과 배포의 크기를 보여준다고 생각하고 있다.

이 시기의 제국 귀족들은 다들 치열하게 경쟁하며 호화로운 연회를 연다. 미아 황녀의 생일을 축하하기 위해, 황제에게, 미아에게, 그리고 주변 사람들에게 있는 힘껏 과시하는 것이다.

하지만⋯⋯.

──그러고 보면, 이 시기에 버린 음식물이 있다면 얼마나 좋을지 생각하게 되었죠.

미아는 오랜만에 이전 시간축의 일을 회상했다.

그건 미아가 혁명군의 손에 떨어지기 반년 전의 일이었다.

그날 미아는 한적한 궁전 안을 걷고 있었다. 여기저기를 바라보며 미아는 깊은 한숨을 쉬었다.

"그토록 아름다웠던 백월궁전이 이렇게 활력을 잃어버리게 되다니……. 생각해본 적도 없었어요."

그녀의 뒤를 따라오는 사람은 딱 한 명. 안경을 낀 청년 문관, 루드비히 휴이트뿐이었다.

그대로 발코니로 나온 미아는 그곳에서 제도의 거리 풍경을 내려다보며 다시 성대한 한숨을 쉬었다.

"제도도 처참한 상황이군요."

"미래가 보이지 않는다는 게 가장 큰 문제입니다. 대기근에 전염병, 룰루 족과의 내전, 각지의 폭동……. 절망이 너무 커서 밝은 미래가 보이지 않죠. 다들 살아갈 기력을 잃고 자포자기에 빠졌습니다."

루드비히의 말을 들으며 미아는 한탄 섞인 혼잣말을 중얼거렸다.

"어쩜 이렇게……. 고작 2년 전에 있던 제 탄신제 때는 그렇게나 먹을 것이 남았는데요……. 버려야 할 만큼 넘치던 음식은 어디로 사라져버린 거죠……?"

지금은 미아 본인이 먹을 것이 부족한 상황이다. 꼬르륵 미아이다.

"음식이 무한히 솟아나는 항아리는 존재하지 않는다는 걸 알아차리는 게 조금 늦었던 거겠죠."

루드비히는 기가 막힌다는 듯 고개를 내저었다.

그 사실을 깨달은 귀족이 더 있었다면…… 이렇게 되지는 않았을 텐데…….

"으으, 끄으응……. 먹을 것은 그렇다 쳐도, 쓸데없이 많이 만들어서 버리다니……. 그, 그런 아까운 짓을 눈 뜨고 허용해버리다니……. 평생의 실수예요. 아아, 지금부터라도 그때로 돌아가서 그만두게 하고 싶어요."

까드득 이를 가는 미아를 보고 루드비히가 작게 어깨를 으쓱했다.

"글쎄요. 미래를 알고 있다면 수긍할지도 모르지만, 아무도 이런 기근이 일어날 것을 몰랐으니 설득이 가능했을지……."

"제 명령인데요? 대체 누가 거역할 수 있다는 거죠?"

날카롭게 노려보는 미아에게 루드비히는 다시 고개를 저었다.

"미아 황녀 전하의 생일을 축하하기 위해 최고의 것을 준비하라…… 는 폐하의 칙명이 내려졌었으니 말입니다. 아무리 미아 황녀 전하라고 해도 불리하시잖아요?"

거기까지 말한 뒤, 루드비히는 잠깐 생각에 잠겼다.

이것은 어디까지나 잡담. 말하자면 무의미한 가정이다.

하지만 그걸 통해 얻을 수 있는 게 있을지도 모른다. 정론을 부딪쳐 미아의 의견을 봉쇄하는 것쯤은 손쉬운 일. 그렇다면 이 대화도 유의미하게 사용해야 할 것이다.

그런 고로……, 잠시 침묵한 뒤 루드비히는 말했다.

"그렇군요……. 상대방이 원하는 것을 정면으로 부정하는 게 아니라, 방향성을 바꾸는 정도라면 가능할지도 모르겠습니다……."

그는 미아 쪽을 힐끗 쳐다보며 말했다.

그건 루드비히가 실시하는 교육의 일환이었다.

앞으로 제국을 재건하려면 미아는 몇 번이고 교섭의 자리에 앉아야만 할 것이다. 그것도 상당히 까다로운 교섭 자리에…….

본래 그러한 교섭에 황녀가 직접 나간다는 건 말이 안 된다. 어딘가의 문관이나, 재상이나, 대귀족이나……. 아무튼 그건 황녀가 해야 할 일이 아니다.

하지만 지금은 평시가 아니다.

만약 황녀가 나서서 사태를 타개할 수 있다면 당연히 그렇게 해야 할 필요가 있다.

그리고 미아는……, 이러니저러니 해도 자신이 교섭 자리에 나서는 걸 꺼리지 않는다. 그 이상으로 미아는 일단 루드비히의 말에 귀를 기울이고 자신이 할 수 있는 범위에서 노력하려고 한다. 그런 자세만은 보인다. 일단은…….

그렇기 때문에 루드비히로서도 자꾸 미아의 성장을 기대하며 가르침을 주려는 마음이 들곤 한다.

"흐음……, 그렇군요. 상대방이 원하는 바를 바꾼다……. 그건 구체적으로 어떻게 해야……."

팔짱을 끼고 생각에 잠…… 긴 것처럼 보이는 미아. 그런 미아를 곁눈질하며 루드비히는 생각했다.

──뭐, 그리 의미가 있는 고찰로 보이진 않지만 이렇게 생각하는 습관을 들이는 것 자체에 일단 의미가 있겠지. 언젠가 이 곤경에서 제국이 재건된 뒤에는 머리를 쓸 기회가 더 많이 늘어날 테니.

하지만…… 안타깝게도 그런 순간은 찾아오지 않았다.

루드비히의 배려도, 머리를 굴린 미아의 노력도……. 모든 것은 혁명의 불길에 타오르고 단두대의 이슬로 사라졌으니까.

하지만……, 그래도…….

그날 그들의 대화가 모두 무의미한 건 아니었다.

그 기억은 현재 마차 안에서 숙고하는 미아가 제대로 이어받았으니까.

──흐음, 그렇군요. 확실히 그런 상황에 부닥쳐보니 절약하라고 말하기 어려워요. 아바마마를 설득하는 것도 어렵겠죠. 하지만…… 음식이 버려지는 걸 두 손 놓고 구경만 하는 건 피하고 싶어요. 어떻게 할 수 없을까요?

미아는 고민했다.

──남지 않게 만드는 가장 좋은 방법은 제가 다 먹는 것……. 하지만 솔직히, 저도 그렇게 많이 먹지는 못하니까요……. 아아, 위가 작은 제 몸이 원망스러워요.

자칭 소식하는 황녀 전하께서 필사적으로 생각했다. 생각하고, 또 생각하고 단것을 먹고 싶어지고, 또 생각하고…….

"……상대방이 바라는 방향성을 조금 바꾼다……. 흐음, 이거라면…….”

이윽고 하나의 답에 도달했다.

“그래요……. 화끈하게 돈을 쓰고 싶은 거라면, 아예…….”

그때, 타이밍 좋게 마차가 백월궁전 앞에 도착했다.

“아, 도착했군요.”

미아는 그렇게 중얼거리며 뒤에 따라온 마차를 다시 쳐다봤다.

슈트리나와 벨이 탄 마차는 일단 안느의 본가에 보냈다.

벨을 황제에게 보여줄 수는 없기 때문이다.

여기까지 미아가 탄 마차를 따라온 건 두 대의 마차 중 다른 쪽. 거기에는 아벨과 시온이라는 두 명의 왕자가 타고 있다.

──이렇게 제국까지 따라와 주셨으니, 환대하는 게 예의인 법. 분발해야겠네요.

옐로문 저택에 따라와 준 것만이 아니라 미아의 탄신제에 참석해서 축하해준다는 두 명을 제대로 환대해야 한다며 미아는 기합을 넣었다.

……그런 미아였기 때문에……, 예상하지 못했다.

방심하고 말았다.

설마 제도의 한복판……, 백월궁전 앞에 그런 함정이 기다리고 있을 불은…… 눈곱만큼도 상상하지 못했다.

경솔했다고밖에는 할 수 없는 실수였다.

그것은 지금 막 미아를 찌르는 칼날이 되어 그녀의 몸을 향해 날아오고 있었다.

다음 화. 미아, 백월궁전에서 죽다!
……수치심이라는 칼날에 찔려서.

제2화 미아 황녀의 방탕 축제 후편 ~희망의 등불·기적의 추억~

"어라? 저건……."

백월궁전에서도 미아의 탄신제 준비가 진행되고 있었다. 그건 뭐, 좋다.

성벽에 늘어트린 화려한 장식천에 미아의 이름이 큼직하게 적혀있는 것도 뭐, 늘 그렇다면 그렇긴 하다.

문제인 건……, 그 앞.

백월궁전과 나란히 세워진, 희고 거대한…… 미아 조각상이었다!

"무…… 슨!"

미아는 굳어버린 얼굴로 할 말을 잃어버렸다.

──뭐, 뭐죠? 저건…… 대체!

게다가.

"여보게, 그 부분을 조금 더 깎지 않으면 미아의 귀여움이 드러나지 않지 않나. 아, 그쪽은 조심하거라. 그 둥그스름한, 살짝 토실한 느낌이 참으로 미아다운……."

진두지휘를 하고 있는 사람이 다름 아닌 티어문 제국의 황제, 마티아스 루나 티어문이었다.

최전선에서 공격적으로 분투하고 있는 아버지의 모습을 본 미아는 한층 숨을 삼켰다.

얼굴이 확 뜨거워지는 걸 느끼면서 서둘러 마차에서 내리는 미

아. 뒤를 따라온 마차에서 아벨과 시온이 내리는 게 보였지만, 지금은 아무튼 눈앞의 문제를 처리하기 위해 움직였다.

성큼성큼 걸어가는 미아. 그런 미아의 기척을 알아차린 건지 마티아스가 뒤를 돌아보았다.

"오오. 돌아왔느냐. 미아!"

그리고는 얼굴 가득 미소를 지으며 달려왔다.

"평안하셨습니까. 폐하. 지금 막 돌아왔습니다."

스커트를 살짝 들어 올리며 머리를 숙이는 미아. 우선 인사를 해둔다. 완전무결한 인사였으나, 마티아스는 몹시 불만이라는 목소리를 냈다.

"음! 마이 스위트, 사랑하는 딸아. 폐하라니 섭섭하구나. 여느 때처럼 아빠라고 부르거라, 아빠라고."

"펴, 평소에도 아빠라고 부른 적 없습니다! 아바마마, 날조하지 말아 주세요!"

미아는 새빨개진 얼굴로 무심코 비명을 질렀다.

아무튼 지금 미아는 아버지와 둘만 있는 게 아니다.

그녀의 뒤에는 두 명의 왕자가 있다.

미아가 쭈뼛쭈뼛 뒤를 돌아보자…… 아벨이 얼떨떨한 얼굴로 미아를 보고 있었다. 한편 시온은 입을 누르고 웃음을 참고 있다.

——크, 으윽, 구, 굴욕적이에요. 부끄러워요! 이, 이런 능욕을 받게 되다니…….

그런 생각을 하면서도 미아는 캐묻지 않을 수 없었다.

"그보다 아바마마, 이건 대체 뭐죠……?"

떨리는 목소리로 말한 미아는 새삼 그것을 올려다보았다.

그것……. 당연히, 우뚝 서 있는 순백의 미아 조각상이다.

"오오, 이거 말이냐. 실은 네가 기뻐해 주길 바라며 마련해보았다. 눈조각이라고 하는구나."

마티아스는 자랑스럽다는 듯 조각상을 올려다보며 말했다.

"며칠 전 베르만 자작의 방문을 받았지. 들었단다. 미아 학원에는 목제 미아 조각상을 설치할 예정이라고 하던데."

"저는 못 들었습니다! 지금 처음 들어요!"

미아는 이전에 베르만이 거대 황금상을 만들고 싶다고 했던 걸 떠올렸다.

영락없이 포기한 줄로만 알았는데……, 설마 포기하지 않았을 줄이야…….

"그 이야기를 들으니 제도에도 꼭 필요하다는 생각이 들더구나. 그런 참에 이 눈으로 만드는 조각상의 소문을 들어서…… 조사해보았다."

참으로 재빠르다. 할 때는 하는 황제다.

그런 일에 힘을 쓰지 않아도 된다는 생각이 드는 미아였다.

"하, 하지만 제도에는 눈이 내리지 않았을 텐데요."

아직도 의문은 해소되지 않았다. 여기까지 오는 길에 눈을 본 기억은 없었다.

확실히 눈이 내려도 이상하지 않은 날씨기인 하니, 한 번 눈이 내린다면 당분간은 녹지 않으리라는 건 상상할 수 있다.

하지만 막상 눈 자체는 한동안 내리지 않았던 것으로 안다. 하지만 그 의문을 들은 마티아스는 어째서인지 득의양양한 얼굴로 말했다.

"미아가 아끼는 길덴 변경백에게 부탁해서 눈을 가져오게 했다. 제국의 북방에서는 이미 눈이 내렸으니 말이다. 적극적으로 협력해주더구나."

길덴 변경백……. 가누도스 항만국에서 돌아오는 길에 미아가 동료로 끌어들인 변경귀족이다.

──베르만에 길덴……, 으으윽……. 그, 그 자식들 쓸데없는 짓을……. 요, 용서 못 해요!

까드드드득. 마음속으로 이를 득득 갈면서 미아는 다시금 그 '미아 눈조각'을 올려다보았다.

그것은 요정 같은 복장을 한 미아를 조각한 것이었다. ……뭐라고 해야 할까, 이렇게 보면 참으로, 잘 만들긴 했다! 얼굴 조형이나 머리카락 한 올 한 올의 디테일 등 세세한 부분에도 철저하게 파고든 예술품 같은 조각상이다.

──이런 걸 만들 수 있군요. 예술이란 대단해요…….

미아가 그렇게 살짝 현실도피를 해버려도 무리가 아니었다.

심지어 군데군데 절묘하게 미화되어 있어서, 그…… 솔직히 말하자면 실제 미아보다 상당히 아름답게 데포르메되었다. 실제 미아가 아슬아슬하게 미소녀라고 한다면, 이 눈조각은 반박 불가능한 미소녀. 상당히 과장해놨다.

더군다나 뭐니 뭐니 해도 크다! 자신의 존재를 과시하듯이 우뚝 서 있는 거대한 눈조각은 백월궁전의 높이와도 필적할 정도로 컸다.

이 정도라면, 여기에 눈조각이 있다는 것만 안다면 제도의 어디에서도 이걸 볼 수 있는 게 아닐까…….

자…… 잠시 상상을 해 보시라. 어마어마하게 미화된 자신의 조각상. 이거 조금 과장한 거 아닌가요? 라는 말이 나올 만큼 아름답게 각색된 눈조각……. 심지어 성과 비슷한 크기의 조각상이 눈앞에 우뚝 서 있는 상황이다.

그 제작의 진두지휘를 잡은 게 다름 아닌 아버지다.

어떻게 생각할까……?

한창때의 나이인 미아로서는, 솔직히, 어마어마하게 창피했다!

──이, 이런 걸 아벨과 시온이 봤다간 죽어버릴 거예요!

이걸 본 사람은 분명 이렇게 여길 것이다.

제국의 예지, 미아 루나 티어문은 자기과시가 어마어마한, 조금 측은한 인간인가? 라고. 심지어 저 아름다움을 본 뒤에 현실의 미아를 보면 분명 뜨뜻미적지근한 미소를 지을 것이다.

『아……, 이게 미아 황녀구나. 뭐, 응. 으음, 이런 말 하기는 껄끄럽지만, 아무리 그래도 좀…… 미화가 심하지 않아?』

이런, 생각을 하며…….

──이, 이런 걸 두 사람에게는 보여줄 수 없어요. 절대로, 절대로 보여줄 수 없어요.

미아로서는 당장 발걸음을 돌려 두 왕자의 눈을 틀어막고 싶었지만…… 때는 이미 늦었다.

두 왕자는 그 훌륭한 눈조각을 올려다보며 놀란 표정을 짓고 있었다.

아아, 차라리 하늘에서 별이라도 떨어져서 세상이 끝나버리지는 않으려나? 같은 현실도피 모드에 들어가 버리는 미아였다.

……수치심은 황녀를 죽인다.

이 이상 이걸 보는 건 정신 위생상 좋지 않음을 빠르게 알아차린 미아는 화제를 전환하기 위해 마티아스에게 말을 걸었다.

"크흠흠, 그나저나 아바마마……."

"오랜만이니까 아빠라고 불러줄 수도 있지 않나 하는데……. 어떠냐?"

"아·바·마·마! 진지하게 이야기를 들어주시길 청합니다. 으음."

미아는 뒤에 서 있던 두 명의 왕자들을 향해 몸을 돌리고 말했다.

"제 동급생인 아벨 왕자와 시온 왕자입니다. 일부러 제 탄신제에 참가하기 위해 동행해주었어요."

그렇게 소개하며 생글생글 웃는 미아.

"으음……."

미아의 모습을 보고 마티아스는 표정이 살짝 엄숙해졌다.

"그런가……. 내 딸의 생일을 축하하기 위해…… 말이지."

그러더니 근엄한 표정으로 두 왕자에게 걸어가 날카로운 시선을 보냈다.

"먼 길 오느라 수고가 많았다. 마티아스 루나 티어문이다."

그 시선을 받은 아벨은 다리를 움직여 예를 취했다.

──이것이……. 티어문 제국의 황제 폐하. 미아의 부군(父君)

인가.

그 위풍당당한 태도에 아벨은 작게 숨을 삼켰다.

전사인 자신의 아버지와는 또 다른 분위기다.

이쪽을 감정하려는 것 같은 그 날카로운 시선에 자연스럽게 등이 곧추세워졌다.

시온 쪽을 힐끗 살펴보려던 아벨은 무심코 자기 자신에게 탄식했다.

——주눅 들지 마!

인사 순서대로 따진다면 렘노 왕국은 선크랜드 왕국 다음. 그것이 타당하다.

이 대륙에서 티어문과 어깨를 나란히 하는 대국은 선크랜드. 렘노는 격이 상당히 떨어진다.

심지어 자신은 제2왕자. 제1왕자이자 왕위계승권 제1위인 시온보다 현격히 뒤떨어지는 존재고……

——하지만, 그게 어떻다는 거지?

미아가 믿는다고 말해주었다. 그렇다면 그 마음에 보답해야만 한다.

위축되고 있을 여유는 없다.

"렘노 왕국의 제2왕자, 아벨 렘노입니다. 미아 황녀 전하와는 함께 학생회에 소속되어 있습니다. 잘 부탁드립니다."

늠름하게 고개를 들고 마티아스 황제를 응시했다. 그러자 아벨의 뒤를 잇듯이 시온도 입을 열었다.

"처음 뵙겠습니다, 폐하. 선크랜드 왕국의 제1왕자 시온 솔 선크랜드입니다. 그와 마찬가지로 미아 황녀와 함께 세인트 노엘 학원 학생회에 소속되어 있습니다."

두 왕자의 인사를 받은 마티아스는 조용히 팔짱을 꼈다.

——흐음……, 아벨 렘노. 렘노 왕국의 제2왕자라…….

마티아스는 아벨을 샅샅이 관찰했다.

——날카로운 안광, 빈틈없는 자세……, 기사의 귀감이라 할 수 있는 소년이군. 분명 렘노 왕국은 군사력을 강화하고 있다는 보고가 있었지……. 검술 실력은 제1왕자 쪽이 더 뛰어나다고 들었는데…… 제법 다부진 얼굴이야.

이어서 마티아스는 시온에게 시선을 돌렸다.

——그리고 이쪽이 선크랜드의 제1왕자. 시온 솔 선크랜드인가. 화사한 용모와 빈틈없는 자세. 산뜻한 인상을 주는 소년이군. 그래, 이 정도라면 귀족 소녀들이 내버려 둘 리가 없지.

머릿속의 정보와 대조해갔다.

그렇다. 마티아스는 이웃 유력귀족이나 왕자들의 정보를 제대로 기억하고 있다.

무엇을 위해서? 당연하다. 미아의 신랑을 찾기 위해서다!

——렘노 왕국의 제1왕자는 포악하다는 소문이 있었지. 하지만 보아하니 이 아벨이라는 소년에게는 그런 분위기는 없어. 하지만 미아는 다정한 아이. 나와 같은 온화한 자를 좋아하게 될 터이다. 옛날에는 나와 결혼하겠다고 했으니…….

흐음, 하고 생각에 잠기며 마티아스는 시온 쪽을 보았다.

——그렇다면 미아에게는 이 시온 왕자 쪽인가. 아니, 하지만

숙녀들에게 인기가 대단하다는 소년에게 미아가 관심을 보일까? 그런 경박한 짓을 미아가 할까? 아니, 그럴 리 없지. 아무튼, 옛날에는 나와 결혼하겠다고 했으니……. 더 착실한 남자를 좋아할 것이다.

흐음, 하며 재차 고개를 주억거린 마티아스는 생각했다.

──설령 이 둘 중 누군가가 미아와 연인이 된다고 하더라도 앞으로 5년, 아니, 10년은 갈고닦아서 미아에게 어울리는 남자가 되어야만 하지. 미아가 아깝지 않을 수준이 되는 건 불가능해도, 하다못해 그 발치까지는 와 줘야만…….

뭐 그런…… 참으로 시시껄렁한 생각을 하며 팔짱을 낀 마티아스에게 미아가 옆에서 말을 걸었다.

"그래요. 아바마마, 저는 올해 탄신제에 관해 무척 멋진 생각을 떠올렸답니다."

"흐음, 멋진 생각이라니 무엇이냐? 미아."

그렇게 말하며 황제는 참으로 온유한 미소를 지었다. 그런 아버지에게 미아는 살짝 우쭐거리는 미소로 말했다.

"네, 사실 저…… 이번 탄신제에는 많은 분들에게 축하를 받고 싶습니다."

가슴을 펴고 그런 말을 했다.

"음? 그건 당연한 일이 아니더냐?"

의아해하며 고개를 기울이는 마티아스. 하지만 미아는 고개를 저었다.

"귀족만이 아닙니다. 이 제국에 사는 국민 모두가 제 생일을 축하하고, 기뻐하고, 즐겨주길 바라는 겁니다."

"그 또한 당연한 일이다. 미아의 생일을 축하하지 않는다니, 그런 불경한 자는 극형에 처하라고 명령을 내리……."

"그런 게 아닙니다. 아바마마, 그래서는 강제하는 일이 됩니다. 제가 하고 싶은 건 그런 게 아니예요."

미아는 조용히 고개를 저었다.

"호오, 그럼 어떤 것이냐?"

"간단하답니다. 다 함께…… 맛있는 것을 먹으면 되는 거예요."

그렇게 미아는 방긋방긋 웃었다.

"제가 원하는 건, 다 함께 배부르게 먹는 것. 백성 중 단 한 명도 굶주리는 건 용서하지 않아요. 다들 먹고, 마시고, 즐겁게 지냈으면 좋겠습니다."

그 말을 듣고 마티아스는 조금 놀란 표정을 지었다.

"매년 마음에 걸렸답니다. 귀족 여러분은 저를 위해 진수성찬을 가득 마련해주고 있죠. 하지만 도저히 저 혼자서는 다 먹을 수 없으니까요. 손님을 초대해도 전부 다 먹지는 못하죠. 그래서 많이 남아버린답니다. 하지만 그건, 저는 조금도 기쁘지 않았어요. 그보다는 백성들이 기뻐해 주는 게 훨씬 기쁩니다."

그렇게 웅변하는 미아에게 황제는 울먹울먹 감동하는 눈길을 보냈다.

"저는 저를 위해 식량을 낭비해서 버리는 것보다도, 다 함께 먹고 웃길 바랍니다. 그게 축제에 더 잘 어울린다고 생각해요."

"아아, 미아. 내 딸은 어쩜 이렇게 배려심이 깊은지……. 좋다!

미아의 마음은 잘 이해했다. 곧바로 각 귀족에게 전달하마. 영지민을 초대하고, 그곳에서 마련하는 식사를 대접하라고 말이다. 그 마을에 아무도 굶주린 자가 없도록 광장에 축하연을 준비하라고."

아버지의 말을 들은 미아는 내심 쾌재를 질렀다.

——후후, 잘 됐군요. 생각해보면 간단한 일……. 낭비해서 버리지 말고, 백성들의 위에 꽉꽉 채워 넣어주면 되는 거예요. 그러면 조금쯤 식량 공급이 정체된다고 해도 어떻게든 버틸 수 있겠죠!

……그럴 리가 없다. 그럴 리가 없지만, 이 장소에 독심술을 체득한 사람은 한 명도 없었던 게 불행한 일이었다.

——이것은…….

루드비히는…… 눈앞에서 미아가 한 행위에 일종의 감동을 느끼며 바라보고 있었다.

귀족의 음식 낭비는 루드비히도 마음에 걸리는 바였다.

탄신제 때면 공연히 버려지는 대량의 식량……. 미아의 예언대로 내년의 수확량은 감소 기미를 보이고 있다. 만약 정말로 기근이 와 버린다면 식량을 낭비하는 일은 있어서는 안 된다.

하지만…… 그걸 막기 위해서 어떻게 해야 하는지에 대한 아이디어가 루드비히에게는 없었다.

실제로 이미 연회를 위한 요리 준비가 시작되었다. 지금부터 절약하라고 해봤자 식량이 썩어나게 되어 결국 낭비하는 결과가 될 것이다.

게다가 미아의 생일을 축하하는 이 연말 축제는 황제가 주도하여 거행된다. 이걸 거스르는 것은 미아 본인이라고 해도 불가능하다.

또 돈을 움직인다는 의미에서도 탄신제는 무시할 수 없는 행사다. 각지에서 상인들이 모여드는 이 축제를 여는 의미는 작지 않다.

그렇기에 어쩔 수 없다고 생각했다.

어쨌거나 매년 열리는 축제다. 억지로 바꾸면 혼란이 일어나고 문제도 커지니까, 현상 유지로 나가도 어쩔 수 없다고 단념했었다.

그런데……. 미아는 이토록 간단히 해결책을 제시했다.

──남아서 버리는 것보다는, 그걸 백성들에게 나눠 준다니…….

성대하게 돈을 써서 배포를 보여주고 싶은 귀족들……. 그 욕망을 제대로 이해하고, 방향성을 아주 조금 바꿔주는 미아의 수완……. 그 훌륭함에 루드비히는 신음할 수밖에 없었다.

──그래, 생각해보면 절약하라고 해봤자 귀족들은 분명 자신을 위해서만 식량을 사용하겠지.

여기서 낭비를 질책해봤자, 비축한 식량이 백성들을 위해 사용된다는 보장은 없다. 그렇다면 차라리 귀족들이 쓰게 두는 게 낫다. 그리고 그걸 버리지 않고, 백성들을 위해 쓰게 하면 된다.

미아 본인이 '백성들이 배부르게 먹는 것을 원한다'고 했으니 귀족은 미아가 바라는 걸 이루기 위해 넉넉하게 요리를 준비하고, 백성은 맛있는 요리를 배불리 먹을 수 있게 된다는 구조다.

──말하자면 그건 차선책. 기근을 대비해 비축해두는 게 최선이라는 건 변함이 없지만…… 그게 불가능하다면 바로 다음 타개책으로. 미아 님의 지혜의 샘은 변함없이 마를 줄을 모르는

군…….

감탄, 또 감탄하는 루드비히였다. 참으로 여느 때와 같은 광경
이었다.

뭐 그래서. 이렇게 훗날 세상에서 말하는 '미아 황녀의 방탕 축
제'라 불리는 탄신제가 시작되었다.

미아에게는 '낭비할 바에야 다 같이 먹어 치우자!'라는 가벼운
발상으로 꺼낸 제안이었지만…… 그건 의외의 효과를 낳았다.

처음 미아가 생각한 것처럼 미리 많이 먹어서 버티자는 건……,
물론 그렇게 되지는 않는다. 당연한 일이다.

……하지만 기억은 남았다.

그건 무척 즐거운 기억이었다.

백성들에게 귀족이란 세금을 쥐어짜는 존재. 눈에 보이는 형태
로 무언가를 받는 일은 거의 없었다.

하지만 이때는 달랐다.

미아 황녀의 이름 하에 제국의 백성은 단 한 명도 빠짐없이 연
회에 초대를 받았다. 미아의 생일을 축하하기 위해.

식사와 술이 무상으로 제공되었다. 그렇게 그들에게는 한 가지
명령이 떨어졌다.

오늘을 즐겨라. 오늘이라는 날을 기뻐하며 축하하라.

그건 황제가 내린 칙명이었다.

당연히 거스를 수 없었기에, 연회에 모인 백성들은 별수 없이
은근히 경직된 미소를 지으면서 축제를 즐겼다.

사이가 나쁜 사람도 있었지만 오늘만큼은 어쩔 수 없다. 불평 한마디라도 하고 싶은 걸 참으며, 웃는 얼굴로 황녀의 생일을 축하했다.

그러는 사이에 술이 오른 건지 한 남자가 노래를 부르기 시작했다. 쾌활한 리듬에 이끌려 젊은이들이 춤을 추었다.

분위기에 취한 상인이 이름을 알린다는 실리도 더해 술 한 통을 내놓았다. 그걸 보고 있던 다른 상인이 술에 맞춰서 안주를 제공. 사람들도 집에 남아있던 음식을 모르는 사람들에게도 나누기 시작했다.

그런 떠들썩함 속에서 그날의 주역, 미아를 태운 마차가 지나가기라도 한 날이면 축제는 성대하게 달아올랐다.

사람들 사이에 있던 응어리는…… 억지로 지은 미소 속에 녹아버렸고, 그렇게 가짜 미소는 어느새 진정한, 즐거워서 짓는 미소로 바뀌어갔다.

그건…… 신기한 시간이었다.

제국에는 단 한 번도 찾아온 적이 없었던, 기적과도 같은 축제였다.

무엇보다 그건 즐거운 기억이었다.

마을 사람도 상인도 부자도 가난한 자도, 사이가 좋은 자도 나쁜 자도, 늙은이도 젊은이도 남자도 여자도, 모든 사람이 한 소녀의 생일을 축하했다.

그날의 기억, 즐거웠던 기억은 사람들의 마음에 깊이 각인되었다.

그리고 그건 괴로울 때 사람들을 비추는 희망의 등불이 되었다.

미아 황녀는 귀족만이 아니라 자신들에게도 제대로 눈길을 주는 사람.

신분에 상관없이 자신의 연회에 초대해주는, 배포가 크고 다정한 사람.

그러니까 열심히 하자.

지금은 괴로울 지도 모른다. 하지만 견디면, 또 그때의 즐거운 시간이 돌아올지도 모른다.

그날을 위해 열심히 하자.

미아 황녀가 마련해주는 즐거운 한때를 다시 맛보기 위해.

그 후 몇 번인가 제국에 들이닥친 위기의 순간에도 사람들은 사기를 잃지 않았다.

지금을 견디고 나서, 올해의 끝에 또 그 즐거운 축제를 맛보기 위해.

어느새 그것은 제국의 새로운 전통 행사가 되었으나…….

그건 여기서는 생략하기로 한다.

제3화 지고의 색을 휘감고 나아가라! 여제의 길을!

미아 탄신제, 그 첫날에 백월궁전에서는 성대한 무도회가 열린다.

제도 루나티어에 모인 많은 귀족들이 모두 무도회에 참가하기 위해 백월궁전을 찾았다.

궁전의 입구, 성문에서 처음으로 그들을 맞이한 것은 거대한 미아 눈조각이었다.

"오오, 이것이 소문으로 듣던……."

한참 올려다봐야 할 만큼 거대하고, 그러면서도 세밀한 부분까지 철저하게 파고든 예술작품.

그 완성도에서 이미 사람들의 눈길을 끌기에 충분한 조각상이긴 했으나……. 귀족들이 감탄한 것은 다른 부분이었다. 즉…….

"이러한 조각상을 모두 눈으로 만들다니……. 역시 폐하시군."

지극히 완성도가 뛰어난 조각을, 따뜻해지면 녹아버리는 눈으로 만든다는 발상……. 이게 귀족들에게는 아주 잘 먹혔다.

"과연……. 흔한 황금 같은 것으로 만드는 건 오히려 멋이 없는 법. 작은 일에도 무너지고 사라져버릴 것에 섬세한 세공을 가하며 노력을 들이는 것. 후후후, 덧없고 애처롭군요. 뭐라 말할 수 없는 운치가 있지 않습니까."

"바로 그 말씀입니다."

덧없이 사라지는 것, 거품처럼 사라지는 꿈결에 돈을 들이는 것이야말로 진정한 부자인 법.

돈을 쓴 만큼의 물건을 얻으려 하는 건 구두쇠 같은 상인이 하는 짓이다.

"하지만……, 모델이 된 황녀 전하께서는 참으로 운치 없는 말씀을 하셨더군요……."

"그렇습니다. 백성 같은 건 내버려 두면 되는 것을. 상당히 마음을 쓰시고 계십니다."

이번 탄신제에 내려온 공고도 그렇지만, 그 전부터 미아가 한 행동도 그들의 눈에는 비상식적인 행동으로 비쳤다.

빈민 같은 건 방치하면 된다. 신월지구라는 거주지를 줬으니까, 굳이 오물에 손을 대는 행위를 할 필요는 없다.

그런데 자신들에게서 기부금을 모아 병원을 세운다니 참으로 쓸모없는 행위이다.

그들의 눈에는 그렇게 보였다.

"뭐, 아직 어린 나이이니 그렇지 않겠습니까. 게다가 제국의 황제가 되는 것은 관례상 남자. 장래에는 역시 블루문가의 사피아스 공자가 차기 황제로서 유력하지 않은가……."

"아니죠, 레드문가도 남자는 풍부합니다. 무가의 자제가 앞으로 제국을 이끌어주시기에도 든든하죠."

이런 소리를 하는 그들의 머릿속에는 처음부터 미아가 황위를 이어받는다는 선택지는 없다. 황제의 혈연인 사대공작가의 남자가 황위를 이어받는다고 믿어 의심치 않았다.

낡은 관습에 얽매인 그들에게 여성을 황제로 옹립하는 건 생각지도 못하는 일. 미아 황녀는 언젠가 다른 나라로 시집가기만 한다면 불만은 없다. 그 전에 고귀한 핏줄로서 상식을 익히기만 한다면……, 같은 생각을 하고 있다.

그런 식으로 은밀히 좋지 않은 이야기를 수군거리며 그들은 회장에 발을 들여놓았다.

"호오……."

매년 열리는 행사라고 해도 그곳에 펼쳐진 광경에 그들은 무심코 숨을 삼켰다.

회장의 중앙에 놓인 거대한 원탁. 그곳에 놓인 요리는 제국 황녀의 생일을 축하하기에 걸맞게 호화의 극치를 달렸다.

요리는 모두 주방장이 영혼을 바쳐서 만들어낸 것. 정교하기 그지없는 요리들은 말 그대로 먹는 예술품이라고 불러도 지장이 없는 것들이었다.

"역시 미아 황녀 전하의 만찬회. 매번 이 호화로움에는 한숨이 나올 정도입니다."

"그렇죠. 매년 그렇지만 참으로 훌륭한 요리들입니다……."

"조금 전에 먹어 보았지만, 맛이 제법. 주방장의 실력이 제대로 발휘되었더군요."

그런 이야기를 나누며 웃는 그들은…… 모른다.

올해 만찬회에 나온 요리가 얼마나 많은 창의력과 요령이 들어간 것들인지.

사실 올해의 요리는 미아의 강력한 요청을 받은 주방장이 고심 끝에 예년의 5분의 2 정도의 비용으로 마련한 것들이었다.

"저는 저렴한 재료로 만든 맛있는 요리라는 걸 먹어 보고 싶어요."

이런 미아의 아님 말고 식의 부탁을 고지식하게 받아들인 주방장이 노력을 많이 했다. 재료비를 줄이면서도 귀족들의 혀를 만족시킬 수 있는, 말 그대로 궁극의 요리라고 할 수 있다.

애초에…… 그건 중앙 귀족의 혀가 섬세하지 않다는 뜻일지도 모르지만…….

아무튼, 주방장이 마련한 요리에 혀를 내두르면서 그들이 담소하고 있을 때…… 불현듯 사위가 어두워졌다.

"오오, 어떻게 된 일이지?"

술렁거림이 파도처럼 퍼져나간 다음 순간……!

"평안하셨나요, 여러분. 오늘은 제 생일을 축하하기 위해 와 주셔서 감사합니다."

오늘 밤의 주역이 등장했다.

"오…… 오오, 저건……."

그 모습에 모든 이가 시선을 빼앗겼다.

회장의 문에서 나타난 인물, 미아 루나 티어문의 눈부신 모습에 다들 깜짝 놀라고 말았다.

마치 은은한 빛을 내뿜는 것처럼── 아니! 실제로 미아는 빛을 뿜고 있었다!

연하게 빛나는 백금색 머리카락은 미아가 움직일 때마다 찰랑찰랑 흔들리며 아름답게 반짝였다. 동글동글 건강해 보이는 뺨도, 가냘프고 섬세한 목덜미도, 깔끔하게 두드러진 고운 쇄골마저도 모조리 어슴푸레한 빛을 뿌리고 있다!

그래…… 그것은 언젠가 미아의 목숨을 구해준 것……, 연기가 나는 입욕제의 효과였다.

지금의 미아는 그 몸에 뿌려둔 발광성 성분에 의해 물리적으로 빛나고 있었다.

"참으로 아름답군. 빛이 날 정도로 아름답다는 건 바로 이런 걸 가리키는 거구나……."

그런 소릴 중얼거리는 사람도 있지만, 틀렸다. 빛이 날 정도가 아니라 실제로 빛나고 있기 때문이다.

게다가…… 오늘의 미아에게는…… 희미하게 어른의 매력이 묻어났다!

왜냐하면…….

"저 보라색 드레스도 참으로 훌륭하지 않은가……."

귀족들이 놀란 것은 그 드레스의 색상 때문이었다.

오늘의 미아는 고귀한 보라색의 드레스를 입고 나타났다.

평소에는 밝은색의 드레스를 입는 일이 많았던 미아다. 작년에도 귀여우면서 어딘가 어린아이 같은 드레스를 입었다.

따라서 그 드레스의 선정은 그 자리에 있는 귀족들에게 어떠한 충격을 주었다.

그렇다……. 오늘의 미아는 찰랑찰랑한 머리카락과 매끈매끈한 피부에 더해 물리적인 빛과 고귀한 분위기마저 두른, 말 그대로 트집 잡을 곳이 없는 황녀님이었다!

하지만…… 그 아름다움에 숨을 삼킨 것도 잠깐.

귀족들은 바로 생각하기 시작했다.

미아가 고귀함의 상징인 보라색의 드레스를 입은 의미를…….

지고의 색인 보라색은 황제의 색. 따라서 황녀인 미아가 보라색 드레스를 입는다고 해도 이상하지 않다. 이상한 건 아니지만…….

자신의 탄신제에, 수많은 귀족들 앞에 지고의 색을 두르고 나타난 것……. 그 이면에 그들은 아무래도 의미를 느끼고 말았다.

그건 바로……, 자신이 황위를 이어받겠다는 의지 표명이 아닌가…….

그리고 그들의 그런 예상을 뒷받침하듯이 한층 더 큰 충격이 기다리고 있었다.

……참고로 드레스의 색이 보라색이 된 건 최근 미아의 식생활과 관련이 있었다.

그렇다. 보라색은—— 수축색!

세상에는 실제 크기보다 커 보이는 색도 있고, 반대로 수축해서 작아 보이는 색도 있다.

그건 옐로문가에서 일어난 사건 이후 조금 많이 먹는 미아를 위해 안느가 시도한 트릭 아트였다.

"미아 님, 실은 클로에 님께 들은 이야기인데요……. 놀랍게도 색 중에는 날씬해 보이는 색이라는 게 있다고 합니다."

이러한 안느의 이야기에 미아가 홀랑 넘어갔을 뿐이었으나…….

그런 한심한 진실을 알아차린 사람은 단 한 명도 없었다.

"······저 드레스······ 저 색의, 의미는, 설마······."

꿀꺽······. 군침을 삼키는 귀족.

아니, 그저 단순히 수축색이기 때문이지만······.

"그것 말고는 생각할 수 없어······. 이런 날에 지고의 색을 쓴 드레스를 입다니······. 즉, 미아 황녀 전하께선······ 황위를 이어받으실 생각인 거다."

긴장이 묻어나는 목소리로 다른 귀족이 말했다.

아니, 그저 단순히 미아가 너무 많이 먹었기 때문이지만······.

"오랜 제국의 관습을 뒤엎겠다는 건가······. 설마 그런 야망을 숨기고 있었을 줄이야."

아니, 그저 단순히 배의 토실함을 수축색으로 가리고 있을 뿐이지만······.

귀족들 사이에 퍼진 동요. 하지만 그게 진정되기도 전에 한층 더 큰 충격이 미아의 입에서 발표되었다. 즉.

"실은 오늘은 모여주신 여러분에게 소개하고 싶은 분이 계시답니다. 두 분, 이쪽으로 오세요."

그렇게 말하며 미아가 손짓했다. 그러자 그 신호에 대답하듯 두 명의 소년이 미아의 뒤로 걸어 나왔다.

"저건······?"

그들의 얼굴을 아는 자는 그리 많지 않았다. 하지만 아는 사람은 무심코 말문이 막혔다. 왜냐하면, 거기에 있는 사람은······.

"두 분은 제 학우인 아벨 왕자님과 시온 왕자님이랍니다. 아벨 왕자님은 렘노 왕국의 제2왕자 전하이고, 시온 왕자님은 선크랜드 왕국의 제1왕자 전하시죠."

미아의 소개에 순간 회장이 고요해졌다.

"제 탄신제에 참석하기 위해 와 주셨답니다."

아무것도 아니라는 양 말하는 미아였으나……, 거기서 발생한 충격은 결코 작지 않았다.

확실히, 티어문 제국은 대국이다.

그 황녀의 탄신제이니 이웃 나라에서 손님이 오는 일도 드물지 않고, 페르쟝 농업국이나 가누도스 항만국의 왕족이 온 적도 있다.

하지만…… 선크랜드 왕국쯤 되는 대국에서 왕족이 온 적은 없다.

심지어 제1왕자인 시온 왕자라면 왕위계승권 1위의 왕족이다.

그건 바로 저 선크랜드 왕국이 미아 황녀를 그만큼 높이 평가하고 있다는 뜻이다.

"설마, 선크랜드의 왕자가……."

"아니, 또 한 명의 왕자도 경시할 수 없어."

렘노 왕국이라면 티어문이나 선크랜드보다는 떨어진다고 해도 소국이라고 할 수 없는, 방심하기 어려운 국력을 지닌 나라다.

심지어 아벨은 제2왕자. 왕위계승권 1위의 시온과는 다르게, 제2왕자라면…… 미아의 데릴사위가 될 자격은 충분하다.

지고의 색을 두르고 두 명의 왕자를 소개하는 행위가 더없이 의미심장하게 보여서……, 귀족들은 전율을 금치 못했다.

하지만……, 아아, 하지만…….

그들을 강타하는 최대의 충격은 이 직후에 찾아왔다.

귀족들이 아직 어안이 벙벙해져서 서 있는 와중에, 별안간 회장의 문이 열렸다.

"늦어져서 면목이 없습니다. 미아 님."

문을 열고 나타난 이는 사대공작가의 한 축, 그린문 공작가의 영애 에메랄다였다.

……뭐, 솔직히 그건 아무래도 상관없었다.

에메랄다와 미아가 친한 사이라는 건 이 자리에 모인 귀족들이라면 다들 아는 사실이기 때문이다.

문제는 에메랄다의 바로 뒤에 서 있는 인물이었다.

그것은 청아한 미소를 머금은 소녀였다.

나이는 미아와 그리 차이가 나지 않는다. 10대 중반 정도일까.

맑은 시냇물처럼 청량한 하늘색 머리카락, 사르르 바람에 흔들리는 머리카락 틈새로 보이는 투명하도록 하얀 피부.

신성하리만치 아름다운 그 소녀를…… 이 자리에 모인 모두가 알고 있었다.

직접 본 적이 없는 자도, 초상화로 본 적이 있었다.

그것은 대륙에 군림하는 성녀……. 즉.

"우후후, 평안하셨나요. 미아 님. 생일 축하해요."

베이르가 공국의 공작 영애, 성녀 라피나 오르카 베이르가의 등장이 회장의 분위기를 또다시 바꾸었다.

두 왕자의 존재는 결코 무시할 수 없는 것이었다. 하지만 말 그대로, 라피나는 격이 다르다. 그녀를 적으로 돌린다는 건 선크랜드를 비롯한 대륙의 여러 국가를 적으로 돌린다는 것과 같은 뜻이 된다.

귀족들은 그 정도로 막대한 영향력을 라피나의 배후에서 보고 있었다.

그리고…… 그 라피나가 미아의 생일을 축하하기 위해 일부러 제국까지 발을 옮겼다는 사실…….

사태의 급변에 따라가지 못하는 귀족들을 뒤로하며 라피나는 사뿐사뿐 미아를 향해 걸어왔다.

"라, 라피나 님? 어째서 여기에?"

"어머나? 친구의 생일을 축하하는 건 당연한 일이잖아?"

놀라는 미아를 향해 라피나는 쿡쿡 장난기 어린 미소를 지으며 말했다.

"후후후, 놀라준 것 같아서 다행이야, 미아 님. 몰래 온 보람이 있구나."

"아, 세상에……. 이렇게 먼 곳까지 일부러……."

미아는 황공해 하며 라피나를 대했지만…… 귀족들은 그 연기에 답답함마저 느꼈다.

뻔뻔하다. 성녀 라피나가 방문한다는 걸 몰랐을 리가 없는데.

사이좋게 손을 맞잡은 미아와 라피나. 그 광경에 제국 귀족들은 뼈저리게 느끼게 되었다.

황녀 미아 루나 티어문, 현 황제의 딸이 보유한 강력한 권세를.

그녀가 황제의 총애를 받는다는 건 알고 있었다.

최근에는 민중을 상대로 자선활동에도 힘을 쏟았고, 그 덕분인지 백성들에게 인기가 높다는 것도 다소 마음에 들지 않긴 하지만 인정하는 바였다.

또 변경 귀족들을 대우하여, 중앙 귀족과는 거리를 두는 그들과의 관계도 상당히 양호하다고 들었다.

하지만……, 그 권세가 국외에도 미쳤을 줄은 그들도 상정하지 못했다.

제국과 대등한 대국, 선크랜드 왕국의 왕자와 선크랜드만큼은 아니라고 해도 방심할 수 없는 국력을 지닌 렘노 왕국의 왕자, 두 명의 수려한 왕자와 미소를 나눈다. 동시에 대륙 최대의 권세인 베이르가의 성녀, 라피나 오르카 베이르가와도 지극히 친밀한 관계를 구축했다.

이러한 인물이 여태껏 이 제국에 존재했던가? 아니다!

그 압도적인 권세는 미아에게 반감을 갖고 있던 귀족들을 다물게 하기에 충분했다.

……그녀를 적으로 돌리면 위험하다는 걸 많은 자들이 알아차렸다.

애초에 황제 폐하 자체가 사랑하는 딸의 일이 되면 여러모로 위험해진다. 그런데다 그녀의 막강한 권력을 목격하게 된 귀족들은 크게 초조해졌다.

그렇게…… 황제가 내린 칙명을 새삼 떠올렸다.

미아 황녀는 '모든 백성이 자신의 생일을 기뻐하고, 즐기고, 축하하길 바란다'고 했다고 한다. 그렇다면…… 그것을 전력으로 이뤄줘야만 하는 게 아닐까?

그러한 생각이 뼈저리게 각인된 귀족들은 공포에 등을 떠밀리듯이 자신들의 영지로 부리나케 돌아갔다. 그리하여…… 경직된 미소를 지으면서 백성들을 자신의 저택에 불러들였다.

……완전히 자포자기였다.

민중을 기쁘게 하지 못하면 미아 황녀의 심기를 거스르게 될지도 모른다. 그것만큼은 피해야 한다고 전력을 다해 임한 것이다!

그 결과 백성들과 함께 술을 나누고, 같은 사람을 축하하기 위해 노래하고……. 이런 짓을 하는 사이에 아주 조금, 기분이 좋아졌다.

"도량이 넓은 영주님."

이런 소리를 하면서 떠받들어주는 게 썩 나쁜 기분은 아니었다. 게다가 어차피 고작 닷새간의 일이다.

며칠만 민중들에게 좋은 모습을 보여주면 그만이라며 자신들도 즐기기로 했다. 그게 칙명이니까, 그렇게 했다.

결과…… 그들의 마음에도 새겨지게 되었다.

영지민과 함께 축제를 즐겼다는 추억이……. 그저 세금을 거두기만 할 뿐인 자들, 단순한 남이었던 자들이 술을 나눠 마신 아는 사람이 되어버린 것이다…….

그건 그들에게 적지 않은 영향을 주게 되었다.

한편, 그럼에도 불구하고…… 낡은 인습을 따르는 자들은 존재했다.

"난처하게 되었군요. 이거, 사피아스 공자를 부추겨야겠습니다……."

"아니죠, 저렇게 대단한 포진은 보통 사람으로는 맞서기 어렵습니다. 이건 레드문 공작가가 움직여서 견제해달라고 해야……."

뭐 이렇게…… 좋지 않은 궁리를 하는 그들이었으나……. 그들은 몰랐다.

사대공작가의 자제들이 현재 어떠한 상황인지…….

이미 그들이 매달리려고 하는 사대공작가에도 미아가 적당히 뿌려놨던 씨에서 싹이 나고 탄탄하게 뿌리를 내리고 있다는 사실을……

그리고, 자신들의 꿍꿍이가 미아에게 고스란히 흘러 들어가게 된다는 것도.

이리하여……, 미아는 여제로 가는 길의 첫걸음을 화려하게 내디뎠다!

본인이 모르는 곳에서…….

만찬회 회장으로 미아를 보낸 루드비히는 끓어오르는 감회에 가슴이 뜨거워지는 걸 느꼈다.

"미아 님께서 저 색을 걸치시다니……."

그것이 의미하는 바를 생각하면 저도 모르게 몸이 부르르 떨렸다. 흥분으로 인한 떨림이다.

루드비히는 그걸 멈출 수가 없었다.

"마침내……, 마침내 미아 님께서 표명하신 건가……. 황제로서 이 티어문 제국을 이끌겠다는 의지를……."

그것은 루드비히의 비원이었다.

그날, 처음으로 미아와 대화하게 된 날…… 그는 제국 내를 열심히 돌아다녔다.

미아가 바라는 건 제국의 재정문제를 해결하는 것에서 멈추지 않았다.

그녀는 제국의 모든 것을 바로 세우려고 하고 있다.

따라서 루드비히는 그 힘이 미치는 한 전력으로 부응하고자 했다.

그러는 사이에 그는 이렇게 생각하게 되었다.

"미아 황녀 전하야 말로 제국을 지도하기에 걸맞은 분."

이것이 루드비히가 내린 결론이다.

합리적으로 생각했을 때, 그게 제국을 이끄는 데 가장 좋은 방법이다.

냉정하게, 객관적으로 생각해서, 그게 옳은 길이지만……. 그렇지만.

"제국의 첫 여제 미아 폐하…… 라."

어째서일까……. 그 말을 입에 담은 순간, 루드비히의 가슴이 떨렸다.

사고를 거듭하는 과정에서…… 자꾸만 거기에 감정이 엮여버린 듯한 느낌이 들었다.

제국 최초의 여성 황제가 된 미아와 그녀를 옆에서 보좌하는 자신. 아니, 옆이 아니어도 상관없다. 그녀의 수족이 되어 움직일 수 있다는 게 어째서인지 무척 멋진 일인 것 같은 느낌이라…….

그건 아득히 먼 옛날…… 어딘가에서 품었던 감정.

언제인지, 어디에서인지…… 신기하게도 떠올릴 수가 없고…….

어쩌면 그건 꿈속의 일이었을지도 모른다고……. 그런 생각마저 들었다.

"설령 꿈이라고 해도 상관없지. 여제가 되신 그분 곁에서 일할 수 있다니, 이보다 더 기쁜 일은 없으니까……."

루드비히는 자신이 다소 감상에 젖어있다는 걸 자각하고……, 씁쓸한 미소를 지었다.

"아직 무언가를 이룬 것도 아닌데……."

뺨을 짝짝 두드린 뒤 그는 걷기 시작했다.

"발타자르와 스승님께 연락해야겠군. 게다가 질에게도. 다른 녀석들에게도 협력을 부탁해야……."

노현자 갈브의 밑에서 배출된 관료 집단, 그 힘을 결집하기 위해 루드비히는 움직이기 시작했다. 자신과 마찬가지로 미아의 휘하로 달려오라고 부르기 위해.

모든 것은, 그래……. 보라색── 지고의 색, 을 휘감은 미아를 위하여.

보라색 드레스를 입은 미아를 보낸 후 안느는 만족스럽게 고개를 주억거렸다.

자신의 연구 성과를 미아가 사용해준 것이 참으로 자랑스러웠다.

──최근 미아 님께서는 무척 고생이 많으셨으니까, 조금쯤은 살이 쪄도 어쩔 수 없지.

자신은 상상할 수 없을 만큼 막대한 중압감에 놓인 미아.

그 탓에 단것을 먹고 발산하는 사이에 조금 토실토실해지고 만 미아.

그런 주인에게 도움이 되기 위하여 안느는 주야를 불사하며 연구했다.

이번 파티를 앞두고 안느는 얼마 전 클로에에게 받은 입욕제를 미아가 쓸 목욕물에 사용했다. 피로가 풀리는 효과가 있다고 했는데, 목욕을 마친 미아는 정말로 빛이 나는 것처럼 기운이 넘쳐 보였다.

……뭐, 물리적으로 빛났기 때문이지만…….

새로운 정보에는 탐욕스럽게……. 학원에 있는 다른 나라의 귀족이 데려온 종자에게서도 적극적으로 정보수집을 시도했다. 게다가 세인트 노엘은 뭐니 뭐니 해도 대륙의 최첨단을 달리는 학원 도시다. 마을로 나가면 온갖 것들이 손에 들어온다.

안느는 미아를 위한 물건이 없을지 탐색하기 위해 시간이 있을 때는 적극적으로 마을에 나갔다.

미아의 건강을 유지하기 위한 공부도, 그 피부의 매끄러움을 유지하기 위한 요령도, 그 머리카락을 아름답게 빗기는 기술도 연마를 거듭했다.

"미아 님을 위해 내가 할 수 있는 일을 하는 거야."

미아의 미용을 관리하는 일선 책임자라는 자부심이 안느의 마음속에 있었다.

그런 그녀가 보기에도 오늘의 미아는 합격점.

말 그대로 빛나는 듯한 미모를 발휘했다.

……뭐, 정말 물리적으로 빛났기 때문이지만…….

"우후후, 머리카락도 잘 빗겨졌고. 이제 그때처럼 답답해하지 않아도 괜찮……, 어라? 그런데……, 그때가 언제더라?"

안느는 작게 고개를 갸웃거렸다.

언제였더라……. 자신은 미아의 머리카락을 빗었다. 그건 미아에게 무척이나 중요한 순간이었다. 하지만 그때는 잘 빗기지 못했는데…….

"꿈…… 이었나?"

아무리 떠올리려고 해도 그런 기억은 나오지 않았다.

하지만 미아의 중요한 순간에 자신이 빗질을 할 수 없다는 건 죽어도 싫었다.

앞으로도 미아에게는 혼례도 있고, 수많은 국민 앞에 나서는 일도 있을 것이다.

그런 때 최고의 모습으로 미아를 보내는 것. 그게 자신의 가장 중요한 일이라는 걸 안느는 아주 잘 알고 있었다.

볼품없는 실력을 발휘할 수는 없다. 그러니 매일 노력을 소홀히 하지 않는다.

"우선……, 미아 님께서 돌아오실 때까지 할 일은……."

안느는 '흐음……' 하고 팔짱을 꼈다.

"음, 그렇게 아름다우셨는걸. 분명 두 전하와도 즐거운 시간을 보내실 수 있을 거야. 그렇다면…… 아마 돌아오실 때는 피곤하시겠지."

미아의 춤 실력을 아는 안느는 분명 미아가 춤을 많이 추고 올 것이라고 판단했다.

그렇다면 자기 전에 땀을 씻고 자고 싶다고 생각해도 이상하지 않다.

언제 미아가 돌아와도 괜찮도록 목욕 준비를 해 놔야겠다는 생각을 하는 안느였다.

모든 것은, 그래……. 보라색── 수축색, 을 휘감은 미아를 위하여.

이런 안느의 특수 화장의 힘을 빌어 멋지게 변모한 미아는 인생의 봄날을 구가하고 있었다.

모 후작과 인사를 나누고, 다음으로는 그 후작의 영애와 인사하고. 이어서 그 친구들과 인사…….

"미아 님, 이 요리 무척 맛있습니다."

이런 권유를 받고 그대로 맛있게 우물우물.

일단락이 되고 나면 이번에는 모 백작과 인사를 나누고, 그 옆에 있던 페르쟝 농업국의 왕녀 라냐와 담소를 나눴다.

"아, 미아 님. 실은 이거, 페르쟝에서 개발한 새 케이크인데……."

그리고는 라냐에게 이런 권유를 받고 맛있게 우물우물.

케이크를 먹던 도중에 인사하러 온 중앙 귀족에게 '타이밍이 나쁘잖아요!'라며 속으로 혀를 차면서도 생글생글 대응.

그대로 케이크 두 조각을 깨끗하게 비운 뒤, 근처에서 맛있어 보이는 버섯 소테를 발견한 미아는 그것도 맛있게 우물우물, 우물우물…….

한바탕 우물우물 타임을 만끽한 미아를 향해 걸어오는 자가 있었다.

"미아 황녀 전하, 괜찮다면 한 곡 함께 해줄 수 있을까?"

정중한 어조로 말하는 사람은 시온 솔 선크랜드였다. 어느새 회장에는 부드러운 곡이 흐르기 시작해, 담소에 질린 사람들이 저마다 춤을 추고 있었다.

"어머나, 시온……. 춤 신청인가요?"

"그래. 황제 폐하께 인사할 때는 한발 늦었지만, 매번 아벨에게 선수를 양보하는 것도 내키지 않거든."

문득 보자 아벨이 조금 떨어진 곳에서 쓴웃음을 짓고 잇었다.

"흐음……. 신사도 제법 고쟁이 많군요……, 으헉!"

그때, 시온이 갑자기 미아의 손을 잡아당겼다.

"사, 상당히 막무가내잖아요, 시온."

두근두근 뛰는 가슴을 붙잡고 미아가 말했다. 기본적으로 적극적인 어택에는 처절하게 약한 미아이다. 심지어 상대방은 미남 중의 미남인 시온이다.

냉정을 유지할 수 있을 만한 여유는…… 없다!

"하하, 너는 오늘의 주역이니까. 나에게 너무 시간을 빼앗길 수도 없잖아?"

그렇게 시온은 경쾌한 댄스의 스텝을 밟기 시작했다.

시온의 미남 아우라에 당해 여유를 잃어버렸던 미아였으나, 그래도 어렵지 않게 따라갔다.

그렇다……. 잊었을지도 모르지만 춤만큼은 특기인 미아이다.

지금은 여기에 그럭저럭 봐줄 만한 승마술과, 위험한 요리법이라는 스킬도 더해져서 상당히 다양한 스킬을 터득한 미아이다. 미아도 성장이라는 걸 한다!

"어머, 변함없이 춤을 잘 추시는군요. 시온."

"그런가? 너는 어쩐지 전에 췄을 때보다 박력이 줄어든 것 같은데?"

장난기 있게 윙크하는 시온에게 미아는 여유로운 미소를 돌려주었다.

"어머나. 당신이 따라올 수 있을지 걱정되어서 적당히 맞춰드린 것뿐이에요. 진지하게 가 볼까요?"

말과는 반대로 오늘의 미아에겐 시온을 향한 적의는 없었다.

거기에 있는 것은 그저 순수하게 춤을 즐기고 싶다는 마음뿐…….

그렇다. 미아 안에서 시온을 향한 적개심은 이미 거의 남아있지 않았다.

따라서 그 스텝도 파트너인 시온에게 맞춰준 것이었고…… 결과적으로 두 사람은 몹시 호흡이 딱 맞는 춤을 출 수 있었다.

그것은 미아에게 무척이나 즐거운 시간이 되었다.

그리고, 당연히 시온에게도.

……그래서일까?

그 후 미아의 댄스 파트너를 아벨에게 양도했을 때…… 시온의 가슴에는 아주 조금, 아쉬움이 남았다.

"후우…….."

춤을 추고 난 시온의 곁에는 많은 여성들이 모였다.

그의 멋진 춤에 넋을 놓았다는 것도 당연히 있지만, 그 이상으로 제국의 귀족 영애에게 대국 선크랜드의 왕자는 무척이나 매력적이다. 어떻게 잘 해서 연인이라도 된다면 미아와도 견줄 수 있는 권력을 얻게 될지도 모른다.

보통은 웃는 얼굴로 적절하게 넘겼을 테지만……, 어째서일까. 오늘의 시온은 그리 여유가 없었다.

솔직히 키스우드에게 맡겨버리고 싶었지만, 여기에 들어올 수 있는 건 왕족과 귀족뿐. 든든한 종자는 없다.

──으음…… 조금 귀찮은데. 어떻게 해야 할까.

다가오는 자들의 미소 뒤에서 훤히 보이는 타산을 읽어내고 만 시온은 무심코 신물이 났지만…….

"죄송합니다. 저기……."

그때……, 그 사람으로 이루어진 벽을 가르고 다가오는 사람이 있었다.

비난하는 소리도 흘려넘기며 그곳에 나타난 이는 시온이 아는 얼굴이었다.

"응? 너는, 티오나."

티오나 루돌폰.

제국 변경백의 영애인 그녀 또한 미아의 만찬회에 초대를 받았다.

"어머나, 시골뜨기가 나서다니 건방지게!"

이런 비난의 목소리는 깔끔하게 무시해버린 티오나는 시온의 손을 잡았다.

"저기, 시온 왕자님. 같이 와 주실 수 있겠습니까? 라피나 님께서 부르십니다!"

말을 마치자마자 티오는 시온을 데리고 회장 안을 가로질렀다. 그대로 그녀는 회장의 밖으로 향했다.

"티오나, 라피나 님이 부르신다면 회장 밖으로 나가는 건 곤란할 것 같은데……"

쓴웃음을 짓는 시온. 그의 시선 끝에는 회장의 중심에서 제국 귀족에게 둘러싸여 담소하는 라피나의 모습이 있었다.

시온의 지적에 티오나가 아차 하는 표정이 되었다.

"하지만, 그래. 조금 피곤했으니 바깥 공기라도 마시러 갈까."

그러나 시온은 그 손을 반대로 잡아당기며 앞장섰다.

두 사람이 향한 곳은 발코니였다.

불어닥치는 차가운 겨울바람은 춤을 추는 사이에 뜨거워졌던 몸에 딱 좋았다.

주위에 사람의 모습은 없다. 아무래도 황녀 전하의 생일을 축하하는 만찬회에서 빠져나간다는 불경한 자는 없는 모양이다.

싸늘한 공기를 힘껏 들이마셨다가 내뱉으면서 시온이 말했다.

"그나저나 미안해, 티오나. 고맙긴 하지만, 나와 같이 있으면 네 입장이 나빠지지 않겠어?"

그 말을 들은 티오나는 쿡쿡 작은 소리를 내며 웃었다.

"괜찮습니다. 처음부터 나쁘니까요."

비하하는 것도 아니고, 지극히 자연스럽다는 듯 티오나는 말했다.

"하지만 미아 님 덕분에 그것도 많이 좋아졌습니다. 세인트 노엘에서 괴롭힘을 받는 일도 없고, 선거 건을 계기로 화해에 성공한 사람들도 많이 있고요."

티오나는 자신의 가슴에 살며시 손을 올리고 눈을 감았다. 소중한 기억을 떠올리는 것처럼……

"그래……. 그렇다면 다행이지만……"

그녀의 얼굴을 보면서 시온은 막연히 생각했다.

——그렇군, 그녀도 나도 마찬가지로 미아에게 구원을 받았구나……

"그보다, 시온 왕자님……. 저기, 이런 걸 여쭤보면 안 되는 건지도 모르겠지만……"

티오나는 한번 말을 멈춘 뒤 굳게 결의한 듯 물었다.

"그…… 괜찮으세요?"

"응? 뭐가?"

의미를 이해하지 못해서 고개를 갸웃거리는 시온.

"미아 님을……. 그……, 조금 전 춤을 추시는 걸 봤습니다. 시온 왕자님, 무척 즐거워 보이셨어요."

그러더니 티오나는 조금 머뭇거린 뒤에 말을 이었다.

"시온 왕자님께선 미아 님을……, 좋아하시는 게 아닌가 해서요. 그런데 간단히 아벨 왕자님께 파트너를 양보하셨으니까……"

그 지적에 어리둥절하게 고개를 기울였던 시온이 씁쓸하게 웃었다.

"너무 미아를 독점하면 아벨에게 불평을 들을 것 같아서 양보한 것뿐인데……"

말하던 도중 시온은 깨달았다. 자신이 거짓을 입에 담고 있다는 사실을. 그리고 티오나가, 진실을 간파하려는 듯 자신을 똑바로 응시하고 있다는 것을.

──이런……. 얼버무리는 것도 예의가 아니려나…….

시온은 고개를 저으며 한숨 섞인 말을 뱉었다.

"네 말대로 확실히 나는 미아에게 끌리고 있는지도 모르지. 하지만, 나는 실패했어."

선크랜드의 바람까마귀가 저지른 행위. 그리고 정의를 표방하면서도 자신이 저지른 죄……. 그 죄책감이 지금도 시온을 속박하고 있었다.

"이제 와서 내가 무언가를 말할 자격이 있다고는 생각하지 않아……. 게다가 나는 선크랜드의 제1왕자. 설령 미아를 사랑하게 된다고 해도 그게 이뤄질 일은 없어……."

"미아 님께서는 그런 건 신경 쓰지 않으실 겁니다."

마치 시온의 망설임을 끊어내듯, 단호한 어조로 티오나가 말했다.

"미아 님께서는, 저기…… 그릇이 무척 넓은 분이시니까 그런 건 분명 신경 쓰지 않으실 거예요……."

"그럴까?"

그렇게 물으면서도 시온은 생각했다.

확실히, 그 말이 맞을 것이라고…….

티오나는 고개를 크게 끄덕인 뒤 말을 이었다.

"게다가 분명 후회하실 겁니다. 말을 할 수 있을 때 제대로 해야 했다고…… 분명히."

티오나의 말은, 시온에게는 후회를 아는 사람의 말로 들렸다.

어쩌면 티오나는 과거에 하고 싶은 이야기를 하지 않아서 후회한 적이 있는 건지도 모른다.

"말을 할 수 있을 때 한다, 라……."

시온은 처음으로 생각하기 시작했다.

자신의 감정에 대하여.

자신은 미아를, 어떻게 생각하는지…….

참고로…… 시온이 작은 결의를 굳히려고 하고 있는 이때……, 미아는 무엇을 하고 있었냐면…….

"흐음……, 이 케이크도 대단하군요. 아벨, 당신도 먹어 보세요!"

넓은 그릇을 발휘하여 우물우물 타임 제3라운드에 돌입해 있었다.

춤으로 소비한 에너지를 보충하면서, '기근이 오면 호화로운 음식은 먹지 못할 테니까 미리 많이 먹어둬야죠!'라는 이 마인드!

마음도 배도 그릇이 넓은 미아였다.

"안녕, 미아 님."

미아가 '아무리 그래도 너무 많이 먹었나?' 하며 배를 문지르고 있을 때, 바로 옆에서 목소리가 들렸다.

고개를 그쪽으로 돌리자 어느새 다가온 건지 라피나가 서 있었다.

"어머나, 라피나 님."

미아는 허겁지겁 의자에서 일어났다.

첫 등장 이후 바쁘게 인사하러 돌아다녀야 했기 때문에 차분히 대화할 여유도 없었다.

아니, 방치해두고 시온이나 아벨과 춤을 즐기거나 케이크를 우물우물 먹어 치우고 말았다! 다소 실례되는 태도였을지도 모른다고 반성한 미아는 손님을 환영하는 태도로서 라피나를 향해 미소를 뿌렸다.

라피나는 미아가 권유하는 대로 자리에 앉은 뒤 불현듯 목소리를 낮췄다.

"……그런데, 미아 님. 나는 미아 님의 생일에 부름을 받지 못했는데…… 와도 괜찮았던 거지?"

그렇게 말하면서 살그머니 올려다보았다.

"……흐어?"

입을 멍하니 멀린 미아를 향해 라피나는 말을 이었다.

"어쩌면 미아 님은 내가 오는 걸 원하지 않았기 때문에 부르지도 않았던 게 아닌가 하고……. 걱정이 되었어. 부르지 않은 사람은 나뿐이었던 것 같았으니……."

"앗……."

주르륵……. 미아의 등을 타고 싸아늘한 것이…… 흘렀다.

그렇다. 학생회 구성원 중 이 자리에 불리지 않은 건……, 라피나 뿐이었다.

클로에는 원래 평민 출신이니 어쩔 수 없다고는 해도, 사피아스도 티오나도 두 왕자도 탄신제에 부름을 받았다.

귀족이면서 부름을 받지 못한 건…… 라피나 뿐이다.

미아는 오직 라피나만! 자신의 탄신제에 부르지 않은 것이다!

이것이 무엇을 의미하는가…….

예를 들어 미아가 라피나와 그리 친한 사이가 아니라면 문제는 없다.

그런 관계에서 라피나를 부른다는 건 그녀의 권력을 노리는 행위로 이어진다. 오히려 그렇다면 부르지 않는 게 겸허함이 느껴져서 라피나에게 평가를 받을 것이다.

하지만……. 다행인지 불행인지 미아는 라피나의 친구다.

그럼 친구를 생일 파티에 부르지 않는다는 건, 어떤 것을 의미하는가?

미아는 등에 땀을 삐질삐질 흘리면서 떨리는 목소리로 말했다.

"라, 라피나 님께선, 바쁘시니까, 굳이 와 달라고 하는 건 면목이 없었던 것뿐이에요. 오는 걸 원하지 않았다니, 그런 생각은 전혀 없었습니다. 이렇게 와 주셔서 저는 가, 감동했는걸요?"

……참고로 비교적 본심이다.

미아는 결코 라피나가 오는 게 싫다는 생각을 한 적이 없다. 다만, 이런저런 일이 일어나는 바람에 살짝 잊고 있긴 했지만…….

라피나는 미아의 눈동자를 빤히 응시했다.

"……하지만, 잊어버렸다거나?"

미아는 방긋방긋 웃는 얼굴로 그 말을 흘려넘겼다.

마음속으로는 비명을 지르면서…….

──으으, 크, 큰일이예요! 라, 라피나 님께서는 가끔, 사람의

마음을 읽으시니까…… 의식하면 안 돼요. 잊어버린 적 없습니다……. 저는 절대로 잊어버린 적이 없습니다!

스스로를 설득하고, 그것을 믿어버린다!

자신은 라피나를 잊지 않았다!

라피나가 바쁠 테니까 권하지 않은 것뿐이다!

──저 는 잊 지 않 았 습 니 다…….

그때, 라피나가 표정을 무너트렸다.

"후후후, 농담이야. 미아 님. 그렇게 당황하지 않아도 괜찮아."

상큼한 미소를 짓는 라피나. 하지만 미아에게는 어쩐지, 그 눈이 웃지 않는 것처럼 보이고 말았다.

──으윽, 실수했어요. 앞으로는 매년 라피나 님을 초청해야만 하게 되었네요. 게다가…….

그 순간 미아는 떠올렸다.

──아, 그렇죠……. 바르바라 씨에 대한 소식이 엇갈려버렸을 테니까, 설명이 필요하겠네요.

바르바라와 함께 베이르가에 보낸 편지(변명 덩어리). 거기에는 초대 황제의 꿍꿍이를 미아가 계승하지 않는다는 걸 정식으로 표명한다는 취지가 전력을 다해 적혀있었는데…….

──그걸 읽지 않으셨다는 건…… 그 옐로문 공작에게 한 것처럼, 초대 황제의 책임을 짊어지지 않아도 되도록 즉각, 확실하게 선언해둘 필요도 있겠어요……. 그렇다면 무언가 적절한 장소가 있다면 좋겠는데요…… 흐음.

그런 생각을 하는 사이에 그날의 만찬회도 끝이 다가왔다.

"미아 님······."

문득 고개를 들자 그곳에는 에메랄다가 서 있었다.

"어머, 에메랄다 양. 오늘은 저를 위해 친히 와 주셔서 감사합니다."

"아뇨. 절친한 친구의 생일을 축하하는 건 당연한 일이니까요. 오늘은 이만 실례하겠지만 저희 그린문 저택에서 열리는 파티도 기대해주세요. 아, 시온 왕자님과 아벨 왕자님, 그리고 라피나 님도 괜찮으시다면······."

그렇게 명랑한 미소를 짓는 에메랄다.

미아의 탄신제는 5일간 열린다. 그 동안 미아는 제도 근교의 중앙 귀족 영지군의 마을을 돌게 되어있다. 어느 귀족의 영지에 가는지는 정해져 있지 않고, 매년 각 월청의 의견을 참고하여 코스를 정한다.

그 닷새간의 일정이 끝나면 이번에는 사대공작가가 저마다 축하연을 열어주기 때문에 거기에 참가해야만 한다.

당연히 에메랄다의 그린문가에서도 축하연이 열린다.

──분명 그린문가는 영도가 아니라 제도에 있는 저택에서 축하연을 열기로 했죠······? 그렇다면 당분간 제도에 있겠네요······. 흐음.

거기까지 생각한 미아는 무언가를 떠올렸다는 듯 짝 손뼉을 쳤다.

"아, 그래요. 저기, 에메랄다 양. 당신에게 부탁이 있는데요."

"어머나? 무엇인가요? 미아 님."

부탁이라는 말을 들은 게 기뻤던 건지 에메랄다는 생글생글 웃었다.

그런 그녀에게 미아는 지극히 자연스러운 어조로 말했다.

"이번 겨울 내로 예의 '약속'을 이행해주실 수 있을까요?"

"약속……."

순간 고개를 갸웃거린 에메랄다였으나, 다음 순간 흠칫 놀란 표정을 지었다.

그 얼굴은 어쩐지 긴장해서 굳어진 것처럼 보였다. 그런 에메렐다를 향해 미아는 부드럽게 미소 지었다.

"저를 위해 다과회를 열어주셨으면 해요. 달콤하고 맛있는 케이크를 먹게 해주겠다고 약속하셨죠?"

그건 그날 무인도에서 나눈 약속……. 아니, 그보다 더 전에…….

"사피아스 공자와 루비 공녀, 그리고 슈트리나 양도 불러서 거기서 맹세하는 거예요."

미아는 한 번 말을 끊었다가 다시 이어 말했다.

"이 제국을 위해 헌신하겠다고……. 이 제국의 모든 국민을 위해……."

그 말에 에메랄다는 눈을 부릅떴다.

월광회의 발안자, 에메랄다 에트와 그린문이 오랫동안 고대해왔던 순간이 찾아오려 하고 있었다.

달과 별들의 회합이 마침내 이뤄지려는 순간이었다.

제4화 달과 별들의 다과회 ~이리하여 맹약은 맺어지다~

월광회.

그것은 티어문 제국 사대공작가와 황녀 미아만이 참가가 허락된 특별한 다과회.

에메랄다가 기획하고 입안하여 시작된 다과회는 이미 세인트 노엘 학원 내에서 몇 번 정도 열린 바 있었으나……, 단 한 번도 모든 멤버가 모인 적은 없었다.

옐로문 공작가의 슈트리나가 입학할 때까지 옐로문의 자리가 공석이었다는 것도 당연히 있지만, 그건 그렇다고 쳐도 전원이 각자 바쁜 몸이기 때문이다.

매번 참석한 사람은 에메랄다 뿐이고 사피아스도 루비도 예정이 맞지 않는 일이 종종 있었다.

하지만, 그날…….

그린문 저택에는 세 명의 별을 지닌 공작 영애와 한 명의 별을 지닌 공작 영식이 모였다.

넓은 실내의 중심에 놓인 원탁 주위에 네 사람이 앉아서 담소를 즐겼다.

"그나저나 설마 월광회에 이런 식으로 모이게 될 줄은 생각지도 못했어. 이런 바쁜 시기에 소집하다니……. 나는 또 영락없이, 네가 이상한 생각을 하는 줄 알았지……."

"어머나, 대단한 실례잖아. 사피아스 공자. 그래서는 마치 내가 분위기 파악을 못 한다는 것 같은데?"

사피아스의 농담에 뾰로통하게 말하는 에메랄다.

"아니, 이번만큼은 나도 청월의 귀공자에게 동의해. 설마 미아 황녀 전하의 탄신제 둘째 날에 다과회라니……. 흐음, 이 홍차 맛있는데. 페르쟝산 홍차인가?"

두 사람의 대화를 산뜻한 얼굴로 듣고 있던 루비가 눈앞에 있는 홍차를 마시고 웃었다.

"그럴 거예요. 라냐 왕녀님에게 받은 것을 미아 님께서 나눠 주셨으니……, 어머? 뭐죠, 그 얼굴은……."

"음, 아니. 너도 변했다는 생각이 들어서 말이야. 녹월의 공녀님. 무척 둥글어졌어."

루비의 지적에 에메랄다는 의아하다는 듯 고개를 갸웃거렸다.

"그런가요? 딱히 그렇지도 않을 텐데……. 하지만, 그렇네요. 미아 님의 친우에 걸맞은 사람이 되려고 생각하고 있어요."

그 순순한 대답에 루비는 아주 조금 눈을 크게 떴다.

"그래, 그렇단 말이지. 이 자리에 모인 자는 모두 미아 황녀 전하와 어울리며 바뀌었다는 건가……. 너도 그런가? 황월의 공녀님."

그렇게 루비가 시선을 보낸 끝에 조용히 앉아있는 사람은 들판에 피어난 꽃처럼 가련한 소녀였다. 부드러운 머리카락을 살랑이며 소녀, 슈트리나는 사랑스러운 미소를 지었다.

"네. 여러분과 마찬가지로, 혹은 그 이상이 아닐까요?"

"어머? 그건 흘려들을 수 없는데요. 내가 더 가볍다니……."

슈트리나의 말에 달려드는 에메랄다. 그녀는 슈트리나를 향해 날카로운 시선을 보냈다.

"나도 그런 말을 듣는 건 조금 불쾌하군. 나 역시 미아 황녀 전하께는 도저히 갚을 수 없을 만큼 큰 은혜를 느끼고 있어."

게다가, 드물게도 루비도 부루퉁한 표정을 지었다.

우정, 연애. 각자 다른 방향이긴 해도 미아에게 받은 은혜는 두 사람에게는 무척이나 큰 의미를 지니고 있기 때문이다.

"이봐, 뭘 경쟁하는 거야? 이제 곧 미아 황녀 전하께서 오실 텐데."

불꽃이 튀는 소녀들을 보고 사피아스는 절레절레 고개를 저었다.

솔직히 그는 영애들의 말다툼에 끼어드는 건 촌스러운 행위라고 생각하고 있지만…….

──뭐, 이것도 경험이라 할 수 있겠지. 장래에 도움이 될 지도 몰라. 게다가 너무 소란스러워지는 것도 문제니까. 이야기의 주제는 그 혼돈의 뱀이라는 자들에 관한 것일 테니…….

학생회에서 몇 번인가 들었던 이야기……. 사피아스 본인은 아직도 반신반의하고 있긴 하나…….

──라피나 님도 시온 왕자, 아벨 왕자도 일절 의심하는 기색이 없었어. 그렇다는 건 아마 그 존재 자체는 확실할 거야.

그리고 지금까지 학생회 내에서 대처했던 것을 마침내 사대공작가의 일원에게도 공개하고, 함께 싸우자고……. 미아는 그렇게 표명할 생각이라고……. 사피아스는 짐작하고 있었다.

──그렇다면 우리가 분열할 수도 없지. 하나로 뭉쳐서 대처하지 않으면, 자칫 잘못할 경우 제국이 무너진다.

자신만이 중대한 위기에 관련된 정보를 갖고 있으니 자신이 정신을 차려야 한다. ……라며, 사피아스는 여느 때보다 더 기합이 들어가 있었다.

"그렇죠……. 저도 참……."

사피아스의 충고에 에메랄다가 온순한 얼굴로 고개를 끄덕였다.

"그래, 그랬지. 나도 조금 흥분했어."

루비도 마음을 달래듯이 홍차에 입을 댔다.

"리나도 부주의한 발언이었습니다. 죄송합니다."

마지막으로 슈트리나가 머리를 숙이자 그 자리는 수습되었다.

그걸 본 사피아스는 만족스럽게 고개를 끄덕였다.

──오오! 나도 통솔하는 게 능숙해졌군. 학생회에서 이리저리 치여봤기 때문일까. 후후후, 이게 바로 성장했다는 거지!

이렇게 다소 우쭐해져 있는 사피아스였으나……. 사실 그런 게 아니었다. 별것 아니다. 미아가 앞으로 중대한 이야기를 한다는 걸 아는 사람은 딱히 사피아스만이 아니기 때문이다.

에메랄다는 안다.

여름에 놀러 간 무인도, 그곳에서 발견한 제국의 중대한 비밀을.

루비는 안다.

미아가 몇 년에 걸친 대규모의 기근이 찾아온다고 예측한다는 것을. 그것을 위해 황녀전속근위대를 효율적으로 움직일 수 있도록 조직하고 있다는 사실을.

그리고 슈트리나는 안다.

자신의 가문을 속박하고 있던 것. 미아가 그걸 없애주었음을.

다들 침묵한 찰나, 다실의 문이 조용히 열렸다.

"평안하셨나요, 여러분. 이번에 이렇게 모여주셔서 감사합니다. 그럼 바로 다과회를 시작할까요."

안으로 들어온 미아는 생긋 웃으며 입을 열었다.

"먼저 처음으로, 여러분에게 사과할 것이 있습니다."

그러더니 바로 머리를 숙였다.

"본래 월광회에는 사대공작가의 자제와 저 말고는 참가할 수 없다고 들었지만…… 이번에는 특별히 두 분의 참가를 허락해주셨으면 해요."

거기서 미아가 뒤를 돌았다. 그러자 미아의 뒤에서 한 명의 소녀가 모습을 드러냈다.

맑은 하늘색 머리카락을 흩날리며 안으로 들어온 그 소녀는…….

"으음……? 당신은, 라피나 님."

루비가 의외라는 듯 목소리를 냈다. 한편 다른 세 사람은 딱히 놀란 기색을 보이지 않았다.

"평안하신가요, 여러분. 후후, 세인트 노엘 밖에서 이렇게 회합하는 건 조금 신선하네요."

라피나는 산뜻한 미소를 지으며 말했다. 옆에서 보고 있던 미아는 자꾸만 그 미소에서 바닥을 알 수 없는 위협을 보았다.

──라피나 님에 관해서는 딱히 누구의 허락을 구할 필요도 없었던 것 같은 느낌이 드네요…….

대체 어디의 누가 라피나에게 반항할 수 있을까? 그러한 만용을 지닌 자는 미아의 머리엔 한 명밖에 떠오르지 않았다. 그런 일을 할 수 있는 건 제국 최강의 기사 정도다!

그런 고로, 딱히 반대 의견도 없어 보여서 미아는 만족스럽게 고개를 끄덕였다.

아무튼 미아에게 이 모임의 주목적은 라피나에게 보여주기 위한 퍼포먼스다. 그녀가 참가하지 않는다는 건 말이 안 되는 일이다.

"그리고 또 한 명……. 제 소중한 조언자인 루드비히 휴이트의 참가도 허락해주셨으면 합니다."

여기서 미아는 말을 끊고 살며시 눈을 감았다.

상대방이 라피나라면 모를까, 평민인 루드비히는 본래 이 자리에는 걸맞지 않다. 하지만 미아에게는 자신이 저질렀을 때를 대비해 그의 조언은 필수 불가결이었다.

이 자리에 부르지 않을 수는 없다.

따라서……, 눈을 번쩍 뜬 미아는 웅변했다. 변명을!

"루드비히는 저의 측근, 저의 지혜, 그리고 저와 같은 마음을 지닌 자. 또 한 명의 저라고 생각해주시면 좋겠습니다."

그렇게 말하며 미아는 루드비히 쪽으로 눈을 돌렸다.

그 시선을 받은 루드비히는 안경을 살짝 고쳐 쓰면서 일동을 향해 깊이 머리를 숙였다.

"루드비히 휴이트라고 합니다. 미아 님의 과분한 신뢰에 부응

할 수 있도록 성심성의껏 노력하겠습니다."

　──어라? 어쩐지 오늘의 루드비히는 여느 때보다 기합이 더 들어간 느낌이네요……? 뭐, 딱히 상관은 없지만요…….

　그 후 미아는 일동의 얼굴을 보았다. 또다시 이론은 나오지 않았다.

　──흐음, 누군가가 트집을 잡아도 이상하지 않다고 생각했는데 의외로 순순하네요. 이러면 아벨과 시온도 데려와도 문제가 없었으려나요……?

　그런 생각을 뒤로 미아는 말했다.

　"그럼 이제부터 다과회를 시작하겠습니다. 에메랄다 양, 부탁드릴게요."

　그렇게 말한 후 미아는 자신의 앞에 케이크나 과자가 나오기를 기다렸다.

　놀랍게도! 오늘은 케이크가 세 종류나 나왔다!

　구운 사과 타르트와 감월 밤으로 만든 크림을 듬뿍 사용한 산 모양의 케이크, 여기에 꽃꿀을 가득 뿌린 팬케이크까지.

　──오오……. 머리 아픈 이야기를 하기 전에 먼저 단 것을 섭취하자는 거군요. 역시 에메랄다 양. 유능한 여자예요!

　미아의 기분이 90, 에메랄다를 향한 신뢰도가 100 올랐다!

　"그럼…… 본론에 들어가겠습니다."

　한차례 케이크를 맛본 후 미아는 조용히 입을 열었다.

　그때.

"미아 님, 입에……."

에메랄다가 다가와서 입 주변을 손수건으로 닦아주었다.

……참으로 익숙한 언니 모드이다. 성야제 때 미아와 별로 놀지 못한 것이 약간 쓸쓸했던 모양이다.

미아는 '큼, 크흠' 하고 헛기침을 한 뒤 다시 말했다.

"그럼 본론으로 가죠……. 그렇다고 해도, 흐음……. 어디서부터 이야기해야 할지."

미아가 루드비히에게 시선을 주었다.

루드비히는 알겠다는 듯 고개를 끄덕였다.

"그럼 저부터……. 음, 역시 순서대로 말씀드리는 것이 적절하리라 봅니다. 시작은 렘노 왕국의 혁명 미수 사건부터……."

그렇게 그가 설명을 시작했다.

렘노 왕국의 혁명 미수 사건과, 그 뒤에서 암약했던 자들에 대하여.

선크랜드 왕국의 첩보부대 바람까마귀와 백아, 그리고 그 속에 잠입해 있던 뱀의 존재…….

"혼돈의 뱀……, 그러한 자들이……?"

"놀랍군요……. 렘노 왕국의 내란에 그런 뒷사정이 있었다니……."

루비와 에메랄다가 당황한 얼굴로 중얼거렸다.

"불행 중 다행이라고 말하기에는 부적절할 수 있으나, 제국 내에 뻗어있던 선크랜드의 첩보망은 일소되었답니다. 백아만이 아니라 바람까마귀 분들도 돌려보냈죠."

그렇게 말한 뒤 미아는 홍차를 한 모금 마셨다.

"다음으로 여름 방학 때의 이야기를 할 필요가 있겠군요……."

미아는 에메랄다 쪽으로 시선을 주었다. 에메랄다는 조금 긴장한 얼굴이 되더니 작게 고개를 끄덕였다.

"실은 여름방학 때 미아 황녀 전하와 뱃놀이를 하러 갔습니다. 아, 시온 왕자님과 아벨 왕자님 두 분도 동행하셨답니다."

……후반은 살짝 자랑하는 어조가 된 에메랄다였다.

"그리고 그때, 무인도에서 터무니없는 것을 발견하고 말았어요."

"터무니없는 것?"

의아한 얼굴로 갸웃거리는 루비. 미아는 크게 고개를 끄덕인 후 뜸을 들이는 어조로 말했다.

"초대 황제 폐하께서 남기신 비문(碑文). 이 제국의 시작과 혼돈의 뱀과의 관계에 대하여 적혀 있었습니다."

그렇게 미아는 이야기했다.

초대 황제가 어떠한 생각으로 이 티어문 제국을 세웠는지. 이 땅을 저주하기 위해 퍼트린, 제국 내에 만연한 '반농사상에 대하여'.

……참고로 이건 모두 대본이다.

하고 싶은 말을 루드비히에게 정리하게 시킨 뒤 통으로 암기했다.

팬케이크에 외워야 하는 문장을 꿀로 적은 뒤에 외우고 나면 먹는다는 참으로 장난 같은 암기법이었지만 참으로 훌륭하게 성공해버렸기 때문에 '암기 팬케이크법'이라고 명명한 미아였다……만 아무래도 상관없는 일이고.

"초대 황제 폐하께서……."

"그렇군……. 확실히 듣고 보면 우리 중에도 농업에 대한 편견

이 뿌리박혀 있어. 중앙 귀족들, 우리 블루문 파벌에도 그런 경향이 있지. 나 자신도 농민은 농노의 말예라며 얕잡아보기도 했어. 부끄러워해야 하는 일이었군."

사피아스가 씁쓸한 어조로 말했다.

"그리고 옐로문 공작가……. 그들은 초대 황제 폐하께 밀명을 받았습니다. 그렇죠? 리나 양."

미아의 시선을 받은 슈트리나는 미약하게 굳은 얼굴로 작게 고개를 끄덕였다.

"저희 옐로문 공작가는 초대 황제 폐하로부터 특별한 명령을 받았습니다……."

그렇게 슈트리나의 입에서 나오는, 옐로문 공작가의 비밀.

장절한 역사에 그 자리에 있던 모든 이가 할 말을 잃었다.

그 동안 미아는 홍차를 한 잔 더 부탁했다. 우유를 가득 넣은 홍차에……, 물 흐르는 듯한 동작으로 설탕을 넣으려고 하던 차에…….

"미아 님, 외람되오나 조금 자중하셔야 합니다……. 안느 양에게서 들었습니다."

옆에서 루드비히가 작게 줄인 목소리로 소곤거렸다.

미아는 '으윽' 하고 신음하면서 설탕이 담긴 병에서 손을 뗐다.

이윽고 이야기를 마친 슈트리나는 작게 숨을 내쉰 뒤 눈을 감았다. 그것은 죄를 고백한 후 형이 집행되기를 기다리는 죄인과도 같은…… 해탈한 표정이었다.

혼돈의 뱀 관계자에다 독을 숙지하고 있는 소녀. 미아의 암살마저 꾀한 그녀에게 다들 곤혹스러워하는 시선을 보냈지만…….

"오해가 없도록 말씀드리자면, 저는 리나 양 본인에게 죄가 있다고 생각하지 않습니다. 초대 황제에게 명령을 받아서 한 일이고……. 옐로문가가 무죄라고 한다면 수긍할 수 없는 자도 있을 테니 그러한 대처는 현 가주인 로렌츠 공에게 일임했지만……. 그건 리나 양에게까지 해당되게 하면 안 된다고 생각해요. 거듭 말씀드리지만, 이 건은 이미 끝난 일입니다. 다시 문제 삼는 짓은 하지 말아 주세요!"

……요컨대, 초대 황제가 저지른 짓을 이 이상 지적하지 말라는 뜻이다.

참고로 사대공작가는 다들 황제의 혈연이기 때문에 초대 황제의 죄가 미아에게도 내려온다는 소릴 하면 자신들도 무덤을 파는 행위가 된다.

유일하게 무서운 건 라피나였으나……. 힐끔 살펴본 바로는 화가 난 기색은 없었다. 아니, 오히려 부드러운 미소를 지으며 미아를 바라보고 있다!

……그건 그거대로 조금 무서워지는 소심한 미아였다.

그 후 정신을 차린 뒤 이번에는 루비에게 시선을 주었다.

"과거에 눈을 돌리기보다는, 저는 오히려 앞으로 일어날 일에 힘을 모을 필요를 느낍니다."

"앞으로 일어날 일…… 말입니까?"

사피아스가 고개를 갸웃거렸다.

"네. 이미 루비 공녀에게 전달하여 움직여달라고 하고 있지만……. 여러분에게도 말씀드리죠. 앞으로 몇 년에 걸친 대규모의 기근이 대륙 전역을 덮칩니다."

단언하는 미아를 향해 사피아스가 놀란 얼굴로 말했다.

"그, 그런……. 미아 황녀 전하께서는 미래도 꿰뚫어 보시는 겁니까?"

"전부…… 라고는 하지 않지만, 적어도 농작물이 일제히 흉작이 든다는 건 확실합니다."

그러면서 미아는 루드비히 쪽으로 시선을 주었다. 루드비히가 작게 고개를 끄덕였다.

"이미 내년 수확량은 상당히 줄어들 것이라는 게 예측되고 있습니다. 올해 여름은 날이 시원했기 때문에 작물이 잘 자라지 않았습니다."

"세, 세상에……."

떨리는 목소리로 중얼거린 사람은 슈트리나였다.

혼돈의 뱀의 꿍꿍이를 숙지하고 있는 그녀이기 때문에, 제국에 기근이 닥쳤을 경우 어떠한 일이 일어날지 잘 이해할 수 있는 것이다.

"미아 님……. 저기, 그건 틀림없는 건가요? 만약 그렇게 되어 버린다면……."

"아, 리나 양. 걱정할 필요 없어요. 저희는 계속 이것을 위해 대비해왔으니까요……. 그렇죠? 루드비히."

미아의 시선을 받은 루드비히는 무겁게 고개를 끄덕였다.

"네. 미아 님의 명령을 받아 비축에 힘을 써 왔습니다. 설령 기근이 일어난다고 해도……, 충분히 버틸 수 있을 겁니다. 멀리 떨어진 곳에서 밀을 수입해줄 포크로드 상회, 페르쟝 농업국, 가누도스 항만국, 각각의 식량 운송로가 제대로 보호받기만 한다면…… 백성들이 굶주리는 일은 없습니다."

"더해서, 그 공급로를 지킬 수 있도록 루비 공녀에게 황녀전속근위대의 운용계획을 만들어달라고 했습니다. 식량이 부족하다는 이야기를 들으면 불안해진 백성이 폭도가 되어 마차를 습격할지도 모르니까요. 게다가 혼돈의 뱀……. 그들의 혼란을 만들어내기 위한 파괴 공작을 할지도 모르죠."

미아의 시선을 받은 루비가 고개를 끄덕였다.

"황녀전속근위대와, 여차할 때는 우리 레드문 공작가의 사병단 중 일부를 투입하는 것도 고려하여 계획을 짜고 있어."

그 말을 들은 사피아스가 일어났다.

"그렇군. 그렇다면 나중에 그 계획을 이쪽에도 알려줘. 우리 블루문 가에서도 도울 수 있는 일이 있을 거야."

"그래, 알았어. 그렇게 수배하지."

고개를 끄덕이는 루비. 그 옆에서 에메랄다가 팔짱을 꼈다.

"게다가 가누도스 항만국에도 제대로 못을 박아둘 필요가 있겠네요. 아, 슈트리나 양. 옐로문가에서도 사자를 보내주지 않겠어? 옛날에는 가누도스와 교류가 있었잖아요?"

에메랄다의 말에 슈트리나도 알겠다며 고개를 끄덕였다.

아무도 미아의 미래예측을 의심하는 기색조차 보이지 않았다.

미아가 기근이 온다고 하면 오는 거라고……. 그런 전제로 움직이려 하고 있다.

잠시 그 광경을 지켜본 후 미아는 짝 손뼉을 쳤다.

"자……. 그럼 슬슬, 가장 중요한 이야기를 하죠……."

"가장 중요한 이야기…… 그게 뭐죠? 미아 님."

다들 일제히 미아에게 시선을 보내는 가운데, 에메랄다가 대표로 물었다.

미아는 마음을 달래기 위해 살며시 홍차에 입을 가져가고는…….

──으음, 역시 밀크티는 달지 않으면 맛이 반으로 줄어버리네요.

이런 생각을 하며…… 숨을 한 번 내쉬었다.

그리고는 드디어 입을 열었다.

그렇다. 미아에게는 오늘 이런 자리를 만든 이유가 제대로 있었다.

"알고 계시는 일이에요. 에메랄다 양, 제가 말했었죠? 다과회를 열어달라고. 그곳에서 제국에 충성을 맹세하자고."

먼 옛날의 약속을 읊는 미아.

"그럼……, 그 충성을 맹세해야 할 제국의 모습이란…… 대체 어떤 모습인가요?"

"그건…….."

미아의 말에 그들의 얼굴에 동요가 퍼졌다. 왜냐하면 지금 막 이야기를 했기 때문이다.

이 제국은 비옥한 현월지대를 눈물로 물들이기 위한 제국.

반농사상이라는 저주받은 사상을 퍼트려, 내전을 일으키고, 수많은 죽음과 피로 이 땅을 파멸시키기 위한 것이라고…….

그러한 것에 충성을 맹세할 수 있을까······?

오직 한 명, 에메랄다만이 차분한 표정이었다. 그녀는 이미 그 섬에서 미아의 생각을 일부 들었기 때문이다.

일동의 얼굴을 둘러본 후, 미아는 천천히 고개를 끄덕였다.

"그래요. 그런 제국에 충성을 맹세하는 건 바보 같은 일이죠."

미아는 씹어뱉듯이 말했다.

아무튼 그 탓에 단두대까지 올라가게 된 미아다.

루드비히의 잔소리를 견디면서 어떻게든 나라를 바로 세우기 위해 노력했던 미아였기에, 제국이 스러진 근본적인 원인인 초대 황제에게는 원한이 뼈에 사무칠 지경이다.

"바보 같은 일이예요. 정말로, 웃기지도 않죠!"

쿵쿵 바닥에 발길질을 하고 싶은 걸 참으며 미아는 작게 숨을 내쉬었다.

"그래서 저는 정했습니다. 그런 낡은 맹약은 이제 파기해버리자고······."

미아는 그렇게 말하며 라피나를 힐끗 쳐다봤다. 그래······. 미아는 이걸 들려주기 위해 라피나를 불렀다.

초대 황제와의 약속 같은 건 파기해버릴게요~ 그러니까 앞으로 어딘가의 귀족이 초대 황제에게 충성하겠다며 멍청한 짓을 저지른다고 해도 저와는 상관없습니다~ 라는······. 어필을 하기 위해!

"옐로문 공작가만이 아니예요. 제국의 귀족은 다들 이 제국에 충절을 지키겠다고, 가주를 이어받을 때 맹약을 하게 되죠. 하지만 지금 이곳에서 그걸 모두 파기하겠습니다. 여러분은 이제 제국에 충성을 맹세할 필요가 없어요."

"네……? 저기, 미아 님, 그건……."

혼란스러워하며 눈을 깜빡이는 사피아스를 향해 미아는 고요한 미소를 지었다.

"그걸 전제로 두고, 부탁드리고 싶습니다. 오래된 맹약을 파기한 후, 저와…… 새로운 맹약을 맺어주실 수 있을까요?"

"새로운 맹약……."

"그래요. 멸망을 위한……, 초승달을 눈물로 물들이는 제국이 아닙니다. 모두의 안녕과 번영을 위한 새로운 제국과 맹약을 맺어주세요."

한번 말을 끊은 미아는 살며시 눈을 감고 이어갔다.

"귀족을 위해서만이 아니에요. 이 땅에 사는 모든 백성의 번영을 위해, 초승달을 모든 국민의 환희의 눈물로 물들이는 티어문 제국입니다. 그 제국에 충성을 맹세하고, 그 제국을 위해 헌신한다고……. 그게 새로운 맹약입니다."

미아가 원하는 건 바로 그것이었다.

나라가 국민의 번영을 위해 존재한다는 건 당연하다. 하지만 귀족 중에는 국민 중에 일반 민중을 포함하지 않는 자가 있다. 영지민을 짓밟아서라도 자신의 번영을 추구하려는 인간이 있다.

하지만……, 그래서는 안 된다.

그런 짓을 했다간 단두대가 맹렬한 속도로 달려온다는 걸 미아는 뼈저리게(……주로 목이) 잘 알고 있다.

그렇기 때문에 지금 이 자리에서 명언한 것이다.

제국은 '모든 국민'의 번영을 위해 존재한다고.

그렇게 하지 않으면 망국 직행 코스를 밟게 되기 때문에 확실하게 명언한 것이다!

"물론 이건 개인적인 밀약이 됩니다. 본래 이런 것은 황제 폐하와 현 공작가의 가주들 사이에서 이뤄지는 법. 각 귀족들과 맺어야 하는 것이죠. 하지만……."

거기까지였다.

별안간 자리에서 일어난 에메랄다가 미아의 곁으로 걸어오더니, 그곳에서 무릎을 꿇었다.

"미아 님……. 저는……, 에메랄다 에트와 그린문은 미아 루나 티어문 황녀 전하와 맹약을 맺겠노라고 맹세합니다."

그녀의 뒤를 따르듯이 슈트리나, 사피아스, 루비가 미아의 발치에 무릎을 꿇었다. 그리고는 입을 모아 그 맹약에 동의한다고 선서했다.

"여러분……."

그때 짝짝 박수 소리가 들렸다. 소리가 난 쪽을 보자 라피나가 온화한 미소를 지으며 손뼉을 치고 있었다.

"미아 님, 멋있었어. 별을 지닌 공작 영애, 별을 지닌 공작 영식, 달의 황녀 사이에서 맺어진 새로운 맹약……. 이 라피나 오르카 베이르가가 똑똑히 지켜봤어."

그리고는 라피나는 조용히 자신의 가슴에 손을 올렸다. 그 입에서 흘러나오는 것은 기도의 말.

"바라건대…… 오늘 이 자리에서 이뤄진 맹세를 우리의 신께서

영원히 지켜주시길. 이 자리에 있는 모두의 인연이 신의 축복을 받을 수 있기를."

성녀 라피나의 청렴한 기도의 말과 함께 월광회는 조용히 막을 내렸다.

월광회를 마치고 자신의 방으로 돌아온 미아는 그대로 침대에 풀썩 드러누웠다.

"아아…… 피곤하네요. 탄신제도 아직 반 이상 남아있고……. 역시 정신적인 피로가 큰 느낌이 들어요."

그런 소릴 하며 배를 문지르는 미아.

너무 많이 먹는 바람에 위가 지쳤다는 걸 눈치채지 못하고 있다.

거기서 문득 미아의 시야에 포착된 것. 그것은 벨에게서 빌린 채 돌려주지 않고 있었던 성녀 미아 황녀전이었다.

"아……. 그러고 보면 다시 읽으려고 벨에게서 빌렸었죠……."

미아는 끙차 소리를 내면서 침대에서 일어났다. 그리고는 황녀전을 손에 든 채 '하아아……' 하는 한숨을 쉬었다.

"아아…… 완전히 잊고 있었지만……. 결국…… 저는 여제가 되지 않으면 암살당하는 거죠."

오늘까지 이룬 성과에 미아는 제법 만족하고 있었다.

하지만…… 근본적인 문제는 아쉽게도 해결되지 않은 것도 사실이다.

"으음, 하지만 제국은 과거에 한 번도 여제가 존재했던 적이 없는데요……."

끄으으응 신음을 흘리며 미아는 다시 침대 위를 굴렀다.

"아무튼, 나서는 타이밍이 중요하죠. 타이밍이 어긋나면 여제 같은 건 완벽한 물거품이 될 테고……. 게다가 잘하면 여제가 되지 않아도…… 괜찮게 될지도……? 아아, 어떻게든 회피할 방법은 없을까요……."

여제가 되지 않아도 된다고 적혀있거나 하진 않을까……? 라는 생각을 하며 미아는 황녀전을 펼치려고 했는데…….

"실례합니다, 미아 님."

그때였다. 문을 노크하는 소리가 들린 것이…….

안에 들어온 사람은 안느였다.

"미아 님, 루드비히 씨가 면회하러 오셨는데요……."

"어머, 루드비히가요? 무슨 일이죠?"

안느의 말을 들은 미아는 생각에 잠겼다.

──조금 전엔 아무런 말도 하지 않았는데, 무슨 용건일까요……? 아, 그래요. 기왕이면 제가 여제가 되지 않을 수 있는 방법을 같이 생각해달라고 하는 건 어떨까요?

노는 일에 대해서는 노력을 아끼지 않는 미아였다.

"좋아요. 저도 상담할 일이 있었으니까요. 들어오라고 하세요."

그렇게 말한 뒤 미아는 벌떡 일어나 침실 옆에 딸린 방으로 이동했다.

침실 옆에는 평소 미아가 생활하는 방이 있다.

언제든지 과자를 먹을 수 있도록 방 중앙에는 커다란 테이블이 놓여있지만, 기본적으로 그곳은 타인을 들이는 장소가 아니다.

하지만 지극히 사적인 이 장소는 비밀 회담을 하기에 적합한 장소이기도 하다.

"갑작스럽게 찾아와 죄송합니다. 미아 님."

"아뇨, 상관없어요. 저도 상담하고 싶은 게 있었으니까요. 하지만 먼저 당신의 이야기를 듣도록 하죠."

그렇게 말하며 미아는 안느가 내온 차에 입을 가져갔다.

──흐음, 안느도 제법 홍차를 타는 게 능숙해졌군요.

이런 식으로 감탄하고 있을 때였다.

"월광회에서의 모습, 훌륭하셨습니다."

루드비히가 진지한 얼굴로 말했다.

"그러한 방식으로 사대공작가를 통솔하실 줄은 생각지도 못했습니다."

"후후후, 그리 대단한 것도 아닌걸요. 뭐, 사대공작가가 하나로 뭉치는 것이 앞으로 이래저래 편해질 테고요……."

라피나에게 보여주기 위한 퍼포먼스와는 별개로, 기근 때 사대공작가의 힘을 기대하고 싶은 미아였다. 그러기 위해서도 위기감을 공유해두는 건 손해 볼 게 없다.

그리고 루드비히에게 칭찬을 받아서 기분이 좋은 미아였다. 하지만…….

"게다가 고귀한 색을 두르시고 당당하게 행동하시는 모습……, 참으로 훌륭하셨습니다."

이어지는 루드비히의 감격에 겨운 목소리에서 위화감을 느꼈다.

"……네? 아, 그 드레스 말이군요. 네, 안느가 마련해주었는데……."

그렇게 말하던 미아는 작게 고개를 갸웃거렸다.

──어라? 고귀한 색……?

"기쁘기 그지없습니다. 미아 황녀 전하, 저희의 마음이 일치한 것이……."

"……허어?"

무슨 소릴 하고 있는 건지 이해하지 못한 미아는 눈을 깜빡깜빡 팔랑거렸다.

──어라? 마음이 일치했다니…… 대체 무슨 말이죠?

곤혹스러워하는 미아를 향해 루드비히가 굳건히 고개를 끄덕였다.

"아무쪼록 안심하십시오. 미아 님께서 지엄한 자리에 오르시길 바라는 자는 제국에 많이 있습니다."

"……허?"

미아의 눈을 똑바로 응시한 채 루드비히는 열의가 담긴 어조로 말했다.

"미아 황녀 전하를 여제로 추대하기 위해 저희 일동은 분골쇄신할 각오로 움직이겠습니다. 지금 발타자르에게도 도움을 받아 동문들에게 접촉하고 있습니다. 그리고 각 월청의 문관들 중에서 유망한 자의 목록을 정리하고 있으며……."

"…………흐어?"

미아를 여제로 추대하는, 거대한 파도가 만들어지고 있었다.

이리하여 달과 별들의 새로운 맹약이 맺어지고, 역사는 새로운 흐름을 만들어 낸다.

"흐어……?"

여전히 사태를 파악하지 못한 미아를 홀랑 삼켜버린 역사의 분류가 어디로 향하는지…….

그것을 아는 자는 어디에도 없었다.

제3부 달과 별들의 새로운 맹약 Ⅲ 완. 제4부로 이어집니다.

티어문

제국 이야기

제4부
그 달이 인도하는 내일로 Ⅰ

The Tomorrow The Moon Leads

프롤로그 버섯 냄비 요리로 시작하여……

"오, 오오……."

보글보글 춤을 추는 건더기. 물렁물렁하게 흐무러진 채소와 맛있게 졸여진 닭고기. 그런 건더기가 담긴 황월 토마토로 만든 국물과 냄비의 중앙에서 얼굴을 빼꼼 내밀고 있는 몇 종류의…… 버섯.

검고 팔랑팔랑한 버섯, 갓이 작은 접시만 한 크기의 새하얀 버섯, 작은 다발이 여럿 모인 버섯, 버섯, 버섯……!

그건 향이 진한 고급 버섯이 아니었다. 굳이 따지라면 숲의 사냥꾼이 냄비 요리를 할 때 즐겨 넣곤 하는 소박한 버섯들이었다. 그리고 미아는 기본적으로 그런 소박하고 깊이 있는 맛이 나는 버섯이 취향이었다!

물론 버섯에 귀천은 없다. 고급 버섯에도 고급 버섯의 맛이라는 게 있다는 건 미아도 인정하는 바였다. 하지만 역시 냄비 요리에는 냄비 요리에 맞는 버섯이 있다.

그리고 토끼 냄비 요리 이후 미아의 머릿속에서 냄비 요리란 궁극적으로 맛있는 메뉴 중 하나로 꼽히고 있다.

즉 미아는 소박하고 깊은 맛이 나는 버섯을 쓴 냄비 요리를 아주 좋아한다.

겸사겸사 말하자면 생존술을 추구하는 과정에서 나물 종류에도 몹시 해박해졌기 때문에, 그 미각이 살짝 할머니 같아졌다는 걸 부정할 수 없었다.

뭐, 그건 그렇다 치고…….

"오……, 오오, 오오오……."

감동에 젖어서 떨리는 미아의 포크가 버섯에 꽂혔다.

탱글탱글. 맛있게 흔들리는 새하얀 버섯! 베이르가 버섯이라고 불리는 그것은 극상의 맛을 지닌 버섯으로 알려져 있다.

미아는 그걸 눈앞으로 가져온 뒤…… 단숨에 입 안에 집어넣었다!

"후우, 후우우……."

뜨거운 버섯을 입 안에서 굴린다. 버섯에 스며든 국물이 혀 위에서 주르륵 퍼지며 행복의 하모니를 연주했다.

적절히 식은 것을 가늠한 미아는 버섯에 이를 세웠다.

꼬득……. 쫀득하게 이를 받아내는 탄력……. 꼬들, 꼬들. 뭐라 말할 수 없는 식감에 미아의 가슴이 충만함으로 가득 차올랐다.

"아아……. 화, 환상적이에요. 이것이…… 버섯 냄비 요리……. 참으로 환상적이에요!"

그렇다……. 새해를 맞이하자마자……, 미아는 마침내 염원하던 버섯 냄비 요리 파티를 개최했다!

참고로 장소는 안느의 본가로, 미아의 옆에는 벨이 야무지게 자리를 차지하고 앉아서 마찬가지로 혀를 내두르고 있었다.

사실은 학생회 구성원끼리 할 수 있다면 좋았겠지만, 안타깝게도 다들 바쁜 몸이다. 시온, 아벨, 라피나는 이미 각자 고국으로 돌아갔다.

"아아, 아쉽네요……. 모처럼이니 성야제 때 하지 못한 것을 하고 싶었는데…….."

물론 버섯 냄비 요리는 맛있지만, 그걸 같이 먹는 사람들이 누구냐에 따라 상당히 달라지는 법.

하지만 뭐, 오늘의 파티가 시시하다는 소리는 아니다.

여기에 모인 사람은 안느의 가족과 미아벨, 여기에 머리에 감은 붕대를 아직 풀지 않은 린샤와 티오나, 그리고 우연히 제도에 왔던 클로에였다.

충분히 떠들썩하다.

밀 거래를 확인하는 김에 제도를 방문한 클로에의 아버지, 마르코 포크로드. 그가 미아의 버섯 애호를 듣고 선물로 버섯 모둠 세트를 가져온 것이 이번 버섯 냄비 요리 파티의 발단이었다.

"아아, 맛있어. 맛있어요! 역시 버섯은 식감이 중요해요!"

"그러게요, 미아 할…… 언니!"

미아와 마찬가지로 후우후우 뜨거운 김을 뱉으면서 냄비 요리를 즐기는 벨이었다.

식탁을 에워싼 자들의, 참으로 행복해 보이는 얼굴을 본 미아는 만족스럽게 고개를 주억거렸다.

"역시 버섯 냄비 요리는 이래야죠."

다 함께 화기애애하게, 즐겁게 나눠 먹는 것이야말로 버섯 냄비 요리다.

미아는 미소를 지으며 클로에 쪽을 보았다.

"이번에는 클로에의 아버지에게 대단히 신세를 졌군요."

"아뇨, 천만에요!"

티어문
제국 이야기

제1화 미아 황녀, 정론을 말해버리다

"으음……, 조금 과식했네요……."

미아는 배를 통통 두드리면서 끅, 하고 트림을 뱉었다.

──후우……. 어쩐지 감촉이 좀…….

배에 붙은 살이 다소 걱정되기 시작하는 미아였다.

──뭐, 하지만 클로에도 말했으니까……. 겨울은 동물이 먹을 것을 비축하는 시기라고. 저도 마찬가지예요. 겨울은 다소……, 아주 조금, 약간만 살이 쪘다가 나중에 빠진다. 그런 거예요……. 자연의 섭리에 따르는 것뿐이에요……, 아마도.

분명 봄이 되면 자연스럽게 늘씬해질 것이다……, 아마도.

……뭐 이런 생각을 하며 자신을 설득하는 미아였다.

생각을 전환한 미아는 뒤를 돌았다.

"자, 이리 들어오세요."

그리고는 린샤를 자신의 방에 들여보냈다.

"실례합니다."

다소 긴장한 얼굴의 린샤는 쭈뼛쭈뼛 안으로 들어갔다. 그리고는 흥미롭다는 듯 실내를 두리번거리며 둘러본 후에 '으음……' 하고 심각한 얼굴이 되었다.

"어머? 무슨 일이 있나요?"

미아는 고개를 갸웃거리며 실내를 둘러보았다.

한눈에 봤을 때는 딱히 특이한 건 없다.

──별로 이상한 걸 두지도 않았는데요……. 특이한 것도……, 버섯 묘목을 장식하려고 한 것도 안느가 반대했으니까요……. 으음, 아무것도 없죠?

참고로 괴상한 것이 하나. 현월무의 머리 부분을 물에 담근 상태로 창가에 놓아둔 게 있다. 이전에 미아가 책을 조사하여 '제국의 식량난 타개를 위한 비장의 수단'으로서 발견한 것이었다.

뭐, 그건 그렇다 치고. 잠시 실내를 둘러본 뒤 린샤는 뜻밖이라는 듯 말했다.

"아니……, 정말로, 황녀 전하……, 시네요."

"네……?"

이 사람 무슨 소릴 하는 거지……? 하며 고개를 갸웃거리는 미아였으나, 문득 자신의 옷차림을 보고 웃었다.

"아……, 확실히 그렇겠네요. 린샤 씨와 만났을 때는 복장도 서민의 옷을 입었으니 제국의 황녀로 보이지 않아도 이상하진 않네요."

의외로 혁명이 일어나도 서민의 옷만 입으면 잘 숨어서 도망칠 수 있을지도 모른다는 생각을 하는 미아였다.

"아뇨, 그런 문제도 아닌데요……."

무언가 하고 싶은 말이 있는 듯한 린샤였지만, 곧바로 고개를 저은 뒤 머리를 깊이 숙였다.

"이번에는 시간을 내주셔서 감사합니다."

"인사 같은 건 필요 없어요. 오히려 고마워해야 할 사람은 이쪽이죠."

미아는 린샤의 머리에 감긴 붕대에 시선을 주며 희미하게 얼굴을 찌푸렸다.

"벨 때문에 다치게 했으니⋯⋯. 면목이 없습니다."

머리를 깊이 숙이며 미아가 말했다.

"제가 할 수 있는 일이라면 얼마든지 보상하겠어요."

"앗⋯⋯ 아뇨, 괜찮습니다. 상처 자체는 깊지도 않고, 머리니까 피가 많이 흘렀을 뿐이라⋯⋯."

린샤는 쓴웃음을 지으며 고개를 저었다.

"걱정을 끼쳐드린 것 같아 오히려 죄송할 정도입니다. 이 정도의 부상으로 움직이지 못하게 되다니, 제가 참 한심하네요."

"그런 거라면, 다행이지만요⋯⋯."

그렇게 말하면서 미아는 의자에 앉았다. 맞은편에 린샤가 앉고, 이어서 안느가 식후의 홍차를 가져왔을 때였다.

"그래서, 상담하고 싶다는 건 대체 뭐죠? 설마 벨이 유급할 것 같다거나, 그런 건 아니죠?"

"네? 아, 아⋯⋯. 그건 괜찮습니다⋯⋯ 아마도."

"⋯⋯아마도?"

애매모호한 대답에 미아는 살짝 기시감을 느꼈다.

"베, 벨 님은 열심히 하고 계십니다. 그러니까 분명, 괜찮⋯⋯ 다고 믿습니다⋯⋯. 아마도?"

"⋯⋯⋯⋯아마도."

아마도, 이건 괜찮지 않은 거구나! 라고 확신하면서도⋯⋯ 미아는 우선 그 이상 파고들지는 않기로 했다.

린샤가 저렇게 말한다면 괜찮겠지⋯⋯. 아마도.

봄이 되면 날씬해지겠지……. 아마도.

둘 다 이러니저러니 해도 잘 풀리겠지……. 아마도.

희망적 관측에 최대한으로 매달리면서, 미아는 대화를 진행하기로 했다.

"그럼 대체 어떤 일인 거죠?"

그 질문에 린샤는 홍차의 색을 확인하듯이 찻잔을 돌린 뒤, 홍차를 마시고…… 한숨을 한 번. 그 후에 결의가 담긴 눈동자로 미아를 응시하며 입을 뗐다.

"미아 님께서는 미아벨 님의 습관에 대해 알고 계십니까?"

"습관…… 이라고요?"

갑작스러운 질문에 미아는 눈을 깜빡였다.

"그야, 여러 습관이 있을 거라고 생각하지만요……. 대체 어떤 습관이죠?"

"온갖 사람에게 감사의 표시로서 고액의 금화를 주시는 습관입니다."

린샤는 담담하게, 감정이 담기지 않은 어조로 말했다.

"세상에! 고액의 금화를?!"

생각지도 못한 이야기에 미아의 눈이 휘둥그레졌다.

"베, 벨에게 그런 습관이 있다고요?"

"그렇군요, 역시 모르셨군요……. 벨 님께서는 미아 님도 반대하진 않을 거라고 말씀하셨는데……."

"처, 처음 듣는 이야기예요!"

그게 사실이라면 큰일이다.

아무튼 '돈 낭비는 단두대를 부른다'라는 격언도 있을 정도이니……. 아니, 그런 격언은 없다.

뭐, 그건 그렇다 치고.

"벨이 정말로 그런 행동을 하고 있나요?"

"네. 미아 님에게서 받았다는 돈으로 몇 번 그렇게 하시는 걸 봤습니다."

확실히 벨에게는 무슨 일이 있을 때를 위해 어느 정도 돈을 주고 있긴 하지만…….

──서, 설마 낭비벽이 있을 줄은 생각지도 못했어요! 모처럼 제가 절약하고 있는데, 벨이 낭비해버리면 의미가 없잖아요.

그나저나 대체 벨은 왜 그런 짓을……? 미아는 의문을 느꼈다.

벨이 있던 미래에서는 금화로 포상을 내릴 수 있는 상황이 아니었을 터……. 애초에 그런 방식은 아무도 가르쳐줄 리가 없을 텐데…….

"벨 님께서는 꼭 필요한 일이라고 말씀하셨습니다만……."

난처해하는 표정을 짓는 린샤를 향해 미아는 '으으음……' 하고 신음을 흘렸다.

"꼭 필요한 일……. 흐음, 이건…… 한 번 대화해 볼 필요가 있겠군요……."

린샤에게서 이야기를 들은 다음 날, 미아는 바로 벨과 대화하기로 했다.

처음에는 벨을 성에 부를 수는 없으니까 안느의 본가에 가야겠다고 생각한 미아였지만, 그날은 무척이나 추웠다.

바깥을 보자 놀랍게도 소복소복 눈이 내리고 있었다!

그걸 본 미아는…….

"흐음……. 계속 벨에 대해 숨겨둘 수도 없으니까요……. 이 기회에 아바마마께 소개하는 건 어떨까요……?"

불현듯 이런 생각을 했다.

"뭐, 라피나 님이나 시온에게 부탁해서 자리를 만들어달라고 할 수도 있겠지만요. 그래도 제국에서 머무르게 하려면 아바마마의 자식으로 인정받아야겠죠……. 그래서 제 이복동생으로 하거나……. 아니면 리나 양과 친하니까 옐로문 공작가에…… 하지만 거기도 독초 같은 게 위험하려나요……. 아예 서민으로서 안느의 집에서 돌봐달라고 하는 것도 가능하겠네요……. 흐음……, 이런 부분에 대해서도 조만간 대화할 필요가 있겠어요."

이런 식으로 이래저래 생각해본 결과이다.

……딱히, 눈을 보고서…… '춥겠다, 밖에 나가는 거 싫다……' 라고 생각했기 때문은 아니다. 그런 생각을 했기 때문은 아니지만, 뭐…… 미아는 눈을 보면 정원으로 뛰어나가는 타입이 아니라 침대에서 웅크리는 타입이라는 건 부정할 수 없는 바이다.

아무튼 그건 그렇다고 치고. 그런 고로 미아는 안느에게 부탁해서 벨을 불러 달라고 했다.

"흐음……, 하지만 대체 벨은 어째서 그렇게 돈을 함부로 쓰는 거죠……?"

벨은 루드비히의 교육을 받았고, 안느와 에리스의 손에 자랐다고 했다.

"심지어 저를 할머니로서 진심으로 존경한다고 했고요……. 저를 존경한다면, 금화를 포상으로 내린다는 건 너무 부자연스러워요."

그 방식은 모든 것을 돈으로 해결하는 방식과 통한다. 그리고 늘 돈에만 의존하다 보면 필요한 금액이 천정부지로 치솟는다는 걸 미아는 잘 알고 있다.

기근 때 식량을 얻기 위해 크게 고생했던 미아이다.

혹은 루드비히라면 합리적인 판단에 따라 그러한 방법을 사용할 수 있을지도 모르지만, 벨의 교육상 썩 바람직하진 않다고 본다.

안느나 에리스에 이르러서는 그런 방식을 사용하면 화낼 것 같은 느낌마저 든다.

즉 그것은 누군가에게 배운 방식이 아니라, 벨 본인이 고안한 방식이 아닐까.

……그런 식으로 추측하며 메이드에게 자신과 벨, 그리고 안느, 린샤가 마실 뜨거운 차와 디저트를 준비하라고 지시했다. 당분 보급로 확보를 놓치지 않는 점에서 미아도 전술 수완이 상당히 몸에 익었다고 말할 수 있을지도 모른다.

오늘도 미아의 디저트 전선은 이상 무.

그러는 사이에 노크 소리가 들렸다.

"실례합니다. 미아 님, 벨 님을 모셔왔습니다."

"아, 왔군요……. 네, 들어오세요."

세 사람을 바로 방 안에 들인 뒤 미아는 붙임성있게 말했다.

"고마워요, 안느. 벨도, 린샤 씨도 추웠죠? 우선 차를 마시도록 할까요. 디저트를 준비해두었답니다."

그렇게 세 사람을 테이블로 데려갔다.

"와아! 맛있어 보이는 케이크! 미아 언니, 감사합니다!"

환호성을 지르는 벨에게 미아는 다정한 미소를 지었다.

달콤한 디저트와 차로 배를 달랜 미아는 새삼스럽게 벨의 얼굴을 보았다.

"그런데 벨, 얼핏 들은 이야기인데요……. 당신, 시장에서 쇼핑할 때 보답이라면서 금화를 주고 거스름돈을 거절했다면서요?"

"미아 님, 끼어들어서 죄송합니다. 저도 실은 보답이라면서 은화를 받았습니다."

그렇게 말하며 린샤가 은화를 꺼냈다.

"얼마 전 숲에서 적에게 맞아 쓰러졌을 때, 벨 님께 받은 것입니다. 지금까지 신세 진 보답이라면서……. 이건 돌려드리겠습니다. 저는 이런 식으로 보답을 받고 싶지 않고, 월급은 라피나 님에게서 직접 받고 있으니까요."

린샤는 생긋 웃으며 벨에게 은화를 돌려주었다.

미아는 그런 린샤의 얼굴을 보고 대충 눈치챘다.

──아아, 린샤 씨. 조금 화났군요…….

……조금 무서웠기 때문에 일부러 지적하지 않은 미아는 벨에게 시선을 돌렸다.

"그래서, 이건 어떻게 된 일이죠?"

"앗, 네. 그거요. 그러니까……."

벨은 안느와 린샤를 힐끗 쳐다본 후 미아의 귓가에 얼굴을 바싹 붙였다.

"금화를 드린 분은 제가 더 어렸을 때 엄청 크게 신세를 졌던 분이셔서, 보답해야 한다고 생각했습니다. 제가 할 수 있는 가장 큰 보답이 금화라서, 그걸로 드렸어요."

"벨이 더 어렸을 때……."

미아는 팔짱을 끼고 중얼거렸다.

──그렇군요……. 즉 제국이 내전 상태였을 때 벨에게 잘해준 가게라는 거군요.

미래에서 벨은 도망자이자 힘이 없는 어린아이이기도 했다. 누군가가 친절하게 대해줘도 제대로 된 답례는 하지 못했을 것이다.

은혜를 입었을 때 그걸 갚고 싶어 하는 것……. 그 마음은 미아도 잘 알고 있다.

안느에게 무엇 하나 보답하지 못하고 단두대에 올라간 날. 그날의 원통함을 미아는 여전히 기억하고 있다.

만약 그날 안느에게 줄 수 있을 법한 것을 갖고 있었다면…… 예를 들어 금화 한 닢이라도 갖고 있었다면…… 확실히 그걸 줘서 은혜에 보답하려 했을지도 모른다.

그래서 결코 벨의 마음에 공감하지 못하는 건 아니다. ……아니긴 하지만…….

"돈은 모두에게 평등한 가치를 가집니다. 자유롭게, 그 사람이 쓰고 싶은 대로 쓸 수 있고 무척 알기 쉽죠. 제가 할 수 있는 가장 큰 보답의 형태예요."

"벨……."

"게다가 다시 만날 수 있다는 보장도 없잖아요. 그러니까 그 자리에서 바로바로 은혜를 갚으려 하고 있습니다."

미아는 그제야 간신히 알았다.

벨의 심층 심리에 아직도 뿌리를 내리고 있는 초조함…….

그 자리에서 바로 은혜를 갚으려는 것. 그건 자신이 언제 사라져도 괜찮도록 그때그때 대처한다는 벨 나름의 사고방식에 기인한 것이다.

벨이 살던 세계는 '내일 감사하다고 해야지'라며 가볍게 미룰 수 있는 세계가 아니었다.

'그때 제대로 말할 걸……'이라는 후회를 켜켜이 쌓아 올리는, 그런 가혹한 세계였다.

그걸 알고 만 미아는 무심코 '으음……' 하며 신음을 흘렸다.

솔직히 설득할 말이 떠오르지 않았기 때문이다.

"그래도……, 저는 모든 걸 돈으로 갚으려는 방식에는 반대예요. 돈이 모든 사람에게 평등한 가치를 갖는다, 뭐든 돈으로 해결할 수 있다는 것도 잘못된 생각이라고 봐요."

미아치고는 지극히 타당한 말을 하게 되었다. 정말로 몹시 드문 일이다.

"그런…… 가요?"

그리고 그 말을 들은 벨은 어쩐지 묘하게 수긍하지 못하는 표정이었다.

그 또한 당연한 반응이다. 실감이 담기지 않은, 인용했을 뿐인

말로는 사람의 마음을 움직일 수 없기 때문이다.

　──으음, 이거 곤란하네요.

　미아는 달콤한 간식을 입에 쏙 넣었지만, 아쉽게도 설득할 수 있을 법한 적당한 말은 떠오르지 않았다.

"그건 그렇다고 치고, 벨. 오늘은 아바마마께 인사를 시키려고 생각했는데요……."

　우선 벨의 습관에 대해서는 나중으로 미루기로 한 미아는 다음 화제로 넘어갔다.

"네? 미아 할…… 언니의, 아버지…… 요?"

　어리둥절한 얼굴로 고개를 갸우뚱 기울이는 벨. 미아는 무겁게 고개를 끄덕였다.

"그래요. 현 티어문 제국의 황제, 마티아스 루나 티어문 폐하입니다."

　그렇게 말하며 미아는 팔짱을 꼈다.

　──하지만 잘 생각해보면 조금 어려울지도 모르겠어요…….

　아무튼 평소엔 그런 식이어도 대제국 티어문의 수장이다.

　차마 자신의 손녀니까 만나 달라며 진실을 밝힐 수도 없으니……. 그러면 벨은 잘 해봤자 일반 백성의 딸. 자칫 잘못하면 수상한 사람이다.

"암살자가 아바마마의 목숨을 노렸다는 이야기는 끝까지 들어본 적이 없으니, 분명 암살자를 대비해 신경 쓰고 계셨겠죠. 정체가 불분명한 사람과 만나주실 확률은 낮아 보이고……. 흐음, 뭐라고 하면서 얼버무려야 할까요……."

미아는 그렇게 고민하면서 아버지의 집무실을 찾아갔다.

"실례합니다. 아바마마. 잠시 괜찮으십니까?"

"오오, 미아! 무슨 일이냐?"

기본적으로 미아의 아버지, 즉 황제라는 건 제법 바쁜 사람이다. 하지만 식사를 앞둔 시간에는 비교적 자신의 집무실에서 쉬고 있을 때가 많다.

이유는 무척 간단하다. 상황이 허락한다면 미아와 함께 식사하려고 하기 때문이다. 따라서 어전회의나 각 월청에서 오는 보고 등은 전부 식사 전에 모조리 끝나도록 스케줄을 짜 두었다.

사랑하는 딸 미아와 함께 대화를 즐기면서 먹는 식사를 무엇보다도 기대하고 있다는 소리다.

……미아에게는 때때로 그게 귀찮기도 했지만, 그건 그거고.

우선 미아는 벨을 집무실 밖에서 기다리게 한 뒤 안으로 들어갔다.

"별일이구나. 미아가 먼저 찾아오다니. 오늘은 같이 점심을 먹을 수 있겠느냐?"

미아의 모습을 본 황제는 참으로 기쁘다는 듯 미소를 지었다.

"네, 그건 뭐, 그렇습니다만……. 사실 오늘은 아바마마께서 만나주셨으면 하는 아이가 있어서……."

"호오. 짐과 만나게 하고 싶은 자라. 흐음, 그건 혹시 네가 데려왔다는 친구들을 말하는 게냐?"

황제는 부드러운 미소를 지으며 턱을 문질렀다.

"듣자 하니 너와 얼굴이 비슷한 소녀라고 하던데. 마침 보고 싶던 참이었다."

"어머나, 소식이 빠르시군요. 역시 아바마마세요."

아버지의 반응에 미아는 순수하게 감탄했다.

──백월궁전에 드나드는 사람을 모두 파악하고 있다는 걸까요⋯⋯. 흐음, 아바마마께서 정보를 소중히 여기는 분인 줄은 몰랐어요. 아바마마도 의외로 유능하시네요.

이전 시간축에서 성을 찾아왔던 중요한 손님들을 조금도 파악해두지 않아서 루드비히에게 호되게 혼난 적이 있는 미아다.

사전에 필요한 정보를 얻는 것이 얼마나 중요한지 몸소 겪어봐서 알고 있다.

하지만⋯⋯.

"후후후, 당연하지. 짐이 미아의 교우 관계를 조사하지 않을 줄 알았더냐? 너와 같은 반의 학생만이 아니라 승마부 학생도, 학생회에 소속된 학생도, 기숙사의 옆방에 사는 학생도 모두 파악하고 있지!"

가슴을 한껏 펴고 뻐기면서 자랑하는 아버지를 본 미아의 얼굴이 미묘하게 꿈틀거렸다.

"그, 그렇군요. 뭐, 좋아요. 그 아이를 소개해드리고 싶은데⋯⋯. 아, 참고로 아바마마. 갑작스럽지만 숨겨둔 아이가 있다거나⋯⋯, 그럴 일이 있나요?"

문득 떠올라서 물어보았다.

만약 그런 쪽으로 짐작 가는 게 있다면 '그런 것'으로 할 수 있어서 편할 텐데요……, 하며 안이한 생각을 하는 미아였다.

뭐, 빈민가에서 만난 소녀든 외국 귀족가의 영애든 적당한 신분을 만들어줄 수는 있지만, 숨겨둔 아이라는 설정을 붙여서 딸로 인정하게 하는 것이 명실공히 동생으로 대할 수 있어 편하다고 생각했기 때문이다. 하지만…….

"그건 절대 있을 수 없는 일이다."

황제는 단호하게 고개를 저었다.

"어머? 어째서죠? 저는 딱히 화를 내거나 하지는 않는데요. 황제가 후계자를 얻으려 하는 건 당연한 일이니까요. 젊은 시절에 탈선했다고 해도 저는 딱히……."

"아니…… 그렇지만 말이다. 짐은 네 어머니 말고 다른 여자를 모르니까……."

"……네?"

입을 떡하니 벌리는 미아를 향해 황제는 호쾌한 미소를 지었다.

"연애에 눈을 뜨기도 전에 네 어머니를 보고 첫눈에 반해버리고 말았지. 하하하, 생각해보면 조금 더 연애 경험을 쌓아둘 걸 그랬다 싶구나."

──으, 으음, 이건……. 아바마마의 순정을 들은 저는 어떻게 반응해야 하는 거죠……?

미아가 딸로서 다소 복잡한 기분을 주체하지 못하고 있는 사이에 멋대로 집무실에서 나간 황제는…….

"호오, 그대인가. 그래, 확실히 어딘가 미아를 닮았구나. 뭐? 이름이 미아벨이라고? 오오! 이름마저 비슷하지 않으냐. 후후후,

만약 미아에게 아이가 태어난다면 의외로 그대 같은 느낌일지도 모르겠구나."

미아벨과 친목을 다지고 말았다!

"잠깐, 아, 아바마마. 그렇게 가볍게! 아무리 제 친구라고 해도 그리 쉽게 받아들이지 말아 주세요."

아무런 의문도 없이 미아벨과 화기애애 대화하는 황제의 태도에 조금 불안해진 미아였다. 혼돈의 뱀이 아니어도 티어문 제국의 황제를 노리는 암살자라는 건 결코 적지 않을 테니까.

하지만…….

"괜찮다. 미아를 쏙 빼닮은 소녀라면 나쁜 인간일 리가 없으니 말이다. 짐이 믿는 이유는 그것만으로도 충분하다."

마치 당연하다는 어조로 황제가 말했다.

"추, 충분하다고요?"

"그래, 충분하지. 아무런 문제도 없다. 확실히 사람은 외모로는 판단할 수 없는 법이나, 미아에 관해서는 다르단다. 외모와 내면, 쌍방이 갖춰지지 않으면 미아 같은 아름다움은 나오지 않으니까!"

와하하 웃는 황제.

──뭐라고 해야 하나, 아바마마께선 참 대단하시네요.

미아는 처음으로 경외심을 느꼈다.

──방심하면 제 황금 조각상 같은 걸 정말로 세워버리실 것 같은 게 무서운 부분이지만요…….

동시에 뭐라 말할 수 없는 위기감도 느끼는 미아였다.

제2화 먹을 것의 원한은 무섭다

계절은 흘러간다.

그것은 미아가 나태한 겨울방학을 마치고 세인트 노엘로 출발하기 닷새 전의 일이었다.

미아는 여느 때처럼 자신의 방에서 루드비히의 설명을 듣고 있었다.

"얼마 전 발타자르에게서 연락이 왔습니다. 식량의 가격이 크게 상승하기 시작했다고 합니다."

그 보고를 들은 순간 미아는 들어 올리던 홍차를 일단 테이블 위에 돌려놓았다.

"흐음……. 역시, 왔군요."

목소리가 떨리지 않도록 노력했다.

마침내 그 순간이 오고 말았다.

기근의 징조……. 작년부터 얼핏얼핏 보이고 있던 흉작의 영향이 마침내 나타나기 시작했다.

"지금은 아직 문제가 없지만, 가까운 미래에 백성들 사이에 굶주리는 자가 나오기 시작할 겁니다."

"흐음…………. 그래서, 대책은요?"

루드비히는 들고 있던 양피지 다발을 미아 앞에 내려놓았다.

"우선은 이걸 봐주십시오."

그건 지난 2년 동안 루드비히가 노력한 결정체였다.

이 2년 동안 준비한 비축분과 제국의 국민을 부양하기 위해 필요한 분량을 계산한 수치, 현재 시장에 돌고 있는 식량의 가격과 그게 어느 정도까지 올라가면 어디의 주민이 기아 상태에 빠지는지 등의 데이터를 정리한 것이다.

그 수치는 지극히 세밀했다.

단순히 비축한 식량을 배급하면 그만이 아니다. 그래서는 아무래도 부족하다. 그런 게 아니라, 외부에서 수입하는 분량과 흉작이라고는 해도 제국 내에서 생산되는 분량 등도 당연히 계산에 넣어야만 한다.

그런데다 현재 수중에 있는 비축분을 어떻게 사용해나갈지, 그 운용이 문제였다.

"흐음……."

미아는 양피지를 한 손에 들고 턱을 매만지며 꼼꼼히 읽어보고 있음을 가장했다. 하지만…… 사실 세세한 숫자를 봐 봤자 전혀 알 수 없었다.

"그렇군요."

아니, 애초에 '뭘 어떻게 모르는지'조차 모르는 미아다.

이전에 루드비히에게 혼났던 상태이다.

하지만 그것도 어쩔 수 없는 일이었다. 숫자의 나열 같은 건, 모르는 사람이 봐 봤자 그저 암호로만 보인다. 그리고 미아는 틀림없이 '숫자를 봐도 모르는 사람'에 속한다.

미아는 두꺼운 자료를 팔랑팔랑 넘겨본 후 항복이라는 듯 한숨을 쉬고는…….

"……잘 모르겠네요."

솔직하게 말했다. 전면 항복이다.

그건 말하자면 차선책. 혹은 최악보다는 나은 선택지다.

미아는 익히 알고 있다. 루드비히처럼 똑똑한 사람과 대화할 때, 잘 모르면서 아는 척하는 건 최악이라는 것을.

뭘 모르는지도 모르는 상태, 아무것도 이해하지 못한 상태에서 질문하는 것도 잔소리에 잔소리가 추가로 딸려오기 때문에 솔직히 하고 싶진 않았지만……. 그래도 모르는 걸 방치하는 것보다는 낫다.

미아는 그렇게 판단한 뒤 솔직하게 루드비히에게 밝혔다.

"죄송합니다. 정보가 완벽하지 않은 건 알고 있습니다."

그러자 루드비히는 씁쓸한 얼굴로 머리를 숙였다.

"아쉽게도 제국 각지의 귀족에 대해서는 불확정 요소가 많고……. 현재 얼마나 비축해두었는지는 어느 정도 판명되었으나, 그 움직임을 예측하는 건 지극히 어렵습니다."

루드비히가 말을 이었다.

"백성에게 피해가 미치는 일에 불확정 요소가 끼어드는 건 바람직하지 않지만……. 그래도 아마, 어느 정도 여력을 지니고 극복할 수 있을 것으로 예상합니다."

"흐음, 그렇군요. 그건 좋은 소식이네요."

수치의 의미는 모르겠지만, 아무튼 루드비히가 괜찮다고 하니까 괜찮을 것이라고 미아는 이해했다.

그런 상태로 미아는 루드비히를 바라보았다.

"하나만 말해두겠어요. 루드히비."

"네, 말씀하십시오."

"이 일로 적을 만들지 않도록 노력하세요."

마치 이 세상의 진리를 알고 있는 현자처럼, 어마무지하게 깨달음을 얻은 듯한 얼굴로 말했다.

그래……. 미아는 알고 있다. 먹을 것에 원한은 강렬하고도 무겁다는 것을.

미아는 자신을 자비롭고 온화한 황녀라고 평하고 있다. 굳이 따지자면 부드럽고 관대한, 배려심으로 넘치는 황녀라고 생각한다.

……자기평가가 약간 후한 미아이다.

아무튼, 그런 미아라고 해도 먹을 것에 원한에는 저항하기 어려웠다. 눈앞에서 케이크가 떨어지면 격분하고, 그게 마지막 하나라고 들으면 무심코 이성을 잃어버리기도 한다.

그렇기 때문에.

이 식량 배급 문제로 국민의 원한을 사는 것은 득책이 아니다.

"오히려 그걸 사용해서 모든 이를 아군으로 포섭할 수 있다면 그게 최선이에요."

그것이야말로 단두대에서 멀어지는 길. 과거의 반성을 품고 미아는 말했다.

"그걸 부디 잊지 않도록, 부탁드릴게요."

"……네. 알겠습니다. 마음에 깊이 새겨두겠습니다."

깊이 머리를 숙이는 루드비히를 향해 미아는 만족스럽게 고개를 끄덕였다.

"그럼 우선 세인트 노엘로 돌아가도 괜찮겠군요."

"네. 당장 미아 님의 손을 번거롭게 할 법한 일은 없습니다. 이것이 황녀전속근위대에서 도착한, 세인트 노엘까지 가는 이동 계획서입니다."

"흐음……."

미아는 양피지에 시선을 떨구면서 작게 신음을 흘렸다.

──루드비히는 당장은 괜찮다고 했고, 실제로는 아직 기근은 시작되지도 않은 상태지만요……. 역시 불안해진단 말이죠.

먹을 것이 사라질지도 모른다……. 그 불안은 인간에게는 지극히 심각한 것이다.

비축해두었던 식량이 점점 사라지는 것을 보는 것도 몹시 불안을 자극한다. 생각만 해도 배가 아프기 시작하는 미아였다. ……과식했기 때문이 아니다. 결단코.

그 불안을 해소하기 위해 필요한 것은 내년에도 올해와 비슷하게 농작물이 영글 것이라는 신뢰다.

내일이 되면 오늘 먹은 만큼 또 들어온다고 생각하기 때문에, 지금 만족스럽게 식사할 수 있는 셈이다.

──제 마음의 평온을 위해서는 비축을 개방하는 것만으로는 역시 불안해요. 물론 클로에의 아버지에게도 페르장에게도 협조를 얻을 테지만……. 동시에 더 근본적인 해결책을 세울 필요가 있어요. 저의…….

"…………마음의 평온을 위해 근본적인 해결책을……."

"? 뭐라고 말씀하셨습니까?"

"네? 아뇨, 아무것도 아닙니다. 그래요. 중간에 잠시 들를 곳이 있으니 계획을 조금 바꿔 달라고 하죠."

"들를 곳, 말씀입니까?"

"네. 베르만 자작령에요."

"베르만 자작령…… 이라면, 학원 도시에 가시는 겁니까?"

고개를 갸웃거리는 루드비히에게 미아는 작게 끄덕였다.

"네, 맞습니다. 아샤 양에게 잠시 할 이야기가 있어요."

제3화 여제파의 탄생 ~미아의 오른팔, 다시 멋대로 움직이기 시작하다~

　미아와 회합한 다음 날, 루드비히는 제국의 일각에 세워진 낡은 가옥을 방문했다.

　그곳에서는 어떠한 밀회가 이뤄지고 있었다.

　살랑살랑 일렁이는 횃불, 그 불빛을 받아 드러나는 건 8명의 남녀의 모습이었다. 테이블을 둘러싸고 저마다 담소를 나누는 자들.

　그중에는 루드비히의 협력자, 발타자르와 질베르의 모습도 있었다.

　그래……. 여기에 모인 자들은 다들 루드비히의 동문. 현자 갈브의 제자들이다.

　어떤 자는 녹월청에서 외교 업무를 보고, 어떤 자는 청월청에서 제도의 행정을 짊어졌다. 루드비히와 같은 금월청에서 일하는 자도 있다.

　별종이란 소릴 들으며, 호기심에 중앙 귀족의 가신단에 의탁한 자도 있다.

　다들 저마다 요직에 앉아 수완을 발휘하고 있는 자들이다.

　"그나저나 놀랐어. 설마 그 귀족들이 전부 해외로 망명했었다니……. 우수한 자들이라 영락없이 눈엣가시로 찍혀서 제거된 줄 알았지."

　마치 잡담이라도 하는 것처럼 언급되는 것은 옐로문 공작의 공작(工作)이었다.

그 말을 들은 다른 청년이 어깨를 으쓱하며 고개를 내저었다.

"아니, 설마 다시 불러올 줄은 몰랐지. 그보다는 제국이 기우는 게 먼저일 거라고 생각했는데…… 그때는 연줄로 의지할 수 있겠다 했는데, 아쉬워라."

시니컬한 미소를 짓는 그는 아무래도 옐로문 공작의 술수를 알고 있었던 모양이다. 알면서…… 아무에게도 말하지 않고, 언젠가 어딘가에 쓸 수 있을지 모른다며 남몰래 속에 담아두고 있었다.

능력이 좋고 지혜도 뛰어난 우수한 자들. 하지만 그 행동은 누구에게도 속박되지 않고, 다소 과하게 자유롭다.

그들은 결코 제국에 묶여있지 않다. 우수하기 때문에 어느 나라에 가도 활약할 곳이 있다.

따라서 만약 이 나라가 썩어버렸다고 판단하면 그들은 쉽게 놓아버릴 것이다. 어리석은 귀족과 함께 순직할 필요는 없다는 게 스승의 가르침이기 때문이다.

──그러나 미아 님을 여제로 올리기 위해서는 문관들의 힘이 지금보다 더 필요해. 귀족들의 협력도 당연히 필요하지만, 나라를 움직이기 위해서는 관리의 협력이 필수적이야.

미아가 사대공작가의 자제를 통솔하여 착착 귀족 측의 아군을 늘리고 있는 현재, 자신의 동문들에게 협력을 구하는 건 루드비히가 꼭 해야만 하는 일이었다.

"다들, 모여 달라고 해서 미안하다."

루드비히의 말에 그 자리에 있던 모두의 시선이 모였다.

"에이, 루드비히 선배. 이 시기에 선배의 부름을 무시한다는 건 말도 안 되지 않을까요?"

대표로서 질베르가 입을 열었다. 악동 같은 미소를 지으며 그가 말을 이었다.

"제위를 이어받겠다고 화려하게 표명한 직후잖아요? 선배가 편애하는 황녀 전하가. 그야 뭐, 다들 오죠. 호기심이 안 동할 리가 없어요."

"그런가……. 마침 잘 됐군."

루드비히는 이 자리에 있는 모두의 얼굴을 둘러본 뒤 안경을 가볍게 밀어 올렸다.

"단도직입적으로 말하지. 너희에게 미아 황녀 전하께 협력해달라고 부탁하고 싶다."

"흐음, 협력이라……. 하지만 그럴만한 가치가 있나? 그 황녀 전하에게. 나는 영락없이 이 나라의 귀족들도 황실도 무능력자 집합이라고 생각했는데……. 미아 황녀 전하는 예외라고?"

가장 앞에 있던 남자가 도발적인 시선을 던졌다.

"나는 그렇게 생각하지만……. 너희들이 직접 판단해줘."

그렇게 말하며 루드비히가 꺼낸 것……. 그것은 세밀한 수치가 적힌 양피지 다발이었다.

"그건……?"

"보여주고 싶은 게 있어."

루드비히는 한번 심호흡을 한 뒤 전원의 얼굴을 보았다. 그리고는 고요하게 입을 열었다.

"올해부터 대규모의 기근이 발생한다."

여기에 오기 전, 루드비히는 결심했다. 협력을 구하기 위해 눈앞에 닥친 위기를 이용할 것을.

노림수는 두 가지. 기근이 닥쳤을 때 그들의 협력을 얻는 것. 그리고 미아가 그 위기에 어떻게 대비했는지 그들에게 보여줌으로써 그들을 동료로 끌어들이는 것이다.

더 말하자면 제국에 위기가 닥쳤다고 해서 쉽게 도망칠 수 없도록 그들을 붙잡아두는 의미도 있다.

자유롭기 그지없는 동문들이지만, 갈브에게 가르침을 받은 만큼 호기심도 남들보다 더 강하다.

그런 그들에게 사전에 기근 정보를 제시한다면……, 그 기근이 3년이나 이어진다고 예언한다면……?

그들이 흥미를 느끼지 않을 리가 없다. 사태의 전말을 지켜보고 싶어 할 것이다.

현자 갈브의 제자들의 특성을 숙지하고 있는 루드비히의 책략이다.

"기근이라. 확실히 그럴 징조는 있었지. 작년 밀 수확량이 감소했고, 봄의 농작물도 줄줄이 흉작이라고 들었는데……."

누군가의 중얼거림에 발타자르가 끼어들었다.

"적월청의 공식 견해라고 봐도 되는데, 올해 제국 인근의 수확량 감소가 예상되고 있어. 작년 여름 이후 전체적으로 기온이 낮은 게 관계가 있는 모양이야."

그의 발언에 이어 다른 사람이 입을 열었다.

"녹월청으로서의 견해를 말하자면, 기근이 일어날 가능성은 비교적 커. 흉작은 제국만의 일이 아니라서 이웃 나라에서 들어오는 수입산도 가격이 오르고 있지. 아직 허용범위 안이긴 하지만."

식량 가격의 상승으로 인해 가난한 자가 굶주리면서 아사자가 나오고, 일할 수 있는 인간이 줄어들어서 다음 해에는 더욱 수확량이 감소하는 마이너스 연쇄.

이미 그 징후가 보이기 시작하고 있다.

"그래서? 그게 어쨌다고? 이 자리에 있는 사람 중 그 가능성을 눈치채지 못한 사람은 한 명도 없잖아?"

"그래, 맞아. 하지만 미아 님께서는 이 사태를 2년 전부터 예상하셨다. 그에 따라 나는 준비를 진행해왔지."

"2년 전부터? 설마……."

그 말을 들은 남자는 당황하며 양피지 다발을 뒤졌다.

"미아 님을 따라 지난 2년 동안 재정 건전화와 동시에 식량을 비축해왔어. 게다가 미아 님께서는 농작물의 흉작이 제국만이 아닌 주변국까지 포함될 가능성도 생각해서 먼 곳에서 밀을 수송할 루트도 준비하셨다."

"포크로드 상회를 이용한 밀 수입. 심지어 가격을 고정…… 이라."

"그래, 평소부터 비교적 고액으로 값을 지불해서 막상 위기에 처했을 때는 반대로 도움을 받는 건가. 제법 나쁘지 않은 발상이군. 이건 상업조합에서도 쓸 수 있는 제도 아닌가?"

모여있는 사람들로부터 저마다 칭찬하는 목소리가 나왔다.

"하지만 이 사태를 예견한다는 게 과연 가능한 거야? 설마 너는 황녀 전하가 예언자라고 말할 생각인가? 미래에 일어날 일을 예지할 수 있다고?"

루드비히는 안경을 고쳐 쓰면서 생각에 잠겼다.

확실히 미아는 예지라고 해도 과언이 아닐 만큼 미래를 내다보는 것처럼 보이지만……. 그게 초자연적인 힘에 기반하는 것이라고 생각하진 않았다.

"나는 미아 님의 생각을 전부 알고 있는 건 아니지만……. 내 예상으로는 이번 미아 님의 행동을 가능하게 한 건 어디까지나 두뇌 노동이라고 본다."

"두뇌 노동……. 관측과 예측으로 미래를 정확하게 예견한다는 건가. 그래, 생각해보면 기근에도 주기는 있지. 역사를 배우면 대략 언제쯤 기근이 일어난다고 예상할 수는 있을지도."

"그뿐만이 아니야. 아마도 제국의 현재 상황을 정확하게 파악하고 있는 거야. 그래서 기근이든, 외국의 수입제한이든, 전란이든, 상황이 급변했을 때 제국이 빠질 수 있는 위기를 헤아렸다는 게 아닐까?"

그들은 서로 고개를 끄덕이며 루드비히에게 시선을 돌렸다.

"그렇군. 그래서, 이 기근을 계기로 단숨에 민중의 지지를 반석으로 삼으려는 거구나. 굶주림이 퍼진 곳에 당당히 찾아가 먹을 것을 배급. 그 땅의 영주가 식량을 아끼고 있다면 그를 악당으로 돌려서 민중의 지지를 쉽게 얻어낼 수 있지. 군주의 방식으로는 올바른 방법이야."

하지만 그 발언을 들은 루드비히는 작게 고개를 저었다.

"아니, 그렇지 않아. 미아 님께서 하시려는 일은 조금 더 큰 그림이다."

미아의 오른팔이라 불리는 남자는 자신만만하게 웃었다.

"그건, 무슨 의미지?"

미심쩍은 표정인 동기를 향해 루드비히는 말했다.

"그분께서 말씀하셨다. 이 일로 적을 만들지 말라고."

"적을 만들지 말라? 그건 대체?"

의문을 중얼거리는 그들의 반응을 보며 루드비히는 쓴웃음을 지었다.

──마치 과거의 나를 보는 것 같군. 분명 미아 님을 처음 만났던 무렵의 나였다면 나도 그분의 진의를 헤아리지 못했을 테니까.

사실 미아에게 보고하러 갔을 때, 루드비히는 한 가지 망설임을 품고 있었다.

그건 비축한 식량을 어떻게 배포할 것이냐는 점이다.

다행히 식량 자체는 순조롭게 비축했다. 민중을 굶주리지 않게 하는 것만이라면 어떻게든 할 수 있을 만큼 여력이 있다.

하지만 상황이 바뀌었다.

얼마 전 미아의 '제위 계승 표명'으로 인해 루드비히는 생각할 수밖에 없었다.

즉, 이 기근을 어떻게 '이용'할 것인가…….

가장 단순하게 생각한다면, 미아가 여제가 되는 데 방해가 될 법한 귀족을 배제하는 데 쓰면 된다. 적극적인 악의를 지닌 자, 미아의 발목을 잡는 무능력자, 그들을 배제하려면 이번 기근은 절호의 기회다.

영지민의 마음을 영주에게서 분단시키고, 대신 미아가 신뢰를 얻는다. 아마도 효율적으로 적대자를 배제하는 것이 가능할 터이고, 그건 미아가 여제를 노리는 면에서도 유익한 일이다.

하지만……. 그건 어쩐지 틀린 것 같은 느낌이 들었다. 미아의 방식은 아닌 것 같은, 그런 느낌이 들었다.

그리고 망설이는 루드비히 앞에 미아는 한가지 방침을 지시했다.

이 일로 적을 만들지 마라…….

그리고 미아가 그 말을 한 타이밍, 그건…….

"하나 묻고 싶어. 지금 보여준 자료에 무언가 부족한 게 있을까? 너희들이 말한 분단 공작에 이 이상의 정보가 필요할까? 이걸 보신 미아 황녀 전하께서는 이렇게 말씀하셨다. 이걸로는 잘 모르겠다고. 정보가 부족하다고……. 그렇다면, 그게 무엇인지 아는 사람이 있어?"

질문을 받은 자들은 서로의 얼굴을 쳐다보며 곤혹스러운 표정을 지을 뿐. 그런 그들의 얼굴을 하나하나 둘러본 뒤 루드비히는 말했다.

"간단하다. 각 귀족령의 비축량 수치가 없어."

그때, 루드비히가 건넨 양피지를 빠르게 훑어본 미아는 이렇게 말했다.

'잘 모르겠네요'라고.

이 자리에 모인 문관들── 그 모두가 '부족하지 않다, 이걸로 충분하다'고 한 자료를 보고 저 제국의 예지는 이렇게 선언했다.

이걸로는 잘 모르겠다. 부족하다.

루드비히는 그 이유를 잘 알 수 있었다. 그리고 참으로 미안하다고도 생각했다.

"그것이야말로 잘 모르겠는데. 귀족의 비축량이라니⋯⋯. 그걸 알아두는 게 확실하긴 할 테지만, 고생해서 손에 넣을 정보도 아니잖아."

의문을 입에 담는 자가 있었다.

그리고 그건 어느 의미 타당한 말이었다.

사실 귀족과 영지민을 분단시키려고 한다면, 귀족이 어느 정도의 비축을 쌓아두었는지는 관련이 없다.

아무리 물자를 갖고 있다고 한들 그 귀족이 쓰지 않으면 그만이니까.

중요한 건 '도와주지 않는 귀족과 재빠르게 구원의 손길을 내미는 미아'라는 구도를 보여주는 것. 그러기 위해서는 그 땅의 귀족이 보유한 물자는 중시해야 할 요소가 아니다.

왜냐하면 비축량이 많든 적든, 뿌리가 썩은 귀족은 민중 따위는 내버려 두는 법이기 때문이다. 비축량이 넘쳐난다고 해도 자신이 안심하기 위해서는 영지민을 잘라낸다. 그게 귀족이다.

그래서 귀족의 비축량은 상관없다. 중요한 건 많은지, 적은지가 아니라 그 귀족의 성격이니까.

확실히 그자를 처단한 뒤 비축해둔 물자를 이쪽에서 이용할 수는 있을지도 모른다. 하지만 사전에 전부 다 써버릴 가능성도 있다. 그러니 귀족의 비축량에 의지할 수는 없다.

따라서 불확실한 요소를 도입할 필요는 없다. 만약 미아가 분단 공작을 염두에 두고 있다면, 그 정보는 어디까지나 보조 요소에 불과하다.

하지만 미아는 말했다. 잘 모르겠다고. 루드비히가 기재하지 못한 정보는 필요한 정보라고.

그렇다면 그건 어째서일까?

루드비히는 이미 그 대답에 도달해 있었다.

그는 알기 때문이다. 베르만 자작을 상대로 미아가 보인 행동. 혹은 세인트 노엘 학원에서 티오나에게 몹쓸 짓을 한 귀족 자제들에게 미아가 어떤 벌을 주었는지를.

"왜 귀족의 비축량 정보가 필요한가……. 간단해. 미아 님께서는 귀족들도 끌어들여서 이 위기를 극복하실 생각이기 때문이다."

"귀족들을 끌어들인다고? 무슨 뜻이야?"

"단순해. 가진 자에게 쓰게 한다. 귀족이 귀족의 의무를 다하게 한다. 단지 그뿐이야."

귀족은 영지민에게서 세금을 거둔다. 대신 영지민을 지켜야 하는 의무를 짊어진다.

그건 침략자에 한정된 것이 아니다. 전염병이나 기근이 닥쳤을 때도 마찬가지다. 그건 영지민이 평소처럼 생활하지 않으면 노동력이 저하되고 세금을 낼 수 없게 되어 귀족도 생활하기 어려워진다는 현실적인 측면을 가졌기 때문이긴 하지만…….

아무튼, 귀족은 영지민에게 일정한 의무가 부과된다.

"아마도 미아 님께서는 각 귀족에게 자신들의 영지민을 지키게 하시려는 거다. 먼저 그들이 보유한 비축량을 쓰게 하고, 그러고도 부족한 분량은 미아 님께서 보완한다는 길을 생각하고 계신 게 아닐까."

그렇기 때문에 미아는 그 타이밍에 '적을 만들지 말라'고 한 것이다.

귀족은 그렇다 쳐도, 민중을 굶주리지 않게 하기 위해서는 충분한 비축량이 있다고 루드비히가 보고했으니까……. 그 비축분을 사용하는 방법을 제시하기 위해 말한 것이다.

"아니, 그렇게 잘 되진 않을걸? 귀족들이 그런 기특한 판단을 할 것 같지 않은데."

회의적인 목소리에 루드비히는 고개를 저었다.

"물론 압력도 가해야지. 쉽게 말하자면, 여태까지 미아 님께서는 무슨 일이 있을 때마다 민초에게 관용적인 태도를 보이셨다. 신월지구에 세운 병원도 그렇고, 얼마 전의 탄신제도 그렇고."

지금 생각해보면…… 그 탄신제 건도 이미 계획의 일부였다고 루드비히는 감탄했다.

"그렇게 백성에게 호의적인 미아 님께서 백성을 버리고, 자신의 안녕만을 우선하는 귀족에게 호의적이실 리가 없지. 그런 식으로 귀족들에게 압력을 가하고, 동시에 천칭의 반대쪽 접시에는 '안심'을 올리는 거다. 만약 민중을 위해 힘을 쏟았다가 비축분이 부족해졌을 때는 이쪽에서 식량을 제공한다고. 너희들이 굶주리게 하진 않을 테니 안심하라고."

민중에게 직접 식량을 공급하는 게 아니다. 그 땅을 다스리는 귀족을 통해서 식량을 공급하려는 것이다.

"그렇게 생각하면, 지난 탄신제는 여러 가지의 의미를 갖지. 백성과 귀족의 연관 고리를 강고하게 다지는 것과 동시에, 식량을 공급하는 예행연습이라는 측면이……."

그걸 통해 귀족들은 구체적으로 알게 되었다.

영지민이 필요한 식량이 어느 정도인지. 자신의 영지민이 얼마나 있는지도.

"중앙 정부가 일괄적으로 관리하여 각지의 민중에게 식량을 공급하는 건 번거롭고, 아마 다른 일을 제대로 하지 못할 거다. 결과 식량 공급이 늦어져서 아사자가 발생하지. 그렇기 때문에 이미 있는 그 땅의 통치 시스템을 이용하려고 하시는 거야."

한 명의 인간이 제국 전역을 볼 수는 없다. 아무리 미아라고 해도 그런 건 불가능하다. 멀리 떨어진 땅의 영지민을 한 명 한 명 신경 쓸 수는 없다.

따라서 그 땅에 사는 귀족들에게 자신들의 영지민을 돌아보게 만든다는, 책임을 지게 만들자는, 지극히 간단한 생각이다.

"게다가 귀족들의 체면도 유지되지. 그 땅의 귀족을 무시하고 미아 님께서 직접 식량을 보내 영지민을 구호하면 민중들은 귀족을 경멸하고, 적대시할 테니까."

분단 공작이 노리는 것은 바로 그 부분이지만…….

"미아 님께서는 그렇게 귀족들을 적으로 돌리는 걸 원하지 않으신다. 오히려 이걸 계기로 귀족들도 아군으로 포섭하고 싶다고, 그렇게 바라시지."

"말도 안 돼……. 그건 비합리적이야."

"확실히, 무능한 통치자가 실패하길 기다렸다가 그자를 대신하여 선정을 펼치는 게 합리적인 방식이지. 효율적이고 노력을 덜들일 수 있는 방법이야."

그렇다. 그건 적을 배제하는 것만이 아니다. 무능한 인력을 배제하는 것에도 유효한 수단이었다. 미아가 여제가 되는 길에는 능력이 부족한 귀족 또한 방해가 될 가능성이 지극히 크다.

루드비히는 작게 고개를 저었다.

"효율적인 통치를 생각한다면 수장의 목만 갈아 끼우는 게 합리적인 생각이지. 하지만 그건 미아 님의 방식이 아니다. 미아 님께서는 이가 빠져서 쓸 수 없게 된 검을 버리고 새로 날카로운 검을 사는 걸 반기지 않으셔. 뭉툭해진 검을 갈아서 다시 쓸 수 있게 만드는 것……. 쓸 수 없는 자를 배제하는 게 아니라 쓸 수 있게 만드는 것. 그게, 그것이야말로 미아 황녀 전하의 방식이다."

그 베르만을 충신으로 바꾼 것처럼…….

"하지만, 그렇게 하면 각지의 귀족의 힘이 강해져. 좋지 않은 꿍꿍이를 꾸미는 자가 있을지도 몰라."

루드비히가 말하는 건 분단 공작과는 정반대이다. 그 땅을 좋게 다스리라며 각 귀족의 힘을 키워주고 영지민과 사이를 튼튼하게 다져주는 일이다.

힘을 얻은 귀족은 그대로 미아에게 반기를 들지도 모른다. 그걱정은 당연하다 할 수 있다. 하지만……, 그것도 바로 다른 자에의해 논파되었다.

"아니, 그것도 대비했겠지. 누가 저 미아 황녀 전하에게 거역할 수 있겠어? 성녀 라피나, 선크랜드의 시온 왕자, 렘노 왕국의 아벨 왕자와 굳건한 우정을 다지신 그분에게……. 현재 제국의 최정예라고도 할 수 있는 황녀전속근위대도 거느렸고, 심지어 그 부대장 자리에는 군부에 영향력을 지닌 레드문 공작가의 영애가 앉아있잖아? 애초에 그린문 공작가의 영애와는 친하게 지냈다고 들었고, 세인트 노엘 학생회에서는 블루문 공작가의 장남을 포섭했다고 하던데?"

지금 미아는 단순한 제국의 황녀가 아니다. 그 권세는 쉽게 거스를 수 없을 만큼 절대적인 힘을 지녔다.

설령 제국 내에서 가장 큰 영지를 자랑하고, 강한 사병단과 충실한 영지민을 보유하고 있다고 해도 아무도 거역하겠다는 생각을 하지 못한다.

그 힘은 작년 탄신제 때 압도적이리만치 제시되었으니까.

"설마…… 거기까지 내다보고 그 드레스를 입은 건가? 그때의 연출이 모두 귀족들을 복종시키기 위해?"

경악하며 얼굴을 꿈틀거리는 자들을 향해 루드비히는 말했다.

"아마도 그게 바로 미아 님의 기본적인 구상이겠지. 그래서 나는 그 뜻을 헤아려 계획을 실행해갈 예정이다. 너희들에게는 당장은 각 부서 내에서 기근 대책에 협력을 요청하고 싶어. 그리고 그걸 통해 판단해줬으면 한다. 미아 님께서 여제에 걸맞은 분인지, 아닌지."

그렇게 루드비히는 조용히 머리를 숙였다.

"그나저나, 터무니없는 분이네요."

질베르가 무의식인 듯 한숨을 내쉬고는 쓴웃음을 지었다.

"하지만 뭔가, 뭐든 혼자서 다 하실 수 있는 것 같아서 저희는 필요 없단 느낌도 드는데요."

그 말에 루드비히는 고개를 저었다.

"아니, 그분께서는 제대로 사회라는 걸 알고 계셔."

"무슨 의미예요?"

"모르겠어? 확실히 미아 님께서는 어지간한 건 혼자서 하실 수 있겠지. 특히 두뇌 노동에 관해서는 누군가에게 의지할 필요도 없을 거다. 하지만 그래서는 나라가 돌아가지 않아. 그걸 잘 알고 계시지."

그 또한 루드비히가 감탄하는 부분이었다.

"솔직히 나는 내가 할 수 있는 일은 직접 하는 게 편하다고 생각해. 나보다 뒤떨어지는 인간에게 일을 배분하는 건 피곤하니까. 하지만 그렇게 하지 않으면 조직은 돌아가지 않아."

"그렇군요. 그래서 선배나 저희에게 일을 나눠주고 계신다?"

"그것만이 아니다."

"네? 또 뭔데요?"

눈을 깜빡이는 질베르를 향해 루드비히는 말했다.

"못 들었어? 예의 학원 도시. 미아 님께서는 나라를 움직여갈 젊은이의 육성에도 관심이 있으시지. 그래서 세인트 노엘에 돌아가기 전에 프린세스 타운에 들렀다가 가신다고 한다. 당신의 학원 도시를 살펴보기 위하여."

옆에서 이야기를 듣고 있던 남자가 끼어들었다.

"아, 학원 도시하니 생각났어. 그 이야기 사실이야? 루드비히. 스승님께서 그 학원의 학원장이 되신다는 거……."

"그래, 사실이다. 이미 제자 몇 명도 강사로 불렀지. 미아 님께서는 신분이나 돈의 유무에 상관없이 능력을 지닌 자에게는 그에 걸맞은 교육을 실시하실 생각이신 모양이야. 즉 미아 님께선 우리 같은 존재를, 학원이라는 시스템을 통해 만들어내려고 하시는 거지."

현자 갈브의 사제 관계를 시스템으로 만들려고 한다. 그것만으로도 이 자리에 모인 자들에게는 놀라웠다.

루드비히의 말에 질베르는 씩 호전적인 미소를 지었다.

"이거, 넋 빼놓고 있지 못하겠는데요. 우리 후배가 잇달아 나타난다는 소리잖아요."

"그래. 능력은 우리와 동등하고, 아마도 우리보다 충성심이 강한 자들이."

제국의 예지……. 항간에 떠도는 그 별명이 결코 과장이 아니었다는 사실에 그 자리에 있던 모든 이가 말문이 막혔다.

"그래서? 우리는 뭐라고 이름을 댈까?"

사위에 깔린 침묵을 깨트리고 물은 사람은 여태까지 묵묵히 이야기를 듣고 있던 발타자르였다.

"렘노 왕국의 혁명군처럼 트레이드 컬러를 정해볼까요? 보라색 옷을 입고서 표명했으니까 자건당(紫巾黨)이라거나……."

질의 농담 같은 말에 루드비히는 천천히 고개를 저었다.

"미아 황녀 전하께서 직접 표명하셨다. 그렇다면, 우리 또한 이렇게 이름을 대야만 하겠지. '여제파'라고."

"여제파……."

루드비히가 고한 한 마디. 그로 인해 그 자리의 긴장감이 단숨에 고조되었다.

"여제파, 제국 최초의 여성 황제 폐하인가."

"후후, 좋은데. 그거 참으로 보람이 있을 것 같잖아."

이리하여 루드비히가 조직한 여제파는 조용한 한 걸음을 내디뎠다.

제도에서 루드비히가 암약하는 와중에 미아는 베르만 자작령을 향해 출발했다. 베르만 자작령에서 정해의 숲, 루돌폰 변경백령을 경유하여 베이르가 공국으로 향할 예정이다.

제도를 떠나기 직전에 '조금 더 천천히 있다 가지……'라거나 '하다못해 벨은 조금만 더……, 뭣하면 그냥 두고 가도……'라면서…… 졸라대는 아버지에 약간 짜증이 난 미아였다.

"애초에, 이 이상 벨을 두고 가면 단것을 너무 많이 먹어서 살이 찔 테니까요……."

사람은 남의 토실함은 잘 보이는 법이다.

그런 고로 예정대로 벨을 데리고 출발했다.

"으음……. 하지만 베르만 자작령까지 가는 것도 꽤 멀군요……."

마차 안에서 덜컹거리며 미아는 새삼 생각했다. 제국은 넓다.

"이거, 제도에서 각지로 식량을 운반하는 것도 귀찮겠어요. 게다가 식량이 없다는 연락이 제도에 도착하는 것도 시간이 많이 걸릴 것 같고요."

이래서는 며칠씩 굶게 되는 일이 일어날지도 모른다……. 그건 괴로운 일이다.

"배가 고프면 고통스럽죠. 너무 기다리기 전에 전해줄 수 있다면 좋겠는데요……."

이전 시간축에서 병사의 위로와 시찰이라는 명목으로 제국 각지를 돌아다녔던 미아는 그 눈으로 직접 보았다. 기근으로 인한 참상, 사람들의 분노, 증오…….

먹을 것의 분노는 무섭다. 공복은 사람에게서 이성을 빼앗는다는 걸 미아는 잘 알고 있다.

루드비히의 현지 교육의 산물이다!

"아아, 게다가 루드비히라면 분명 저에게 자세한 보고를 올릴 게 분명해요. 그렇게 되면 제 일이 늘어나잖아요. 어떻게 할 수 없을까요……?"

기본적으로 놀기 위해서는 최선을 다하는 미아였다.

"잘 생각해보면 루돌폰 변경백처럼 자발적으로 움직여주는 게 편하단 말이죠. 그분의 영지에서 식량을 운반하게 하면 인접한 영지에는 빠르게 나를 수 있을 테고요. 흐음……. 그 땅의 귀족들에게 어느 정도 식량 공급을 돕게 하는 것도 한 가지 방법이 되겠군요. 구체적으로 어떻게 해야 할지는 그렇다 쳐도, 자신의 영지를 가장 잘 아는 건 그곳의 귀족일 터……. 그렇다면 그걸 이용하지 않을 수 없어요. 아니, 애초에 저만 일하면서 그 녀석들만 농땡이를 부리다니 용서할 수 없어요! 좋아요, 그 방향으로 루드비히에게 방책을 세워달라고 하고…….”

지금 이 순간. 기적적이게도 주인과 종자, 미아와 루드비히의 마음이 하나가 되었다!

……된 걸까?

그런 생각을 하는 사이에 미아의 앞에 프린세스 타운이 모습을 드러냈다.

미아 황녀를 지지하기 위해 모인 여제파의 인재들……. 그들은 아직 모른다. 통솔자 역할을 하는 충신, 미아의 오른팔 루드비히조차 상상하지 못했다.

미아 황녀의 다음 한 수…….

미아가 그들을 경악하게 만들어버리는 것은 조금 더 미래의 일이었다.

제4화 베르만은 미아의 신뢰를 손에 넣었다

베르만 자작령에 도착한 미아는 성대한 환대를 받았다.

"미아 님, 친히 저희 영지에 들러주시다니⋯⋯. 막대한 기쁨에 영지민 일동은 환희의 눈물을 흘리고 있습니다."

미아를 마중 나온 베르만은 이렇게 말하며 다소 호들갑스러운 동작으로 미아를 환영했다.

그리고 그런 그의 말에는 일절 과장이 없었다.

미아는 거리에 들어선 뒤로 본 광경을 떠올리고 다소 난처해하고 있었다.

──너무 환영해줘서 무서웠어요⋯⋯.

마을 주민들은 건물에서 밖으로 나와 미아를 맞이하기 위해 길을 가득 채웠다.

그리고는 미아가 탄 마차가 지나가는 길에 꽃을 뿌렸다. 꽃으로 가득 채워진 길을 나아가는 미아 일행을 향해 '제국의 예지에 영광 있으라!'라는 주민들의 찬사가 쏟아졌다.

과장을 쏙 빼고도 미아는 무척 큰 환영을 받았다!

그렇다⋯⋯. 겨울의 탄신제 이후 제도 안에서 미아의 인기는 성대하게 치솟았다.

특히 이 베르만 자작령에는 '프린세스 타운'이 있기 때문에 황제 본인보다 오히려 미아의 인기가 더 클 정도였다.

미아는 깜짝 놀랐지만, 옆에 있던 벨은 득의양양하게 말했다.

"베르만 자작령의 사람들은 친황녀파로, 제국 내전 때도 저를 도와주셨으니까요."

"친황녀파……. 흐음…… 그랬군요. 뭔가, 조금 징그럽지만요……."

이전 시간축에서 기근에 허덕이는 지역을 찾아갔다가 온갖 욕설을 들었던 미아로서는 백성들의 칭송을 순순히 받아들이지 못하는 부분이 있었으나…….

"뭐, 이 찬사의 목소리가 사라지지 않도록 해야겠네요."

그렇게 그날은 성대한 만찬회도 열리며 융숭한 대접을 받은 미아였다.

다 먹을 수 없을 만큼 테이블 위에 가득 놓인 요리를 앞에 둔 미아는 무심코 얼굴이 풀어졌다. 하지만 바로 고개를 저었다.

"베르만 자작, 환대에 감사합니다. 감사히 먹도록 하겠어요……."

"분에 넘치는 말씀입니다."

흡족하게 웃는 베르만. 그 얼굴에 냉수를 뒤집어씌우는 말은 최대한 피하는 게 좋을지도 모른다는 생각을 하는 미아였으나…….
그래도 말을 해 두는 게 낫다고 판단. 굳게 결심한 뒤 입을 열었다.

"하지만, 앞으로는 식량을 너무 낭비하지 말아 주세요."

"네……?"

얼떨떨한 얼굴로 입을 떡 벌린 베르만을 향해 미아는 가급적 침착하게 들릴 법한 어조로 말을 이었다.

"이건 여기서만 하는 이야기임을 기억해주셨으면 합니다. 아마도 올해 여름부터 각지에서 식량부족이 일어날 거예요. 그때를 대비해 절약해두셨으면 합니다."

미아는 솔직히 베르만이 순순히 말을 들을 거라고는 생각하지 않았다. 그의 성격을 고려했을 때, 오히려 반발할 것 같기도 했지만……

──그래도 말을 안 하는 건 뒷맛이 나쁘니까요. 아, 하지만…….

어안이 벙벙해진 베르만을 향해 미아는 한 마디를 덧붙였다.

"일단, 이 일에 대해 아는 건 일부 인간뿐이니까 여기저기에 퍼트리고 다니지 않도록 부탁드릴게요."

만약을 위해 말해두지 않으면 어디서 무슨 소리를 해버릴지 모른다. 아무튼 전에는 영토를 넓히기 위해 루돌폰 변경백에게 싸움을 건 남자이니 말이다.

이번 정보도 어쩌면 무언가 자랑하기 위해 써버릴지도 모른다. 그건 그리 좋은 일이 아니다.

"일부 인간뿐……, 일부……."

"네, 제가 선택한 사람만이 알고 있는 정보입니다. 아무래도 보통은 미래에 무슨 일이 일어날지 아무도 모르는 법이니까요. 자칫 인선을 실수하면 이상한 눈으로 쳐다보지 않겠어요?."

미아는 꼼꼼하게 못을 박았다. '괜히 여기저기에 떠벌리고 다니면 너도 이상한 시선을 받을 거다!', '네 가슴에만 담아두고 얌전히 절약에 힘써라!'라고.

──우선 이렇게 말해두면 자랑거리로 쓰는 일은 없을 테죠. 뭐, 믿고서 절약할지 아닐지는 미묘하지만요…….

그런 생각을 하고 있었기 때문에 미아는 베르만의 중얼거림을 듣지 못했다.

"그건……, 즉 저를 신뢰해서 말씀해주셨다고……."

어쩐지 떨리는 목소리로 중얼거린, 그 말을…….

"아, 그리고 프린세스 타운을 부탁드립니다. 아이들을 굶기면
안 돼요."

그렇게 말하자 어째서인지 베르만은 온순한 얼굴로 고개를 끄
덕였다.

"아아……, 물론입니다. 미아 황녀 전하의 마을을 위기에 빠트
리는 일은, 제가 몸을 던져서라도……."

그렇게 호언하는 베르만에게 미아는 고개를 저었다.

"그런 건 필요 없습니다. 만약 무언가 일이 생기면 무리하지 말
고 바로 저에게 알려주세요. 루드비히는 늘 제도에 있으니, 신경
쓰지 말고 바로 연락하시면 됩니다."

의욕이 넘치는 건 고맙지만, 바로바로 연락을 받고 싶은 미아
였다. 세상에는 일찍 알아야 대처하기 편해지는 일이 많다. 무리
했다가 수습할 수 없는 지경까지 가버리는 건 반드시 피하고 싶
은 미아였다.

그렇다. 무슨 소릴 하는지 모르는데 아는 척하면 안 된다. 바로
바로 모른다고 밝혀두는 게 필요하다!

──하지만 여기도 제도보다 루돌폰 변경백에게 도움을 요청
하는 게 빠를 것 같군요. 하지만 아무리 그래도 과거의 앙금이 있
어서 불가능할 테니……. 골치 아프네요.

"저기……?"

"아아, 아무것도 아닙니다. 그럼 식사를 하도록 하죠."

불필요한 사치는 곤란하지만, 그건 그거. 눈앞에 있는 진수성찬을 먹지 않을 만큼 미아는 '무욕의 황녀'가 되지 못한다.

미아는 '식욕의 황녀'다.

"그래서 내일은 예정대로 학원을 시찰하러 가겠습니다. 학원장 갈브 씨, 그리고 강사인 아샤 왕녀님도 만나 뵙고 싶으니까요……."

"알겠습니다. 마차와 호위는 수배해두었으니, 오늘 밤은 이 저택에서 푹 쉬시기 바랍니다."

그리고는 베르만은 깊이 머리를 숙였다.

"저를 신뢰해주시고 그러한 비밀을 가르쳐주신 것에 감사합니다. 미아 황녀 전하의 마음이 흡족하시도록 노력하겠습니다."

"네, 기대하겠습니다."

이런 가벼운 대답을 하고 있지만 이미 미아는 듣고 있지 않다.

눈앞에 있는, 버섯이 듬뿍 들어간 스튜가 무척 맛있기 때문이다!

──흐음, 스튜에 버섯을 넣다니. 제법 안목이 좋잖아요! 제법이군요, 베르만 자작!

미아의 베르만을 향한 신뢰도가 100 올라갔다!

미아는 '버섯의 황녀'다.

다음 날, 미아는 아침 일찍 베르만 자작저를 뒤로했다.

참고로 밤에 일찍 자는 미아는 아침에도 개운하게 일어난다. 놀겠다고 결심하고 두 번, 세 번 더 잠들지 않는 한.

마차를 타고 호위를 대동하여 향하는 장소는 정해의 숲, 그 앞에 세워진 프린세스 타운이다.

마차 안에서 시간을 보내기를 잠시. 이윽고 미아의 눈앞에 광활한 숲이 모습을 드러냈다.

"아아, 여기에 오는 것도 무척 오랜만인 느낌이 드는군요. 풍경이 완전히 변해버려서 눈치채지 못했지만요⋯⋯."

미아는 살짝 놀라움이 섞인 목소리로 그렇게 중얼거렸다.

숲의 앞에는 조금 큼직한 건물이 세워져 있다.

큼직하다고는 해도 당연히 세인트 노엘이나 백월궁전에는 미치지 못한다. 그래도 일반적인 귀족 저택과 비슷한 정도로 컸다.

그리고 그 주변에는 광활한 밭이 펼쳐져 있다. 마치 밭을 가로질러 학원으로 향하는 것처럼, 마차가 지나가는 길 양옆으로 널따란 밭이 펼쳐져 있는 것이다.

"예전에 왔을 때는 없었죠? 저건 혹시 실험용 밭인가요?"

아직 쌀쌀한 이 시기에도 불구하고 밭에는 한 면 가득 파릇파릇한 녹색이 우거져 있었다.

"잡초는 아니군요. 제대로 규칙적으로, 줄을 지어서 손질이 되어있어요. 저 옆에 있는 오두막은 관찰하기 위한 용도일까요⋯⋯. 아아, 정말로 대단해요."

아무튼 이 학원의 가장 큰 목적은 추위에 강한 밀가루를 만드는 것이다.

그러기 위해 제대로 된 환경이 갖춰지고 있다는 사실을 느낀 미아는 크게 만족했다.

그때였다.

"저게 성 미아 학원이군요, 미아 언니."

미아 옆에서 '와아아!' 하며 환호성을 지르는 벨. 그 목소리에 미아는 정신을 차렸다.

"성 미아 학원……. 그런 이름이었죠."

여전히 학원의 이름이 못마땅한 미아였지만, 이미 그 이름으로 열려버렸으니 어쩔 수 없다.

──뭐, 이름 정도는 감수하죠.

그렇게 깔끔하게 포기…… 했으나……!

교사로 다가가자 그 옆에 몇 채의 집이 세워져 있는 게 보였다. 교사를 에워싸듯이 세워진 그 집들은 아직 수도 적고, 도저히 마을이라 부를 수 있을 법한 규모는 아니었지만 딱히 문제는 없었다.

가장 우선해야 하는 건 밀 연구니까.

이윽고 학원의 교사 정면에서 마차가 멈췄다.

마차에서 내린 미아는 새삼 교사를 보려고 하다가…… 불현듯 위화감을 느꼈다.

교사의 앞에 이상한 오두막이 세워져 있었다.

그건 기묘한 건물이었다. 지붕이 있고, 세 방향을 벽으로 막아 두었지만 한쪽 벽은 완전히 뚫려 있어 사람이 살기에는 적합하지 않은 건물. 마치 비바람으로부터 안에 있는 무언가를 지키기 위해 세워진, 일종의 사당 같은 것으로 보였다.

그리고 그 사당에 안치되어 있는 것……. 시야 구석에 아주 잠깐 비친, 허여멀건한 조각상 같은 무언가에…… 미아는 불길한 예감을 받았다. 거기서부터 느껴지는 흉악한 기척에 등줄기가 서늘해졌다.

싫다……, 보고 싶지 않아……, 라는 생각을 하면서도 미아는 쭈뼛쭈뼛 그쪽으로 눈을 돌렸고…….

"헉!"

반사적으로 경악했다.

거기에 서 있는 것, 그것은 무지개색으로 빛나는 조각상이었다.

높이는 미아의 약 두 배 정도. 올려다봐야 할 정도로 크다! 그것은 머리에 뿔이 난 말과 그 목을 어루만지며 쾌활하게 웃는 소녀의 조각상. 그 소녀의 얼굴은 어쩐지 미아와 비슷해 보였는데…….

──아뇨, 현실도피는 아무것도 만들지 못해요! 저건…… 틀림없는 제 조각상이에요!

미아는 탄신제 때 아버지에게 들었던 이야기를 떠올렸다.

──베르만 자작이 조각상을 세우려 한다는 이야기를 하셨죠. 즉, 이게 그것인 모양이군요.

탄신제 때의 눈조각은 따뜻해지면 녹아서 사라지지만, 이건 아니다. 나무로 된 조각이 몇 년이나 그 형태를 유지할 수 있는지는 몰라도 분명 오래오래 남을 것이다.

──베르만 자작은 아무 말도 하지 않았는데…… 혹시 서프라이즈였던 건가요? 이, 이런 서프라이즈는 필요 없어요!

미아의 조각상은 숲의 요정이 입을 법한 상하 일체형의 옷을 입고 있었다. 심지어 등에는 날개까지 달려 있었다. 요정 같은…… 이라기보다는 요정 그 자체였다!

──이, 이건 아무리 그래도 너무 환상적이라서 부끄럽지는 않을지도?

역사상 자신을 신과 동일시하는 권력자는 제법 많았다. 절대적인 힘을 자랑하는 신에 자신을 겹쳐보도록 하는 건 오만하기는 해도 이해할 수 없지는 않다.

……하지만 자신을 귀여운 요정과 동일시하는 권력자는 거의 없지 않았을까?

아무튼 이건 부끄럽…… 다기보다는 측은하다. 해맑게 순진무구한 미소를 짓는 조각상이, 그 미소가 참으로 사랑스럽기 때문에 한층 더 부끄럽다.

이건 부끄럽다!

이래서야 마치 미아가 아름다운 요정의 모습을 한 자신의 조각상을 만들라고 명령한 것 같지 않은가!

"어떻습니까? 미아 황녀 전하. 이 조각상은 마음에 드십니까?"

부들부들 떠는 미아의 뒤에서 온화한 목소리가 날아왔다.

그쪽을 돌아보자 거기에는 이 성 미아 학원의 학원장, 갈브가 서 있었다.

"아, 현자님. 평안하셨나요."

미아는 스커트 자락을 살짝 들어 올리며 정중히 인사했다.

"이 학원에 조력해주셔서 감사를……."

"천만의 말씀입니다. 이런 늙은이에게 보람 있는 일을 내려주신 것이야말로 감사드립니다."

그 후 미아는 옆에 있는 벨을 소개한 뒤 다시 조각상을 올려다보았다.

"하지만, 이 조각상은……."

"네, 룰루 족이 만들었습니다. 미아 황녀 전하께 충성을 보여드리기 위해……."

확실히 그 조각상은 역작이었다. 만든 자의 열의가 보기만 해도 생생하게 전해질 정도였다!

"처음에는 이보다 세 배는 더 큰 크기로 만들려고 했습니다. 하지만 막았습니다. 미아 님께서는 자신을 과시하는 걸 그리 좋아하지 않으니, 거대한 조각상은 원하지 않으실 거라고요."

──아아, 좋은 조언이에요! 참으로 적절한 조언이군요. 역시 현자 갈브.

"그러니 키의 두 배 정도까지로 하라고 했습니다."

──아아! 아쉬워라! 정답 일보 직전이었는데! 왜 조각상을 세우는 것 자체를 반대하지 않으신 건가요?

미아는 마음속으로 비명을 질렀다.

"또 본인의 모습을 그대로 조각상으로 옮긴다는 의견도 있었지만, 그보다는 본인인지 아닌지 알 수 없을 정도의 각색을 넣고, 덤으로 미아 님께서 좋아하신다는 환상 문학의 요소를 추가하는 게 좋지 않나……."

──크윽, 이 정도의 각색으로는 저라는 걸 바로 알아볼 수 있다고요. 이 학원의 이름은 성 미아 학원이니까요……. 애초에, 잘 보면 조각상의 발치에 '성녀 미아와 유니콘의 즐거운 한때'라고 적혀있잖아요!

모처럼 누구인지 알아볼 수 없도록 각색을 넣었는데 이래서야 헛수고다.

──이거 어떻게 철거할 수는 없을까요?

무지개색으로 반짝반짝 빛나는 조각상. 그것은 틀림없이 유니콘 비녀와 마찬가지로 이 숲의 나무를 깎아서 만들었으리라. 참으로 소박한 아름다움이 묻어났다.

미아의 시선을 알아차린 건지 갈브가 설명을 덧붙였다.

"숲속 깊은 곳에 자란다는, 몇백 년 묵은 거목을 베었습니다. 룰루 족에게는 신께서 내려주신 최고의 목재라고 하지만 미아 님의 조각상을 세우는 데 쓴다면 기꺼이 제공하고 싶다고 해주었죠."

──큭……. 화, 확실히 룰루 족은 숲의 나무를 소중히 여겼죠. 발차기만 해도 화살에 찔려 죽을 뻔했으니까요. 평범한 나무에도 그랬으니 몇백 년을 묵은 거목이라면 호, 호감도가 무거워요.

"룰루족이 깎아낸 후, 표면은 제국의 최신기술로 가공했습니다. 이쪽은 베르만 자작의 수배로……. 과거의 응어리를 뛰어넘어 미아 님을 향한 충성으로 맺어진 양측의 상징과도 같은 조각상입니다."

──좋은 이야기네요! 괴, 굉장히 좋은 이야기예요! 가슴이 따뜻해지는 멋진 이야기라서 도저히 철거해달라는 말을 못 하겠어요!

한발 먼저 그걸 알아차린 미아는……, 눈을 감고 후우 한숨을 내쉰 뒤…….

"네……, 그렇군요."

감정을 잃어버린 목소리로 말했다.

"정말, 근사한 일이에요. 저, 저도 이러한 조각상의 모델로 삼아주셔서 가, 감동한 나머지 눈물이 날 것 같아요."

……속에서 치밀어오르는 어떠한 감정을 억누르지 못한 채, 미아는 떨리는 목소리로 말했다.

자신의 나무 조각상을 보고 기력이 완전히 깎여나간 미아였지만, 바로 정신을 차린 뒤 교사로 발을 들여놓았다.

교사에 들어가자마자 바로 미아를 마중하듯이 아이들이 모여 있었다.

"어머, 여러분은……."

"황녀 전하, 오랜만입니다!"

"어머나, 혹시 와그루인가요? 오랜만이네요."

가장 먼저 인사한 것은 룰루 족 족장의 손자, 와그루였다.

머리카락을 단정하게 자르고 학원의 교복을 입고 있었기 때문에 순간 알아보지 못했던 미아였다.

"잘 지냈었나요?"

"네. 잘 지냅니다. 공부는, 좀 어렵지만요……."

──아아, 그렇겠죠. 역시.

미아는 절절히 동정했다. 공부 같은 건, 하지 않을 수 있다면 안 하고 싶은 법이다.

그런 생각을 하고 있었기 때문에 그 옆에 있던 소녀를 본 미아는 무심코 얼굴이 뻣뻣해질 뻔했다.

"미아 님, 약속해 주신대로 공부할 수 있게 되었습니다. 감사합니다.”

정중한 어조로 말하며 머리를 숙인 사람은 고아원의 수재 소녀 세리아였다.

“아, 아……. 네, 열심히 하고 있는 것 같아 다행이에요. 세리아.”

미아는 그 얼굴을 보고 살짝 식은땀을 흘렸다.

'너도 길동무다 요 녀석아!'라는 정신으로 세리아를 학원에 넣고, 갈브의 엄격한 지도를 받는 특별반에 들어가도록 수배한 것을 완전히 잊고 있었기 때문이다.

지금 저 말은 혹시 비꼰 건가? 하고 고개를 갸웃거리면서도 미아는 얼버무리듯이 미소 지었다.

“저기, 괜찮은가요? 힘든 일 같은 건 없나요?”

이런 말을 하면서 '그 루드비히의 스승님에게 죽어라 공부를 배워야 하다니, 괴롭지 않을 리가 없죠……. 정말 미안한 일을 해버렸네요' 하며 반성하는 미아였다.

“만약 힘든 일이 있다면 사양하지 말고 저에게 말해주세요. 어떻게든 해드릴게요.”

우선 도움의 손길은 뻗어두었다.

아무튼 남을 괴롭히면 그걸 씨앗을 거두는 것도 자기 자신이다. 나중에 복수당하지 않도록, 아니, 복수하기 어렵도록! 최대한 다정한 모습을 보여주는 미아였다. 소심한 책략가, 미아의 수완이 빛을 발한다!

그 말에 세리아의 눈에 희미하게 눈물이 맺혔다.

──히익! 우, 울 정도로 힘든 건가요? 아니면 눈물이 나올 만

큼 저를 원망하고 있다거나?!

그렇게 당황하려던 미아였으나…….

"감사합니다, 미아 님. 괜찮습니다. 선생님께서도 무척 잘 대해주시고, 이런 식으로 공부할 수 있다니 꿈만 같아요."

세리아는 눈꼬리에 매달린 눈물을 훔치며 미소 지었다.

"그, 그런…… 가요? 뭐, 무리하지 말고 말해주세요."

그 후 미아는 또 다른 소년에게 시선을 주었다.

"평안하셨나요. 오랜만이군요, 세로 군."

중요한 핵심 인물을 향해 미아는 한껏 아첨을 담은 미소를 지었다.

아무튼 그의 의욕에 따라 새 밀이 만들어질지 아닐지가 정해진다. 최선을 다해서 비위를 맞춰놔야 한다.

"평안하셨습니까, 미아 황녀 전하."

머리를 숙이는 세로. 하지만 그 얼굴에는 아주 조금, 시무룩한 표정이 번져 있었다.

"어머? 왜 그러시나요?"

"……아뇨, 아무것도 아닙니다."

말은 그렇게 하지만 어쩐지 목소리가 토라진 느낌이다. 그때였다. 갑자기 세리아가 다가오더니…….

"저기, 미아 님. 세로 님은 저희 둘이 미아 님께 경칭 없이 불리는 걸 부러워하는 것 같은…….

"세, 세리아 양. 괜한 소리 하지 마!"

세로는 크게 당황하며 세리아를 막았다. 그 얼굴이 희미하게 붉어져 있었다!

——어머나! 어쩜 이렇게 귀엽죠?!

그걸 보고 무심코 가슴이 쿵 뛰어버리는 미아(22)였다! 글러 먹은 어른 누나다!!

——아벨도 예전에 그런 이야기를 했었는데, 남자아이는 이런 경향이 있나 봐요!

훈훈한 기분이 들면서 자꾸만 입에서 웃음이 흘러나왔다.

"우후후, 잘 지내는 것 같아서 다행이에요. 세로."

그리고는 자연스럽게 군을 떼고 불러줬다. 그러자 세로는 순간 얼떨떨한 표정을 짓더니…….

"네, 네. 감사합니다, 미아 님!"

새빨개진 얼굴로 대답했다.

귀여운 반응에 미아는 완전히 기분이 좋아졌다.

——후후후, 이 정도로 의욕을 내준다면 싸게 먹히는 거죠. 이 아이가 잘 해주지 않으면 밀이 만들어지지 않으니, 열심히 해 줘야겠어요.

속으로는 참으로 즉물적인 생각을 하면서, 미아는 그 뒤에 있는 아이들에게 눈을 돌렸다.

"그런데, 저 뒤쪽의 아이들은?"

그곳에 있는 건 10명 정도 되는 아이들이었다.

다들 미아의 시선을 받자 긴장으로 얼굴이 딱딱해졌다.

"대부분 신월지구의 신부님에게서 소개받은 아이들입니다. 그 외엔 루돌폰 변경백의 소개로 이웃 변경귀족가의 자제들이 몇

명…… 아직 시설이 갖춰지지 않았고, 예의 반농사상 때문에 중앙 귀족의 자제는 아직 한 명도 없습니다."

그렇게 설명해주는 갈브에게 미아는 시원스럽게 말했다.

"아아, 억지로 부를 필요도 없습니다."

아무튼 이 학원의 가장 큰 목적은 세로 루돌폰에게 추위에 강한 밀을 만들게 하는 것이다. 그걸 방해할 법한 귀족 자제는 무용지물. 그렇게 생각하면서도 미아는 추가로 덧붙였다.

"학원의 명성이 높아지면 자연스럽게 사람이 모이는 법이니까요."

그건 갈브를 향한 격려가 절반, 나머지 절반은…… 학원에 사람이 모이지 않는 건 저 때문이 아니거든요! 라는 책임회피가 목적이었다!

학원이 공적을 올리면 사람이 모인다=사람이 모이지 않는 건 학원이 공적을 올리지 않았기 때문이다=저 때문이 아니에요! 라는 소리다.

완벽한 자기방어 논리에 미아가 만족하고 있을 때, 한 명의 여성이 걸어왔다.

"미아 님, 먼 곳까지 잘 와 주셨습니다."

"아아, 아샤 왕녀님. 평안하셨나요."

시선을 돌린 미아는 아샤의 옷을 보고 조금 놀란 표정을 지었다.

"이런 복장으로 죄송합니다, 미아 님."

아샤는 쓴웃음을 지으며 자신의 옷을 슬쩍 들어 올렸다.

그녀가 입은 것은 두툼하고 저렴한 옷감으로, 마치 평민이 입을 법한 옷이었다.

"페르쟝의 농민이 입는 작업복입니다. 밭에 갈 때 드레스를 입고 갈 수는 없으니까요……."

"어머나, 그렇군요. 흐음, 잠시 만져 봐도 괜찮을까요? 과연, 겉으로 보이는 건 둘째 쳐도 좋은 옷감이네요. 튼튼해 보이고, 다음에 버섯을 채집하러 갈 때는 이걸로……."

……연구에 여념이 없는 미아였다.

제5화 소심한 사람의 물량작전

"그나저나, 짧은 기간 내에 훌륭하군요."

미아는 아샤와 세로를 데리고 학원 주위에 갖춰진 밭으로 나왔다. 재빠르게 마련해달라고 한 작업복으로 갈아입고서.

──흐음. 조금 뻣뻣한 게 신경 쓰이긴 하지만 뭐, 이 정도면……. 튼튼한 것 같고, 이 정도가 숲에 들어가기에는 좋을 것 같아요…….

착용감을 확인하면서 미아는 밭으로 눈길을 주었다.

"애초에 티어문의 영토는 농경에 적합한 땅이기 때문에, 조금만 갈아주자 바로 쓸 수 있는 밭이 되었습니다. 학원장 갈브 님의 중개로 룰루 족 분들에게도 도움을 받았고요……."

"아아, 참 감사한 일이군요. 흐음, 무언가 보답을 드려야만 하려나요……."

고개를 기울이는 미아에게 세로가 웃으면서 말했다.

"괜찮을 겁니다. 룰루 족은 숲속에서 수렵으로 생계를 꾸리고 있지만, 최근에는 루돌폰가의 협력을 받아 밭도 이용하고 있습니다. 농경에도 관심이 있는 건지 와그루에게 기대를 보내고 있는 것 같습니다."

"그렇군요. 으음, 그런 것이라면……."

성 미아 학원은 지리적으로 룰루 족의 마을과 가깝다. 그들이 협력적으로 나와준다는 건 학원에게 중요한 요소라 할 수 있다.

한차례 밭에 대한 설명을 들은 미아는 크게 만족했다.

아름답게 정비된 밭은 넓었고, 손질이 제대로 되어있다.

'이만큼 있다면 분명 괜찮겠죠! 아무런 문제도 없어요!'라고 굳게 확신하면서 미아는 아샤 쪽으로 고개를 돌렸다.

"그래서, 어떤가요? 추위에 강한 밀은…… 무언가 실마리가 잡힐 것 같나요?"

그 질문에 아샤는 미약하게 긴장한 얼굴이 되었다.

"아직 뭐라고 할 수 없습니다. 작년 가을에 여러모로 검토하면서 씨를 뿌려보았지만, 결과를 알게 되는 건 조금 더 지나서 수확을 기다려야만 하므로……. 다양한 문헌을 조사하고는 있습니다만……."

"그렇군요. 음, 그렇겠죠."

밀은 파종부터 결과가 나올 때까지 시간이 걸린다. 그건 미아도 잘 알고 있다. 그렇긴 하지만, 새삼 지적을 받자…….

──이거, 한 번 실패하면 굉장히 큰일이에요!

미아는 뒤늦게 그 사실을 깨달았다.

바로 소심한 심장이 울렁거리기 시작했다. 조금 전까지 완벽하다고 생각했던 밭이 묘하게 좁아 보였다!

──1년에 한 번밖에 실험할 수 없는 거라면, 더 넓은 밭에서 다양하게 실험할 필요가 있겠군요.

이때, 미아는 사태를 정확하게 파악했다!

한방 승부라서 재시도를 할 수 없다는 것. 그건 말하자면, 세인트 노엘의 시험과 비슷하다.

──그렇다면, 대처법도 비슷하겠죠.

대국 티어문 제국의 황녀인 미아는 시험 기간이면 시험 범위를 통째로 암기해서 대처한다.

즉, 물량작전이다. 시험 범위를 모조리 외워두면 어디에서 문제가 나와도 대답할 수 있다는, 완전무결한 전략이다!

──그건 밀가루 개발도 분명 마찬가지일 거예요.

거의 한방 승부인 상태라면, 그 한방에 광범위한 실험을 해야만 한다.

백 개의 케이크 중 한 개의 맛있는 케이크를 골라내기 위해 전부 먹어버리면 된다! 그것이 미아의 물량작전이다.

──하지만 그러기 위해서는 더 넓은 토지가 필요한데요. 이래서는 너무 부족해요. 어디 협력을 요청할 수 있을 법한 장소를 찾아야……. 루돌폰 변경백에게도 협력을 청하고. 으음, 중앙 귀족들은 싫어할 테니까 달리 협력해줄 법한 사람은…… 앗!

불현듯 미아의 뇌리에 여름방학의 일이 떠올랐다

여름방학, 가누도스 항만국에서 돌아오는 길에 들렀던 장소…….

"그래요. 그분, 길덴 변경백에게도 협력을 구하는 건 어떨까요?"

루돌폰 변경백령과는 정반대의 장소, 제국 북부에 있는 길덴 변경백령. 중앙귀족과는 다르게, 그라면 흔쾌히 밭을 빌려주지 않을까.

"미아 님……? 왜 그러십니까?"

무어라 혼잣말을 중얼거리는 미아에게 아샤가 의아해하는 눈빛을 보냈다.

"아아, 아뇨. 밀 건으로 협력해주실 법한 분을 알고 있어서요. 제국 북방에 길덴 변경백이라는 분이 계시는데요……."

물론 이 학원의 밭에서 몇 년을 들여 실험한다면 만들 수 있을지도 모르지만, 미아는 한시라도 빨리 추위에 강한 밀을 손에 넣고 싶었다.

아무튼 그렇게 하지 않으면 비축분은 줄어들기만 할 테니까.

──루드비히는 괜찮다는 식으로 이야기했었지만요…….

기본적으로 루드비히의 말은 믿는 미아이지만, 그래도 비축분이 야금야금 줄어드는 건 정신적으로 가혹하다. 뭐라고 해야 하나, 단두대의 발소리가 조금씩 다가오는 것 같아서…….

──틀림없이 위가 쑤실 거예요……. 자신 있게 예언할 수 있어요!

그런 자신의 마음의 평온을 위해 미아는 추위에 강한 밀가루를 갈구하고 있다.

그렇기 때문에 다양하게 실험할 수 있는 넓은 밭이 중요하다.

──그렇다고 해도, 실험이 구체적으로 무엇을 하는 건지는 모르니까 역시 직접 가 달라고 하는 게 좋겠군요.

음음 고개를 주억거린 미아가 말했다.

"좋은 밭이 있습니다. 한 번 직접 가 보셨으면 해요."

이리하여 아샤 타하리프 페르쟝과 세로 루돌폰은 보게 된다.

온난한 남쪽 땅과는 다른, 결코 농경에 적합한 토지가 아닌 북부 한랭지의 농업을…….

번외편 저 꽃은 어째서……?

세로 루돌폰은 식물을 좋아하는 소년이었다.

왜 이 꽃은 붉은색일까?

어째서 씨를 뿌릴 때 솜털 같은 모습을 하는 걸까?

이 풀은 어째서 키가 크고, 저 풀은 어째서 키가 작은 걸까?

주위에 있는 풀을, 나무를, 꽃을 멍하니 바라보면서 생각에 잠기는 게 너무도 즐거웠다.

책을 읽고 아직 보지 못한 희귀한 식물을 아는 게 너무도 즐거웠다.

세상에는 신기한 식물로 가득하다.

아침에 피는 꽃, 저녁에 피는 꽃, 스스로 벌레를 잡는 풀, 성처럼 거대한 나무.

머나먼 이국 땅에 있다는 신비한 식물은 그의 호기심을 크게 자극했다.

세로의 관심사는 조금씩 책 속의 지식에서 직접 식물을 키우는 것으로 옮겨갔다.

별것 아니다. 가까운 장소에도 신비는 넘쳐난다. 같은 종류의 꽃이어도 하나하나 개성이 있다. 세로는 그걸 발견하는 걸 좋아했다.

정원에 자신이 좋아하는 꽃을 심고 키우는 것은 어느새 그의 소중한 취미가 되어있었다.

귀족 남자로서 훌륭하게 행동해야만 한다. 검술을 단련하고, 말을 타고, 사람들을 이끌어갈 수 있을 법한 남자가 되어야만 한다. 그런 압박감은 무척 거대했지만, 다행히 원예는 귀족의 취미치고 그리 드물지도 않았다.

게다가 루돌폰 가는 농업에도 관련이 깊은 가문.

그래서 취미로 계속할 수 있는 동안에는 아무런 문제도 없을 것이다. ……그렇게 생각했다.

그런 그에게 극적인 변화를 가져다준 만남이 있었다.

제국의 예지, 미아 루나 티어문과의 만남이…….

덜컹, 덜컹. 마차가 흔들린다.

제국의 변경이라 불리는 장소는 대충 어디든 비슷하다. 길도 제대로 정비되지 않은 시골이다.

세로와 아샤를 태운 마차가 향하는 곳은 제국 북방에 위치한 길덴 변경백령이었다.

계절은 초여름. 밀 수확기를 맞은 제국에서는 서서히 심각한 문제가 드러나고 있었다.

그건…….

"세로 군, 루돌폰 변경백령의 수확은 어땠니?"

아샤의 질문에 세로는 굳은 표정을 지었다.

"좋지 않다고 들었습니다. 작년보다 오히려 악화하였다고 합니다."

"그래……. 페르쟝도 마찬가지야."

아샤는 하늘을 올려다보며 눈을 가늘게 좁혔다.

"아마도 태양의 은혜가⋯⋯, 적었던 게 원인이겠지."

"태양⋯⋯."

세로 또한 하늘을 올려다보았다.

하늘에서 빛나는 태양은 여느 때와 다름없이 강렬하고, 따뜻하다고 느끼는데⋯⋯.

"추위에 강한 밀."

태양의 은혜가 적다. 그건 바꿔 말하자면 기온이 낮다는 소리다. 올해도 작년과 비슷하게 선선한 해가 된다면 수확량이 떨어질 것이다.

"미아 님께서는 이걸 예측하고서 저희에게 그렇게 말씀하셨군요."

아샤의 중얼거림에 세로는 작게 고개를 끄덕였다.

성 미아 학원에서는 다양한 수업이 이뤄진다. 세로는 특히 아샤를 스승으로 모시고 식물학, 그리고 페르쟝의 농업기술을 배우고 있다.

그건 제국과는 비교도 되지 않을 만큼 진보한, 대단한 기술이었다.

오랜 연구로 갈고 닦은 '품종개량'이라는 기술. 그로 인해 만들어진 다양한 종류의 밀가루.

다양한 용도에 맞춰서 개량된 밀에 세로는 진심으로 놀랐다.

하지만⋯⋯.

"전부 실패였어. 페르쟝의 밀 중 추위에 강한 것은 없었죠."

아샤는 학원 주위에 만든 실험용 밭을 사용해서 몇 종류의 밀을 심고 실험했다. 하지만 결과는 전부 신통치 않았다.

바람에 흔들리는 밀, 그 이삭은 대부분 알맹이가 텅 비어 있었다. 태양의 은혜가 적은 해에는 때때로 나타나는 증상이었지만…… 그 수는 작년보다 늘어난 것 같은 느낌이었다.

멀리서 보면 평소와 같은 밭의 풍경. 하지만 그 대부분이, 말하자면 밀의 시체. 밀의 시체가 줄지어 흔들리는 밭의 풍경은 참으로 으스스한 느낌이었다.

"하지만 그건…… 어쩔 수 없는 일입니다. 그런 밀가루는 들어본 적도 없으니까요……."

세로는 아샤를 격려하듯이 말했다.

최근의 날씨를 돌아보면 미아가 추위에 강한 밀을 필요로 한다는 건 알 수 있다.

하지만 필요하다고 해서 그걸 바로 찾아낼 수 있는 건 아니다.

아니, 애초에 그런 게 정말로 있는지조차 알 수 없다.

죽지 않는 생물이 없는 것처럼, 음식을 먹지 않고 살 수 있는 인간이 없는 것처럼, 육지에서 살 수 있는 생선이 없는 것처럼…….

태양의 은혜가 적어도 문제없이 영그는 밀 같은 건…… 존재하지 않을지도 모른다.

그게 절대적인 세계의 섭리일지도 모르니까.

마치 암흑 속을 걷고 있는 것만 같았다.

이정표 같은 건 없고, 어디로 향하면 되는지도 알 수 없고, 그저 어둠 속을 이리저리 헤맬 뿐. 그게 얼마나 불안한 일인지…….

"추위에 강한 밀가루가 정말로 있을까요……?"

무심코 약한 목소리로 중얼거리는 세로. 하지만 아샤는 온화한 미소를 머금으며 대답했다.

"세로 군, 기억해두렴. 해결해야 할 과제가 보인다는 건 큰 이정표입니다."

"네……?"

"해결해야 할 과제를 찾아내고, 그 과제에 임하면서 기술을 갈고닦아 진보한다. 우리 페르쟝의 백성은 그렇게 농업기술을 발달시켰습니다."

아샤는 진지한 얼굴로 말을 이었다.

"나는…… 포기하고 걸음을 멈추려고 했던 나는, 미아 님 덕분에 잊고 있던 꿈을 떠올렸어. 세상 모두가 굶주리지 않을 수 있도록 하는 것……. 그 꿈으로 나아가기 위한 첫걸음으로써 미아 님께서 과제를 내려주신 거야. 그러니 이걸 클리어한다는 건 내 꿈으로 가는 첫걸음. 이번에는 절대로 포기할 수 없어요."

여느 때는 부드러운 아샤의 눈동자에 깃든 강인한 빛……. 세로는 무심코 넋을 놓아버렸다.

그건 길을 탐구하는 수도사와도 같은 불굴의 빛, 혹은 전장에 임하는 전사와도 같은 각오의 빛.

"아샤 선생님……."

그때였다. 길 좌우로 광활한 밭이 펼쳐졌다.

"저게 길덴 변경백령……."

"미아 님께서 말씀하신 대로 넓은 밭이 있네요. 잠시 보고 올까요."

말을 마치자마자 마차를 세우고 밭으로 향하는 아샤. 세로는 다급히 그 뒤를 쫓아갔다.

"상황은 이쪽도 마찬가지인가 보네. 제대로 자라지 못했는지 전체적으로 작은 것 같아."

멀리서 훑어본 아샤는 한숨을 쉬었다.

"역시 태양의 은혜가 적으니까……."

세로는 그렇게 중얼거리며 별 뜻 없이 근처에 있는 밀을 만졌다가…… 작게 고개를 갸웃거렸다.

"어라? 이거…… 이삭이 제대로 영글었네? 어째서……."

『이 풀은 어째서 키가 작은 걸까.』

불현듯…… 머릿속에 목소리가 울렸다. 그건 과거의 자신이 말을 걸어오는 목소리.

이 밀은 어째서 키가 작을까? 어째서 덜 자랐을 텐데도 실하게 영글어있는 걸까?

"작은 키에, 추위에 강한 비밀이 있다……? 아니, 아닌가?"

계속해서 밀을 관찰하는 세로를 향해 아샤가 걸어왔다.

"왜 그러는 거죠? 세로 군, 그 밀에 뭔가 특이점이라도?"

"아샤 선생님, 이거 제국의 밀과…… 다른 종류인 것 같습니다."

"어……?"

그건 얼핏 보면 단순히 생장 상태가 좋지 않은 밀이었다. 겉으로 보기에는 일반적인 밀과 거의 다르지 않아, 분명 다른 게 제대로 자랐다면 신경도 쓰지 않고 무시할 법한 밀이다.

하지만……, 세로의 눈은 사소한 차이를 뚜렷하게 포착했다.

이것은 학원에서 심은 페르쟝의 밀과도, 루돌폰 변경백령에서 심는 밀과도 다르다.

확신이 있었다. 그리고…….

"어쩌면 미아 님께서는 이 밀을 발견하라고, 말씀하셨던 게 아닐까요? 저희를 추운 장소에 보내서."

추위에 강한 밀이 있는 건, 추운 지역이라고…….

꽃이 붉은 건 그 땅에서 자라려면 붉은색이 유리하기 때문이다.

키가 큰 나무는 태양의 은혜를 많이 받기 위해서.

생물은 그 환경 속에서 살기 위해 몸의 특성을 미묘하게 바꾼다. 그렇다면…….

"아아, 그렇구나. 그렇게 간단한……. 추위에 강한 밀을 찾고 싶다면 추운 지역에서 자라는 밀을 조사해야만 했어."

페르장도 루돌폰도 둘 다 농업에 적합한 땅이다. 그렇기 때문에 몰랐다. 추위가 심한 토지에 뿌리내리는 종류의 밀을…….

그렇게 추리한 뒤 세로는 조용히 전율했다.

자신은…… 미아의 도움이 될 수 있을지도 모른다.

취미에 불과했던 것, 호기심에 맡겨서 읽었던 책의 지식…….
누나 말고는 아무도 인정해주지 않았던 것을 사용해서…….

"아아, 그래. 그분은…… 미아 님께서는 처음부터 날 인정해주셨어……. 그래서 그걸 살릴 길을 마련해주신 거야."

생각해보면 미아는 세로가 키운 꽃을 보고 칭찬해주었다. 세로의 힘을 보고, 그걸 살릴 길을 제시해주었다.

어둠 속, 이정표는 이미 제시되어 있었고…… 눈앞에는 나아가야 할 길이 분명히 존재한다.

그렇다면…… 그렇다면, 해야 할 일은 정해져 있다.

"아샤 선생님, 이 밀을 나눠달라고 하죠."

세로가 그렇게 말한 순간, 그 눈동자에는 아샤 타하리프 페르쟝과 같은 강한 빛이 선연히 깃들어 있었다.

제6화 미아 황녀, 접대를 결의!

시간은 잠시 거슬러 올라간다.

성 미아 학원을 뒤로 한 미아 일행은 세인트 노엘 학원에 도착했다.

여행의 피로를 풀기 위해 미아는 용감히 공중목욕탕으로 향했다. 참고로 안느는 학원의 직원들에게 돌아왔다고 인사하러 가서 여기에는 없다.

목욕을 하며 수다 떠는 것을 아주 좋아하는 미아로서는 조금 아쉬운 일이었다.

"그러고 보면 벨은 아이들과 무척 친해졌었죠."

미아의 질문에 뒤에서 따라오던 벨이 기뻐하며 고개를 끄덕였다.

"네. 아이들이 무척 귀여웠어요. 우후후."

아무래도 언니 노릇을 할 수 있어서 조금 기뻤던 모양이다.

방긋방긋 웃는 벨을 보자 미아는 가슴이 훈훈해졌다.

"게다가 뭐니 뭐니 해도 그 전설의! 성 미아 학원에 갈 수 있다니, 감동했어요."

"아아……, 뭐, 그렇, 죠. 제대로, 해야 할 일을 해주고 있었던 건 다행이었죠……."

솔직히 호화로운 건물과 조각상만 세워져 있었다면 평정을 유지할 자신이 없는 미아였다.

"하지만 그 상태로는 언제 문제의 밀이 손에 들어올지 알 수 없겠네요. 아샤 양도 세로도 노력은 하고 있겠지만……."

미아는 생각에 잠겼다.

"이건……, 클로에의 아버지와 페르쟝 농업국, 쌍방과 잘 지내야겠는데요."

가누도스 항만국도 뭐, 관계가 있다면 있지만 그 나라는 제국이 제대로 기능하고 있는 동안에는 제대로 움직여줄 것이다. ……아마도.

"흐음, 클로에와 라냐 양에게 잘 말해둘 필요가 있겠어요."

그런 생각을 하며 탈의실에 들어갔다.

"어머나! 타이밍이 좋네요."

그곳에 있던 인물을 보고 미아의 얼굴이 환해졌다.

"라냐 양. 오랜만이에요."

"앗. 미아 님."

탈의실에 서 있던 소녀, 라냐 타하리프 페르쟝은 미아를 보고 눈이 동그래졌다.

"라냐 양도 목욕하러 오신 건가요?"

고개를 기울이는 미아에게 라냐는 미소를 지었다.

"물론 그것도 있지만, 실은 저희 페르쟝에서 추천하는 입욕법을 써 봐주셨으면 해서요. 공중목욕탕을 빌리기로 했답니다."

"오오!"

기본적으로 목욕을 좋아하는 미아다. 욕조에 몸을 담그고 느긋하게 쉬는 것을 식사와 수면과 비등비등하게 좋아하는 미아였다.

그런 미아에게 입욕 환경 향상은 인생의 삼대 즐거움 중 하나와 관련이 있는 일이라고 해도 과언이 아니다.

"이전에 클로에에게 받은 것은 물에 넣으면 연기가 나오는 것이었는데, 페르쟝의 것도 같은 느낌인가요?"

"연기…… 는 나오지 않지만, 시험해보세요."

라냐의 권유를 받은 미아는 부리나케 옷을 벗은 후 욕실로 향했다.

그리고 욕실에 들어간 순간, 미아는 주위에 떠도는 수증기 속에서 그 향기를 민감하게 감지해냈다. 그건…….

"어머……, 이건 과일 향기……?"

고개를 갸웃거린 직후, 수증기 저편에 숨어있던 욕조의 모습이 보이기 시작했다.

"어머나, 이건……. 욕조에 과일이 가득 떠 있잖아요!"

뜨거운 물에 둥실둥실 떠 있는 것은 타원형의 노란색 과일이었다. 숲에서의 생존술을 마스터한 미아이지만 그 과일은 여태껏 본 적이 없었다.

……아니, 애초에 미아는 숲에서 과일을 쉽게 발견할 수 있다는 헛된 희망은 품지 않으려 하고 있다. 숲에서 먹을 수 있는 과일을 발견한다는 건 완전한 기적이다.

그 희망은 이전 시간축에서 버렸다.

그런 고로 미아의 잡학 지식은 나물이나 버섯 종류, 그 외엔 생선에 기울어 있었다. 물론 유명한 과일은 제대로 파악하고 있긴 하다. 일반적인 귀족들보다는 훨씬 더 해밝다고 할 수 있다. 그러나 다른 것들처럼 집요하게, 총망라하며 암기하지는 않았다.

"저건······."

"저건 남쪽별 레몬이라 불리는 과일입니다. 페르쟝보다 더 남쪽 지역에서 나는, 무척 신 과일이죠."

미아의 뒤를 따라 들어온 라냐는 둥실둥실 떠 있는 남쪽별 레몬을 집어 들고 미아에게 내밀었다.

"자, 냄새를 맡아보세요."

미아는 시키는 대로 그걸 코에 가져갔다. 그러자······.

"그렇군요. 강렬한 향기예요."

"이 남쪽별 레몬은 요리의 풍미를 더해줄 때도 사용하지만, 이렇게 욕조의 물에 띄워두면 몸의 피로가 풀린다고 합니다."

"어머나! 그렇다면 바로 시험해봐야겠네요!"

미아는 재빠르게 자리를 이동해서 후다닥 머리를 감고, 파바밧 몸을 씻은 뒤 냉큼 욕조로 향했다.

대국의 황녀로 보이지 않을 만큼 참으로 익숙한 동작이었다. 목욕 베테랑의 품격마저 감도는 미아였다.

그 후 미아는 욕조에 몸을 담갔다. 뜨뜻한 물에 무심코 '어우우'라며 조금 그런 한숨을 내쉬었다.

마치 몸속 구석구석까지 물이 스며들어 퍼져나가는 것처럼, 단단하게 뭉친 근육이 풀리는 걸 느꼈다.

아무리 외모는 10대 소녀라고 해도 미아의 알맹이는 스물을 넘긴 성인 여성이다. 최근에는 어깨도 자꾸 뭉쳐있는 것 같고 허리도······ 아니, 스물을 넘었어도 그건 아니다. 아직 팔팔한 나이다!

······단순히, 그냥 운동 부족이라서 몸이 둔해졌을 뿐이다.

아무튼, 몸이 살살 풀리는 느낌에 미아는 무척 흡족해했다.

"기분 좋네요, 미아 언니!"

미아의 옆으로 다가온 벨이 생글생글 웃으면서 그런 말을 했다.

"그러게요. 이런 식으로 과일을 띄우는 방식이 있을 줄은 몰랐어요."

미아는 뜨거운 물 위에 띄워둔 남쪽별 레몬을 잡고 미소 지었다.

"그나저나 의외예요. 라냐 양. 페르쟝의 왕족도 목욕을 좋아하는군요. 이런 식으로 연구했었다니⋯⋯."

그렇게 묻자 벨에 이어 욕조로 들어온 라냐는 조용히 고개를 저었다.

"아뇨, 페르쟝에서는 왕족도 뜨거운 물에 몸을 담그는 일은 잘 없습니다. 보통은 샤워로 끝내죠."

그러더니 라냐는 작은 미소를 지었다.

"이건 타국에 수출하기 위한 연구입니다. 나라를 풍요롭게 만들기 위해 늘 새로운 작물을 연구하고, 판매한다. 그게 페르쟝 농업국의 방식이니까요."

그 미소는 어째서일까⋯⋯, 미아에게는 조금 쓸쓸하게 보였다.

"후우⋯⋯."

깊은 숨을 내쉰 뒤 미아는 몸을 쭈우욱 늘렸다.

따끈따끈하게 달아오른 몸을 찬물 욕조에서 식힌 뒤에 다시 뜨거운 물에 들어간다!

한 번 몸을 식혀서 리셋한 뒤에 다시 테이스팅하는 셈이다.

미아는 목욕 소믈리에다!

"이건…… 참으로 좋군요. 아주 좋아요! 분명 유행할 거예요!"

목욕 소믈리에 미아는 레몬 목욕을 그렇게 평했다.

"그렇죠! 미아 언니, 다음에 리나도 같이 권하고 싶어요."

미아의 흉내를 낸 벨이 찬물 욕조에서 나오며 미아 옆에 몸을 담갔다. 뜨거운 물을 퐁당퐁당 찰랑이면서 싱글벙글 즐겁게 웃고 있다. 미아의 목욕 사랑을 고스란히 물려받게 된 벨이었다.

"딱히 상관은 없지만요……. 하지만, 벨…… 너무 장난치면 안 됩니다. 숙녀로서 자각을 갖고 우아하게 행동해야 해요."

거만하게 말하고 있는 사람은 방금 전 거시기한 목소리를 냈던 장본인, 숙녀 미아 루나 티어문 황녀였다.

"네. 저 할…… 언니를 본받아서 훌륭한 숙녀가 되도록 노력하겠습니다!"

여기에는 지적할 사람이 없었다. 참으로 평화롭다.

여하간, 말 잘 듣는 손녀를 흐뭇해하며 바라보던 미아였으나…….

"…………어라?"

거기서 문득 위화감을 눈치챘다.

──어쩐지 라냐 양이 조금 기운이 없는 것 같은데……?

시선을 굴리자 욕조의 가장자리에 앉아 물에 발만 담그고 있는 라냐의 모습이 보였다. 살짝 고개를 숙인 채 가느다란 다리를 참방참방 움직여 물에 파문을 일으키고 있었다.

물이 뜨거워서 지쳐버린 걸까요……? 하면서 가볍게 넘기려고 했던 미아였으나, 직후 그 뇌리에 경종이 울려 퍼졌다.

──아뇨. 역시 상태가 좀 이상한 것 같아요.

그건 사소한 위화감……. 하지만 상대는 다름 아닌, 기근을 극복하는 데 필요한 인맥인 라냐 타하리프 페르쟝이다. 여기서 방심하는 건 치명상. 소심한 사람의 과민한 위기감지 센서가 촉구하는 대로 미아는 입을 열었다.

"저기, 라냐 양?"

"네? 아, 마음에 드셨다면 다행입니다."

라냐는 무언가를 얼버무리듯이 웃으며 말했다.

"게다가 목욕만이 아니라 새 디저트도 제대로 준비해두었으니, 또 조만간 맛을 봐주세요. 분명 즐거워하실 겁니다."

"어머나! 페르쟝의 새 디저트라고요? 정말 기대되는군요!"

미아의 뇌리에 페르쟝의 신작 케이크가, 처음 보는 쿠키가, 상상조차 할 수 없을 만큼 맛있는 과자의 망상이 휘몰아쳤다. 추르릅. 입가에 흐르는 침을 훔치는 미아였다.

"네. 자신작이랍니다."

그렇게 라냐는 미소를 짓고는…….

"그런데, 미아 님. 아샤 언니는 잘 지내고 있나요?"

쭈뼛거리며 그런 질문을 던졌다.

"네……? 아, 네. 물론이죠. 세인트 노엘로 귀환하기 전에 만나 뵙고 왔는데, 무척 잘 지내고 계셨습니다. 밭 정비도 끝나서 밀을 심고 실험하고 있었어요. 아이들도 잘 따르는 것 같더군요."

미아는 그렇게 대답하면서 감을 잡았다!

──아하, 이거…… 그렇군요. 라냐 양, 언니가 티어문에 가 버

려서 외로운 거였어요! 그래서 기운이 없었던 거죠.

미아는 자상한 미소를 지으며 라냐에게 말했다.

"후후, 언니와 사이가 참 좋군요."

"아, 아뇨……. 그건."

라냐는 쑥스럽다는 듯이 웃었다.

"자랑스러운 언니니까 걱정은 하지 않습니다. 하지만 잘 지내고 있을지 신경 쓰여서……. 제국에서 잘 생활하고 있나, 같은 것이요. 아, 편지는 받고 있는데요……."

"흐음, 그렇군요. 라냐 양, 이 뒤에 잠시 시간이 있나요?"

미아는 팔짱을 끼며 라냐에게 물었다.

"네? 아, 네. 괜찮은데요……."

"그래요. 그럼 제 방에서 차를 마실까요. 쌓인 이야기도 있으니까요."

솔직히 그냥 여기서 아샤가 어떻게 지내는지 알려주는 게 더 간단하다.

하지만 상대방은 라냐다. 최중요 인물 중 하나다. 그렇다면 정중하게 대해서 손해 볼 건 없다.

그렇다. 미아는 라냐를 접대하기로 결의했다.

차와 디저트로 접대하면서, 언니 라냐의 현황을 세세히 알려줌으로써 비위를 맞춘다! 그래서 라냐의 기분이 좋아지면 페르쟝과의 관계도 결코 나쁘게 흘러가진 않으리라.

미아 안에는 그런 외교적인 꿍꿍이가…….

"오랜만에 페르쟝의 과자도 먹고 싶고요! 페르쟝의 새 디저트,

꼭 맛보고 싶어요!"

……반 정도는 있었다.

남은 반은 당연히, 그냥 맛있는 과자를 먹고 싶었던 것뿐이지만…….

그런 미아의 권유에 라냐는 놀라서 눈을 깜빡깜빡 움직인 뒤.

"알겠습니다. 그럼 페르쟝의 비장의 디저트를 가져가겠습니다."

웃는 얼굴로 대답했다.

목욕하고 나온 라냐는 서둘러 디저트를 준비한 뒤 미아의 방으로 향했다.

이번에 가져온 건 페르쟝산 과일을 사용한 드라이 후르츠라는 먹거리다.

국왕인 아버지가 직접 세인트 노엘에서 선전하고 오라는 말과 함께 안겨준 것이었다.

"모든 것은 페르쟝 농업국의 번영을 위해."

아버지의 말이 뇌리를 스쳤다.

그건 어린 시절부터 라냐가 주입식으로 배웠던 말이었다.

자국의 농산물을 대국에 팔아서 나라를 부유하게 하는 것. 그것을 위해 생을 바치라고.

그것이야말로 페르쟝의 왕녀가 해야 할 일.

그렇게 언젠가는 대국이 후회하게 하자고……, 그런 가르침을 받았다.

하지만…….

──미아 님께 마음을 간파당한 걸까?

조금 전, 자신을 바라보던 미아의 얼굴을 떠올렸다.

마음속을 꿰뚫어 보는 것 같은 미아의 맑은 눈동자, 부드럽게 타이르는 듯한 미소……. 그리고 그 뒤에 다과회에 초대했다.

"역시 미아 님께선 알아보신 거겠지. 내가 우울해하는 걸……."

작게 한숨을 쉰 뒤 라냐는 미아의 방으로 들어갔다.

"기다리고 있었습니다, 라냐 양. 마침 차의 준비가 끝난 참이었으니, 바로 시작할까요."

미아는 힘이 들어가지 않은 미소를 지으며 그렇게 말했다.

"오오, 이게 페르쟝의 새 디저트군요!"

그리고는 마치 라냐를 독려하듯이 한없이 밝은 목소리를 냈다. 그저 순수하게 디저트를 즐기자고 말하는 것처럼.

"네. 과일을 건조해서 며칠씩 보존할 수 있도록 가공한 것입니다. 이렇게 하면 떫은맛도 사라지고, 무척 맛있어지죠."

"호오, 그렇군요……."

미아는 접시 위에 놓인 것을 바라보았다.

"보기에는 어쩐지, 시든 과일이라는 느낌이네요. 솔직히 그리 맛있어 보이지는 않지만요……."

"우선 드셔보세요."

라냐의 말을 따라 미아는 나이프와 포크를 들고는 세심한 손놀림으로 드라이 후르츠를 자른 뒤 입으로 가져갔다.

입에 넣은 순간, 미아는 뭐라 말할 수 없는 행복해 보이는 미소를 지었다.

"아아…… 무척 달콤해요. 끈적하고 진한 단맛이군요."

"그 디저트는 단맛은 물론이고 풍미도 중시했습니다. 향도 즐기실 수 있을 거예요……."

"바로 그거예요! 이런 식으로 건조해도 풍미가 사라지지 않는다니! 무언가 비밀이 있나요?"

"음, 네. 적어도 그냥 햇빛에 말려두기만 하는 게 아닙니다. 이런저런 복잡한 과정을 거치죠."

"그렇군요."

미아는 계속 감탄하면서 드라이 후르츠를 뜯어본 뒤 쿡쿡 웃었다.

"하지만, 라냐 양의 설명도 훌륭해요. 어쩐지 듣기만 해도 맛있게 느껴지는걸요."

"후후, 즐겨주신 것 같아서 다행입니다."

그런 말을 들으니 자꾸만 기뻐진 라냐는 웃음을 흘렸다.

미아는 두 번이나 추가 요청을 하며 한바탕 디저트를 즐기고 난 뒤에 홍차를 한 모금.

그 후에 조용히 입을 열었다.

"자, 그럼 아샤 양에 대해 이야기할까요……. 실은 아샤 양에게는 강사만이 아니라 중요한 일을 맡기고 있습니다."

"중요한 일…… 이라고요?"

사실 아샤에게서는 무슨 일을 하는지 자세한 내용은 듣지 못했다.

자신은 미아의 명령으로 일하고 있다. 무척 충실한 나날을 보내고 있지만, 일의 내용은 설령 가족이라고 해도 가르쳐줄 수 없다고.

그렇게 적어서 보냈기 때문이다.

하지만 그 명령을 내린 미아 본인에게 듣는 것이라면 문제는 없다.

라냐는 흥미진진해 하며 미아를 바라보았다.

"아샤 양은 냉해에 강한…… 추위에 강한 밀 개발에 종사하고 있습니다."

"추위에 강한 밀?"

라냐는 무의식인 듯 그렇게 따라서 중얼거렸다.

"확실히 아바마마께서 올해의 기후도 걱정된다고 말씀하셨는데요. 하지만 그런 밀이 존재할까요?"

페르쟝의 왕녀로서 자란 라냐는 누구보다도 잘 안다.

태양의 은혜가 부족한 해에는 밀의 수확량이 비참하다. 이삭이 텅텅 비어서 수확할 것이 거의 없다. 그런 해에는 포기할 수밖에 없다는 게 페르쟝 농업국의 상식이었다.

품종을 개량하는 기술은 갖고 있다. 더 맛이 좋은 작물을, 더 열매가 많이 열리는 작물을……. 그런 개량은 꾸준히 행하고 있다.

하지만 때때로 찾아오는 냉해에 내성을 지닌 작물이라는 건 지금까지 연구한 적이 없었다. 상상조차 한 적이 없다.

그런 라냐를 향해 미아는 강하게 단언했다.

"있습니다. 그건 반드시 만들어낼 수 있어요."

아직 보지 못한 것을 반드시 있다고 단언하는 미아. 그 말을 지탱하는 것은 아샤를 향한 절대적인 신뢰일 것이다.

──미아 님께 신뢰받고 있구나. 아샤 언니, 대단해.

라냐는 무심코 감탄했다.

게다가 만약 태양의 은혜가 적어도 잘 영그는 밀이 있다면 백성들이 굶주리지 않을 수 있다. 그건 어린 시절 언니가 입버릇처럼 말하던 꿈과도 통하는 바였다.

"……좋겠다."

저도 모르게…… 입 밖으로 흘러나온 작은 중얼거림.

"네? 뭐라고 하셨나요?"

눈을 깜짝이는 미아를 향해 라냐는 쓴웃음을 지었다.

"죄송합니다. 하지만 아샤 언니를 보면, 자꾸 생각하게 되어서요. 저는…… 뭘 하고 있는 걸까. 제가 하고 있는 일이 무의미한 느낌이 들어서……."

"어머나, 딱히 놀고 있는 것도 아니잖아요? 라냐 양은 이렇게 자국의 맛있는 디저트를 각국에 홍보하고 있으니까요. 매번 라냐 양이 소개해줄 때마다 자꾸만 사고 싶어진답니다. 이것도 훌륭한 일이 아닐까요?"

"그렇긴…… 하지만요."

미아에게 칭찬을 받아도 라냐의 마음은 밝아지지 않았다.

페르쟝의 백성을 부유하게 만드는 것에 의의를 느끼지 못하는 건 아니다. 하지만 최근 아버지의 방식은, 어쩐지 페르쟝만이 풍요로우면 된다는 것처럼 들리기 시작해서.

그저 대국을 후회하게 만들고 싶은 것뿐이 아닌가, 그런 생각이 들어서.

자신은 그걸 돕고 있을 뿐인 건가……. 그런 생각이 들어서.

백성이, 가난한 아이들이 굶주리지 않도록 행동하고 있는 언니가 하는 일에 비해 그것은 무척……, 무척이나…….

──하찮고, 의미가 없는 일이야. 나는 앞으로도 이런 걸 위해 살아가는 걸까……?

그건 라냐의 안에 처음으로 싹튼, 자신의 삶의 방식에 대한 의문이었다.

미아가 대국의 황녀답게, 후회시키기에 딱 좋은 짜증 나는 인간이었다면 좋았을 텐데. 그런 생각을 한 적이 있다.

언니가 아버지의 말대로 어딘가의 왕족과 결혼해서 페르쟝만을 위해 인생을 바치는 인간이었다면 좋았을 텐데……. 그런 추한 생각마저 했다.

하지만 실제로는 그렇지 않고…… 그렇기 때문에, 라냐는 생각했다.

자신은 미아가 속한 티어문 제국을 후회하게 만들기 위해 생을 바치는 걸까?

그건 언니 앞에서 가슴을 펼 수 있는 삶의 방식인 걸까?

라냐의 반응이 신통치 않자, 미아는 '흐음……' 하고 침음을 흘렸다.

"그걸로는 수긍하기 어려운 거군요. 그렇다면…… 아, 그래요! 라냐 양은 아샤 양이 개발한 밀을 여러 나라에 퍼트린다는 건 어떤가요?"

"네……?"

갑작스러운 제안에 라냐는 눈을 깜빡였다.

"라냐 양은 아샤 양의 일에서 가치를 보고 있죠. 그렇다면 라냐 양은 그 '주위 사람에게 선전하는 힘'을 이용해서 아샤 양을 도우면 됩니다."

미아는 퍽 좋은 생각을 떠올렸다는 듯 손뼉을 쳤다.

"제가 보기에도 나이스 아이디어네요!"

"제가…… 아샤 언니를, 돕는다고…….'

어안이 벙벙해진 채 중얼거린 직후, 라냐는 생각했다.

──역시 미아 님께서는 내 고민을 간파하셔서, 그래서 이런 제안을 해주신 거야……?

그렇기에 다과회에 페르쟝의 디저트를 가져와달라고 요청했다. 라냐에게 설명을 시키고, 그 화술을 칭찬하고, 그걸 사용하면 아냐를 도울 수 있다고…… 그렇게 알려주기 위해서.

──어쩌면 전부 착각일지도 모르지만…… 그래도…….

라냐는 확실히, 나아가야 할 길을 발견한 듯한 기분이 들었다.

자신이 할 수 있는 일, 하고 싶은 일……. 가슴을 펴고 언니 앞에 나설 수 있는 일…….

그녀는 처음으로 진지하게 고민하기 시작했다.

참고로 당연하지만, 굳이 말할 것도 없겠지만, 미아에게 그런 깊은 생각은 없었다.

──아샤 양과 세로 군이 밀 개발에 성공한다고 해도, 문제는 그걸 심을 토지예요.

미아는 밀의 가격을 내리고 싶다. 그러기 위해서는 밀 전체의 유통량을 늘릴 필요가 있다.

추위에 강한 밀을 개발했다고 해도 루돌폰이나 길덴이 보유한 땅으로는 아마도 부족하다. 성 미아 학원 주위의 토지를 더해도 여전히 부족할 것이다. 그야말로 제국 전체에서 파종하는 게 이상적이다.

하지만 다른 제국 귀족을 설득하는 건 솔직히 귀찮은 미아였다.

물론 제국 내의 수확량을 늘리는 건 앞으로 해결할 과제이긴 하지만, 그건 그거. 급하다면 당장 심어줄 법한 페르쟝이나 주변 국가에 부탁하는 게 당연히 낫다.

"제가…… 아샤 언니를, 돕는다고……."

"네, 무척 유익한 일이 될 거라고 생각하시지 않나요?"

미아는 활짝 웃으면서 말했다.

미아의 노림수는 대륙 전체에 밀을 뿌리는 것이다.

그렇게만 할 수 있다면 필연적으로 제국에서 수입하는 밀의 가격도 내려갈 테고……. 말하자면 그것은, 자국의 밀 가격을 내리기 위해서 타국의 땅을 빌리는 행위이다.

——라냐 양이 협력해준다면 쉽게 할 수 있을 거예요!

맛있는 디저트도 먹은 미아는 참으로 만족스러웠다.

제7화 어라? 사실 저는, 그때에……?

"네? 신입생 환영 인사…… 라고요?"

봄을 코앞에 둔 세인트 노엘 학원.

월병(月餅) 벚꽃의 봉오리가 흐드러지기 시작하는 따끈따끈한 날씨의 어느 날. 미아는 학생회 회의에 참가하고 있었다.

학생회실에는 여느 때와 같은 인원이 모여 다양한 의제에 대해 대화하는 중이었다.

그리고 지금 논의되는 의제는 입학식 행사에 관한 것이었다.

"하지만 신입생 환영 인사는 라피나 님께서 하시는 것 아니었나요……?"

"물론 나도 하지만, 그것과는 별개로 미아 님도 학생회장으로서 한 마디 해 줬으면 해서."

라피나는 부드러운 미소를 지으며 말했다.

"학생회장의 일이군요. 흐음, 어떻게 할까……."

"후후후, 걱정하지 마. 미아 님이 생각하는 걸 솔직하게 말하면 되는 거야."

라피나는 친절하게 말해주고 있지만…… 그럴 리가 없다.

──아아, 이건 액면가 그대로 받아들이면 큰일 나는 경우군요…….

미아는 재빠르게 눈치챘다. 적당히 아무 말이나 할 수는 없다. 아무튼 이건 라피나가 양도해준 학생회장으로서의 직무이니까……. 당연히 좋아하는 케이크 이야기 같은 걸 할 수는 없다.

"아직 시간은 있으니까 천천히 생각해봐. 나중에 작년에 내가 썼던 원고도 보내줄 테니까."

"알겠습니다."

미아는 마지못해 고개를 끄덕였다. 아무리 그래도 라피나가 직접 '부탁'한 것을 거절할 수는 없다.

──뭐, 그래도 지금까지 닥쳤던 위기에 비하면 별것 아니죠. 목숨이 위험한 것도 아니니까요…… 아마도.

그렇게 자신을 위로하며 미아는 고개를 주억거렸다.

"자, 그럼…… 즐거운 이야기는 여기까지 하고, 조금 진지한 이야기를 할까요."

라피나는 짝 손뼉을 친 뒤 표정을 굳혔다.

"예의 뱀의 수하, 바르바라 씨에게서 들은 정보에 대한 것인데……."

──아, 그러고 보면 그런 일도 있었죠. 바르바라 씨를 라피나 님께 보냈었죠.

완전히 잊고 있던 미아였다.

"아, 실은 신경 쓰였습니다. 그래서 무언가 정보는 얻었습니까?"

한편 아벨은 이렇게 말했다. 시온도 흥미진진하다는 듯 시선을 라피나에게 보냈다.

두 왕자는 기억하고 있었던 모양이다. 미아와는 천지 차이다.

잊고 있던 걸 얼버무리듯이 미아는 그 자리에 없었던 사람들에게 사정을 설명하기 시작했다. 저도 궁금하기는 했었거든요? 라는 뉘앙스를 슬쩍슬쩍 섞어주는 참으로 가증스러운 설명이었다.

"그래서, 붙잡은 바르바라 씨와 그 부하 남성들의 신병을 라피나 님께 보냈습니다. 저도 신경 쓰이기는 했지만요……."

마무리하면서 한 번 더 강조. 그 후 홍차를 한 모금. 적절히 얼버무렸다며 미아는 숨을 내쉬었다.

미아의 뒤를 이어 라피나가 입을 열었다.

"미아 님의 탄신제에서 돌아와 바로 그들을 심문했어. 아, 심문이라고 해도 딱히 거친 짓은 하지 않았지, 당연히. 조금 미아 님에게 무례가 지나치지 않나 생각했지만, 난폭한 짓을 했다간 미아 님도 싫어할 것 같아서……. 그래서 그 젬에게 했던 것과 같은 걸 시켜봤어."

생글생글 온화한 미소를 짓는 라피나가 조금 무서운 미아였다.

"그렇게 정보를 캐 봤지만, 그리 새로운 정보는 없었어. 뱀의 무녀라 불리는 자가 혼돈의 뱀을 이끌고 있다거나, 뱀의 가르침을 전파하는 사도사라는 자가 있다거나. 아, 그 외엔 예의 늑대술사 정도."

"늑대술사……."

"그래, 늑대술사라고 불린 암살자는 무녀 전속 암살자이자 최강의 전사라고 해."

"최강의 전사! 그, 그런 자가 제 목숨을 노렸던 거군요……."

겨울의 황야를 떠올린 미아는 오싹해졌다. 목덜미에 느꼈던 칼날의 바람을 떠올릴 때마다 등에 싸늘한 것이 흘러내렸다.

──저 용케 목이 붙어있네요……. 어라? 목 붙어있죠? 실은

눈치채지 못한 사이에 죽었다거나, 그런 건 아니죠? 다들 제대로 저를 보면서 말을 하고 있는 거죠?!

뭐 이런, 비교적 아무래도 상관없는 생각을 하는 사이에도 라피나의 이야기는 계속되었다.

"그런데, 미아 님이 보낸 편지에 적혀있던 정보로 나 나름대로 추리해본 게 있는데……."

일단 말을 끊은 라피나가 미아에게 시선을 주었다.

"미안하지만 미아 님. 혼돈의 뱀의 분류에 대해 조금 이야기해 줄 수 있을까?"

"네? 아, 네. 그 옐로문 공작이 말했던 것 말이군요……. 으음, 분명 혼돈의 뱀은 네 종류의 인간으로 분류할 수 있다고 했었던 가요?"

그렇게 대답하며…… 말을 걸어줘서 다행이라며 힘이 빠지는 미아였다. 아무래도 사실은 죽었던 게 아닌 모양이다. 안심이다.

"뱀에게 소극적으로 협력하는 자, 이용하기 위해 적극적으로 협력하는 자, 뱀의 교의에 공감한 신자, 신자를 가르치고 이끄는 사도사…… 였던가요?"

탁자 위에 놓였던 네 개의 쿠키를 떠올리면서 미아는 말했다.

말만이 아니라 맛있어 보이는 쿠키와 연관 지어서 기억하는 미아식 암기법이다.

"미아 님의 편지에는 그렇게 적혀있었지. 그리고 아마도, 내 생각에 그 남자들은 신자가 아닌가 해."

미아는 바르바라와 남자들의 모습을 떠올리며 '그렇구나' 하고 수긍했다.

"확실히 그 남자들은 사교도라는 느낌이 들었어요. 자신들의 목숨을 돌아보지 않는 듯한 인상이었죠⋯⋯."

"그래서 말인데. 아마도 신성전에 반응하는 건 신자와 사도사가 아닐까."

"아아, 그런 건가."

라피나의 말에 한발 먼저 이해를 보인 사람은 시온이었다.

"신성전을 읽어도 반응하는 자와 그렇지 않은 자가 있다고 했었는데. 차이는 그것이었나⋯⋯."

"그래. 뱀의 교의를 진실로 받아들이고 있는가, 아닌가. 뱀을 신으로 모시고 있는가, 이용해야 할 도구로 여기는가. 뱀을 우러러보는 자에게 적의 가르침인 신성전은 경멸해야 할 것, 받아들일 수 없는 것이었다⋯⋯. 그래서 거부반응을 보였다⋯⋯. 그렇게 생각했는데⋯⋯."

거기서 라피나의 말이 미묘하게 흐지부지해지더니 끊어졌다.

"어라, 왜 그러시죠?"

어리둥절해서 고개를 갸웃거리는 미아에게 라피나가 말을 이었다.

"그 바르바라 씨만은 조금 상태가 달랐어. 굳이 따지라면, 증오를 더 강하게 느꼈지. 신만이 아니라, 나나 귀족 전반에⋯⋯."

"증오⋯⋯?"

미아는 바르바라의 얼굴을 떠올렸다.

"그러고 보면 벨이 말하길, 그분은 리나 양에게도 가혹하게 대했다고 하더군요. 옐로문 공작에게도 뭔가, 무척 미워하는 듯한 반응이었어요."

"뱀의 가르침에 공감했기 때문에 귀족이라는 권세, 그 권세가 만드는 질서를 증오한다. 그렇게 생각하는 것도 물론 가능해. 하지만…… 뭔가, 위화감이 느껴져…….."

라피나의 말에 일동에 침묵이 퍼졌다.

"하지만 모르는 것투성이인걸. 이런, 대체 뱀의 무녀라는 건 어떤 인물인 걸까."

아벨의 중얼거리는 듯한 목소리가 묘하게 귓가에 남았다.

──후우, 이런……. 제법 골치 아픈 일이 될 것 같네요…….

예상하지 못한 숙제가 나와버린 미아는 학생회실에서 나오자마자 작게 한숨을 쉬었다.

"후후, 그렇게 긴장하지 않아도 괜찮아."

어쩌다 보니 여자 기숙사까지 같이 가게 된 라피나가 여느 때와 같은 청량한 미소를 지었다.

"그렇지만, 제법 난제예요. 이런 건 그리 특기가 아니라……."

"괜찮아. 미아 님이라면. 하고 싶은 말을 솔직하게 말하면 분명 괜찮을 거야."

그렇게 격려해주는 라피나.

하지만…… 하고 칭얼거리려던 미아였으나, 불현듯 웃어버렸다.

──이 시기에 이런 일로 고민할 수 있다니. 이런 일로 라피나 님에게 격려를 받을 수 있다니, 무척 행복한 일일지도 모르겠어요.

세인트 노엘 학원에 돌아와 시간이 조금 지나자, 미아는 조금씩 상황을 낙관하기 시작했다.

──이러니저러니 해도 루드비히가 괜찮다고 했으니까요. 제대로 비축분도 늘려두었고……. 언제까지고 걱정만 할 수는 없죠.

유일한 불안 요소라면 세로가 추위에 강한 밀을 찾아낼 수 있을까 없을까, 이지만…….

──뭐, 그게 잘 풀리지 않는다고 해도 어떻게든 되지 않을까요?

그렇다. 뭐니 뭐니 해도 비축분은 넉넉하다. 잔뜩 쌓아두었다. 그러니까 분명 괜찮다!

그렇게…… 과거의 지옥이 미아를 방심하게 만들었다.

미아는 잊고 있었다. 상황이 변하면, 그 변한 상황에 따른 함정이 존재한다는 것을.

그것은 별안간 미아 앞에 찾아왔다.

"어라……? 저건?"

라피나와 담소하면서 복도를 걷고 있을 때, 미아는 그것을 발견했다.

복도 구석에서 신입생으로 보이는 소녀가 여러 명의 상급생에게 둘러싸여 있었다.

상급생 중 한 명이 소녀의 어깨를 밀었다. 소녀는 그대로 털썩 주저앉아 고개를 숙이고 말았다.

그런 그녀를 향해 저마다 모욕을 퍼붓는 주위 사람들.

미아는…… 즉시 괴롭히는 쪽의 학생들을 관찰했다. 라피나 앞에서 무도한 짓을 저지르는 터무니없는 놈들이 제국 귀족이 아니라는 걸 빠르게 확인한 뒤 우선 안도했다. 그 후 의기양양하게 그 자들을 향해 걸어갔다.

"실례합니다, 그러면 안 되죠. 약한 자를 괴롭히다니⋯⋯."

"뭐라고? 쓸데없이 끼어⋯⋯ 앗⋯⋯."

공격적인 언사가 중간에 멈추었다.

상대방이 결코 거슬러서는 안 되는 존재라는 걸 바로 알아보았기 때문이다.

"미, 미아 황녀 전하. 게다가 라피나 님!"

"반성하세요. 신입생을 괴롭히다니, 이 학교의 학생에 걸맞지 않습니다."

"아, 아뇨, 이 녀석은 저희 나라의 평민으로⋯⋯. 이 고귀한 세인트 노엘 학원에 다니는 것 자체가 실수라고 해야 할지⋯⋯."

무의미한 변명을 늘어놓는 학생을 향해 라피나가 조용히 걸어갔다. 그 얼굴에는 무척이나 온화하고 자상한 미소가 그려져 있었다.

"미아 학생회장은 그런 걸 싫어해. 물론 나도 마찬가지지만⋯⋯. 어느 나라 사람이든, 이렇게 여럿이서 약자를 괴롭히는 짓은 용서할 수 없어. 그렇지? 미아 님."

"네, 네에. 그렇죠."

토를 달지 못하게 하는 라피나의 박력에 순간 겁을 먹은 미아였으나, 바로 정신을 차렸다.

팔짱도 끼면서 당당한 자세로 고개를 끄덕였다.

"나라의 차이는 상관없습니다. 그러한 무도한 행위를 간과할 수는 없어요."

그렇게 말하며 미아는 날카롭게 노려보았다.

별다른 박력이 있는 얼굴도 아니었지만…… 괴롭히던 학생들은 되레 불쌍할 정도로 바들바들 떨었다.

아무튼 지금 미아는 세인트 노엘의 권력의 정점이자 대국의 황녀. 심지어 그 뒤에는 성녀 라피나가 있다.

이 세인트 노엘 학원에 다닌다면 절대로 찍혀서는 안 되는 인간의 필두이다.

"뭐, 다행히 잘못은 고치면 됩니다. 여러분은 다시는 그녀에게 무례한 짓을 저지르지 마세요. 귀족이라면 귀족답게, 자긍심을 갖고 살아야 합니다. 약자를 괴롭히는 꼴사나운 행동은 해서는 안 됩니다. 그 힘으로, 오히려 약자를 도와야 하죠."

그리고는 '흐음……' 하고 고개를 끄덕였다.

"그래요. 여러분, 저 아이와 같은 나라 사람이라면 저 아이를 지키세요."

"……네?"

"저 아이가 앞으로 괴롭힘을 받는다는 걸 알면 여러분과 관련이 있든 없든 용서하지 않겠습니다. 몰래 숨어서 저지르려고 해도 소용없어요. 제 정보망을 우습게 보지 말아 주세요."

미아는 살짝 장난기를 발휘하여 라피나의 흉내를 낸 뒤 싱긋 미소 지었다.

그러자 괴롭히던 학생들은 히익 비명을 지르고는 그 자리에서 도망쳐버렸다.

──흠, 그렇군요. 미소도 때로는 위협으로 쓸 수 있네요.

그런 생각을 하며 미아는 엉덩방아를 찧은 소녀를 부축해서 일으켰다.

"괜찮나요?"

"아, 저기, 그, 감사합니다. 저, 저저, 저 같은 걸, 어째서……."

허둥지둥 당황하는 소녀를 향해 미아는 쿡쿡 미소를 지었다.

"천만에요. 저는 당연한 일을 했을 뿐인걸요."

뭐, 라피나 앞에서 돕지 않고 지나간다는 건 절대로 불가능했지만……. 그런 생각을 한 순간이었다.

불현듯 미아의 등을 타고 불길한 감각이 엄습했다…….

그건 일종의 깨달음. 혹은 불현듯 치민 발상.

미아는, 문득…… 생각하고 말았다.

앞으로 기근이 올 텐데, 그때 지금처럼 도와달라는 요청을 받으면 어떻게 하지……?

이전 시간축에서는 그런 걸 고민할 필요가 없었다. 왜냐하면 제국은 자국의 국민들만으로도 버거웠기 때문이다.

하지만 지금은 아니다.

제국에는 충분한 비축분이 있다.

그야말로 1년 동안 버티는 것만이라면 넘칠 정도의 식량을 저장해두고 있는데…….

그건 기근이 1년 만에 끝나지 않는, 대규모의 기근이라는 걸 미아가 알기 때문인데…….

하지만 다른 사람들은…… 모른다. 올해로 끝나는 문제라고 생각할지도 모르고……. 그런 그들이 몇 년에 걸친 기근을 버틸 수 있는 비축분을 쌓아두고 있는 제국을 어떻게 볼 것인가.

아니, 더 적나라하게 말하자면 라피나나 시온에게는 어떻게 비칠까.

시온에게는 말을 해두었고, 라피나에게도 말할 생각이었다. 하지만 현시점에서 그건 어디까지나 예상에 지나지 않는다. 그 예상을 위해…… 혹은 미래의 불안을 위해 도움을 요청한 사람의 손을 뿌리치는…… 그런 짓을 저질렀을 때는……, 어떻게 될 것인가…….

그리고 오산은 하나 더 있었다.

학생회장을 맡게 된 미아는 자기도 모르는 사이에 여러 나라의 인간과 인맥을 만들어버렸다. 학생회의 일을 하는 사이에 아는 사람이 늘어나 버렸고, 그중에는 친구라고 불러야 할 사람도 적잖이 존재했다.

그럼…… 만약에, 그 아는 사람 중 누군가가 도움을 요청하고…… 그리고 도와줄 힘을 갖고 잇다면……?

──다른 나라가 '그때의 제국'처럼 되었다고 한다면, 제가 비축분을 소모하지 않을 수 있을까요……?

미아의 고민은 생각 외로 심각했다.

몇 년간의 기근에 대비했기 때문에 나타난 새로운 위기…….
그것은 완전히 방심하고 있던 미아에게는 상정 밖의 사태였다.

이리하여 미아는 다시 움직이기 시작했다. 입학식 인사를 향해.

제8화 빵·케이크 선언

그렇게 입학식 날이 찾아왔다.

세인트 노엘 학원의 입학식은 다른 행사와 마찬가지로 의식이라는 측면을 갖고 있다.

학생으로 가득 찬 대성당. 미아는 그 맨 앞줄에 앉아 살며시 눈을 감았다.

이윽고 입학식이 시작되었다.

신에게 바치는 성가를 부른 후에는 '향 의식'이라고 불리는 것을 한다.

향 의식은 신입생을 이 학원의 학생으로 맞이하는 중요한 의식이다. 신에게 바치는 향유의 고귀한 향을 몸에 두르고, 세인트 노엘의 학생에 걸맞게 행동한다는 걸 표방하기 위한 의식이라고 미아는 알고 있다.

순백의 의상을 입은 라피나가 성당에 들어왔다. 고급스러운 천으로 만든 의상은 매끄럽게 빛을 뿌리며 라피나의 투명한 피부를 치장했다.

그 천사 같은 의상에…… 미아는 얼마 전 성 미아 학원에서 본 조각상을 떠올리고 조금 복잡한 기분이 들었다.

라피나는 사제에게서 등불을 받아든 뒤 그대로 앞으로 걸어갔다.

그 걸음이 향하는 곳에는 의식용 탁자 위에 놓인 거대한 은쟁반이 있다. 쟁반 안에는 최상급의 향유가 담겨있다. 라피나는 천천히 불꽃을 가져갔다.

펑. 터지는 듯한 소리가 나며 불꽃이 옮겨갔다. 동시에 주위에 달콤한 향유의 향기가 퍼졌다.

──흐음, 아무래도 상관없지만 고귀한 향기라는 건 달콤한 향기로군요. 과연, 그럴 만해요.

반쯤 디저트 교단에 발을 들여놓고 있는 미아는 무심코 수긍했다. 장래에 라피나에게 이단심문을 받지는 않을지 다소 걱정이 된다.

뭐, 그건 아무래도 상관 없는 일이지만…….

이윽고 일련의 의식이 끝난 뒤 드디어 미아의 차례가 왔다.

"그럼 미아 학생회장의 인사가 있겠습니다."

라피나의 부름을 받은 미아는 작게 숨을 내쉰 뒤 고개를 들었다.

성당 앞쪽, 고요히 타오르는 향유를 등진 미아는 신입생들을 향해 시선을 던졌다. 성당을 가득 매운 일동을 둘러본 뒤 다시 심호흡.

달콤한 공기를 마음껏 들이마신 후에 조용히 입을 열었다.

"평안하신가요, 여러분. 제가 학생회장을 맡은 미아 루나 티어문입니다."

마음은 생각 외로 침착했다.

이날까지 생각하고, 생각한 끝에…… 미아는 한 가지 결론에 도달했다.

──제국의 비축분을 타국에 일절 사용하지 않는 건 아마도 불가능하겠죠.

온갖 변명을 고민해보긴 했지만 바로 포기했다.

설령 비축분이 얼마나 있는지 얼버무린다고 해도, 시온이나 라피나를 잘 속인다고 해도, 신출귀몰한 뱀의 눈을 돌리게 하는 것은 거의 불가능.

게다가…….

——뒷맛이 안 좋고요…….

이전 시간축에서 몇 번이나 씁쓸함을 겪어야 했던 미아로서는, 거절당한 상대방의 마음을 자꾸만 생각하게 된다. 분명 거절하고 나면 꿈자리가 뒤숭숭해지고 위가 쓰릴 것이다.

——그렇다면 오히려, 돕는 걸 전제로 생각하는 게 좋을 거예요.

그런 고로……, 미아는 방침을 바꿨다. 즉.

"제가 여러분에게 말씀드리고 싶은 것. 그것은…… 서로 돕는 정신입니다!"

적극적으로 주위를 끌어들인다!

"곤경에 처했을 때는 서로 돕고 사는 법. 우리들, 백성들 위에 선 자는 백성이 곤경에 처했을 때는 나라에 상관없이 도와야만 합니다."

물자를 내어주어야만 한다면 어쩔 수 없다. 그렇다면 우리나라만으로 끝내지 않겠다. 어느 나라에서 도움을 요청했을 때는 너희도 제대로 내놓을 수 있을 만한 걸 내놔라! 라며 당부했다.

게다가 노림수는 하나 더 있었다. 그것은 손해가 되지 않도록 하는 것.

"도움을 주고, 도움을 받고……. 그런 나라 간의 연대가 중요합니다!"

미아는 역설했다. 번역하자면, 그건 설령 제국이 기근 때문에 비축분을 나눠줬다가 나중에 제국이 곤경에 처하게 된다면 잊지 말고 도와달라는 소리다.

곤경에 처했을 때는 서로 돕고 사는 법. 즉, 네가 곤경에 처했을 때는 도와줄 테니까 대신 내가 곤경에 처했을 때는 꼭 도와줘야 한다? 라는 뜻이다.

자신이 베풀어야만 한다는 걸 알아차린 미아는 남에게서 제대로 받아내기로 했다. 여력이 있는 녀석은 숨겨놓지 말고 재깍재깍 내놔라? 하고…….

그리고 그걸 라피나의 눈앞에서, 그리고 각국의 왕후·귀족의 자제 앞에서 당당하게 선언한다. 이게 중요하다.

과거에 미아는 모르는 사이에 온갖 짓을 저지른 바가 있다. 따라서 몰랐다고는 말하지 못하도록, 제대로, 확실하게 말해뒀다.

"여러분은 부디 그렇게 해 주셨으면 합니다. 그래요…….."

한번 말을 끊은 뒤 미아는 전원의 얼굴을 둘러보고는…….

"오늘 먹을 빵이 없어서 굶주린 자가 있다면…… 내일 당신이 즐겁게 먹을 예정이었던 케이크를 꺼내와서 같이 드세요. 케이크를 아끼기 위해 곤경에 처한 사람을 내버려 두면 안 됩니다."

내일 먹을 예정이었던 케이크를 전부 주라고는 하지 않는 미아였다.

그야 케이크를 먹고 싶으니까…….

자신이 먹을 케이크의 양을 줄이고 같이 나눠 먹는 것. 그게 미아가 할 수 있는 최대한의 타협점이다. 자신이 솔선해서 행할 수 있는 아슬아슬한 선이다. 참고로 딸기가 올라가 있다면 당연히 자기 쪽에 올려놓는 미아다. 그건 양보할 수 없다.

그 후 미아는 작게 숨을 내쉬었다.

"앞으로 대륙에는 많은 일이 일어날 겁니다. 다양한 나라에서 고난의 시대라는 걸 경험하게 될지도 모릅니다. 하지만 우리는 세인트 노엘에서 함께 공부한 사이. 이 고귀한 향기를 두른 동료. 함께 이 대륙을 살아가는 자들. 부디 고국에 돌아간 뒤에도 잊지 말아 주세요."

그 후 미아는 기도하듯이 눈을 감았다.

아니……, 실제로 기도를 올렸다.

——아아, 부디…… 세로 군과 아샤 씨……. 추위에 강한 밀 개발에 성공해주세요……. 으으, 그렇게 하지 않으면 분명 비축분이 모자랄 거예요…….

이날 미아의 신입생 환영 인사는 '빵·케이크 선언'이라고 불리며 후세에 기록되었다.

그것은 대단히 특이한 연설이었다.

연설한 순간에는 틀림없이 평범한 말이었다.

진부하고 고리타분한, 퀴퀴할 정도로 뻔한 이상론이었다.

곤경에 처했을 때는 서로 돕자? 그러한 낡아빠진 이상론을 대체 누가 진지하게 받아들일 수 있을까.

그 자리에서 들었던 사람들은 다들 웃었다. 진부한 말이라며 비웃었다.

하지만……, 그 연설은 시간이 지날수록 조금씩 빛을 발하게 되었다.

왜냐하면 그 연설을 한 장본인, 미아 루나 티어문이 그 말을 체현하듯이 솔선해서 행동했기 때문이다.

티어문 제국의 식량 원조를 받아 생을 부지한 사람들이 적잖이 있었기 때문이다.

미아는 정말로 곤경에 처한 사람의 손을 뿌리치지 않았다. 누구 한 명 버리지 않고, 힘들어하는 나라에 물자를 보냈다. 그리고…… 그런 미아의 뒤를 따르는 자들이 있었다.

처음에는 미아의 친구들이 속한 나라에서 시작되었고, 이윽고 그 흐름은 대륙 전체를 뒤덮을 정도로 커졌다.

그리고 그건 어떠한 시스템의 기초가 되었다.

미아의 친구 클로에 포크로드가 중심이 되어 만들어낸, 후세에 《미아넷》이라 불리게 되는 시스템── 대륙에서 아사를 일소시켰다는 평가마저 듣는, 국경을 초월한 거대한 식량 상호원조.

'빵·케이크 선언'은 그것을 뒷받침하는 기본 이념으로서, 절대로 흔들리지 않는 황금률로서 이어져 내려오게 되었다.

……참고로 결국 입학식에서도 디저트에 대한 이야기를 해 버린 미아였지만, 그걸 지적하는 사람은 아무도 없었다.

해피 엔딩.

제9화 상인의 섭리

티어문 제국의 남동부, 소국가군을 빠져나간 너머에 거대한 항구가 있었다.

독립항만도시 '세인트 발레느'는 신성 베이르가 공국이 자랑하는 평화의 항구다.

과거 항구의 이권을 둘러싸고 싸움이 끊이지 않던 인근 국가군에 개입한 베이르가는 그 토지를 자국의 영토로 접수. 대신 인접국의 모든 상인에게 개방했다.

여기에 여러 상회를 불러들여 상업조합을 결성, 그 조합에 항구와 도시의 인프라 정비 등을 모두 위탁했다. 베이르가가 지니는 건 '그 땅을 비호하는 국가가 베이르가 공국이다'라는 명목뿐. 실질적인 이익은 주변국이 공동으로 향유할 수 있는 체제를 만들었다.

처음에는 주변국에서 불만이 끊이지 않았다. 모든 나라가 이익의 독점을 원했기 때문이다. 하지만 그러한 나라들도 항구가 가져다주는 은혜를 앞에 두자 결국은 입을 다물게 되었다.

상업이 활발해진다는 건 그것만으로도 충분한 축복이라 할 수 있었다. 오히려 황금을 낳는 도시를 품어버리면 반드시 다른 나라가 노릴 테니, 그 방어에도 비용이 들어간다.

그렇다면 오히려 공동으로 이용할 수 있는 항구로 두는 게 이득이라는 건 명백했다.

그렇게 만들어진 평화의 항구는 현재 대륙에서 손꼽히게 상업이 발달한 장소, 상인의 낙원으로 알려져 있다.

그 거대 항구에서 마르코 포크로드는 자신의 상회가 보유한 대형 상선 '황금의 복음호'를 올려다보며 한숨을 쉬었다.

"설마 이렇게 될 줄이야……."

항구를 떠나는 배의 목적지는 아득히 먼 바다 건너, 밀 수확량이 풍부한 어떤 나라이다.

그건 티어문 제국의 황녀와 계약한 바에 기반한 상행이었다.

"무서운 분이야. 황녀 전하는 오늘 같은 사태가 일어나리라는 걸 예지하고 있었던 걸까……."

딸이 우애를 다진 황녀, 미아 루나 티어문의 얼굴을 떠올리고 무심코 쓴웃음을 지었다.

"정말, 클로에…… 너는 어떤 분과 친구가 된 거냐……."

"오오, 이거 포크로드 상회의 마르코 씨 아닙니까."

불현듯 들린 목소리에 마르코는 얼굴을 들었다. 그러자 어느새 눈앞에는 한 남자가 서 있었다.

코 밑에 둥글게 말린 콧수염과 불룩하게 튀어나온 배가 특징적인 남자……. 사교적인 미소를 짓고 있으면서도 결코 진심으로 웃지는 않는 그 남자는 마르코도 잘 아는 사람이었다.

"이거 샬로크 씨로군……. 오랜만입니다."

남자의 이름은 샬로크 콘로그. 대륙의 각국에 상품을 도매하는 대상인이다.

다루는 상품은 다방면에 걸쳐있다. 식량을 비롯하여 옷감부터

무기에 이르기까지. 벌이가 될 법한 것이라면 뭐든 판다.

그 철저한 자세가 마르코는 불편했다.

상인으로서는 그 냉철함이 압도적으로 옳다는 것도, 자신은 그 냉철함을 가질 수 없다는 것도…… 그는 잘 알고 있었기 때문에…….

하지만 이미 그것도 과거의 일이다. 왜냐하면 마르코는 만났기 때문이다.

상인으로서 올바른 모습 이상으로 눈이 부신 것과…….

──신기하군. 그의 얼굴을 볼 때마다 열등감이 자극되었는데…….

쓴웃음을 지으면서도 마르코는 고개를 저었다.

"후후후, 알고 있습니다. 웃음이 멈추지 않을 테죠. 마르코 씨가 해외에서 밀 수입을 시작했을 때는 무슨 어리석은 짓을 다 한다고 생각했는데. 지금 그 밀은 수입가의 세 배는 나갈 테죠. 어떻습니까? 무시했던 녀석들에게 갚아주는 기분은……."

콧수염을 쓰다듬으면서 웃는 샬로크를 향해 마르코는 어깨를 으쓱했다.

"그렇게 말씀해주시는 건 감사하지만, 저쪽에서 수입해온 밀은 이미 가격이 정해져 있습니다."

"호오? 그건 혹시, 그 제국의 예지와의 계약으로 인한 겁니까?"

샬로크는 다 안다는 듯한 얼굴로 말했다.

"어디서, 그 이야기를……?"

"하하, 뭘요. 귀를 기울이고 있으면 어디서든 소문이 들려오는 법입니다."

상인에게 정보는 중요한 무기다. 따라서 마르코는 미아와 맺은 계약을 필요최저한의 사람에게만 이야기했는데…….

잠시 생각에 잠긴 후, 마르코는 체념하고 한숨을 쉬었다.

"뭐, 굳이 숨겨둘 필요도 없죠. 말씀하신 대로 미아 황녀 전하와의 계약 때문입니다."

"성실하게 그것을 지키시는 겁니까?"

"물론이죠. 상인에게 계약은 신성불가침한 것. 설마 어기라는 겁니까?"

"방법은 얼마든지 있을 텐데요. 예를 들어 제국 말고 더 비싸게 사주는 나라에 먼저 팔아버린 뒤에 제국을 나중으로 미룬다거나……."

마르코는 온화한 그로서는 드물게도 미약한 분노를 담아 물었다.

"설마 진심으로 하는 말씀은 아니겠죠?"

"진심이고말고요. 오히려 그것이야말로 상인의 본분이라고 할 수 있지 않겠습니까? 돈을 더 많이 벌 방법이 있다면 온갖 지혜를 짜내서 계약의 빈틈을 찌르는 것. 계약을 지키는 건 그렇게 하는 게 오래 장사할 수 있고 벌 수 있기 때문일 뿐입니다. 작년의 흉작으로 인해 발생한 밀 가격 상승. 이걸 살리지 않는 건 상인으로서는 불명예죠. 대륙 전역을 불태우는 전쟁조차 장사의 기회로 만드는 게 돈에 충성을 맹세한 우리 상인이지 않습니까."

득의양양하게 말하는 샬로크. 과거에는 그를 선망하기까지 했던 마르코는 당시의 자신이 부끄러워졌다. 자신은 지금까지 무엇을 보고 있었던 건가…….

"저런……, 아무래도 당신과는 생각이 맞지 않는 모양입니다.

샬로크 씨. 부디 당신의 장사가 잘 풀리길 기원하죠."

"정말, 그랬으면 좋겠습니다."

발걸음을 돌리는 마르코에게 샬로크는 어두운 미소를 지었다.

제10화 미아 할머니의 교육열

입학식에서 미아가 당당히 빵과 케이크에 관련된 주장을 연설한 뒤로 열흘 정도 지난 날이었다.

미아는 도서실을 방문했다.

본국에서 밀 연구에 힘을 쏟고 있는 세로와 아샤에게 무언가 유용한 정보가 없을지 찾기 위해서…… 가 아니다.

벨에게 공부를 가르쳐주기 위해서다.

"올해 여름에는 여유가 별로 없을지도 모르니까, 시험을 대비해서 제대로 공부해둬야만 해요."

이미 벨의 학력이 좀 그렇다는 걸 알고 있는 미아는 마음을 독하게 먹으며 팔짱을 꼈다.

"으, 으으. 미아 언니가 악독해졌어요. 으흑, 아직 시험까지 시간이 있는데……."

"린샤 씨에게서 다 들었습니다. 최근 또 농땡이를 피우고 있다는 것 같던데요?"

"하지만 미아 언니, 이 공부는 어딘가에 도움이 되는 건가요?"

"당연하죠!"

힐끔 올려다보는 벨을 향해 미아는 가슴을 펴고 외쳤다.

"제대로 공부해두면 나중에 잘난 체하며 거만한 잔소리를 늘어놓는 망할 안경…… 이 아니라, 열의로 가득한 부하에게 본때를 보여…… 주는 것도 아니고, 좋은 모습을 보여줘서 놀라게 할 수 있답니다. 제법 기분이 좋다고요."

툭툭 본심이 튀어나오는 미아였지만, 다행히 벨은 눈치채지 못했다.

"으윽, 정말로 도움이 될까⋯⋯?"

투덜투덜 중얼거리면서도 책상 앞에 앉는 벨. 교본을 펼치고 자율학습을 시작한 벨을 뒤로 미아는 가져온 책을 펼쳤다. 그건 전 세계의 특이한 버섯 요리를 모아둔 '버섯 레시피'라는 책이었다.

저자는 유명한 모험가이자 '죽지 않는 독버섯이라면 먹을 수 있다!'를 모토로 삼은 사람이었다. 위험하다⋯⋯.

그렇게 미아는 그 위험한 책을 펼쳐놓으면서도 무심코 생각에 잠겼다.

──하지만 실제로는 어떻게 되려나요⋯⋯.

물론 버섯에 관한 생각이 아니다. 벨이다. 손녀와 버섯을 비교하면 가까스로 손녀에게 저울이 기우는, 상식인 미아이다.

──공부를 싫어하는 것도 그렇고, 벨의 낭비벽도 결국은 이 '언제 없어질지 모른다'는 체념적 사고방식이 원인이겠죠.

그것은 동정의 여지가 있기는 했다. 미아도 그 마음을 모르는 건 아니지만⋯⋯.

──그래도 이대로 낭비를 계속 용인할 수는 없어요. 단두대의 발은⋯⋯ 의외로 재빠르니까요!

금화 한 닢을 낭비할 때마다 백 걸음쯤 되는 속도로 다가오는 인상이다. 특히 제국의 단두대의 발이 빠르다는 건 미아가 실제로 체험해봤다. 어떻게든 벨이 받아들이도록 할 필요가 있다.

──게다가 어쨌든 벨이 이 세계에서 살아가기 위해서도 교육은 필요하니까요. 열심히 하게 해야죠⋯⋯. 뭐, 아바마마께 부탁드리면 어느 정도 작위와 영지를 받고 편하게 할 수 있을 것 같은 느낌도 들지만요⋯⋯.

물론 그런 걸 입 밖에 내지는 않았다. 벨이 더욱 공부를 하지 않게 될 테니까.

자신이 빈둥거리는 것도, 남이 빈둥거리는 것도 관대한 미아이지만 상대방이 손녀라면 어쩐지 가만히 있을 수 없다.

──벨의 어머니⋯⋯ 제 딸에게 미안하니까요.

미아 할머니는 교육열이 강하다.

"미아 언니, 여기 모르겠어요."

"어머, 그래요⋯⋯? 어쩔 수 없네요. 보여주세요."

미아는 벨이 내민 책을 받아들고는 작게 신음했다.

"⋯⋯흐음."

그 후 관자놀이를 손가락으로 톡톡 두드렸다.

"⋯⋯흐으음."

그리고는 열심히 자신의 두뇌를 회전시켰다.

말할 필요도 없을 테지만, 미아의 시험공부는 물량에 의존한 방식이다. 범위 안의 정보를 모조리 머릿속에 쑤셔 넣는 스타일이다.

의외도 뭣도 아니겠지만 그런 게 계속 기억에 남아있을 리가 없으니⋯⋯. 시험이 끝나면 깨끗하게, 말끔하게 잊어버리는 일도 잦다.

하물며 지금 벨이 붙잡고 있는 건 '산수'라는, 미아가 어려워하는 분야다.

——안느……, 안느는 어디에 있죠?

무의식중에 군사 안느의 모습을 찾으려고 한 미아는…… 불현듯 깨달았다.

벨이 반짝반짝 빛나는 눈으로 자신을 바라보고 있다는 사실을. 완전히 기대에 넘쳐나는 눈으로, 빤히 쳐다보고 있다.

"존경하는 제국의 예지는 어떤 식으로 이 문제를 풀까?!"

……라는 메시지가 여실히 담긴 시선을 미아에게 보내고 있다는 소리다.

"…………흐음."

미아는 다시 신음한 뒤 책으로 시선을 돌렸다.

아무리 그래도 이 상황에서 안느에게 풀어달라고 할 수는 없다. 미아는 기합을 넣었다.

——문제없어요. 저의 이 기억력이 있다면…….

그래……. 미아는 결코 잊지 않는다. 시험을 앞두고 암기한 무미건조한 지식은 잊어버렸어도, 자신이 살아남기 위해 필요한 지식…… 그리고 자신이 받은 굴욕에 대해서는!

——그때 망할 안경에게 비슷한 걸 배운 것 같은 느낌이 들어요! 산수는 거래에 필요하다는 둥, 어떻다는 둥……. 그래서, 분명 그때는…….

루드비히에게 갚아주기 위해서 배운 것을 일기장에 집요하게 적어두었다. 따라서…….

"벨, 기억해두면 유용하답니다. 이런 종류의 문제는 대체로 그 주위에 예제라는 게 있어요. 그리고 그걸 응용해서……."

모두 루드비히에게 배운 걸 따라 했다. 교육법 표절이다. 미아의 암기력이 빛을 발했다.

답을 직접 말하는 게 아니라 어디까지나 본인이 생각하게 만든다는……. 답을 알긴 하지만 당신이 생각할 수 있도록 이렇게 하는 것임을 주장하는, 루드비히의 방식만을 통째로 베껴서!

"남에게 배운 것을 그대로 기억해도 의미가 없습니다. 역시 스스로 생각해야만 해요."

남에게 배운 것을 그대로 재현하면서, 잘났다는 양 그런 소릴 했다.

"역시 미아 할머니세요. 알겠습니다. 생각해볼게요!"

순순히 고개를 끄덕인 벨이 다시 책에 시선을 내린 것을 확인한 뒤 미아는 한숨을 한 번 쉬고는 고개를 들었다. 그러자 마침 책꽂이 앞에 고개를 숙이고 서 있는 클로에의 모습이 보였다.

"어머? 클로에. 돌아왔나요?"

세인트 노엘 섬 근처까지 포크로드 상회의 짐마차가 왔다고 해서 아버지와 만나기 위해 섬을 나갔던 클로에. 며칠 만에 만나는 친구를 향해 미아는 친근하게 말을 걸었다.

"포크로드 경……, 아니, 아버지는 잘 지내시죠?"

그렇게 말을 걸었으나, 들리지 않은 건지 클로에는 계속 고개를 숙이고 있었다.

"클로에……?"

미아는 자리에서 일어나 그쪽으로 걸어가며 다시 말을 걸었다.

"앗……, 미아 님……."

그러자 간신히 알아차린 건지 클로에가 얼굴을 들었다. 그 얼굴을 본 미아는 눈썹을 살짝 찡그렸다.

"클로에……. 무슨 일 있었나요?"

미아는 말했다. 친구의 얼굴에는 깊은 수심의 기색이 번져 있는 것처럼 보였기 때문에…….

"아뇨, 아무것도, 아닙니다."

"아무것도 아닌 얼굴이 아닌데요. 뭘 사양하는 건가요? 당신과 저는 독서 친구잖아요. 섭섭해요."

미아는 클로에의 손을 잡았다.

"우선 제 방에 갈까요? 무언가 디저트가 있으려나……."

"앗! 미아 언니, 맡겨주세요! 제가 주방에 가서 준비해오겠습니다!"

들뜬 목소리로 말한 벨이 도서실에서 뛰쳐나갔다.

기회가 오면 재빠르게 포착하는, 참으로 야무진 벨이었다.

미아는 자신의 방으로 클로에를 데려왔다.

방 안에는 안느가 걸레를 들고 한창 청소하던 도중이었다.

"안느, 청소하던 도중에 미안하지만 지금부터 클로에와 차를 마시려고 합니다. 당신도 잠시 쉬도록 해요."

"앗, 네. 알겠습니다. 그럼 바로 차를 준비해……."

"괜찮습니다. 지금 벨이 식당으로 갔으니……."

그때 타이밍 좋게 벨이 방으로 들어왔다.

"기다리셨습니다. 미아 언니."

손에 들려있던 쟁반에는 달콤한 냄새가 풍기는 핫코코아가 담긴 컵이 놓여있었다. 갯수는…… 다섯!

"어머, 차라고 했는데……. 그런데 벨, 저와 클로에와 당신, 그리고 안느와 린샤 씨 것까지 가져온 거군요?"

방 안에는 안느밖에 없고 린샤는 오지 않았기 때문에 미아는 의아해하며 고개를 갸웃거렸다. 그런 미아를 향해 벨은 방긋 웃으면서 당당하게 가슴을 펴고 말했다.

"당연히 제가 한 잔 더 마시려고 가져온 거예요."

"…………벨."

미아는 벨이 쟁반을 테이블에 내려놓는 걸 기다렸다가 벨의 위팔을 붙잡아봤다. 어린아이의 위팔에서 토실한 감촉이 돌아오지……, ……않았다?!

"무슨……?!"

경악에 찬 신음을 흘리며 미아는 자신의 위팔을 붙잡았다. 명백하게 벨보다 토실하다! 이런 부조리함이 존재해도 되는 것인가!

한 번 더 잡아보았다! 역시 토실하지 않다!

"저, 저기, 미아 언니? 왜 그러세요……?"

"네헤? 아, 아아, 네, 아무것도 아닙니다. 그런데 벨……. 당신 뭔가 몸을 움직이곤 하나요? 제가 모르는 곳에서……."

"네? 으음, 미아 언니에게 배운 댄스 레슨 정도일까요?"

"그렇군요……. 그럼, 그래요. 다음에 또 같이할까요. 모처럼

이니까 당신의 연습 방법을 봐 두고 싶어요."

"네, 알겠습니다."

그렇게 요란스러운 대화를 나눈 후 미아는 다시금 클로에를 보았다.

"자, 그럼 클로에. 대체 무슨 일이 있었던 거죠?"

클로에는 아직 망설이는 건지 미아의 얼굴을 보았다가, 자신의 손안에 있는 컵으로 시선을 떨궜다.

"…………."

입을 열려고 하지 않는 클로에를 보고 한숨을 한 번. 그 후 미아는 자신의 가슴에 손을 올려놓고 부드럽게 미소 지었다.

"조금 전에도 말했지만, 섭섭해요, 클로에. 당신은 제 소중한 친구인걸요. 당신이 기운이 없으면 저는 이런 달콤한 코코아도 맛있게 먹을 수 없어요."

후반 주장의 진위에 관해서는 살짝 의심의 여지가 있기는 하지만……. 그건 그렇다 치고, 미아는 말을 이었다.

"그러니 만약 당신이 저를 친구라고 생각해준다면, 부디 이야기를 들려주시겠어요? 반드시 힘이 될게요."

"미, 미아 님…… 흐윽."

미아를 바라보던 클로에의 얼굴이 다음 순간 확 일그러졌다. 안경 너머에 있는 귀여운 눈동자에서는 눈물이 뚝뚝뚝 흘러내렸다.

"흐음……."

미아는 한 번 고개를 끄덕인 후 손수건을 꺼내 클로에에게 다가갔다.

"자, 클로에. 진정하세요. 눈물을 닦고요."

그리고는 손수건을 내밀며 클로에의 등을 문질러주었다.

그 모습은 어디에 내놓아도 부끄럽지 않은, 참으로 성녀다운 모습이었지만…….

"죄송, 합니다, 미아, 님……. 실은, 아버지가, 쓰러, 지셔서."

"…………네?"

흐느끼면서 뚝뚝 끊어지는 클로에의 목소리를 들은 순간, 미아의 완벽한 미소가 무너졌다.

"무슨, 그게, 하, 크, 클로에의 아버지……, 포크로드 경이, 쓰러졌다고요……?"

순간 미아는 눈앞이 아찔해졌다. 클로에의 아버지, 마르코 포크로드가 이끄는 포크로드 상회는 현재 티어문 제국의 생명줄이라고 해도 되는 곳이다. 비축분이 불안해진 지금 만약 그 생명줄이 끊어져 버린다면 연쇄적으로 가누도스 항만국 쪽에서도 뭔가 저지를 것이 틀림없고…….

철컥……. 철컥……. 미아의 귀는 무언가가 다가오는 소리를 민감하게 감지했다.

무심코 돌아본 미아는……, 계곡 밑바닥에서 기어 올라오는 단두대의 환상을 보고 말았다.

──히이이익! 크, 크크, 큰일, 큰일이에요!

등에 식은땀을 줄줄 흘린 미아는 한 번 핫코코아를 마시고 작게 숨을 내쉬었다. 망므을 가다듬은 후에 클로에에게 다부진 시선을 보냈다.

"자세한 이야기를 들려주겠어요?"

클로에는 그런 미아를 바라본 뒤 작게 고개를 끄덕였다.

"실은 저희 상회에 공격을 가한 상회가 있습니다."

그렇게 클로에는 털어놓았다.

포크로드 상회와 거래하는 모든 상회에 훼방을 놓는 자가 있다.

샬로크라고 하는 그 대상인은 포크로드 상회를 적대하며, 포크로드 상회의 판로를 모조리 망가트렸다고 한다.

그 결과 클로에의 아버지 마르코는 상황을 타개하기 위해 과로를 하다가 쓰러지고 말았다.

"요, 용서할 수 없어요. 클로에의 아버지에게 싸움을 걸다니……."

부들부들 분노로 떠는 미아.

아무튼 클로에의 포크로드 상회는 기근이 왔을 때를 대비한 생명줄 중 하나다.

특히 입학식에서 대대적으로 떵떵거려놓은 미아이다. 밀 비축이 부족한 현재, 포크로드 상회가 망해버리면 큰일이 난다.

──자칫 잘못하면 단두대로 이어지는 상황인데, 대체 어디의 누가 저에게 싸움을 건 거죠?

그렇다……. 이제는 포크로드 상회에 싸움을 건다는 건 미아 본인에게 싸움을 거는 것이나 마찬가지인 행위다. 미아는 클로에 쪽을 보고 힘차게 고개를 끄덕였다.

"잘 상담해주었습니다, 클로에. 괜찮아요. 저에게 맡겨주세요."

"미아 님……."

"우선 루드비히에게 상의해보는 게 좋겠군요. 상인에 관한 건

저는 잘 모르지만, 분명 루드비히는 상가 출신이었을 터. 분명 좋은 아이디어가 있을 거예요."

그 후 미아는 으스스한 미소를 지었다.

"후후후, 저에게 싸움을 건 것을…… 후회하게 해드리겠어요!"

클로에에게 상담을 받은 다음 날, 미아는 바로 루드비히에게 연락을 취했다.

"이래저래 바쁠 테지만……, 루드비히도 와 달라고 하는 게 좋겠죠."

몹시 긴급한 안건이라고 판단하여 가장 의지할 수 있는 참모를 불러냈다.

"흐음……. 그리고 보면 루드비히는 벨의 선생님이기도 했었죠. 기왕 온 거, 산수 교육도 같이 부탁하는 게 좋지 않을까요? 뭔가 좋은 방법을 생각해줄 것 같아요."

이런 생각을 하며 '벨에게 교육을 시켜달라'는 내용도 추가해서 편지를 보냈다.

미아 할머니는 교육열이 강하다.

이어서 자신도 세인트 노엘 섬을 나와 클로에에게 들은 포크로드 상회의 상대가 머물러있는 도시로 향했다. 다행이라고 할 수 있을지는 미묘하지만, 클로에의 아버지 마르코는 그곳에서 당분간 요양한다고 했다.

만나러 간다면 지금이다.

"저기, 미아 언니. 저도 같이 가도 괜찮을까요?"

섬을 나설 때, 벨이 그런 말을 꺼냈다.

"어머, 딱히 재미있는 일도 아닐 거라고 보는데요……."

"미아 언니의 용감한 모습을 꼭 제 눈에 새겨두고 싶어요."

"용감한 모습을 보여줄 법한 일도 없을 거라고 보지만요…….
하지만, 그래요…… 흐음."

미아는 팔짱을 끼며 생각에 잠겼다.

──산수하면 상인. 실제 상인을 보면, 어쩌면 공부에 관심이
생길지도 몰라요!

미아 할머니는 교육열이 강하다.

"그럼 같이 갈까요?"

그렇게 일행은 포크로드 상회가 머무르는 도시로 향했다.

"아, 미아 님……. 친히 찾아와주실 줄이야……."

별안간 나타난 미아를 본 클로에의 아버지, 마르코 포크로드는
눈을 크게 뜨고 놀랐다.

여관의 침대 위에서 허둥지둥 일어나려고 하는 마르코. 그런
그를 한 손을 들어 제지한 미아는 부드러운 미소를 지었다.

"무사하신 것 같아 다행이에요. 몸은 좀 어떠시죠?"

"딸에게서 들으셨습니까? 면목이 없습니다. 큰일은 아닙니다.
그저 피로가 누적된 것뿐입니다. 황녀 전하께서 직접 찾아와주실
법한 일은……."

"신경 쓸 필요는 전혀 없습니다, 마르코 경. 당신은 우리 제국
에게 중요한 분. 말 그대로 생명줄이에요."

미아는 장난기 어린 미소를 지으며 덧붙였다.

"게다가 당신은 제 소중한 독서 친구, 클로에의 아버지인걸요. 당신이 건강하지 않으면 클로에와 독서 감상도 나누지 못하게 되어서 지루하답니다."

"미아 황녀 전하……."

마르코는 머리를 깊이 숙였다.

"후의에 감사드립니다."

"제가 힘이 될 수 있는 일이 있다면 사양하지 말고 말씀해주세요."

"아아…… 그……, 정말로 대단한 일은 아닙니다. 어디까지나 장사 상의 문제이니……."

"하지만 방해를 받았다고 들었습니다. 혹여 무언가 폭력적인 공격을 받았다거나……, 예를 들어 도적을 고용해서 덮치게 하거나……."

"아뇨, 결코 그러한 일은 없습니다."

당황하며 고개를 내젓는 마르코를 보고 미아가 고개를 갸웃거리고 있을 때…….

"포크로드 경, 제 주인이신 미아 황녀 전하께서는 총명하신 분입니다. 부디 지금 당신의 상회가 놓여있는 상황을 설명해주십시오."

방 입구에서 들린 목소리. 미아가 시선을 돌리자 그곳에는 믿음직스러운 충신의 모습이 있었다.

"아아, 루드비히. 와 주었군요."

든든한 지원군의 도착에 미아의 목소리가 들떴다. 자기 혼자서는 마르코에게서 이야기를 듣지 못할 것 같다고 느꼈기 때문이다.

"늦어졌습니다. 미아 님."

루드비히는 머리를 깊이 숙인 후, 다시금 마르코 쪽으로 시선을 돌렸다.

"그럼…… . 장사 상의 문제는 말하기 어렵다고 하신다면 제 쪽에서 추측한 것을 말씀드릴 테니, 부디 그대로 들어주십시오."

그러더니 루드비히는 안경을 밀어 올렸다.

"먼저, 미아 님의 오해를 정정해드리겠습니다. 확실히 상인간의 싸움에서 도적을 고용하는 등 직접적인 공격을 가하는 경우도 확실히. 하지만 그건 그렇게까지 흔히 일어나는 일은 아닙니다. 특히 상대가 대형 상회인 경우 거의 그런 일은 없습니다."

"어머, 그런가요?"

"네. 명확한 악행에는 당연히 제재가 가해지기 때문입니다. 범법을 저지르면 나라의 개입을 요청할 수 있습니다. 게다가 규모가 큰 상회라면 호위대를 만들 수도 있죠. 그건 위험부담이 크고, 막는 방법도 간단한 하수의 방식입니다."

"과연. 그런 것이군요."

"상인에게는 상인의 공격법이 있습니다. 예를 들어, 그렇죠…… . 간단하게는 과도한 가격 인하로 경쟁을 붙인다거나…… ."

루드비히는 안경을 밀어 올리며 말했다. 그걸 본 마르코는 고통스러운 듯 얼굴을 찡그렸다.

"어…… , 가격 인하……?"

어리둥절한 얼굴로 고개를 갸웃거린 사람은 벨이었다. 그걸 본 루드비히는 재미있다는 듯 웃었다.

"그래. 벨 님께는 조금 어려울지도 모르겠군요. 으음……."

루드비히는 잠시 생각한 뒤에 말했다.

"그래요. 예를 들어 벨 님, 같은 맛과 같은 크기의 과자를 한쪽에서 동화 한 닢, 한쪽에선 동화 두 닢에 팔고 있다고 한다면 어느 쪽을 사시겠습니까?"

"네? 어, 동화 한 닢, 쪽인가요?"

"맞습니다. 손님으로서는 당연한 심리입니다. 가격이 저렴한 쪽에서 사는 거죠. 그렇기 때문에 적대하는 상인보다 저렴한 가격을 매겨서 자신의 상품을 팔아치우는 건, 상대 상인의 장사를 방해하는 기본적인 방식입니다."

루드비히의 말은 지극히 당연했다. 그 정도는 미아도 알 수 있었다.

"그리고 악질적인 경우, 이익을 도외시한 가격 인하 경쟁을 저지르기도 합니다. 극단적으로 말씀드리자면, 은화 한 닢으로 사들인 것을 동화 한 닢에 팔아버리는 거죠."

"네? 그런 짓을 하는 게 무슨 의미가 있는 거죠? 손해가 되잖아요……."

그 대답에 루드비히는 엄격한 표정으로 고개를 끄덕였다.

"의미는 큽니다. 대상인이 자본으로 밀어붙여서 라이벌이 되는 상인을 모조리 짓밟아버린다면…… 시장을 독점할 수 있기 때문입니다."

그 대화를 뒤로 미아는 마르코가 마련해준 과자를 먹고 있었다.

──흐음, 처음 보는 과자인데요……. 이거 혹시, 바다 건너편

의 과자인 게 아닐까요? 이 검은 페이스트는 콩으로 만들었군요. 참 담백한 단맛이에요……. 여기에 크림을 섞으면 맛있어질 것 같은 예감이 들어요.

디저트 감정사 미아의 심미안이 번뜩인다.

"그리고 시장을 독점…… 즉, 자신들만 장사를 하게 된다면 가격을 마음대로 정할 수 있습니다. 다른 곳에서는 살 수 없으니까, 얼마든지 비싼 가격을 책정할 수 있죠."

"그렇군요!"

벨이 짝 손뼉을 쳤다. 최대한 정중하게 설명하면서도 루드비히는 미아의 반응을 살폈다.

"흐음……."

미아는 과자를 먹으면서 만족스럽게 고개를 끄덕였다.

아무래도 만족한 모양이라며 루드비히는 숨을 내쉬었다.

──이 기회에 벨 님을 교육하시려는 건가.

자신을 불러낸 편지에는 벨에게 교육을 시켜달라고 적혀있었다. 현장에서 벨에게 상인과 어떻게 마주해야 하는지 가르치려는 모양이라고, 루드비히는 판단했다.

"다만 이번 경우에는 시장 전체의 독점이 아닌, 포크로드 상회를 공격하는 게 목적일 겁니다. 그리고 노리는 건 아마도 포크로드 상회가 보유한 판로를 넘겨받는 것……. 아닙니까?"

루드비히의 질문에 마르코는 체념한 듯 고개를 저으며 항복이라는 양 어깨를 으쓱했다.

"못 당하겠군요. 정말로. 거기까지 아실 수 있는 겁니까?"

반면 루드비히는 장난기 어린 미소를 지으며 고개를 저었다.

"죄송합니다. 실은 이번 추리에는 살짝 트릭이 섞여 있었습니다……."

그러더니 그는 미아를 향해 고개를 돌렸다.

"샬로크 콘로그에게서 연락이 있었습니다. 포크로드 상회와 계약을 끊고 자신들과 계약하지 않겠냐고……."

루드비히는 품에서 편지를 꺼내 미아에게 내밀었다.

"자세한 것은 여기에……. 포크로드 상회보다 저렴한 가격에 대량의 밀을 수송하겠다고 적혀있습니다."

그건 곧, 샬로크는 포크로드 상회는 적대하지만 제국을 적대하는 게 아니라는 표현이다. 더해서 상대방이 제시한 조건은 상당히 좋은 조건이었다. 포크로드와의 계약을 취소하거나, 재검토할 정도로는…….

그런 만큼 경계가 필요했다.

──매혹적인 이야기에는 함정이 있으니까. 게다가 따지자면 포크로드 상회와의 신뢰 관계를 저버리라는 제안이야. 아마도 미아 님께서는 거절하시겠지…….

그 점에서도 루드비히는 교활함을 느꼈다.

포크로드 상회의 모든 상품에 이익을 도외시한 가격 인하로 경쟁을 붙여서 상품이 팔리지 않게 되는 상태를 만들어낸다. 그렇게 하면 포크로드로서는 장사를 할 수 없는 지경이 된다. 그런 그들이 유일하게 사주는 사람이 나타날 법한 '제국에 도매할 예정인 밀'을 판매한다는 유혹에 빠지지 않을 것인가?

제국과 계약한 것 이상의 가격으로 밀을 팔아버리면 상회는 살아날 수 있을지도 모른다. 잘 얼버무릴 수 있지 않을까?

만약 그런 유혹에 사로잡혀서 포크로드 상회가 계약을 어긴다면……?

먼저 배신한 건 포크로드 상회가 된다. 그건 제국이 계약을 끊을 구실이 될 수 있다.

──다행히 마르코 님은 계약을 지키셨지. 그러니 미아 님께서도 그의 신의에 보답하실 거야.

그렇게 확신하기 때문에 루드비히는 마르코 앞에서 정보를 밝힌 것이다.

"흐음……, 음? 콘로그?"

서류를 들고 읽던 미아가 작게 고개를 갸웃거렸다.

"……흐음? 이건…….'

무언가 생각에 잠기는 듯한 미아를 본 마르코가 당황하며 일어나려 했다.

"그건…… 황녀 전하."

"아아, 괜찮습니다. 포크로드 경. 저는 돈을 위해 독서 친구를 배신하지는 않으니까요. 부디 편하게 계세요."

미아는 한쪽 손을 들고 조용한 어조로 그를 제지했다.

"그나저나……. 그래요, 샬로크 씨의 성이 콘로그였군요…….'

미아는 작은 목소리로 중얼거렸다.

"들어보신 적이 있습니까?"

루드비히의 질문에 미아는 먼 곳을 바라보면서 말했다.

"네, 그럼요……. 아주 잘 알고 있죠. 상인왕 콘로그……. 그분과 만나는 건 조금 더 나중일 거라고 생각했는데요……. 그래, 저쪽에서 왔단 말이죠……. 후후후."

그리고는 장난을 꾸미는 어린아이처럼 웃었다.

"아아, 그건 그렇고 루드비히, 만약 포크로드 상회가 괴롭힘을 받고 있다면 저희 쪽에서도 무언가 도움을 드릴 수 없을까요? 예를 들어, 포크로드 상회가 보유한 상품을 제국에서 매입한다거나……."

사실 샬로크 콘로그는 딱히 제국에 공격을 가한 건 아니다. 어디까지나 포크로드 상회와 가격 인하 경쟁을 붙였을 뿐이다.

그렇기에 제국이 할 수 있는 건 기껏해야 포크로드 상회가 보유한 각종 재고를 사들여주는 것밖에 못하는데…….

"으음……, 글쎄요."

루드비히는 생각했다. 구매 여부 문제…… 가 아니라, 미아가 **질문한 의도를**.

그의 생각을 도와주듯이 미아는 말을 이었다.

"아니면, 친구의 아버지가 운영하는 상회라고 해도 재고를 사들인다면 낭비가 될까요? 그보다 저렴한 상품이 있는데, 비싼 값으로 사들인다면 혼나려나요?"

그리고는 힐끗 눈을 굴려서 루드비히 쪽을 올려다보았다.

그 모습을 본 루드비히는 자신의 추리가 맞았다는 걸 알았다.

——아아, 역시 그런 건가. 미아 황녀 전하께서는 이미 어떻게 할지 정하셨어. 하지만 벨 님을 가르치기 위해 이런 질문을 하시는 거구나.

루드비히는 이해했다는 양 고개를 끄덕이고 대답했다.

"문제없을 겁니다. 그보다 저렴한 상품이 있다고 해도, 그 가격이 **적정 가격**이라면 그걸 사는 건 낭비가 아니라고 생각합니다."

"그건 어째서인가요? 루드비히 선생님."

계산대로 벨이 끼어들었다. 그 반응에 만족하면서 루드비히는 대답했다.

"선생님…… 이라고 부르지 않으셔도 괜찮습니다만…….그래요……. 저는 뭐든 싸면 좋다는 건 잘못된 생각이라고 봅니다. 왜냐하면 돈이라는 건 노동의 대가…… 그 노동의 가치를 매기는 것이라고 생각하기 때문입니다."

"노동의, 대가?"

루드비히는 고개를 크게 끄덕이며 말을 이었다.

"상인이 판매하는 물품은 그 뒤에 반드시 만든 인간이 있습니다. 농작물이라면 농민이, 공예품이라면 장인이, 요리라면 요리사가, 각자 노동을 하여 만들어내죠. 그리고 상품에 가격을 붙인다는 행위는 그 노동에 가격을 붙이는 것과 마찬가지가 됩니다."

조금 어려운 이야기가 되었기 때문인지, 벨은 미간을 찡그리고 있었다. 이해하기는 어려워도 열심히 생각하려는 벨을 보며 루드비히는 훈훈한 기분이 들었다.

"상인은 노동하는 사람들에게 경의를 갖추며 가격을 붙여야만합니다. 지나치게 저렴한 가격으로 물건을 판다는 건 노동의 가치를 깎아내리는, 경의가 부족한 행위라고 저는 생각합니다."

그렇게 말하며 루드비히는 무심코 쓴웃음을 지었다. 자신의 아

버지가 과거에 거들먹거리며 말했던 것을 떠올리고 말았기 때문
이다.

──상인의 노력으로 할 수 있는 이상의 가격 인하를 하면 안
된다. 상대방 상인에게 대항하기 위해 지나친 가격 인하를 하는
건 그걸 만든 사람에게 무례한 짓이다, 라. 그럴싸하군…….

자신의 아버지가 한 말이 진리의 일면을 찌르고 있다는 걸 새
삼 인정하는 루드비히였다.

그 후 루드비히는 심각한 표정인 벨에게 말했다.

"게다가 심리적인 부분이 아닌, 실질적인 부정적 측면도 있습
니다. 예를 들어 은화 두 닢으로 만든 쿠키를 은화 한 닢으로 파
는 상인이 있다고 칩니다. 은화 한 닢의 적자가 생기지만, 손님을
모으기 위한 작전으로서 그렇게 하기도 합니다. 하지만 만약 한
명이 그렇게 한다면 다른 상인은 어떻게 할까요? 손님을 모으기
위해 자신들도 은화 한 닢에 팔려고 하지 않겠습니까?"

그 질문에 벨은 고개를 갸웃거리면서도 순순히 대답했다.

"네, 그렇게 할 것 같아요."

"하지만 이 처음 시작한 상인 말고 다른 상인은 아마도 자신들
이 손해를 보려고 하지 않을 겁니다. 다른 상인이 어떤 식으로 쿠
키의 가격을 내리냐면, 그걸 만든 노동자에게 노력을 요구하는
거죠. 즉 쿠키를 은화 두 닢에 팔 수 없다. 더 저렴하게, 은화 한
닢에 팔리게 만들어라……. 그들은 처음 가격을 내린 상인에게
대항하기 위해 장인의 노동의 가치를 낮게 잡으려고 합니다."

"그렇군요……. 즉 장인에게 무모한 요구를 하는 상인이 악당

이라는 건가요?"

"물론 그것도 있지만, 안이하게 저렴한 것을 사는 손님에게도 원인이 있다고 봅니다. 그렇지만 노동을 하는 인간이란 또 저렴하게 사고 싶어 하는 손님이기도 하죠. 노동을 하여 임금을 받은 인간은 그 돈으로 물건을 사는 고객이 됩니다. 그들은 저렴한 상품을 원하는 것으로 자신들의 노동의 가치를 깎아내리는 거죠."

루드비히는 거기서 말을 끊었다.

"따라서 저는 이렇게 생각합니다. 적절한 가격을 매기는 상인과 지나치게 저렴한 가격으로 물건을 파는 상인이 있을 경우 전자를 더 신뢰할 수 있고, 경솔하게 저렴함을 추구해서는 안 된다고요. 손님이 저렴함에서 가치를 찾기 때문에 상인도 가격을 내리는 겁니다. 자신의 노동은 높은 가격을 매기고, 타인의 노동에는 저렴한 가격을 매기는 건 이기적인 발상. 이걸 사는 측에서도 인식해야만 한다고 봅니다."

그 후 루드비히는 미아 쪽을 보았다.

"그러니 저로서는 이용 가치가 없는 사치품이나 지나치게 비싼 가격이 붙은 것 말고는 사도 괜찮다고 생각합니다. 돈의 순환이 일그러지는 걸 막기 위해서도……."

미아는 루드비히의 말에 만족한 듯 고개를 끄덕인 뒤 마르코 포크로드에게 시선을 옮겼다.

"그렇게 된 것이니, 포크로드 경. 당신의 상회가 보유한 재고를 적정 가격에 매입하겠습니다. 제국만으로 어렵다면, 그래요, 제 친구들에게도 협력을 부탁할까요. 팔리지 않아 남았다고 해서 지

나친 가격 인하는 필요 없습니다. 서로 존중하는 거래를 부탁드
릴게요."

미아는 그렇게 말하며 미소를 지었다.

제11화 과식이란, 즉……

　상인왕 샬로크 콘로그.

　대륙을 덮친 대기근. 많은 백성을 괴롭힌 재해를 반대로 기회로 살려서 막대한 부를 축적하고, 이윽고 '왕'이라 불리게 된 남자…….

　미아는 과거에 그 남자를 만난 적이 있었다.

　그건 이전 시간축. 제국이 기근에 허덕이며 죽어가고 있을 때.

　루드비히와 함께 도움을 요청하러 간 곳 중 하나가 이 남자의 상회였다.

　자금난으로 인해 완전히 등급이 내려간 마차. 덜컹덜컹 흔들리는 마차 안에서 미아는 엉덩이를 문지르며 불만을 입에 담았다.

　"조금 더 멀쩡한 마차는 없나요? 조금만 더, 탑승감이 괜찮은……."

　"그런 것을 유지할 돈이 어디 있습니까?"

　지극히 적확한 지적에 미아는 '끄응' 하고 입을 다물었다.

　"딱히 제 앞에서는 얼굴을 찡그리셔도 괜찮습니다만, 거래 상대 앞에서는 붙임성 있는 태도를 부탁드립니다."

　"알고 있어요. 상인왕 콘로그였던가요? 참으로 호들갑스러운 이명이군요……."

　"네. 솔직히 그리 부탁하고 싶은 인간은 아닙니다만……. 빚을 만들면 나중에 비싸게 돌아올 것 같으니까요."

"어머, 망할 안…… 아니. 당신이 그런 말을 하다니, 어지간한 모양이네요."

"저런……. 일국의 황녀께서 망할 같은 수식어를 사용하시면 안 됩니다."

루드비히는 어깨를 으쓱하며 고개를 저었다. 그리고는 아주 진지한 얼굴이 되었다.

"하지만 농담이 아니고 정말로 조심하십시오. 한 세대만에 대국에 필적할 정도의 재물을 모은 인물입니다. 퍽 범상치 않은 모양이니까요."

"문제없습니다. 아무튼 저는 범상치 않은 사람과 만나는 건 익숙하니까요."

힐긋 루드비히 쪽을 본 미아는 미소를 지었다.

하지만 아쉽게도 이날의 회담은 무위로 돌아갔다.

두 사람을…… 상대조차 해주지 않았기 때문이다.

제국의 국경 부근에 있는 마을.

영락없이 여관 같은 곳에서 회합하는 줄 알았는데, 샬로크는 자신이 보유한 마차 안에서 보자고 지정했다.

그 호화로움에 미아는 무심코 눈을 부릅떴다.

그건 과거 백월궁전, 미아의 방과 비슷하게 반짝거리고 호화로운 마차였기 때문이다.

"근사한 마차로군요, 상인왕 콘로그 씨."

올라탄 마차 안에서 미아는 마차의 주인인 남자, 샬로크 콘로

그에게 말했다.

둥글게 말린 콧수염을 손가락으로 쓰다듬으며, 그 남자 샬로크는 미소를 지었다.

"황공합니다. 미아 루나 티어문 전하. 제국의 황녀이신 당신께서 인정해주시다니, 돈을 들인 보람이 있군요."

"네. 정말로 왕이 타기에 걸맞은 마차인 것 같군요."

솔직한 감상을 뱉은 미아에게 샬로크는 냉소적인 미소를 지었다.

"황녀 전하께서 보기에 고작 상인 주제에 왕이라 자칭하는 건 다소 불손하다고 느끼실까요? 백성도, 군대도, 국토도 없는 저 같은 자가 왕이라고 하는 건 분수에 맞지 않는다고 생각하십니까? 상인왕이라니 호들갑스러운 이름 같습니까?"

정곡을 찔린 미아는 순간적으로 머뭇거렸다. 그걸 본 샬로크는 크크 목을 울려 웃었다.

"다들 그렇게 봅니다. 하지만, 저는 왕. 당신들 왕후 · 귀족에게 결코 꿀리지 않는 왕입니다."

그렇게 말하더니 샬로크는 자리에서 일어나 옆에 놓여있던 자루 안에서 무언가를 꺼냈다.

"이것이야말로 나의 군대, 병사이자 성, 이윤을 만들어내는 밭이자 가축. 그리고 내가 신앙하는 신."

그러면서 미아의 발치에 그것을 아무렇게나 던졌다. 딱딱한 금속음을 울리는 그것은 황금색으로 빛나는…….

"어머……. 그건…… 금화?"

"네, 금입니다. 이것이야말로 저의 강력한 신. 세계를 지배하는 힘입니다. 이해하기 쉽죠?"

"네…… 네, 뭐, 그렇네요……."

연극이라도 하는 듯한 샬로크의 동작에 미아는 경직된 미소를 지었다.

반면 샬로크는 아랑곳하지 않고 의자…… 아니, 자신의 옥좌에 앉아 미소 지었다.

"자, 그럼 들어볼까요. 미아 황녀 전하, 제 나라에 무엇을 원하십니까?"

"네……, 이쪽에서 원하는 건……."

미아는 옆에 있는 루드비히에게 눈짓했다. 그 신호를 받은 루드비히가 입을 열었다.

"제국은 식량이 필요합니다. 부디 밀을 팔아주십시오."

"물론 팔아드리겠습니다. 돈만 주신다면요……."

그러면서 샬로크가 내민 것은 한 장의 양피지였다. 거기에 적힌 밀의 가격을 본 루드비히가 작게 신음을 흘렸다.

옆에서 그걸 들여다본 미아는…….

"……헉!"

말문이 턱 막혔다.

"으으윽……. 밀이 왜 이렇게 비싼 거죠?! 폭리예요!"

미아의 항의에도 간지럽지도 않다는 양 샬로크는 온화하게 웃으며 말했다.

"송구하지만 원하는 자가 있다면 가격은 오르는 법. 그것이 이 세상의 섭리입니다."

"하지만 이건 비싸요. 너무 비싸요. 성을 세우려고 하는 것도 아닌데요?"

"성보다 밀을 원하는 사람이 많은 것뿐입니다. 아무튼, 성은 먹을 수 없으니까요!"

와하하 웃은 뒤, 샬로크는 옆에 놓여있던 쿠키를 콰득콰득 먹었다. 미아의 눈이 순간적으로 그 맛있어 보이는 쿠키에 못이 박혔다!

"후후후, 어린 황녀 전하께서는 모르시겠죠. 이 세계는 돈이 지배합니다. 돈이야말로 힘, 돈이야말로 신⋯⋯. 저는 저의 신에게 신앙을 바치는 겁니다. 좀 더 나의 곁으로 오너라, 하고요. 그러니 돈만 주신다면 뭐든 합니다."

'끄으윽⋯⋯' 하고 신음하는 미아 대신 루드비히가 입을 열었다.

"반드시 약속한 금액을 지불하겠습니다. 이 곤경을 극복한다면 제국은 반드시 다시 설 수 있습니다. 그러니 잠시 기다려주시면⋯⋯."

"약속 같은 건 얼마를 받아도 무익합니다. 부흥의 조짐이 보이는 것이라면 모를까, 제국의 재정이 파탄 상태라는 건 이미 알고 있습니다. 오늘 제가 만난 것은 당신들 제국에서 아직 쥐어짤 것이 있을지 없을지 확인하려 한 것이지만⋯⋯."

샬로크는 미아 쪽으로 시선을 주고는 작게 어깨를 으쓱했다.

"저 마차나 황녀 전하께서 입은 싸구려 드레스를 보아하니⋯⋯ 이미 제국은 말기 상태로군요. 아아, 하지만 그 머리 장식은 일품이군요."

샬로크가 '흐음' 하며 웃었다.

"쿠키 한 상자와 교환하는 것이라면 응하겠습니다만……."

"헛소리는 거기까지 하시지."

미아의 마음이 쿠키 한 상자에 흔들리는 것을 기다리지 않고 루드비히가 말했다.

"백성이 굶주리며 죽어가고 있다. 백성은 노동자이자 나라를 지탱하는 힘, 사회의 기반이지. 상인인 당신에게도 필요한 존재 아닌가?"

"루드비히 씨라고 했던가. 후후, 충직한 관리로군. 그리고 선량해. 진심으로 백성을 굶주림에서 구하려고 하지. 아마도 당신은 우수하겠지만, 상인으로서의 자질은 없어 보여."

"무슨 의미지?"

"당신은 성인은 될 수 있어도 부자는 되지 못한다는 뜻이야. 타인의 고통도, 괴로움도, 그 죽음조차도 장사 수단으로 보는 관점. 돈의 신도에겐 이것이 필요하니까."

샬로크는 작게 어깨를 으쓱했다.

"제국의 백성이 얼마나 굶주리던 알 바 아니라고, 루드비히 씨. 당신도 알고 있잖아? 대륙의 모두가 아사하지 않는다는 걸. 문제는 어떻게 해야 가장 돈을 많이 벌 수 있는가다. 백성이 없으면 장사가 성립되지 않을 테니까 전멸은 안 되지. 하지만 벌이를 도외시하고 모든 백성을 구하는 건 장사가 아니라 자선이야."

"또, 똑똑히 들었어요. 지금 발언! 라피나 님께서 들으시면 분명 불쾌하게 생각하실 거예요."

미아는 이때다 하며 소리쳤다. 하지만…….

"마음대로 하십쇼. 평판이 좋지 않은 황녀 전하와 훗날의 투자로서 자선활동에 착실히 돈을 내고 있는 저의 말. 세상이 어느 쪽을 받아들일지 물어보는 것도 여흥이겠군요."

샬로크는 미아를 무시하듯이 웃었다.

"윽, 뭐, 뭐든 다 돈만 내면 해결된다고 생각한다면 큰 착각이에요!"

"황녀 전하, 일단 충고드리겠습니다. 그런 종류의 발언은 없는 자가 말하면 참으로 보기 흉하답니다."

샬로크는 오히려 친절한, 연민이 담긴 눈으로 미아와 루드비히를 쳐다본 후 말했다.

"자, 용건은 이상입니까? 그렇다면 이제 돌아가 주시길. 이래 보여도 저는 바쁜 몸입니다."

……완전히 문전박대였다.

──그날의 굴욕…… 잊지 않았다고요. 아니, 뭐, 잊고 있었지만……. 단것을 먹었더니 전부 생각났어요. 그나저나 이 달콤한 콩 페이스트 무척 맛있네요!

배 속에서 부글부글 끓어오르는 분노를 누르듯이 미아는 다과를 입에 넣었다.

부드럽게 퍼져나가는 단맛……. 그것이 미아에게 냉정함을 가져다주었다.

──그럼, 앞으로 어떻게 할까요. 우선 이 달콤한 콩을 팔아달라고 포크로드 경에게 부탁해서…… 아, 그러기 위해서는 포크로

드 상회를 도와야겠군요. 그러려면 샬로크와 싸울 필요가 있으려나……?

루드비히의 이야기에 따르면 샬로크가 적대시하는 건 어디까지나 포크로드 상회이다. 제국과는 오히려 거래를 원하는 모양이었다. 그렇다면 이쪽에서 공격하는 건 어렵다.

──클로에가 기운이 없는 것도 그냥 둘 수 없고요……. 게다가 이대로 가만히 있는 것도 마음에 안 들어요. 그렇다면…….

미아는 루드비히 쪽을 보았다.

"루드비히, 만약 포크로드 상회가 괴롭힘을 받고 있다면 저희 쪽에서도 무언가 도움을 드릴 수 없을까요? 예를 들어, 포크로드 상회가 보유한 상품을 제국에서 매입한다거나……."

적은 손해를 볼 각오로 포크로드 상회의 상품이 팔리지 않도록 방해하고 있다. 그렇다면 상대방의 목적인 '포크로드의 상품이 팔리지 않는다'는 상황을 무너트리는 게 좋다.

──후후후, 이건 일석이조. 포크로드 상회를 돕는 것과 동시에 좋은 복수도 될 거예요. 그 자식……, 이 아니라……. 그분의 분해하는 얼굴이 눈앞에 선하군요. 우후후.

하지만 문제는 그게 낭비란 말을 들을지도 모른다는 건데…….

미아는 루드비히의 얼굴을 살폈다.

"아니면, 친구의 아버지가 운영하는 상회라고 해도 재고를 사들인다면 낭비가 될까요? 그보다 저렴한 상품이 있는데, 비싼 값으로 사들인다면 혼나려나요?"

미아는 불안해서 조마조마한 마음으로 루드비히의 대답을 기다렸다.

자, 대답은? 가능? 불가능?!

긴장되는 순간, 미아는 꿀꺽 침을 삼키고── 그 후 입을 디저트로 축여주기 위해 새 다과에 손을 뻗었다!

……과식이다.

"아뇨, 문제없을 겁니다."

그 대답에 미아는 무심코 안도한 나머지 다과로 손을 뻗으려다가…… 안느에게 제지당했다.

……과식이었기 때문이다.

──흐음, 무슨 일이든 적당한 게 중요하단 거군요. 루드비히가 지금 말하는 것과 마찬가지예요. 적정가격이 중요, 과자도 적정량이 중요……. 그런 거죠.

……아니, 적정량이 아니라 과식이다.

마음을 다잡은 미아가 말했다.

"그렇게 된 것이니, 포크로드 경. 당신의 상회가 보유한 재고를 적정 가격에 매입하겠습니다. 제국만으로 어렵다면, 그래요, 제 친구들에게도 협력을 부탁할까요. 팔리지 않아 남았다고 해서 지나친 가격 인하는 필요 없습니다. 서로 존중하는 거래를 부탁드릴게요."

"아뇨, 하지만 미아 황녀 전하. 그렇게 해주시는 건……."

"포크로드 경, 저는 얼마 전 세인트 노엘 학원의 입학식에서 선언했답니다. 무슨 일이든 서로 돕는 게 중요하다고요. 당신에게는 도움을 받고 있으니, 제가 움직이는 건 당연한 일이에요."

그 후 미아는 조금 생각한 뒤 말을 이었다.

"게다가 클로에도, 있으니까요……. 그러니까, 그래요……. 만약 보답이라면 클로에를 제가 빌리는 것에 대한 보답이라고 생각해주세요."

미아에게 클로에는 정말로 소중한 독서 친구다. 앞으로 학원 생활에서도 좋은 관계를 이어가고 싶었다.

그 기간 독서 친구로서 클로에를 빌리고 싶다고…… 조금 느끼한 표현을 써버린 미아였다.

그런데…… 마르코는 훗날 클로에에게서 입학식 날 미아가 했다는 말을 듣게 된다.

예의 '빵 · 케이크 선언'이다.

그렇게, 그 후의 미아가 보인 행동을 떠올리고…… '클로에를 빌리고 싶다'고 한 말의 의미를 다시금 생각해본 마르코는…… 이해했다. 이해하고 말았다.

미아의 진의를!

입학식에서 한 선언에서 엿보이는, 대륙 전역에 걸친 식량 상호 원조 시스템. 그러기 위해 힘을 빌려달라고……, 클로에에게 협력을 구한다고…….

미아는 그렇게 말한 것이었다.

"이거, 내 딸도 참 터무니없는 일에 휘말렸구나……."

무심코 중얼거린 마르코였으나, 동시에 제국의 예지와 함께 날갯짓을 하게 될 딸이 자랑스럽기도 했다.

"그렇다면 그 시스템을 위해 나도 돕지 않을 수 없지."

이리하여 미아넷의 포석이 착착 깔려 나갔다.

제12화 소소한 복수 ~밑준비~

"그런데 미아 님, 이 샬로크에게서 온 요청을 거절하는 것은 좋습니다만 어떻게 처리할까요?"

"네? 어떻게? 무슨 소리인가요?"

갸우뚱 고개를 기울이는 미아에게 루드비히가 말을 이었다.

"사자를 보내실 겁니까? 아니면 직접 만나실 겁니까?"

"아, 그렇군요."

미아는 잠시 생각한 뒤 입을 뗐다.

"우후후, 그쪽에서 요청한 것이니 이렇게 된 거 불러내죠."

'해주고 싶은 말도 있으니까요……' 하며 미아는 씩 미소 지었다.

이전 시간축에서 일부러 만나러 갔던 자신에게 했던 말을 고스란히 갚아주겠다고 생각한 것이다.

소소한 복수이다!

"저도 그게 좋다고 생각합니다. 예의 뱀과 관계가 있을지도 모르니까요."

"뱀? 아……."

듣고 보니 그럴지도 모른다며 미아는 작게 고개를 끄덕였다.

확실히 이건 뱀의 공격이라고 생각하지 못할 건 아니다. 하지만…….

"그래요, 그 점도 조금 떠볼 필요가 있겠어요."

그렇게 말하면서도 사실 미아는 그쪽으로는 별로 의심하지 않았다.

이유는 확실하지 않지만, 어쩐지 그 남자는 질서의 파괴자라는 이미지와 맞물리지 않았기 때문이다.

──그건 굳이 따지라면 돈의 망령, 아니, 신봉자라는 느낌이었죠.

미아의 본능이 고하고 있었다. 그자는 아마도…… 뱀이 아니라고.

"그럼 수배하겠습니다. 준비가 될 때까지 저도 베이르가에 머무르도록 하겠습니다."

"그래요, 고마워요."

고개를 끄덕이며 미아는 팔짱을 꼈다.

"흐음……. 그 남자의 배후관계도 일단은 점검해둘 필요가 있겠어요……."

이렇게 미아는 움직이기 시작했다.

샬로크는 베이르가의 국경 밖 영토인 항만도시 '세인트 발레느'를 거점으로 한 상인이긴 하나 베이르가 출신인 건 아니다.

세인트 발레느의 서쪽에 있는 밀라나다 왕국이 그의 출신국이었다. 밀라나다는 티어문은커녕 렘노 왕국에도 미치지 못하는 작은 나라이긴 하나, 국토에 비해 몹시 부유한 나라였다.

그 부유함을 뒷받침하는 것이 바로 세인트 발레느가 가져다준 활발한 상인 활동이다.

따라서 밀라나다 왕국에서는 상인의 지위가 비교적 높다.

"비아냥 한마디라도 해주고 싶지만, 일단 연줄을 조사해둘 필요가 있어요."

만약 샬로크가 밀라나다나 그 외 어디 유력 귀족과 커넥션을 갖고 있다면 나중에 귀찮아질지도 모른다.

다행히 밀라나다 출신은 세인트 노엘에도 있을 테니까 일단은 물어보기로 생각한 미아였다.

"흐음……. 하지만 밀라나다 왕국 출신이라면 예전에 루드비히에게 들었던 것 같은데요……."

세인트 노엘 학원에 오기 전, 미아는 확보해야 할 인맥에 대해 밑조사를 한 적이 있다.

그때 여차할 때 도망칠 곳으로 몇몇 나라를 픽업해두었는데, 그중에 밀라나다 왕국도 있었다.

특히나 항구가 있다는 게 매력이다. 거길 통해 해외로 도망쳐버리면 제국 혁명의 불꽃도 미치지 않으리라고 생각했기 때문이다.

참고로 밀라나다 관계자를 조사하라는 말을 들은 루드비히는 '황녀 전하께서는 항구를 원하시는 건가……'라고 추측했지만 그건 여기서는 생략하기로 한다.

"제 기억이 확실하다면 귀족 자제 몇 명이 다니고 있을 거예요, 아마도……."

그런 생각을 하면서 도착한 상급생 교실. 거기서 밀라나다 출신자가 있는지 물어본 미아는…….

"그 세 사람이라면 하급생 교실에 간 것 같은데요……."

이런 정보에 따라 이번에는 하급생 교실로 갔다.

"어머? 당신들은……."

거기서 미아는 본 적이 있는 자들을 발견했다.

"히익!"

미아의 얼굴을 보고 펄쩍 뛰어오르는 세 명의 남학생. 그리고 그 세 명에게 에워싸여서 거북해하고 있는 소녀가 한 명.

묘하게 본 적이 있는 얼굴들 중에서도 미아는 소녀에게 시선을 던졌다.

깊이 가라앉은 회색 머리카락에, 주저주저하면서 주위를 살피는 눈동자는 짙은 녹색이었다. 뭔가, 그…… 무심결에 머리를 쓰다듬어주고 싶어지는, 애완동물을 닮은 귀여움이 느껴지는 소녀였다.

그 후 미아는 그 주위에 있는 남학생들을 보았다. 움찔움찔, 쭈뼛쭈뼛 위축된 소년들, 그들은…….

"당신들, 설마 또 괴롭히고 있었던 건 아니죠?"

"아뇨! 천만의 말씀입니다!"

그렇다. 그들은 얼마 전 복도에서 미아에게 질책을 받은 소년들과, 괴롭힘을 받던 소녀였다.

"흐음, 그럼 뭘 하고 계셨죠?"

"미, 미아 학생회장님의 명령대로 그녀를 지키고 있었습니다!"

그 말에 간신히 떠올렸다. 그러고 보면 그런 소릴 했었던 것 같다…….

미아는 소녀 쪽으로 시선을 돌렸다.

"당신, 정말로 괴롭힘을 받진 않은 거죠? 그……."

"타티아나입니다. 미아 학생회장님……, 지난번에는 감사했습니다. 덕분에 그 후로는 이렇게 보호를 받고 있습니다."

"그렇다면 다행이네요."

고개를 끄덕이면서도 이런 식으로 상급생 남학생에게 둘러싸여 있는 건 성가실 것 같다는 생각을 하는 미아였다.

"그, 그런데 미아 학생회장님, 오늘은 어떤 용건으로 오셨는지……?"

남학생 중 한 명이 말을 걸자 미아는 짝 손뼉을 쳤다.

"아아, 그랬죠. 잊어버릴 뻔했네요. 오늘은 여쭤보고 싶은 게 있어서 왔습니다. 여러분, 밀라나다 출신이시죠? 당신들 나라의 상인 중에 샬로크 콘로그라는 남자에 대해 알고 계신가요?"

"샬로크 콘로그? 아, 돈의 망령 샬로크 말씀입니까……."

한 남학생이 질색하는 표정을 지었다.

'오오, 상당히 가차 없는 말이네요……'라는 생각을 하면서도 미아는 말했다.

"제법 이런저런 수법으로 돈을 벌고 있는 것 같던데, 귀족 중에도 상당한 커넥션을 갖고 있겠죠?"

그렇게 물어본 결과, 아무래도 샬로크는 나름대로 커넥션을 갖고는 있긴 하지만 미아가 신경 쓸 필요가 있을 법한 사람은 없는 모양이었다.

좋게도 나쁘게도 돈과 엮인 사이가 많아서 제국과 사이가 악화될 걸 감안하면서까지 샬로크의 편을 들려고 하는 사람은 별로 없을 것 같은 느낌이다.

──선크랜드나 베이르가의 높으신 분과 인맥이 깊다면 문제

겠지만, 그렇지도 않은 모양이군요. 이 정도라면 제대로 비아냥을 꽂아주는 것 정도는 괜찮지 않을까요?

'크흐흐' 하고 웃는 미아는 눈치채지 못했다.

"샬로크 콘로그 님……."

타티아나가 작은 목소리로 그렇게 중얼거린 것을…….

미아가 정보 수집(약 1시간)을 하거나 간식을 먹고 침대 위에서 빈둥거리거나(일주일 정도) 이런저런 일을 하는 사이에 루드비히에게서 연락이 들어왔다.

부름을 받고 샬로크가 찾아왔다는 연락에, 미아는 급히 루드비히가 머무르고 있는 마을로 나갔다.

사전에 해야 하는 준비가 있기 때문에 하루 전에 도착하기 위해…….

그렇게 대기하고 있던 루드비히와 함께 미아는 영격 준비를 갖췄다.

그날의 '**복수**'를 하기 위해 그를 맞이하기 위한 여관의 방을 수배. 그곳에서 하루 머무르기로 했다.

작은 마을에는 고급 여관 같은 게 없어서 '황녀 전하를 맞기에는 도저히……'라며 황공해 하는 주인을 설득했다.

"깨끗하고, 평범하게 장사하고 있다면 그것으로 충분합니다."

무엇보다 미아가 중시한 것은 그 여관에 욕조가 있는지, 없는지다. 다행히 그 여관에는 욕조가 있었기 때문에 미아는 느긋하게 몸을 담그고 쉴 수 있었다.

그렇게 만전의 준비가 마친 뒤 샬로크가 찾아왔다.

여관의 한 방, 썩 넓지도 않은 방에 샬로크를 불러들였다.

미아의 옆에는 루드비히, 반대쪽에는 안느, 그리고 미아의 용맹한 모습을 보고 싶다는 벨도 한구석에 얌전히 서 있다.

"잘 오셨습니다. 일부러 먼 곳까지 와 줘서 감사드려요."

미아는 여유로운 미소를 머금으며 말했다.

그리고는 우아한 동작으로 일어나 스커트 자락을 살짝 들어 올렸다.

"처음 뵙겠습니다. 제국의 황녀, 미아 루나 티어문입니다."

트집 잡을 곳이 없는, 당당한 자기소개였다.

이전에 샬로크를 찾아갔을 때 그는 자리에서 일어나려 하지 않았다. 오만하게 자신의 옥좌에 앉은 채 움직이지 않았으나⋯⋯ 미아는 다르다.

진정한 패자(霸者)란 거만한 모습을 보여줄 필요가 애초에 없다. 허세를 부릴 필요가 없다. 오히려 완전한 예절 속에서 그 향이 은은히 피어오름을 은연중에 주장하는 듯한, 당당하고 침착한 태도였다.

──흐흥. 아아, 기대돼요. 너무너무 기대돼요!

아니, 침착하지 않았다. 미아는 지금 몹시 고양되어 있었다. 얌전히 기다릴 수가 없어서 마음이 앞선 나머지 빠르게 자기소개를 해버린 것이다!

이것도 죄다 샬로크에게 하고 싶은 말이 있었기 때문이다.

"정중한 인사에 몸 둘 바를 모르겠습니다. 샬로크 콘로그라고 합니다. 만나 뵙게 되어 영광입니다. 미아 황녀 전하."

무릎을 꿇은 샬로크를 향해 미아는 작게 고개를 끄덕였다.

"자, 그쪽에 앉으세요. 우선 차를 즐기도록 하죠."

그러더니 미아는 다과를 내오라고 지시했다. 그건 라냐가 마련해준 페르쟝의 최고급 쿠키였다.

이전 시간축에서 샬로크는 미아에게 일절 과자를 권하거나 하지 않았으나, 미아는 다르다. 배포가 큰 면모를 보여줘서 격의 차이를 어필하는 것이다. 결코 자기만 먹으면 너무 많이 먹는다고 안느에게 혼나기 때문…… 이 아니다.

"그나저나 놀랐습니다. 설마 제국의 황녀 전하께서 이런……."

샬로크는 방안을 둘러본 뒤 미아의 머리카락에 시선을 주었다.

"게다가…… 실례지만, 그 비녀는……."

"아아, 이거 말인가요?"

미아는 생글생글 미소 지으며 그 비녀를 빼 들었다.

"유니콘 뿔로 만든 비녀입니다. 제국의 어느 숲에서 자라는 아름다운 나무를 깎아 만든 비녀죠."

"호오, 나무입니까……."

아주 조금, 흥이 깨졌다는 표정을 보이는 샬로크를 향해 미아는 우아하게 미소 지었다.

"후후후, 우스운가요? 대제국의 황녀인 제가 나무로 만든 비녀를 달고 있는 게……. 게다가 조금 전, 뭐라고 말하려다가 멈췄죠? 혹시 제가 이 여관에 숙박한 것이 이상하다고…… 그렇게 말하고 싶었나요?"

샬로크는 살짝 눈을 크게 뜨며 말했다.

"바로 그 말씀입니다. 저는 고귀하신 황녀 전하께서 이러한 작은 여관에 숙박하시는 건 명예를 실추시키는 일이 되지 않은가 합니다……. 이렇다면 마차가 더 낫지 않겠습니까? 실례지만 밖에 있던 황녀 전하의 마차는 무척 호화롭고 멋진 세공이 들어가 있던데요……."

미아는 그 말을 듣고 회심의 미소를 지었다.

"하지만 마차에는 욕조가 없으니까요……."

"네……?"

고개를 기울이는 샬로크를 향해 미아는 말했다.

"이 여관에는 최고의 욕조가 있답니다. 뜨거운 물에 몸을 담그고 충분히 따뜻해진 후, 시원한 물로 목을 축이는 건 최고의 사치죠."

베이르가 공국은 풍부한 수원을 자랑하는 물의 나라다. 그 물은 마시기만 해도 아름다워진다는 일화가 있을 정도로 깨끗하고 맑다.

"애초에 그 땅에서 최고의 것을 원한다면 그 땅에 사는 자에게 묻고, 그 땅에 있는 여관에 머무르는 것은 당연한 일이죠."

그렇다. 미아는 알고 있다.

티어문에는 티어문의, 베이르가에는 베이르가의, 렘노에는 렘노의…… 버섯이 자란다는 사실을.

어디에 가도 자신이 아는, 자국의 버섯만을 최고의 사치품으로 믿는 것은 어리석은 짓. 그 땅에는 그 땅에서의 최고의 버섯이 있다.

따라서 그 땅에서 채집할 수 있는 최고의 버섯을 추구하는 것이야말로 최고의 사치다.

모든 것은 같다. 그 땅의 여관을 경시하며 자신의 호화로운 마차에 틀어박힌다는 건 지극히 시야가 좁은 자이다. 모든 가치를 자신의 상식의 잣대인 '돈'으로 가늠하는 것 또한 어리석은 일이라고 에둘러 호소했다.

"게다가 이 비녀 말이지만……. 이건 저를 위해 어떤 아이가 만들어준 것입니다. 마음이 담긴, 제가 아주 좋아하는 비녀죠."

미아는 살며시 눈을 감았다.

"그저 비싸기만 한 머리 장신구는 저에겐 필요하지 않습니다. 저는 물건의 가치를 스스로 정할 수 있는, 그러한 입장에 있는 자인걸요?"

그리고는 오만하게 선언했다.

"그렇…… 습니까."

샬로크는 조금 주눅이 든 모습으로 대답했다.

"여, 역시 황녀 전하. 훌륭한 생각이십니다. 그건 그렇고, 예의, 제 요청을 받아주시는 겁니까?"

"요청……, 아아. 그거 말이죠."

"네. 저로서는 최대한 좋은 조건입니다만……."

"네, 그랬죠. 포크로드의 3분의 1의 가격이라니……."

"포크로드 상회의 딸과 황녀 전하는 친구 사이라고 들었기에, 그 우정의 가격이라고 생각해주신다면……."

"흐음……."

눈을 가늘게 좁히는 미아를 향해 샬로크는 아첨하는 듯한 미소를 지었다.

"거래를 위해 우정을 뒷전으로 미루는 셈이니 이 정도의 가격을 매기지 않으면 만족하지 못하실 테죠?"

그런 샬로크에게 미아 또한 미소를 돌려주었다.

"그렇군요. 이해했어요. 무척 좋은 조건의 계약이군요. 샬로크 콘로그 씨. 하지만……."

미아는 거기서 말을 끊고 샬로크를 노려보았다.

"지금이야말로 그날 하고 싶었던 말을 당신에게 하겠습니다."

"네? 무슨 말씀이십니까?"

얼떨떨하게 입을 벌리는 샬로크.

"뭐든 돈으로 해결할 수 있다고 생각한다면 큰 착각이랍니다?"

미아는 씩 회심의 미소를 지었다.

"조금 전에도 말했죠. 저에게 돈 같은 건 중요하지 않다고. 저에게는 돈보다도 우정이 소중합니다. 신뢰가 소중합니다. 충의가, 감사가 소중합니다. 그걸 돈으로 팔아치우다니, 어리석은 자가 하는 짓이죠."

"무슨……."

그 말에 부들부들 어깨를 떠는 샬로크. 그러거나 말거나 미아는 말을 이었다.

"세상일을 뭐든 다 돈으로 해결할 수 있다고 생각하고 있다면 완전한 착각입니다. 그런 식이니까 만사의 진정한 가치를 놓쳐버리는 거예요."

이전 시간축에서 하고 싶었던 말을 해준 미아는 조금 개운해졌다.

"어리석은……. 어차피 제국의 예지라고 해도 이 정도인가……."

그래서 샬로크의 분풀이 같은 말조차 참으로 상쾌했다.

"외람되오나 황녀 전하. 우정이나 신뢰 같은 감정에 사로잡혀 손익을 잘못 계산하는 것이야말로 나약함입니다. 돈의 합리성을 감정으로 부정하다니……."

"무례하다. 황녀 전하께……."

루드비히가 날카로운 질책을 가했지만 미아는 그걸 한 손을 들어 제지했다.

"샬로크 씨, 뭐라고 말하든 제 판단은 달라지지 않습니다. 저는 저의 힘이 미치는 한 포크로드 상회를 도울 거예요. 마르코 경은 저를 신뢰하며 계약을 지켜주셨으니, 저 또한 그 신뢰에 부응해야만 합니다. 그를 적대하는 것은 저를 적대하는 것임을 명심해 두세요."

미아는 산뜻한 미소를 지으며 그렇게 말했다.

제13화 상인왕 샬로크 콘로그의 화려한 인생

상인왕, 샬로크 콘로그.

대륙을 덮친 대기근을 기회로 삼아 단숨에 식량 유통망을 장악. 여러 상회를 흡수통합하고, 수많은 독립 상인들도 수중에 넣은 그는 이윽고 '상인왕'이라 칭해지게 된다.

그 후 그의 인생 또한 부와 영화로 넘쳐났다.

확실히 그에게는 뛰어난 장사 재능이 있었다. 그리고 돈을 받드는 탐욕스러운 신에게도 사랑받았다.

부는 더욱 늘어났고, 그는 여태껏 아무도 도달한 적이 없는 장소에까지 올라갔다.

이것은 혼란기의 영걸, 샬로크 콘로그의 화려한 인생의 마지막 장이다.

샬로크 콘로그는 어떠한 거래를 하러 가던 도중에 쓰러졌다. 오랜 과식과 운동 부족 등이 원인이었다.

목숨은 부지했지만 몸을 움직이는 것도 말을 하지도 못하게 되어, 그저 침대 위에서 흘러가는 상황을 지켜볼 수밖에 없게 되었다.

아내도 자식도, 형제도 없었던 그의 재산은 법에 따라 전부 그의 사용인장(長)이 대리로 관리하게 되었다.

그의 '신'은 그를 구해주지 않았다. 오히려 그의 사용인장의 손에 의해 조금씩, 조금씩 줄어들어 갔다.

샬로크의 장사 재능은 그의 부하에겐 이어지지 않았기 때문이다.

"멍청한 놈!"

몇 번을 소리치고 싶었는지.

샬로크의 눈으로 보면 명백하게 잘못된 계약을 주저 없이 체결하는 사용인장. 그 어리석음에 몇 번 참견하고 싶었는지.

하지만 그런 상태도 얼마 지나지 않아 끝난다.

남은 수명이 다하려 하고 있었다.

값비싼 가구며 장식으로 가득한 왕의 방. 민중이 평생을 벌어도 손에 넣을 수 없는 호화로운 침대 위에서.

이 지상에서 가장 부유했던 왕은 죽었다.

누구도 지켜봐 주지 않고…… 아니, 누구도 지켜보는 것을 거부하고.

그저 혼자서, 허무하게, 그 생애를 마쳤다.

……그런 꿈을 꿨다.

"……흥, 시시한 꿈을 다 꿨군."

흔들리는 마차 안에서 샬로크는 혼잣말을 흘렸다.

그것은 상인으로서 바랄 수 있는 최고의 장소에 선 자신의 마지막 모습이었다.

돈을 신으로 추앙한 남자의 말로다.

기묘하게 현실감이 넘치는 꿈은 씁쓸한 후회로 물들어 있었는데…….

"그 꼬마를 만나서 그런가. 하찮군……."

샬로크는 코웃음을 치며 넘겨버렸다.

제국의 황녀, 미아 루나 티어문. 저 제국의 예지가 한 말이 머릿속에 남아있었다.

"돈보다 소중한 것이라……."

우정, 충의, 신뢰, 감사……. 미아 황녀가 말한, 돈보다 가치 있는 것들.

"시시한 헛소리, 이상론에 불과해."

그건 샬로크가 잘라냈던 것들. 아니, 값싸게 팔아치운 것들이다. 우정 같은 건 금화 한 닢으로 팔면 잘 팔리는 거다.

감사 같은 건 받아봤자 한 푼의 이득도 되지 않는다.

돈이 전부는 아니다. 돈보다 소중한 것이 있다……. 그건 그에게는 패배자의 상투구에 불과했다. 하지만…….

"그 꼬마……."

까드득. 이를 갈며 샬로크는 중얼거렸다.

제국의 예지. 틀림없이 부유한 자이며, 막대한 힘을 지닌 권력자가 그렇게 말했다.

돈 같은 것보다 훨씬 소중한 것이 있다고.

샬로크가 지금까지 살아온 방식을 전부 부정해버렸다.

그 충격은 생각보다 컸다.

"쓸데없는 소리를 듣는 바람에 쓸데없는 꿈을 꿔 버렸어. 뭐가 제국의 예지냐. 설마 그 정도의 손해득실도 판단하지 못할 줄이야. 그런 걸 똑똑하다며 숭상하고 있다니, 제국도 오래 못 가겠군."

씹어뱉듯이 말한 뒤 그는 비웃음을 지으려다가…… 실패했다.

그의 내면에 있는 무언가가 고하고 있다.

그 꿈은 진실이라고.

자신은 먼 미래, 그것과 그리 차이가 나지 않는 삭막한 최후를 맞이하게 될 것이라고…….

하지만…….

"그렇다고 해서 이제 와서 삶의 방식을 바꿀 수도 없지."

인생의 반 이상 지난 시점에서 자신이 여태까지 살아온 방식을 부정할 수는 없다.

돈을 벌기 위해 많은 것들을 버려온 샬로크였으나, 자신의 '여태까지 살아온 방식'을 잘라내는 것만은 불가능했다.

그렇기 때문에…….

"돈의 가치를 인정하지 않는, 그런 삶의 방식이 허용될 리가 없지."

자신의 가치관을 흔드는 자, 같은 상인이면서 벌이를 우선하지 않는 장사를 하는 포크로드를 용서할 수 없었다. 그리고 그 이상으로.

"돈은 힘, 돈은 신. 그보다 더 소중한 것이 있다고 지껄인, 그 꼬맹이도……."

미아 루나 티어문.

샬로크의 삶을 정면으로 부정해버린 제국의 예지를 인정할 수 없었다.

"……허용될 리가 없어."

하늘에서 내려준 샬로크의 재능이 고하고 있다.

이 기근은 절대 바로 수습될 수 있는 수준이 아니라는 걸.

그렇기 때문에 포크로드가 보유한, 해외에서 들여오는 밀 수송로는 천금과도 같은 가치를 지니고 있다. 만약 유통되는 밀의 양을 조절할 수 있다면 막대한 부를 만들어내는 것도 불가능하지 않다.

조금쯤 굶주리게 하는 정도가 좋다. 뭣하면 아사자가 나오는 게 위기감에 불이 붙을지도 모른다.

죽음의 공포는 사람들의 판단력을 흐리게 하고, 밀 한 포대에 터무니없는 값이 붙게 된다. 그에게 대륙을 밀로 채워서 가격 상승을 적정가 내에서 유지시킨다는 정책은 결코 함께할 수 없는 것이었다.

식량이 늘어난 만큼 수송비는 비싸지고, 대신 가격은 떨어진다.

그런 부조리한 짓을 하려고 하는 포크로드 상회도, 미아 황녀도 샬로크에게는 조소의 대상일 뿐이었다.

……부정할 수밖에 없었다.

"티어문은 식량자급률이 낮아. 페르쟝 농업국 의존도가 높았을 터. 그 나라의 왕은, 분명……."

미아가 모르는 사이에 다음 음모가 움직이고 있었다.

제14화 충신 안느, 마음을 독하게 먹다

따끈따끈한 햇살이 기분 좋은 하루. 초여름, 밀 수확기를 앞둔 봄과 여름의 경계선에 있는 시기.

침대에서 뒹굴거리는 미아를 본 안느는 어떠한 불안을 느꼈다.

그건 작년 여름, 에메랄다와 뱃놀이를 하러 가기 직전.

조금 살이 찌고 만 미아는 무척이나 고생했었다.

──또 에메랄다 님께서 놀러 가자고 권하실지도 모르니까, 지금부터 조금씩 운동을 해 두시는 게 좋을지도 몰라.

안느의 관점에서 딱히 미아는 뚱뚱하지 않았다. 충분히 아름답고, 오히려 조금 통통한 정도가 귀엽다고 느낀다.

……지극히 위험한 사고의 소유주라고 할 수 있을 것이다.

하지만 개인의 취향은 둘째치고, 미아가 최근 운동 부족인 건 확실하다.

──주방장님도 몸에 안 좋다고 하셨고……. 역시, 여기선…….

안느는 굳게 결심하고 말을 걸었다.

"미아 님, 저기……."

"음? 왜 그러나요? 안느."

침대 위를 데굴데굴 굴러온 미아가 안느 쪽을 올려다보았다.

인어…… 로 착각되는 일도 있는 바다의 생물과도 같은 움직임이었다.

……참으로 태만하다!

평소 큼직한 거래나 학생회 업무, 비밀 결사와의 싸움 등 무거운 짐을 짊어지고 있는 미아이기 때문에 방에 있을 때는 빈둥거릴 수 있도록 내버려 두고 싶은 안느였지만…… 지금은 마음을 독하게 먹었다.

뭐, 친구를 위해 악역을 받아들이는 수준의 악독함이지만…….

"미아 님, 최근 댄스 레슨을 하지 않고 계신다고 들었는데요……. 아벨 왕자님이나 시온 왕자님을 부르셔서 댄스 레슨을 하시는 게 어떻습니까?"

기본적으로 미아는 운동을 싫어하지 않는다. 싫은 건 아니지만……, 내버려 두면 자꾸 뒹굴거리기 시작하며 무언가를 쌓아두는 모드로 넘어가 버리고 만다.

그걸 개선하기 위해 심복으로서 최대한 미아가 신경 쓰지 않을 법한 방향으로 충언을 올린 거였으나…….

"댄스……. 흐음, 그렇군요. 오랜만에 아벨을 불러서 춤을 추는 것도 좋을지도 모르겠어요. 그래요, 기왕이면 학생회를 동원해서 입식 댄스&케이크 파티를 개최하는 건……."

미아가 좋지 않은 소릴 꺼내는 바람에 허둥지둥 막았다. 춤을 춘다고 해도 그 이상으로 단것을 먹어버리면 큰일이다.

안느는 잘 알고 있다. 미아는 대식가로, 누구보다 미식을 사랑하는 사람이다.

"그, 그건 조금 준비에 시간이 걸릴 것 같으니까요……. 아, 그렇다면 멀리 외출하시는 건 어떠신가요?"

순간적인 기지로 화제를 전환하는 안느. 그 수완을 발휘했다.

"흐음, 확실히 듣고 보면 최근 승마부 쪽에 가 보지 않았네요. 황람이나 화양은 잘 지내고 있을지……. 오랜만에 말을 타고 멀리 나가는 것도 나쁘지 않겠어요."

다행히 유도가 잘 먹혀들어 가서 미아도 의욕을 보였다. 분위기에 잘 휩쓸리는 게 미아의 장점이다.

"아, 미아 언니. 저도 가도 될까요?"

이야기를 듣고 있었는지 벨이 손을 들었다.

"그때 태어난 망아지가 건강한지 만나러 가고 싶어요."

"아아, 그리고 보면 벨도 그때 같이 있었죠……. 흐음, 가고 싶다면 상관없는데요……."

그때 미아는 무언가 떠올랐다는 듯 짝 손뼉을 쳤다.

"그래요! 이렇게 된 거, 리나 양도 부르도록 하죠."

"리나도요?"

"네, 혼자만 소외되는 건 불쌍하니까……."

그러더니 미아는 장난기 어린 미소를 지었다.

"그래서 말인데 벨. 당신과 함께 승마부에 들어가는 건 어떨까요?"

"네? 제가 승마부에?"

"그래요. 그 왜, 전에 그 황야에서 탔을 때도 꽤 느낌이 좋던데, 연습하면 바로 탈 수 있게 되지 않을까요……?"

아무래도 미아는 벨에게 승마술을 배우게 하고 싶은 모양임을 알아차린 안느가 도움의 손길을 뻗었다.

"벨 님, 저도 연습하니까 탈 수 있게 되었으니, 벨 님이라면 바로 타실 수 있게 될 겁니다."

참고로 애초에 요령이 없었던 안느의 경우 탈 수 있게 될 때까지는 상당한 노력이 필요했지만……. 물론 그런 건 언급하지 않았다.

미아의 건강을 위해서는 어쩔 수 없는 희생이라고 선을 그었다.

"역시 숙녀라면 말 한 마리쯤은 탈 수 있어야죠. 벨도 저처럼 멋진 황녀 전하가 되고 싶죠?"

…………지적할 사람은 없었다.

"하지만, 저는……."

어딘가 내키지 않는 표정인 벨을 보고 미아는 흐음, 하고 고개를 끄덕인 뒤……. 안느 쪽을 힐끗 곁눈질한 다음 살며시 벨에게 귓속말했다.

"언제 원래 있던 곳으로 돌아가도 이상하지 않으니, 그렇다면 전부 무의미하다고 생각하는 건 알아요. 하지만 벨, 만약 원래 있던 곳으로 돌아간다고 해도 말을 타는 연습은 해둬서 나쁠 게 없답니다. 도망칠 때 편리하니까요……."

거기까지 말한 미아는 장난기 어린 미소를 지으며 윙크했다.

"게다가 말은 귀엽답니다. 리나 양과 함께 타는 것도 즐거울 테니, 분명 좋은 시간이 될 거예요."

——우후후, 역시 안느. 좋은 착안점을 줬군요.

슈트리나를 불러 마구간으로 향하는 도중, 미아는 흡족하게 미소 지었다.

——무언가 취미를 갖게 한다면 벨도 언제 사라져도 괜찮다고 생

각하지 않게 될 거예요……. 즐거운 일이 있다면 죽어줄 수 없다고 생각하겠죠……. 이게 무언가의 계기가 된다면 좋겠는데요…….

벨의 낭비가 어디에 기인한 건지 대충 알아차린 미아로서는 이 문제가 간단히 해결되지 않는다는 건 알고 있으나……. 그래도 아무것도 하지 않을 수도 없다.

그런 미아에게 '벨에게 무언가 취미를 갖게 한다'는 건 좋은 착안점처럼 보였다.

──장래엔 버섯 채집 같은 고상한 취미도 익혔으면 좋겠지만, 그쪽은 저도 공부 중이니까요. 우선은 승마죠. 말도 귀엽고, 분명 벨도 마음에 들어 할 거예요.

그런 생각을 하며 미아는 시선을 굴렸다.

"그런데 리나 양은 말을 탈 수 있나요?"

벨의 옆에서 생글생글 가련한 미소를 짓고 있던 슈트리나는 미아의 질문에 고개를 갸우뚱 기울였다.

인형처럼 사랑스러운 얼굴을 보고 있으면 자꾸만 잊어버릴 것 같으나, 슈트리나는 혼돈의 뱀 관계자[볼드]였던[/볼드] 아이다. 음모에 가담하려면 말을 탈 수 있는 게 여러모로 유리할 터이니, 어쩌면 탈 수 있는 게 아닌가……? 하고 생각한 미아였지만.

"아뇨, 리나도 처음입니다. 그래서 기대돼요……. 후후후, 벨과 함께 승마라니, 정말 즐거울 것 같아요."

"흐음……."

미아는 팔짱을 끼며 생각에 잠겼다.

──두 사람 다 초보라면 저 혼자서 가르치는 건 어려우려나

요? 아무리 제가 승마의 달인이라고 해도…….

누워뜨기 승마의 조사(祖師)인 미아는 제대로 분수를 알고 있다.

그러는 사이에 마구간에 도착했다. 그곳에서 미아는 반가운 얼굴을 보았다.

"어머, 당신은…….."

"오, 오랜만이네. 아가씨."

마구간 안에서 말을 손질하고 있던 사람은 호쾌한 미소를 지은 린 마롱이었다.

"오랜만입니다, 마롱 선배. 분명 세인트 노엘은 올해 봄에 졸업하지 않으셨어요?"

그 이후로는 기마왕국으로 귀국한 줄로만 알고 있었는데…….

"혹시 말들이 그리워서 돌아오셨어요?"

농담을 던지는 미아에게 마롱은 시원스러운 미소를 돌려주었다.

"말은 걱정하지 않았지만, 아가씨와 아벨이 잘 되고 있는지 보러 왔지."

"어머나? 마음 써주셔서 감사합니다. 덕분에 아벨과는 친하게 지내고 있어요."

"하하하, 그거 다행인걸. 뭐, 농담은 이쯤하고. 실은 라피나 아가씨에게 부탁을 받았어. 말을 살펴보러 가끔씩 오기로 했지. 승마부도 신경 쓰였고."

"어머, 그러셨군요. 후후, 그나저나 변함이 없으시네요. 잘 지내신 것 같아 다행이에요."

한차례 마롱과 대화한 후 미아는 마구간 안을 보았다.

"화양도 잘 지냈나요? 좀처럼 오지 못해서 면목이 없네요."

겨울에 신세 진 이후 느긋하게 승마를 즐기지 못했던 미아였다. 순간 잊어버리진 않았을까? 하는 걱정도 했지만 화양은 미아를 바라보더니 인사하듯 히히힝 울음소리를 냈다.

"우후후, 네. 참 오랜만에 만나러 왔죠. 게다가 당신도 오랜만이에요! 어어……."

미아는 화영 옆에 있는 망아지에게 말을 걸었다. 미아의 목소리에 귀를 씰룩씰룩 움직이는 망아지. 순하면서도 기품있는 얼굴에는 화양의 그림자가 보였다.

"아, 그 녀석의 이름은 은월(銀月)이야."

마롱이 뒤에서 가르쳐주었다.

"호오, 은월…… 은월……. 실버문! 오오, 무척 좋은 이름이에요!"

어쩐지 평생 한 마리밖에 없다는 애마를 발견하고 만 듯한 기분이 드는 미아였다. 조금 더 자라고 나면 꼭 타야겠다고 결심했다.

"우와, 대단해라. 벌써 이만큼 자란 거군요."

"그러게. 그때는 무척 작았는데……."

벨과 슈트리나가 망아지, 은월을 보며 환호성을 질렀다. 은월은 두 사람을 기억하고 있었던 건지 느릿느릿 다가와서 코를 벌름거렸다.

말과 화기애애하게 어울리는 손녀와 그 친구의 모습을 훈훈하게 바라보고 있던 미아였으나…… '어라……?' 하고 고개를 갸웃거렸다.

"그건 그렇고 황람은 없네요? 혹시 누군가가 타고 놀러 간 건가요?"

늘 미아에게 오만불손한 시선을 던지는 그 황람의 모습이 어디에도 없었다.

애초에 황람이 거북했던 미아이긴 했지만, 그날 밤 함께 사선을 넘나든 덕분에 친근감을 느끼고 있었다.

그 뻔뻔하리만치 건방진 태도가 지금은 묘하게 든든하다. 전우라고 해도 좋을 정도로는 신뢰하고 있다.

"아, 지금은 아벨이 타고 있어. 오, 마침 돌아왔나 본데."

그 말에 미아는 뒤를 돌아보았다. 그러자…….

"안녕, 미아. 승마하러 왔어?"

상큼한 미소를 지은 아벨이 황람의 고삐를 끌고 다가오는 중이었다.

"네, 그렇습니다. 날이 참 기분 좋게 맑은 오후라서……. 그나저나……."

미아는 아벨의 모습을 보고 작게 고개를 갸웃거렸다.

"상당한, 진흙이네요……."

잘 보자 아벨의 뺨에는 진흙이 묻어있었다. 늠름한 승마복에도 군데군데 진흙이 튄 게 보였다.

미아의 시선을 받은 아벨은 난처한 듯한 얼굴로 웃었다.

"황람의 세례를 받아버렸거든."

"어머나, 그랬군요. 하지만 그저 놀러 나가는 것뿐이었다면 황람이 아니어도 괜찮지 않았나요……?"

황람은 다루기 어려운, 까탈스러운 말이다. 굳이 타기 힘든 말을 고르지 않아도 화양이나 다른 타기 쉬운 말을 타고 나가면 되지 않나……, 라고 생각하는 미아였다.

"황람은 다루기 어려운 말이니까, 제대로 타지 못한다고 해도 낙심할 필요는 없어요."

"하지만 네가 그렇게 잘 탔는데 내가 타지 못하는 건 멋이 안 나니까……."

아벨은 조금 뾰로통한 얼굴로 말했다.

"나도 제대로 다뤄보겠어. 지금은 아직 어렵지만, 앞으로 훈련해서 반드시 이 녀석을 다루고 말 거야."

그런 아벨을 본 미아는 무심코…….

──어머나! 남자아이의 자존심이라는 거군요. 우후후, 귀여워라.

히죽히죽 올라가려는 입꼬리를 눌렀다.

최근에는 완전히 든든하고 멋있어진 아벨. 그런 그가 보여준, '연하남의 살짝 발돋움하는 느낌'에 미아는 눈앞이 어질어질했다.

──이런 승부욕이 강한 점도 좋단 말이죠, 아벨은…… 응?

그때, 미아는 불현듯 깨달았다. 묘한 위화감이다.

──으음? 제가 뭔가, 잊고 있는 듯한…….

무언가, 잊어버리면 안 되는 무언가가 있었던 것 같은……. 어쩐지 무언가가 부족한 것 같은, 그런 감각.

그 순간이었다! 후욱……. 목 부근에서 무언가 바람이 느껴지더니…….

"어…… 어라? 이건……, 뭔가, 반가운 느낌인데요……. 뭐였……죠?"

뒤를 돌아본 미아는 발견했다! 코를 움찔움찔 벌름거리고 있는 황람의 모습을!

"아, 아아, 이건, 황람, 당신과도, 무척, 오랜만…… 흐햐아아아악!"

미아의, 조금 얼간이 같은 비명소리를 뒤덮어버리듯이 푸엣취이이이이! 하는 황람의 성대한 재채기 소리가 울렸다.

오랜만이었기 때문일까……. 그것은 여느 때보다도 큰 재채기였다…….

미아는 더러워진 몸을 씻기 위해 일단 기숙사로 돌아가기로 했다.

"그럼, 다음에 또……."

아벨과 그렇게 약속하며 마구간에서 나온 순간……, 미아는 달렸다.

처음에는 조금 빠른 걸음 정도로, 백 걸음 정도 갔을 때쯤엔 전력 질주로 바꾸었다.

쌩! 바람처럼 달리는 그 발이 향하는 곳은 공중목욕탕이다.

안느가 갈아입을 옷을 가지러 간 사이에 재빠르게 옷을 벗어던지고 욕탕으로.

내부에 비치된 비누를 북북 문질러 거품을 내자 뒤늦게 안느가 합류. 휴대해 온 미아 애용 말 샴푸를 사용하여 신속하면서도 세심하게 미아의 머리카락을 감기기 시작했다.

그렇게 척척 몸단장을 마친 뒤 미아는 다시 승마 연습장으로 향했다.

질풍과도 같이 달려간 미아는 목적지 바로 앞에서 급정거. 그리고는 숨을 가다듬듯이 처어어언천히 걸어갔다.

"다녀왔습니다, 아벨."

"아, 미아. 빨리 왔네."

승마 연습장의 울타리에 걸터앉아있던 아벨은 미아를 발견하더니 바로 땅으로 내려왔다.

날렵하게 다듬어진 몸을 덮고 있는 것은 새것으로 보이는 셔츠와 검은색 바지라는…… 조금 캐주얼한 복장이었다.

──흐음…… 왕자님답지 않은 복장도 제법……. 좋은데요!

이 언밸런스함이 좋은 것이다!

머리카락을 감은 건지 찰랑찰랑한 검은 머리카락이 바람에 나부꼈다. 부드럽게 코를 간질이는 청결한 비누 향기에 미아는 '하아……' 하고 숨을 내쉬었다.

──역시 아벨은 멋있어요…….

"응? 미아, 왜 그래?"

미아의 시선을 알아차린 건지 아벨이 어리둥절한 표정을 지었다.

"앗, 아뇨. 딱히 아무것도 아닙니다. 그보다 자, 연습장으로 갈까요."

승마 연습장에는 이미 벨과 슈트리나가 마롱에게 승마를 배우고 있었다.

"와아, 말은 키가 참 크네요. 침착하게 타 보니까 확 느껴져요."

"하하하, 그렇지. 이 높이에서 초원을 달리면 기분이 좋아. 만약 기마왕국에 오게 된다면 같이 말을 타러 갈래?"

"네, 저 가 보고 싶어요!"

이런 식으로 벨이 즐거워하는 모습이 보였다.

"오늘은 저 두 사람도 같이 왔구나."

"네. 실은 저 자신이 승마를 즐기고 싶었던 것도 물론 있지만, 그 이상으로 벨에게 승마를 가르쳐줄 생각에……."

"그렇구나. 벨에게, 승마를……."

팔짱을 끼는 아벨. 그 시선 끝에는 마롱에게 고삐를 당겨진 말이 걷고 있었다. 비틀비틀, 묘하게 위태로운 균형감을 보이면서도 열심히 말에 매달려있는 벨. 그 모습이 어쩐지 과거의 자신을 보는 것 같아 미아는 조금 미소가 나왔다.

"제법, 괜찮아 보이는데."

"네, 그렇죠. 지난번 성야제 때는 말에 탄 모습도 제법 그럴싸했었으니, 의외로 쉽게 말을 탈 수 있게 되는 게 아닐까 해요."

벨에게 따뜻한 시선을 보내는 아벨. 그 옆에서 지켜보는 미아의 시선도 어딘가 따스했다.

"말을 탈 줄 알면 여러모로 편리하니까요……. 아, 물론 이제 다시는 그런 일에 말려들게 할 생각이 없지만요……."

그래도……. 조심한다고 해도 위험에 말려드는 일은 분명 있을 것이다. 그런 때는 분명 승마 기술이 도움이 될 터……. 그렇게 안 어울리게도 진지한 생각을 하고 있던 미아였으나, 문득 자신들의 상황을 보고 생각했다.

앗, 이런 것도 좀 좋은 것 같은데? 라고.

좋아하는 사람과 나란히 서서 자신의 손녀가 말을 타는 모습을 본다. 떨어질락 말락 하는 걸 조마조마한 마음으로 지켜보면서 응원한다. 그것은 사소하고 무척이나 흔한……, 하지만, 행복한 풍경.

이런 식으로 행복한 미래를 상상한 적은 없었던 것 같다.

──생각해 보니……, 지금까지 비참한 미래에서 도망치는 것에만 필사적으로 매달려있었는데……. 만약, 아벨과 결혼하면, 저는…….

어떻게 될까? 불현듯 상상했다.

지금 옆에 서 있는, 부드러우면서도 따사로운 분위기를 지닌 소년과…… 만약, 결혼하게 된다면. 어떻게 될까…….

뭉게뭉게뭉게. 망상이 무한하게 펼쳐졌다.

이런 식으로 화창한 날에 아이와 함께 말을 타고 멀리 놀러 가서, 말 모양 버섯 샌드위치를 다 같이 나눠 먹고, 그리고…….

"응? 왜 그래?"

의아한 듯 고개를 기울이는 아벨. 부드러운 미소를 짓는 아벨을 보고 미아는 '하아…….' 하는 한숨을 흘렸다.

"아, 그, 으음, 아무것도 아니에요. 우후후, 그, 그보다, 저희도 말에……."

그렇게 말하며 승마 연습장 쪽으로 시선을 돌린 미아. 마침 타이밍 좋게 벨이 말에서 내린 참이었다. 어지간히 즐거웠던 건지 손을 붕붕 흔들면서 이쪽으로 달려왔다.

──우후후, 잔뜩 신이 났군요. 벨. 즐거워하는 것 같아 다행이에요…….

그런 훈훈한 마음으로 바라보고 있었으나……. 그 눈앞에서 균형이 무너진 벨이 힘껏 굴렀다.

"벨! 아아, 정말이지. 조심하지 못하고."

미아는 허둥지둥 달려갔다.

가까이 다가가자 마침 벨은 슈트리나의 부축을 받아 일어나고 있었다.

"잠깐, 벨? 괜찮은가요?"

"네, 괜찮습니다. 에헤헤, 실수했네요."

벨은 난처한 듯한 얼굴로 웃었다.

"흐음, 뭐 웃을 수 있을 정도라면 다행이죠."

그렇게 말하며 시선을 내린 미아는…… 보고 말았다.

벨의 어린 무릎. 그곳이 새빨간 피로 물들어있는 것을!

"베, 벨……. 그건……."

그 말이 끝나기도 전에 작은 몸이 휘청 기울어진다……. 작은……, 미아의 몸이…….

"으, 으응……."

"미아!"

당황한 듯한 아벨의 목소리를 들으면서 미아는 의식을 잃었다.

……피를 본 충격에 기절해버리는 미아였다.

미아는 아픈 것도, 아파 보이는 것도 싫어한다.

제15화 미아 황녀, 자신의 토실함을 깨닫다……

"으, 으응……."

눈을 떴을 때, 미아는 깨끗한 침대 위에 누워 있었다.

"여, 여기는……. 아아, 치료실이군요……."

이 나라 저 나라에서 귀족 자제가 모이는 장소인 세인트 노엘 학원에는 우수한 의료체제를 갖추고 있다. 애초에 대륙 각국에 치료원이라는 형태로 의료를 넓힌 것이 다름 아닌 중앙정교회이다. 그 본거지인 성 베이르가 공국에는 오래전부터 의학 지식이 축적되어 있다.

그런 최첨단 진료를 받은 덕분인지 미아는 개운하게, 기분 좋게 일어났다.

"흐음……. 역시 세인트 노엘 학원이에요. 멋진 치료군요."

……뭐, 애초에 미아는 피를 보고 충격을 받아 기절했을 뿐이고, 쓰러질 때 아벨이 제대로 받아준 덕분에 상처 하나 없었지만……. 그래서 딱히 치료를 받거나 하지도 않았지만…….

"아, 정신 차리셨어요? 미아 학생회장님."

미아가 일어난 것을 알아차린 건지 한 소녀가 걸어왔다. 그 얼굴을 보고 미아는 조금 놀란 목소리를 냈다.

"음? 어머, 당신은…… 으음, 타티아나 양? 왜 이런 장소에?"

고개를 갸웃거리는 미아에게 타티아나는 조금 난처한 듯한 미소를 지으며 대답했다.

"그게, 치료원을 견학하고 있었습니다. 사실 제 아버지가 의사셔서 설비에 관심이 있었거든요……."

"어머나, 아버지가 의사 선생님이었군요. 그래요……. 아, 맞아, 그래요! 그보다 벨은……."

당황하며 주위를 두리번두리번 둘러보는 미아.

"앗, 미아 할…… 언니, 눈 뜨셨어요?"

그러자 벨이 걸어오는 게 보였다. 아무래도 옆방에는 안느나 슈트리나도 있었던 건지, 벨의 뒤를 따라왔다.

"에헤헤, 미아 언니. 저도 타티아나가 붕대를 감아줬어요. 굉장히 잘 감더라고요."

그렇게 말하며 벨은 자랑하듯이 자신의 무릎을 가리켰다. 그 어린 무릎에는 붕대가 꼼꼼하게 감겨 있었다.

"그거 괜찮은 건가요?"

"아하하, 조금 까진 것뿐이에요. 에이, 미아 언니는 걱정도 많으셔."

그렇게 말하며 웃는 벨이었지만…… 그런 식으로 붕대를 사용할 정도라면 상당히 큰 상처였던 게 아닌지 걱정되는 미아였다.

"피가 나오긴 했지만 뼈에도 이상은 없었고, 상처도 그렇게까지 깊지는 않았습니다."

타티아나가 보충하듯이 설명해주었다. 그 말투에는 여느 때의 쭈뼛거리는 기색이 없고…… 오히려 당당한, 자신감으로 넘치는 목소리였다.

"흐음, 역시 의사 선생님의 자식이군요. 그건 전부 아버지에게 배운 건가요?"

고개를 갸웃거리는 미아에게 타티아나는 순간적으로 침묵했다.

"아버지는, 제가 다섯 살 때 돌아가셨습니다. 그래서 배운 것은 거의 없습니다. 이 지식은 제가 직접 배워서 익힌 겁니다."

"어머, 그랬군요……. 많이 노력하셨어요……."

고개를 끄덕이는 미아에게 타티아나는 굳게 결의한 듯 말했다.

"미아 학생회장님, 여쭤보고 싶은 게 있습니다."

그러더니 그녀는 말하기 시작했다.

자신과 샬로크 콘로그와의 관계를…….

"저는 아버지처럼 의사의 길을 가고 싶어서 세인트 노엘에 왔습니다. 하지만 저의 집은 가난해서…… 사실 그건 이뤄질 수 없는 꿈이었습니다."

타티아나는 가슴에 손을 올리고 말을 이었다.

"하지만 샬로크 님이 만든 장학금 제도 덕분에 공부할 수 있게 되었고……. 세인트 노엘에 추천도 받게 되었습니다."

"어머, 그랬군요!"

미아는 조금 놀랐다.

──의외예요. 그 돈의 망령 같은 분이 그런 배려를 보이다니……. 아, 하지만 자신의 평판을 유지하기 위해 자선활동을 한다거나……, 그런 말을 했었죠. 그런 건 흔한 일이긴 하니까요…….

그렇게 생각을 바꿨지만, 마치 마음을 읽은 것처럼 타티아나는 고개를 저었다.

"샬로크 님께선 미움받는 분입니다. 그래서 다들 샬로크 님을 나쁘게 말하시죠. 어차피 자신의 평판을 높이기 위해 한 일이라며."

생각하던 바를 정확하게 맞히는 바람에 미아는 '흐음' 하고 침음했다.

"하지만 장학금을 만든 건 그분이 더 젊고, 아직 상인으로서 신출내기였을 때입니다."

"어머, 그렇다면 상당히 무리해서 돈을 냈겠군요."

"네. 사람들 덕분에 돈을 벌고 있으니, 자신이 번 돈으로 은혜를 갚고 싶다고. 그렇게 말씀하시며…… 그렇게 저처럼 구원을 받은 사람도 많이 있습니다. 졸업한 사람 중에는 샬로크 님을 존경해서 상인이 되고자 하는 사람도 있을 정도입니다."

──그렇군요, 이건…… 좋은 이야기를 들었어요. 우후후…….

타티아나의 이야기를 듣고 미아는 마음속으로 히죽 회심의 미소를 지었다.

지금 들은 건…… 샬로크에게는 부끄러운 과거다.

예를 든다면 그것은 흉악하게 생긴 해적이 애완 고양이에게 혀짧은 말투로 말을 거는 걸 보여주게 된 셈이다.

이건 창피하다!

분명 현재 샬로크의 가치관에서 보면 젊은 시절의 방황. 떠올리고 싶지도 않은 과거일 것이다. 자신과는 아무런 상관도 없는 가난한 집의 아이들을 위해 장학금 제도를 만들다니. 심지어 사비를 털어서, 본인도 결코 유복하다고는 할 수 없는 시기임에도 불구하고…….

이걸 배려라고, 다정함이라고…… 감정적이라고 말하지 않고 뭐라 말할 것인가!

──그 남자, 저에게 감정적이라는 둥 나약하다는 둥 말해댔었는데, 자기도 젊을 때는 이렇게 저질러놨었잖아요!

태어났을 때부터 돈을 위해 살고 돈을 위해 죽었을 것 같은 냉철한 초인 같은 태도를 보이던 샬로크였지만, 분명히 무른 면모도 감정도 있는 평범한 남자다.

미아는 그 약점을 잡은 것에 만족하며 고개를 끄덕였다.

──그 남자는 금방 포기할 타입도 아닐 것 같았으니 분명 또 올 거예요. 그럼 그때는 이 약점을 찔러줘야겠어요……, 우후후후……. 좋은 사람이시네요, 라면서요. 우후후후후.

악녀 미아는 내심 날카롭게 웃어젖혔다.

그런 미아를 향해 타티아나가 말했다.

"미아 님, 부탁드립니다. 부디 샬로크 님께 너무 심한 일은 하지 말아주세요."

그녀의 진지한 부탁에 미아의 후각이 예민하게 반응했다.

──장학금으로 받은 은혜…… 라면, 조금 위험할지도 모르겠네요.

말하자면 샬로크는 가난하지만 능력이 있는 사람들에게 사유재산을 투자하여 지혜를 얻게 한 셈이다.

그리고 지식은 무기이다. 날카로운 무기를 지닌 자들이 샬로크에게 은혜를 느끼고 있는 상황. 그 상황에서 그를 나쁘게 말하는 건 위험한 적을 만들 수 있는 행위라고…… 미아는 늦게나마 알아차렸다.

특히 눈앞의 타티아나라는 소녀는 의사의 길을 지망하고 있다고 했다. 하지만 슈트리나의 예시를 봐도 알 수 있듯이 약이란 사용하기에 따라서는 독도 되는 법. 그런 자를 적으로 돌려버렸을 경우…….

미아의 뇌리에 자신이 독살당한다는 서술이 되살아났다.

──영락없이 리나 양에게 당한 건 줄 알았는데, 다른 자가 저질렀을 가능성도 충분해 보여요.

여기에 와서 미아는 간신히 깨달았다. 자신의 오만함을…….

──완전히 방심하고 있었어요. 저는 언제 어떤 때라도 긴장하면서 조심해야만 하는데.

미아는 작년 초여름의 일을 떠올렸다.

운동을 게을리하는 바람에 아주 조금 둔해졌던 몸. 토실해져서 수영복을 입기 불편했던 경험이 있었다.

……이건 그때와 마찬가지다.

──저는 토실토실해졌어요…… 마음이. 오만함으로 완전히 둔해져 있었던 거예요…… 마음이!

그런 고로 미아는 잠시 숙고한 후…… 궤도 수정에 들어갔다.

"흐음, 그에 관해서는 샬로크 씨에게 달려 있죠……."

먼저…… 어디까지나 책임은 상대방에게 있다고 어필한다.

그건 거짓말이 아니었다. 애초에 미아는 샬로크에게 신경을 할애하는 걸 원하지 않는다. 뭐, 이번에 알게 된 과거로 쿡쿡 찔러

대면 재미있을지도 모른다는 소소한 장난기는 싹트기도 했지만, 거기에 집착하진 않는다.

지금은 대기근을 앞둔 중요한 시기다. 얌전히 있어 준다면 건드리고 있을 여유가 없다.

그러나 동시에, 그 남자가 그리 쉽게 물러나지 않을 것이라고 예감하고 있었다.

샬로크가 앞으로도 포크로드 상회에 계속 개입한다면 미아는 포크로드를 지원하는 형태로 대립이 이어질 것이다.

──미적미적 이어가는 건 그리 좋은 방책이 아닐 것 같은 느낌도 들어요. 혹은 어떻게든 해서 마음을 뚝 꺾어버리면 해결될지도 모르겠지만……. 아, 그래요!

거기서 미아는 타티아나의 얼굴을 보고 번뜩였다.

"흐음, 그래요. 어쩌면 당신이 협력해준다면 괜한 싸움은 피할 수 있을지도 모르겠어요."

"네……? 제가요?"

"네, 당신이요."

고개를 끄덕이며 미아는 자신의 아이디어에 못된 미소를 지었다.

──이번에 들은 과거로 공격할 때 시치미를 뗀다면, 이분을 데려가면 효과적으로 들쑤실 수 있겠죠! 실제로 이렇게 당신의 장학금에 도움을 받은 분이 제 친구 중에도 있답니다? 친절하고 착한 콘로그 씨, 라면서……. 우후후, 웃으면서 정신적으로 몰아세워 주면 되는 거예요.

샬로크가 감정이라는 나약함으로 만들어낸 장학금 제도. 그 제도를 사용해서 세인트 노엘에 다니는 실제 사례가 지금 눈앞에 있다. 이걸 사용하지 않을 수는 없다.

게다가 그건 타티아나에게 책임을 분산시키는 묘수이기도 했다.

만약 샬로크와 항쟁이 격렬해졌을 경우 미아를 원망하지 않도록, 당신의 책임이기도 하거든요? 라고 말할 수 있도록 하는 책략이다.

──후후후, 이만큼 상황이 갖춰지면 샬로크 씨도 이 이상 능욕을 당하기 전에 일찌감치 칼을 거두는 것이 최종적으로는 얕은 상처로 끝난다는 걸 깨달을 테죠.

전쟁에서 피해가 커지는 건 전력 차가 비등할 때이다.

처음부터 압도적으로 차이가 난다면, 교섭에 따라서는 한 번도 검을 나누지 않고 군대를 철수시키는 것도 가능하다. 대제국의 황녀답게 개전 초기에 병력을 크게 투입하는 전술 체제를 갖췄다.

명장 미아의 전술안이 번뜩인다.

──그렇지 않아도 기근 때문에 바빠지니까, 길게 끌지 않고 단숨에 짓누르는 게 상책! 뭐, 이제 건드리지 않으려고 할지도 모르지만, 대비해둬서 나쁠 건 없죠.

그렇게 준비해둔 미아의 비장의 카드…… 타티아나의 협력을 받을 기회는 생각보다 일찍 찾아왔다.

며칠 뒤 페르쟝의 왕녀, 라냐에게서 긴급 연락이 들어왔기 때문이다.

"미아 님, 페르쟝 농업국의 라냐 님에게서 편지가 왔습니다."

"어머? 라냐 양이요?"

안느의 말에 미아는 작게 고개를 갸웃거렸다.

라냐 타하리프 페르쟝은 현재 모국인 페르쟝 농업국에 돌아가 있다. 페르쟝의 왕녀는 매년 이 시기에는 수확의 진두지휘와 수확감사제의 무녀 역할을 다하기 위해 학원을 떠나야만 하기 때문이다.

"흐음……, 연무(演舞)를 보러 가는 것에 관련된 이야기일까요……."

그리고 미아는 올해 그 감사제에서 신에게 바치는 라냐의 제례무를 보러 가기로 했다.

참고로 미아가 이 감사제에 초대를 받은 건 처음이었다.

라냐와 친구이기도 하면서 성 미아 학원에 제2왕녀 아샤를 고용했기 때문에 미아와 페르쟝의 관계가 돈독해진 상태였다.

앞으로 몇 년에 걸친 기근에서 페르쟝과의 관계는 지극히 중요해진다. 가능하다면 국왕도 알현하여 개인적으로 면식을 터 두고 싶은 참이었다.

…………뭐 이런 건 표면적인 이유고. 미아의 목적에서 1할도 채채우지 못하는 비중이다. 그렇다면 나머지 9할은 무엇이냐…….

──우후후, 페르쟝의 요리가 기대돼요!

이것이다. 뭐, 눈치채셨을 테지만…….

──음식의 성지 페르쟝, 그것도 수확에 감사하는 축제니까 분명 무척 맛있는 진수성찬이 나올 거예요. 말로 표현할 수 없을 만큼 맛있겠죠!

황홀한 미식을 상상하기만 해도 미아는 침을 꿀꺽 삼켰다.

그런 고로 서둘러 편지를 펼친 미아는 거기에 적혀있는 내용을 보고 경악했다.

라냐 왈, 샬로크 콘로그라는 상인이 거래하러 와서 무언가 좋지 않은 일을 꾸미고 있다고 한다.

"그, 그분이 진짜, 질리지도 않고!"

까드득 이를 갈면서 미아는 재빠르게 검토했다.

이 위기가 얼마나 큰 것인지…….

얼핏 위험도는 그리 크지 않은 듯한 느낌이 든다…….

이전 시간축과는 달리 페르쟝 농업국과는 나름대로 인맥을 만들어두었다.

라냐 왕녀와는 이렇게 편지를 받을 정도로 우정을 쌓았고, 아샤 왕녀를 상가로 들여 그 인맥은 한층 더 튼튼해졌다고 할 수 있다.

하지만…….

"페르쟝에 가야겠어요. 당장……."

며칠 전 미아는 새삼 실감했다.

자신이…… 오만으로 토실해져 있음을……. 물론 마음이 그렇단 소리다.

쌓아 올린 인맥을 과신해서 행동하지 않으면 분명 후회하게 된다. 미아의 날카롭게 벼려진 마음이 경고하고 있다.

이걸 내버려 두는 건 지극히 위험하다고…….

기우라면 그래도 괜찮다. 하지만 만약 위기가 실현되었을 경우, 그건 즉 제국의 위기가 된다.

"뭐, 만사 생각하기에 따라 다르죠. 빨리 가면 그만큼 페르쟝의 요리를 많이 먹을 수 있으니까요……. 흐음, 오히려 잘 된 건지도 모르겠어요!"

몸과 마음의 날카로움은 때로는 반비례하는 법이다.

"미아 언니, 저도 같이 가도 될까요?"

그때 어느새 이야기를 들은 벨이 바로 옆에 와 있었다. 다부진 얼굴로 미아를 바라보고 있다.

"어머? 어째서죠? 벨."

"그, 샬로크라는 상인의 사고방식에 조금 관심이 있습니다."

"흐음……, 그래요."

미아는 생각에 잠겼다.

──솔직히 별로 가까워질 사람은 아니라고 보지만요……. 그래도 벨이 관심을 갖는 건 드문 일이죠. 게다가 성격은 둘째 쳐도, 그분이 상인으로서 일류인 것도 사실……. 그렇다면 저런 방식의 상인과 어떤 식으로 마주해가야 하는지, 제가 직접 모범을 보여주는 것도 의미가 있을지도 모르겠어요.

거기까지 생각한 뒤 미아는 벨의 얼굴을 가만히 응시한 뒤, 진지함 그 자체인 얼굴을 보고 깊이 고개를 끄덕였다.

"영락없이 시험에서 도망치기 위해 하는 말인 줄 알았는데, 아무래도 무언가 진지한 이유가 있는 것 같군요?"

"네? 앗, 어, 다, 다다다당연하죠, 미아 할머니. 아하하, 아이, 참. 제가 시험에서 도망치려고 하다니, 그야 올해 여름은 리나랑 놀기 위해 추가시험을 피해야 한다는 건, 생각하지 않는 것도 아니지만요? 그러기 위해서 눈앞의 문제에서 도망친다니, 제국의 예지의 피를 이어받은 황녀의 명예가 실추되는 일이고, 물론 미아 할머니에게 공부를 배우는 몸으로서는, 그 지식을 발휘할 기회로서 시험을 중요하게 생각하고 있으며……."

……어마무지하게 빠른 속도로 쏟아내는 벨이었다.

그, 어떻게 할 수 없다면 도망치면 되지 않나? 라는 자세에 미아는 순간 자기 자신의 모습을 보고 만 나머지 조금 복잡한 기분이 들었다.

"뭐, 좋습니다. 하지만 시험에서 도망칠 수 없다는 것만큼은 말해둘게요."

우선 못을 박아두고.

"아, 그리고 타티아나 양……. 그녀도 같이 가 달라고 해야겠네요!"

동시에 비장의 카드를 준비하는 것도 빼놓지 않았다.

타티아나의 공부 시간을 빼앗으며 동행을 요청하는 건 조금 내키지 않았지만, 이번만큼은 그런 말을 하고 있을 수도 없다.

"상대는 타티아나 양에게 소중한 사람인 모양이고, 그 인물과의 싸움을 최소한으로 억제하기 위해서 부르는 것이니까 문제없겠죠……."

이리하여 미아는 벨과 타티아나를 데리고 세인트 노엘을 출발했다.

중간에 루드비히와도 합류한 일행은 곧장 페르쟝 농업국으로.

제16화 버섯 친구

페르쟝 농업국── '우리나라에 농지가 아닌 영토는 없다'고 호언하는 이 나라에는 제대로 된 군대라 부를 수 있는 게 존재하지 않는다.

왕가를 지키는 근위병은 일단 존재하지만, 그 규모는 제국군은 커녕 제국의 일개 귀족의 사병단에도 미치지 못할 정도다. 심지어 그 구성원은 반농반병을 넘어서 8할이 농민이고 2할이 병사인 상황이라 전쟁이 한 번 일어나면 유린될 수밖에 없는, 군사적으로는 약소국이었다.

그런 나라가 멸망하지 않고, 침략을 받지도 않고, 나라로서 체재를 유지할 수 있는 건 이 땅에 널리 전파된 중앙정교회의 영향력과 티어문 제국에 철저히 공손한 태도를 보여왔기 때문이다.

중앙정교회가 퍼트린 각국 공통 도덕 기반은 안이한 침략전쟁을 허락하지 않고, 배후 세력이 되어주는 제국의 무력은 실질적인 군사적 억제력으로 작용했다.

이러한 지정학적 배경을 지닌 페르쟝 농업국이었으나, 그 일로 그들의 자존감이 꺾이지는 않았다.

"우리는 음식으로 대륙을 재패하고 있다."

그런 구호 아래 역대 왕족은 나라를 걸고 농업기술 향상에 매진했다. 군사력을 강화하지 않아도 되는 상황을 거꾸로 이용한 것이다.

품질이 뛰어난 농작물로. 다양한 종류의 농작물로, 나라를 부유하게 만들자고 국민을 고무했다. 속국 취급은 할 수 없도록, 다른 나라에 보란 듯이 잘 살아주겠다고…… 그렇게 노력하고, 노력을 거듭하고…….

하지만…… 그 노력이 보답받은 적은 없었다.

왜냐하면 그들의 이웃 나라는, 배후는, 농업을 멸시하는 티어문 제국이기 때문이다.

제국의 속국이기 때문에 페르쟝이 보호받고 있는데, 그 제국은 페르쟝의 가장 큰 강점인 농업을 높이 평가하지 않는다.

마치 더러운 일이라도 하는 것처럼 내려다본다.

페르쟝 농업국과 티어문 제국 사이에는 쉽게 뛰어넘을 수 없는 골이 분명히 존재했다.

"처음 뵙겠습니다. 폐하. 알현을 허락해주셔서 지극히 영광입니다."

자신 앞에 무릎을 꿇은 남자, 샬로크 콘로그를 앞에 둔 페르쟝의 국왕은 쓴웃음을 지었다.

"나라는 이름뿐인 속국의 왕에 과도한 예는 불필요하다. 쟁쟁한 대상인인 콘로그 씨가 우리나라에 무슨 용건이 있어 왔지?"

왕은 알고 있다. 왕후·귀족에게 자긍심, 예법은 목숨을 걸 가치를 지닌다. 하지만 상인에게 그것은 상거래를 유리하게 진행하기 위한 수단에 불과하다.

"그렇군요, 역시 총명하다고 유명하신 국왕 폐하. 입에 발린 말로는 마음을 열 수 없는 겁니까."

"총명이라니 틀린 말이군. 나는 시골에 있는 작은 나라의 아둔한 자에 불과하다."

그렇게 말하면서도 왕은 한쪽 손으로 샬로크에게 앉으라고 지시했다.

"그렇습니까? 제 눈에는 당신께서 대륙의 패자를 죽일 수도 있는 무기를 갖추고 가다듬고 있는 것처럼 보입니다."

"호오…… 무기라고? 그대는 제대로 된 군대도 없는 우리나라에 그러한 무기가 있다고 말하는 건가? 설마 우리나라가 몰래 군대를 증강하고 있다고……?"

"말씀도 참. 군사력 같은 건……, 우둔한 제국에 맡기면 됩니다. 평화를 유지하는 게 필요하다면 베이르가에 매달리면 됩니다. 그러한 것보다 훨씬 더 근원적인, 인간을 죽일 수 있는 것을 갖고 계시지 않습니까."

샬로크는 입가에 미소를 머금고 말했다.

"바로 음식…… 말씀입니다."

그 말에 왕은 아주 조금 경계심이 자극되었다.

"그래……. 확실히 우리나라는 농업에 힘을 쏟고 있지만, 그걸 무기라고 부르다니 뒤숭숭한 표현이군."

그러나 웃어넘기려고 하는 페르쟝의 국왕을 샬로크는 놓치지 않았다.

"농업에 힘을 쏟는 귀국이라면 느끼셨을 겁니다. 흉작의 징조, 기근의 발소리를. 기근이 왔을 때 가장 가치를 지니는 것은 황금이나 보석이 아닙니다. 식량입니다."

샬로크는 국왕의 눈을 가만히 응시했다.

"답답하지 않으십니까? 국왕 폐하, 제국의 속국이라고 불리는 것이. 귀국은 뛰어난 농업기술을 보유했습니다. 하지만 제국이 있는 한 아무리 시간이 지나도 제국의 덤 같은 대우는 달라지지 않을 테죠."

그 말은 분명히 왕의 마음을 헤집었다.

그것은 오랫동안 페르쟝을 속박해왔던 저주의 사슬이었기 때문이다.

"……그것도 위정자가 바뀌면 변한다. 제국의 미아 황녀 전하는 음식에 조예가 깊은 분이라더군. 우리 페르쟝에도 분명 좋은 영향을……."

"어린 황녀의 자비에 매달리실 겁니까? 그것참, 아주 소극적이지 않습니까?"

샬로크의 말에 왕의 어깨가 움찔 흔들렸다.

왕은 알고 있다.

페르쟝 농업국이 쌓아 올린 연구는 진짜다. 얼마나 많은 국민이, 기술자가 땀과 눈물을 흘려왔는지……. 그럼에도 불구하고 그 노력이 보답받는 방식이…… 한 명의 자비에 매달리는 것이라니……. 그런 식의 말을 듣는 게 아쉽지 않을 리가 없다.

그게 그 혼자만의 생각이라면, 어쩌면 삼켜버렸을지도 모른다. 딸들에게서 듣자 하니 미아 황녀는 선량한 사람이다.

지금 제국에서 권력을 잡아가고 있는 그녀가 가져오는 것은 페르쟝에게 분명 좋은 것임이 틀림없다.

……하지만 국왕의 눈에는 밭에서 땀을 흘리는 국민의 모습이 있었다. 그건 지금 현재의 모습만이 아니다. 이미 이 세상에는 없는, 이 농업국을 지탱해온 사람들의 모습이다.

그들이 쌓아 올린 것이 이러한 형태로 결실을 맺어도 괜찮은 가…….

유혹하는 자는 달콤하게 속삭인다. 지금 농작물은 무기가 된다고. 제국을 죽여버릴 수 있는, 강력한 무기가 될 수 있다고.

페르쟝의 선인들이 쌓아 올린 것이 자신들을 얕봤던 자들에게 갚아주기 위한 무기가 될 수 있다고……. 그 사실이, 국왕의 마음을 흔들었다.

"……구체적으로는 어떻게 할 생각이지? 작물을 파는 것이 정체된다면 제국 측이 가만히 있을 리 없는데……."

"간단합니다. 값을 올려버리면 되죠. 그것도 부당하지 않게, 정당한 범위 안에서. 혹은 정당함을 딱 한 발자국만 넘어서는 정도로만. 제국이 병사를 움직여서 압력을 가하자고 생각하지 않을 정도로, 아주 조금만 가격을 올려가면 됩니다. 거기에 익숙해졌을 때 또 가격을 올리죠. 그런데 폐하께서는 여덟 개의 다리가 달린 악마의 물고기를 산 채로 삶는 요령을 아십니까?"

갑작스러운 질문에 국왕은 고개를 기울였다.

"간단합니다. 갑자기 뜨거운 물에 담가버리면 도망치니, 조금씩 불을 강하게 올리는 거죠. 그렇게 하면 정신을 차렸을 때는 기회를 놓치고, 삶아집니다."

샬로크는 씩 미소를 지었다.

"그리고 그러한 조절은 상인의 특기입니다. 아무쪼록 제국과의 거래를 저에게 맡겨주시지 않겠습니까?"

"……그렇군, 잘 알았다. 하지만 즉답은 하기 어렵고……. 감사제에는 나올 테지? 샬로크 씨."

"네. 제대로 벌겠습니다."

"그럼 그 대답은 축제가 끝난 뒤에라도……."

그리하여 두 사람의 회담은 끝을 고했다.

몰래…… 그 이야기에 귀를 기울이는 왕녀의 존재는 눈치채지 못하고…….

마치 땅 밑으로 뻗은 뿌리줄기처럼…… 왕녀가 미아와 이어져 있다는 것도, 알지 못하고.

──어떡하지……. 큰일이야…….

알현실 옆에 붙은 방에 몸을 숨긴 라냐는 숨을 죽이고 흐름을 지켜보았다.

그곳은 어릴 때부터 언니들과 놀 때 쓰던 방이었다.

벽에 난 작은 틈새에 귀를 붙이면 알현실의 대회가 잘 들리기 때문에, 장난칠 때 곧잘 쓰곤 했다. 소국 페르쟝이기 때문에 일어날 수 있는 일이다.

──아바마마께서 저런 제안을 받아들이실 것 같진 않지만…….

그렇게 생각하면서도 라냐의 마음에는 일말의 불안이 남았다.

만약 과거의 자신이, 미아와 만나기 전의 자신이…… 저런 요청을 받는다면 거절할까……?

그런 생각이 들었다.

──만약 아바마마께서 거래를 받아들이시면…… 큰일이 날 거야. 하지만 이런 걸 미아 님께 말씀드려도 괜찮을까……?

아버지가 할지도 모르는 행위는 명확하게 제국을 저버리는 짓이다. 자칫 잘못하면 미아의 분노를 사서 큰일이 일어날지도 모른다.

순간 주저한 후, 라냐는 바로 행동에 옮겼다. 한시라도 빨리 미아에게 알리기 위해서.

──미아 님이라면 분명 어떻게든 해 주실 거야!

미아를 신뢰하는 마음은 흔들리지 않았다.

제17화 미아 황녀, 과일 따기를 엔조이하다

티어문 제국의 국경을 넘어 하루 거리에 있는 작은 마을.

미아 일행은 라냐와 합류하기 위해 그 마을에서 기다렸다.

그리고 그곳은 대대적으로 과일을 재배하는 마을이기도 했다.

아니, 넓은 과수원 사이사이에 집이 툭툭 세워져 있는 수준이었다. 과수원 속에 마을이 있다는 느낌이다. 수확기를 맞아 탐스럽게 영근 과일이 바람에 살랑살랑 흔들렸다.

……그런 고로 미아는…….

"어머, 이건 먹을 만큼 익지 않았나요?"

과일 따기를 즐기고 있었다!

머리에는 커다란 챙이 달린 밀짚모자를 쓰고 농가에서 빌린 수확용 긴팔·긴바지를 입은, 참으로 본격적인 스타일이었다.

"아아, 맛있어 보여요. 말 그대로 먹는 보석……. 향기가 매혹적이에요."

스위트 소믈리에 미아는 갓 따낸 과일에 코를 가져가 그 맛있는 향기를 가슴 가득 들이마셨다. 그리고는 그 색상을 빤히 뜯어보았다.

"음, 태양의 은혜를 듬뿍 받았군요. 잘 익었어요……. 조금 너무 익은 느낌도 들지만, 그게 보통 단맛이 강해지는 법. 이건 분명 먹으면 황홀한 맛이 날 거예요."

미아 일행의 눈앞에 탐스럽게 영글어 있는 건 루비와라고 불리는 과일이었다.

빨간색에 타원형 모양을 한, 커다란 씨 주위에 얇은 과육이 붙은 과일이다. 껍질을 벗기고 앞니로 갉아내듯이 먹어야 하므로 단맛과 신맛의 균형이 무척 절묘하다.

"앗, 타티아나. 여기! 여기에도 많이 있어요!"

조금 떨어진 곳에서 벨이 타티아나를 불렀다. 생글생글 환하게 웃는 얼굴로 연하인 타티아나를 향해 손짓했다.

"자, 잠시만요. 벨 선배. 그렇게 서두르면 또 넘어지실 거예요."

타티아나가 부리나케 그 뒤를 쫓아갔다. 마차 안에서 완전히 친해진 벨과 타티아나를 보고 미아는 싱긋 미소를 지었다.

──벨에게 슈트리나 양 말고 다른 친구가 생기는 것도 좋은 일이죠.

손녀에게 새 친구가 생긴 게 기쁜 미아 할머니였다.

"자, 둘 다. 하나라도 남기면 안 됩니다! 먹을 때가 되었는데 놓쳐버리면 아깝잖아요."

아무튼, 진심으로 엔조이하고 있는 미아였다.

"아아, 사치스러워요. 갓 딴 과일을 그 자리에서 먹다니, 사치스럽기 그지없어요!"

나중에 휴식 시간 때 먹을 수 있도록 이미 루드비히를 시켜서 허락을 받아두었다. 미아에게 빈틈은 없다.

"기대돼요. 정말로 기대돼요!"

휴식 시간을 손꼽아 기다리는 미아였다.

애초에 과일 따기는 안느가 떠올린 아이디어였다.

페르쟝에 조금 일찍 가야만 하게 된 미아. 까다로운 거래에 임하는 미아가 중압감에 눌린 나머지 단것을 너무 많이 먹어버릴지도 모른다고 걱정한 안느는 조금이라도 운동을 시키기 위해 이 과일따기를 제안했다.

물론, 미아는 갓 딴 과일을 배부르게 먹을 생각이었기 때문에 충신의 마음을 미아는 모른다고 해야 하겠지만······.

이 과일 따기는 사실 의외의 효과를 가져왔다.

그건 마을 농민들이 미아에게 느끼는 감정이다. 미아 일행을 바라보는 그 눈은 어딘가 친근감이 담긴 눈빛이 되어 있었다.

이유는 당연히, 수확을 도와주고 있기 때문이다.

미아는 황녀이다. 솔직히 작업 효율 측면에는 별로 좋지 않다. 오히려 방해하는 게 아닌지 의심스러울 정도다. 노동력으로서 가치는 떨어진다.

하지만 그 행동······. 농민들과 함께 노동한다는 행위는 지극히 상징적이었다.

그들에게 자신들의 왕녀는 자신들과 함께 이마에 땀을 흘리며 수확하는 존재이자, 자신들의 선두에 서서 행동해주는 사람이었다.

그리고 미아는 그와 똑같은 행동을 했다.

대제국의 황녀가 자신들의, 농업국의 왕녀와 같은 행동을 하고, 게다가······.

"이쯤에서 휴식 시간을 갖도록 하겠습니다. 미아 황녀 전하, 그, 정말로 드실 겁니까?"

촌장이 쭈뼛거리면서 물었다.

여기에는 사정이 있다.

루비와는 맛있지만 조금 먹기 불편한 과일이기 때문이다.

껍질이 얇아서 나이프로 벗기기에는 부적합하다. 필연적으로 먹는 본인이 손으로 벗겨야만 하는데, 과즙이 풍부하기 때문에 손이 끈적끈적하게 젖는 걸 피할 수 없다.

심지어 과육은 커다란 씨의 표면을 얄팍하게 덮고 있을 뿐. 깎아서 접시 위에 진열할 수도 없고, 앞니로 긁어내면서 먹어야만 한다.

솔직히 루비와를 먹는 모습은 다소, 교양이 부족해 보인다.

그걸 모르는 제국 귀족들에겐 종종 먹기 불편한 쓰레기 과일이라며 조롱을 받기도 했다.

그렇기에 미아가 그걸 먹어줄지 걱정하고 있었는데…….

그건 기우였다.

"어머나! 드디어 먹는군요! 기대하고 있었답니다."

미아는 환한 미소를 지으면서 루비와를 집어 들었다. 그리고는 냉큼 껍질을 벗긴 뒤 주저 없이 루비와에 이를 세웠다. 앞니로 과육을 갉아내면서 쭙쭙 잘도 먹는다.

그 어린아이 같은 동작에 주위에 훈훈한 분위기가 퍼져나갔다.

"어머? 여러분, 왜 그러시는 거죠? 먹는 법이 어디 틀리기라도 했나요?"

어리둥절한 얼굴로 고개를 갸웃거리는 미아에게 촌장은 무심코 자상한 미소를 지었다.

"아뇨, 제대로 드시고 계십니다. 그게 가장 루비와를 맛있게 먹을 수 있는 방법입니다. 다만, 제국의 귀족님들 중에는 손이 더러워진다거나, 먹는 모습이 꼴사납다면서 먹기 싫어하시는 분도 계셔서……."

"어머나, 아까워라. 이건 이렇게 손을 더럽히면서 먹는 게 즐거움이기도 한데요."

그렇게 말하며 미아는 손목에 흐른 과즙을 날름 핥아먹었다.

절묘하게도 그것은 어린 시절의 라냐 왕녀와 같은 동작이었고…….

"뭐야, 그렇구나. 제국의 황녀님도 우리 왕녀님과 다를 게 없구나."

이런 인상을 강렬하게 새겨넣었다.

'고고하신 제국의 황녀'라는 그들의 선입관은 완전히 불식되고, 그 후엔 친근함이 남았다.

제국의 황녀는 자신들의 왕녀님의 '소중한 친구'가 된 것이다.

뭐, 미아는 즐겁게 루비와를 따고 맛있게 먹었을 뿐이지만…….

루드비히와 안느는 조금 떨어진 장소에서 그 광경을 보고 있었다.

"역시 미아 님이시군. 벌써 마을 사람들의 마음을 사로잡으셨어. 영락없이 동행한 벨 님이나 타티아나 양을 위해서 이 과일 따기 이야기를 받아들이신 줄 알았는데, 설마 이런 효과도 내다보고 계셨을 줄이야……."

감탄하는 루드비히였지만, 불현듯 그 얼굴이 걱정스럽게 흐려졌다.

"하지만 그들의 마음을 열기 위해서라고는 해도 미아 님의 건강이 걱정되는군. 무리해서 과식하지 않으신다면 좋겠는데……."

그런 루드비히를 안심시켜주듯이 안느가 작게 고개를 저었다.

"괜찮습니다. 아마 저 루비와라는 과일은…… 그리 많이 드시지 못할 테니까요."

마치 예언과도 같은 안느의 말……. 루드비히는 반신반의하며 미아를 바라보았다. 그러자…….

"저건……."

확실히 미아가 현재 껍질을 벗기고 있는 루비와는 세 개째였으나, 기세가 약간 느려진 것처럼 보였다. 저런 식이라면 네 개째는 먹지 못하지 않을까…….

"제 동생들도 그렇지만, 먹기 번거로운 음식은 먹기 위한 작업만으로도 배가 부르는 법이거든요."

마을 사람들에게 껍질이 벗기기 불편하고, 과육이 얇은 루비와의 이야기를 들었기 때문에 안느는 이 과일 따기를 제안한 것이다.

제국의 예지의 오른팔이 제국의 예지의 위장에 승리한 순간이었다.

"그렇군. 역시 안느 양이야."

감탄하는 루드비히를 향해 안느는 아주 조금 득의양양한 표정을 지었다가 미아 쪽으로 걸어갔다.

"미아 님, 입을 닦아드리겠습니다."

"어머, 고마워요. 당신도 앉아서 먹으면 좋을 텐데. 맛있는걸요?"

그렇게 즐거운 한때를 보내고 있을 때…….

"미아 님……, 대체 무엇을……."

"아, 라냐 양. 오셨군요."

페르쟝 농업국의 왕녀, 라냐 타하리프 페르쟝이 모습을 드러냈다.

"그렇군요……, 마을 사람들과 함께 과일 따기를……."

"네, 즐거운 시간을 보냈습니다."

만족스러워하며 웃는 미아였다.

"다른 분들에게 방해가 되진 않았을지 걱정이지만요……."

그러면서도 이런 말을 덧붙이는 걸 잊지 않았다. 지금의 미아에게 빈틈은 없다.

라냐와 합류한 미아 일행은 촌장의 집에서 휴식하며 점심을 먹기로 했다.

"오오, 이것이 페르쟝의 명물인 타코스로군요."

잠시 기다리자 눈앞에 나온 것은 살짝 노란 기가 도는 얇은 생지로 고기와 채소를 감싼, 페르쟝의 전통 요리 타코스였다.

"흐음……. 이건 얇은 빵 같기도 하고…… 크레이프 같기도 하고……? 이 조금 바삭바삭한 느낌은 씨앗을 넣지 않는 의식용 빵 같기도 하네요."

그렇게 분석하면서 미아는 생지의 끝부분을 입에 넣었다.

향신료의 얼얼한 자극, 그 매콤한 맛의 뒤에서 살그머니 나타난 생지 본래의 단맛이 혀 위에서 사르르 녹았다.

"오호라. 독특한 단맛과 풍미가 있네요. 그럼, 안쪽은……."

생지로 감싼 소를 흘리지 않도록 조심하면서 와작…… 깨물었다. 그 순간, 입 안에 펼쳐지는 것은 황월 토마토의 새콤함과 혀를 찌르르 자극하는 매콤함이었다.

레드 머스터드의 혀를 찌르는 듯한 매운맛과 향신료의 강렬한 향기. 거기에 노릇하게 구워낸 고기의 육즙이 더해진다.

이어서 아삭아삭한 잎채소가 그 매운맛에 은은한 쌉쌀함을 더해줘, 참으로 복잡하고도 현묘한 맛을 연출했다.

"오오, 이것은…… 제법 신선한 체험이에요. 우후후, 그렇군요. 라냐 양에게서 들은 뒤로 계속 먹고 싶었는데, 확실히 맛있어요."

……참고로 다소 의외이게도, 미아는 매운 것도 잘 먹는다. 단순히 먹을 수 있는 수준이 아니라 제대로 즐길 수 있다.

그것은 순전히 주방장의 공적이라 할 수 있다.

어릴 때 다양한 맛을 체험하게 해야 한다는 생각으로 주방장은 다양한 맛이 나는 걸 미아에게 먹여왔다.

쌉쌀한 것, 시큼한 것은 물론이고 매운 것도.

처음에는 음식을 가리던 미아이지만, 지금은 쓴맛이 강하게 나는 것도 즐길 수 있게 되었고 절인 나물의 소박한 맛도 좋아하게 되었다.

…………미각이 할머니 같아졌다고 말해서는 안 된다.

그런 고로, 미아는 이미 매운맛도 즐길 수 있는 입맛이 되었다.

달콤해도 매콤해도 짭짤해도 쌉쌀해도 시큼해도……, 어떤 것이든 맛있게 먹을 수 있게 되었다는 뜻으로……. 그건 어떤 관점에서 본다면 무척이나 위험한 것이기도 하지만…… 주로 위팔이라거나 옆구리가…….

아무튼, 그건 상대의 식문화를 받아들이는 관대한 자세라고도 할 수 있다.

　미아는 그릇(위장의 용량)이 무척 넓다.

　"그나저나 이 생지는 독특하네요. 속만 보면 샌드위치여도 괜찮을 것 같은 느낌이 들지만, 이 생지 덕분에 완전히 다른 맛으로 느껴져요."

　"이건 옥월맥(玉月麥)이라고 하는 밀의 친척 같은 곡물의 가루를 사용해서 만들었습니다."

　"어머, 밀가루가 아닌 거군요. 어쩐지……."

　미아는 그렇게 중얼거리면서 한 번 더 생지를 입에 넣었다.

　"흐음, 역시 맛있어요……. 그렇군요, 밀가루와는 다른 성질을 지닌 가루이기 때문에 그에 적합한 요리법이 있는 거죠. 빵으로 만드는 것보다 이렇게 만드는 게 재료를 살린 방식이라는 걸까요."

　토지에는 그 토지에 적합한 방식이 있다. 마찬가지로 식재료에는 그에 적합한 조리법이 있다.

　버섯은 어떻게 먹어도 맛있다고, 그렇게 믿는 것은 정성이 부족한 자의 생각. 버섯마다 다른 특징을 음미하고, 그에 적합한 요리법을 생각하는 게 요리의 참맛이라 할 수 있으리라.

　"페르쟝의 풍부한 농작물을 진정으로 알기 위해서는 요리법까지 공부할 필요가 있을 것 같아요. 그러기 위해서는 더 많이 먹어야……."

　불길한 소리를 중얼거리는 미아였다.

미아가 한차례 요리를 만끽하고 나자 라냐가 조용히 머리를 숙였다.

"이번에는 정말로 죄송합니다. 미아 님, 제 부왕 때문에 이런 일이⋯⋯."

"사과는 필요 없습니다. 우선 사정을 들려주실 수 있을까요? 라냐 양, 대체 무슨 일이 있었죠? 편지에는 샬로크 콘로그가 끼어들려고 한다고 적혀있었는데요⋯⋯."

그렇게 말하면서 미아는 타티아나 쪽을 살폈다. 타티아나는 고통스러운 듯 고개를 숙이고 있었다. 그녀의 협력을 얻기 위해서는 최대한 정확하게 사정을 알고 있는 게 좋을 것이다.

미아는 라냐에게 설명을 재촉했다.

"실은 얼마 전에 샬로크 콘로그라는 상인이 방문했습니다. 이 시기는 수확 감사제 시기이니 상인이 출입하는 것도 평소보다 많아집니다. 새로 거래를 개척하는 경우도 있으니, 아바마마께서도 정중하게 접대하시는데 샬로크도 그중 한 명이었죠."

라냐가 그 불길한 대화를 들은 것은 우연⋯⋯ 이, 아니었다.

얼마 전 미아에게 들은 말⋯⋯. 언니의 연구를 대륙에 널리 퍼트리기 위해 라냐 또한 인맥을 원하고 있었기 때문이다.

확실히 세인트 노엘에는 각국의 왕후·귀족이 모여있다. 그곳에서 언니의 발견을 전파하는 건 유효하긴 할 것이다.

하지만 그래서는 충분하지 않다는 걸 라냐는 알고 있다.

귀족 중에는 자기 영지의 농업에 관심이 없는 자도 있고, 왕족이 농업기술에 해박하지 않다는 이야기도 흔하다. 게다가 잘 풀린다고 해도 정보의 전달 범위는 그 왕족의 국가에 한정된다.

미아의 제안을 이루기 위해서는……, 대륙 전역에 냉해에 강한 밀의 지식을 퍼트리기 위해서는 완전히 다른 종류의 사람들에게 정보를 흘려야만 했다.

라냐가 눈독을 들인 건 국경을 건너며 교역하는 상인들이었다.

그중에서도 돈벌이에 눈이 멀어 정보를 독점하고 싶어 하는 자들은 안 된다. 그걸 퍼트리는 의의를 이해하고 협력해줄 법한 사람이어야만 한다.

그런 이유로 라냐는 이 축제 기간에 페르쟝을 방문한 상인들을 살피고 있었다. 그리고 몰래 아버지와의 회담을 훔쳐 듣기도 했다.

……라냐의 조금 장난기 어린 일면이 빛을 발하는 행동이었다.

그 결과, 그녀는 티어문에 해가 될 법한 꿍꿍이를 듣게 된 것이다.

"면목이 없습니다. 미아 님, 아바마마 때문에……."

또다시 사과하려는 라냐에게 미아는 고개를 저어 보였다.

"아뇨, 오히려 제국의 문제에 페르쟝을 끌어들여 버렸군요. 죄송합니다. 게다가 페르쟝 국왕의 복잡한 마음도 이해할 수 있어요. 제국의 귀족들이 보이는 태도는 썩 좋지 않았으니까요……."

뭐, 애당초 그 상황을 만든 건 미아의 선조님인 셈이지만 자연스럽게 제국 귀족의 태도로 책임을 유도하는 점에서 미아도 참 능숙해졌다고 할 수 있다.

여하간, 미아는 작게 한숨을 쉬었다.

"역시 페르쟝의 국왕과 직접 대화할 필요가 있겠군요."

그리고는 각오를 굳히며 그렇게 말했다.

제18화 케이크 성↔성 케이크

라냐와 합류한 미아는 그대로 페르쟝의 왕도로 향했다.

중간에 몇몇 마을에 들른 미아는 그곳에서도 수확을 즐겁게 도와(과일 따기)주었다. 루비와 건으로 맛을 들인 미아는 자연스럽게 갓 수확한 농작물을 먹고 크게 만족스러워했다.

참고로 그때마다 너무 많이 먹지 않도록 안느와 루드비히가 골머리를 썩히고 있었던 건 말할 것도 없으리라.

그렇게 조금만 더 가면 왕도에 도착하는 거리에서, 미아는 마차 안에서 보이는 풍경이 바뀌기 시작한 것을 깨달았다.

풍부한 녹색에서 달빛과도 같은 부드러운 황금색으로. 색이 변해갔다.

"이 근방의 밀은 아직 수확이 끝나지 않았군요."

고개를 갸우뚱 기울이는 미아를 보며 라냐는 미소를 지었다.

"네. 성 근처의 땅은 엿새에 걸쳐 수확하게 됩니다. 전국에 있는 10살 이상의 장자가 모여서 일제히 수확하고, 그 후에 감사제를 열죠."

페르쟝의 수확 감사제는 신에게 감사를 바치는 축제라는 측면과 인구조사의 측면을 갖고 있다. 매년 각 가정의 장자가 수도에 모여 출산 현황 등을 보고하는 것이다.

그리고 그중에 선택받은 몇 명은 앞으로 2년 동안 왕의 근위병으로서 근무하고, 그 후에 자신들의 마을로 돌아간다.

그렇게 마을에 돌아간 자들은 농업에 종사하면서 제 마을의 치안을 지키게 된다.

"그렇군요. 전 국민이 함께하는 축제인 거네요."

"앗! 미아 언니, 보이기 시작했어요!"

벨의 환호성에 이끌려 미아는 전방으로 시선을 옮겼다.

"저것이…… 페르쟝의 왕도, 오로 알데아. 그렇군요, 황금 하늘의 농촌이라. 잘 어울리는 이름이에요."

과거 이 나라를 방문한 제국의 귀족은 '황금 마을이라니 이름만 거창하군. 그냥 가난한 속국의 보잘것없는 마을이잖아' 같은 소릴 했다고 한다.

하지만 미아는 생각한다. 그 귀족도 분명 이 수확기에 여기에 방문했다면 의견을 바꿨을 게 틀림없다고.

왜냐하면 그곳은 분명히 황금으로 물든 넓은 마을이었기 때문이다.

풍성하게 영근 밀밭이 규칙 바르게 층을 지어 계단식 논밭을 이루고 있다. 그것은 마치 황금의 계단처럼 보였다. 그리고 그 정상에는 네모난 건물이 세워져 있었다.

──흐음, 특이한 양식이네요……. 저 모양은 어딘가에서…….

"성이 신경 쓰이세요?"

미아의 시선을 알아차린 건지 라냐가 말했다.

"네, 독특한 모양을 하고 있군요. 어쩐지 성 같지 않아요."

"후후, 그렇죠. 저희 페르쟝의 성은 싸우기 위한 성이 아니니까요. 성벽도 없고, 보초가 설 탑도 없습니다. 벽은 얇고 나무로 만들어졌죠. 그래서인지, 백성들은 친근감을 느껴서……. 우후후, 성의 모양을 본뜬 전통 케이크도 있답니다."

──아아! 그래요! 케이크! 저 색상도 그렇고, 노릇노릇하게 구워진 케이크와 똑같아요!

그래서 친근감을 느낀 거였다며 미아는 홀로 수긍했다.

──그나저나 저 성을 본뜬 케이크…… 어떤 것일까요? 설마 크기도 저 사이즈거나 할까요?

"관심이 있으십니까?"

"네, 무척이나!"

미아는 고개를 크게 끄덕였다.

──아아, 그렇구나. 역시 미아 님은 그 점이 궁금하셨나……. 저 성에 사는 왕족의 생각이…….

미아의 반응은 루드비히에게 어느 정도 예상의 범주 안이었다.

루드비히는 당연히 페르쟝의 성에 대해 알고 있었다.

전쟁을 전혀 계산에 넣지 않은 그 구조는 지극히 특이했다.

제도 루나티어의 백월궁전은 아름다움을 중시한 설계이긴 하나, 그 역시 전쟁을 위한 요새로서의 기능이 전혀 없는 건 아니다.

성이란 많던 적던 그런 기능을 갖추고 있다.

그럼에도 불구하고 페르쟝의 성은 전쟁을 완전히 도외시한 구조이다. 그것은 성이라고 하기에는 너무나도 무방비한 건물이었다.

위압적인 기세보다도 소박함……, 혹은 태평함마저 느껴지는 성이었다. 그 이유는…….

"이상한 성이죠? 분명 전쟁이 일어나면 금방 불타버릴 겁니다. 하지만 어쨌거나 전쟁이 일어나면 논밭이 불타버릴 테니까요. 훌륭한 성만 남아도 아무런 의미도 없죠."

라나는 태연하게 말했다.

그렇다. 그것이야말로 국토의 대부분을 농지로 사용하는 페르쟝의 기본전략이었다. 전쟁 시의 승리 조건 자체가 타국과는 다른 것이다.

자국의 영토가 전장이 된 시점에서 페르쟝의 패배다. 따라서 그들은 통상적인 소국처럼 배후가 되어주는 나라에서 지원군이 오길 기다렸다가 싸울 마음조차 없다.

애초에 전쟁 자체를 할 생각이 없다. 전쟁 자체를 벌리하듯이 행동하는 것이야말로 그들의 전략의 기본. 그리고 일단 전쟁이 일어나면 어쩔 수 없다고 선을 긋는 마음가짐이 거기에 있었다.

전쟁을 위한 대비는 해봤자 무의미하다. 그렇다면 안 해도 된다.

물론 티어문 제국의 무력을 배경으로 삼은 위압감과 성 베이르가 공국이 퍼트린 윤리관에 의해 '전쟁이 일어나기 어렵다'는 환경도 전략의 밑바탕에 존재한다. 그걸 최대한으로 살릴 수 있게 외교적으로 대처하기도 한다.

하지만 거기에 절대적인 신뢰를 둔다는 건, 루드비히는 생각할 수 없었다.

그는 그렇게까지 인간의 이성을 믿지 못하기 때문이다.

전쟁이 일어났을 때는 포기한다는 생각은, 루드비히의 관점에선 대기근이 일어났을 때는 아무리 식량을 쌓아둔다고 해도 부족해지니까 포기한다고 말하는 것이나 마찬가지로 보였다.

따라서 그 자신도 궁금했다.

라냐 왕녀가 어떤 식으로 생각하고 있는지…….

"그렇게 포기할 수 있는 겁니까? 한 번이라도 전쟁이 일어나면 모든 것을 잃어버린다, 그러니까 일어나면 순순히 포기하자……. 그렇게 선을 그을 수 있는 겁니까?"

두 사람 사이의 대화에 끼어드는 것은 내키지 않았으나…… 그래도 그는 물었다.

그 질문에 라냐는 잠깐 생각에 잠긴 뒤 대답했다.

"그런 체념도 확실히 있다고 봅니다. 하지만, 저는 이렇게 생각해요. 저것을 처음 세운 제 선조님은 분명 그 이상을 보고 계셨지 않았을까……."

"이상…… 입니까?"

"언젠가 싸우기 위한 성 같은 건 필요 없어지는 시대가 온다고……. 먹을 것이 모든 사람에게 공급된다면, 분명 평화로운 시대가 와서 웅장한 성 같은 건 필요 없어진다고……. 그때, 온 세상의 모든 성이 저런 평화로운 형태가 되지 않을까…….'"

그렇게 말하며 라냐는 쑥스러운 듯 웃었다.

"뭐 그런……. 죄송합니다. 이상한 소릴 해버렸네요……. 우습죠?"

그건 확실히 우스운 이야기다.

루드비히의 눈에는 어린아이의 공상으로밖에 보이지 않았다.

하지만 그는 알고 있다. 그의 주군인 미아는 결코 그 꿈을 비웃지 않는다고……. 그렇기에 미아의 얼굴에 번진 것은…….

"우습지 않습니다. 무척 멋진걸요."

온화한 미소였다.

──역시 미아 님께선 그렇게 말씀하시겠지…….

그 꿈이, 그 이상이 아무리 현실적이지 않다고 해도 미아는 절대 그 노력을 비웃지 않는다.

그리고 동시에 루드비히는, 이렇게도 생각했다.

어쩌면 미아라면…… 그런 공상마저 실현할지도 모른다고.

그런 경외감마저 느끼면서 미아를 보고 있었기 때문일까…….

"우후후, 정말 멋져요. 성 케이크."

──성 케이크가 아니라 케이크 성이 아닐까요…….

미아의 작은 말실수에 훈훈함을 느끼는 루드비히였다.

…………말실수일까?

19화 두 사람은 황금의 언덕길을 올라간다

"어머……? 저건…….."

마차는 왕도로 이어지는 길로 향하고 있었다. 계단식 논밭 사이를 지나가는 언덕길. 그 근처까지 왔을 때, 미아는 퍼뜩 깨달았다.

길 좌우에 사람들이 서 있었다. 그건 뭐 상관없다. 제국의 황녀를 환대한다는 페르쟝 측의 표명이겠지.

어쨌거나 제국의 황녀인 미아이기에 국민을 동원한 환영 정도로 놀라지는 않는다.

이 정도라면 익숙하기 때문이다.

하지만 문제는 언덕길 쪽…… 황금색으로 물든 길 쪽이었다.

"으음……? 왕도로 향하는 길이 계단식 밭과 같은 색으로……."

"저건 밀을 길에 깔아둔 겁니다."

미아의 의문에 옆에 있던 라냐가 대답했다.

"국민이 길을 지나갈 때는 수도로 이어지는 길을 깨끗하게 청소한 뒤, 그 길을 황금색으로 물들이는 것. 그것이 저희 페르쟝의 환대입니다."

"네? 그럼 저게 전부 밀인가요?"

미아는 당황하며 전방으로 눈을 옮겼다.

"네. 최상의 밀이야말로 페르쟝의 보물. 따라서 황녀 전하를 맞이하는 길을 밀로 장식했습니다."

──그, 그렇게 아까운 짓을!

미아는 내심 비명을 질렀다. 하지만 동시에 이런 생각도 들었다.

아아, 정말로 귀족이 좋아할 법한 환대구나…….

참으로 아까운 짓을 하든, 아무리 낭비를 하든, 거기에 환대하는 마음을 요구하는 자가 바로 귀족. 자신을 위해 얼마나 낭비를 했는지로 판단하는 게 귀족이다.

그렇기에 미아도 이 환영을 당연하게 받아들였으리라……. 이전 시간축의 그녀였다면…….

하지만 미아는 이미 알아버렸다.

먹을 것이 없을 때 하는 후회의 씁쓸함……. 배가 고플 때 '그때 낭비해버린 음식이 지금 있다면…….'이라는 허무한 감정.

그 공허한 후회는 한 번이나 체험했으면 충분하다. 그러니까…….

"마차를 멈추세요."

미아는 마부에게 마차를 멈추게 했다. 그건 황금의 길에 들어서기 직전이었다.

"미아 님? 왜 그러세요?"

어리둥절한 얼굴로 고개를 갸웃거리는 라냐를 향해 미아는 작게 웃었다.

"잠시 다녀오겠습니다."

그러더니 그 말만 하고는 마차에서 내려버렸다.

별안간 마차에서 내려온 미아를 본 길가의 민중들은 어안이 벙벙한 모습이었다.

미아는 그런 그들을 향해 쾌활한 미소를 지으며 말했다.

"여러분, 저는 티어문 제국의 황녀 미아 루나 티어문입니다."

스커트 자락을 잡고 살짝 들어 올려 인사한 뒤 이어서 말했다.

"이렇게 멋진 환영을 해 주셔서 감사합니다. 여러분의 호의를 기쁘게 생각합니다. 감사히 받아들이겠습니다."

그 후 미아는 조용히 머리를 들어 올린 뒤 왕도로 이어지는 황금의 길을 올려다보았다.

"하지만 이 아름다운 밀을 밟아서 망가트리는 건 제가 바라는 바가 아닙니다."

그렇게 말한 미아는 사뿐사뿐 신발을 벗었다.

"밀은 먹어야 진가를 발휘하는 법. 그러니 아무쪼록, 제가 지나간 뒤에 이 밀을 먹을 수 있도록 해주시겠어요? 으음, 그래요. 저 성 모양의 케이크를 만들어주신다면 최고의 환대가 될 것 같습니다."

주저 없이 맨발이 된 미아는 황금의 길 위에 발을 올려놓았다. 예상했던 것 같은 딱딱함은 없었고, 밀은 미아의 맨발을 부드럽게 받아주었다.

"미, 미아 님!"

"아, 라냐 양. 당신도 함께 가요. 자, 저를 에스코트해주세요. 뒤에 따라오는 사람은 길에 깔린 밀을 거두고 난 후에 마차와 함께 오세요."

"네, 네. 알겠습니다!"

라냐도 허둥지둥 신발을 벗은 뒤 바로 미아의 옆에 섰다.

그렇게 두 사람은 걷기 시작했다.

미아 황녀의 태도에 민중은 경탄했다.

여태까지 이 황금의 길을 자신의 발로 걸어서 올라간 귀족은 없었기 때문이다.

어떤 자는 소국의 비굴한 환대라며 비웃었다.

어떤 자는 하찮은 환대라며 거들떠보지도 않았다.

선량한 귀족조차 어쩔 수 없다며 받아들였다.

그렇게 호화로운 마차가 자신들의 밀을 밟아서 더럽히는 걸, 농민들은 뭐라 말할 수 없는 기분으로 바라보았다.

노고의 결실이 짓밟혀서 기분 좋은 사람은 아무도 없다. 하지만 나라를 위해서라고 생각하고 어쩔 수 없이 길 위에 최상의 밀을 깔아두었다.

그러나 이 황녀는 농민의 노고를 마차로 짓밟는 것을 좋게 보지 않았고, 심지어 신발마저 벗은 채 그 환대를 받아들이겠다고 했다.

그들이 꾸며둔 길을 지나가지 않는 건 환대를 거부하는 셈이 된다. 그렇기에 그 위를 마차로, 흙발로 지나가지 않고 맨발로 걸어감으로써 성의를 보인 것이다.

그에 더해 그녀는 이렇게 청했다.

성을 본뜬 케이크를 먹고 싶다고…….

페르쟝의 백성이 자랑스럽게 여기는 밀을 사용해서, 그들의 왕족이 기거하는 성을 본뜬 케이크를 먹고 싶다고.

자신들의 자부심에 보여준 미아 황녀의 경의를, 그들은 분명히 받아들였다.

사람들의 입에서 환영하는 목소리가 터져 나왔다. 그것은 거짓

하나 없는 환영의 말. 자신들의 왕녀의 친구에게, 자신들의 소중한 손님에게 보내는 진심 어린 환영.

그 환호성이 이루어내는 합창과 함께 미아와 라냐는 왕도, 오로 알데아에 들어섰다.

황금의 길을 나란히 걷는 황녀와 왕녀.

그 고고한 모습은 티어문과 페르쟝의 관계에 새로운 시대가 왔음을 느끼게 했다. 그 모습을 보고 있던 어떤 농민의 손에 의해 이 순간의 광경은 한 폭의 그림이 되었다.

그림의 제목은 '황금의 길을 걷는 두 명의 귀인.'

그 장엄한 그림과 함께 황금의 길을 맨발로 걸어가는 두 소녀의 일화는 온갖 각색이 더해져서 오래오래 전해져 내려가게 되었다.

제20화 제국의 예지에게서는 도망칠 수 없다

"저것이…… 제국의 예지, 미아 루나 티어문인가……."

페르쟝의 국왕, 유하르 타하리프 페르쟝은 황금의 언덕길을 오르는 미아의 모습을 보고 있었다.

환호성으로 들끓는 민중. 그 목소리에 거짓이 없다는 걸 그는 알고 있었다.

오늘 제국의 황녀를 맞이하기 위해 모인 민중들. 마지못해 모였던 그들이 지금은 진심에서 우러난 환영을 보내고 있다.

"이러한 방법으로 백성의 마음을 손에 넣을 줄이야……. 훌륭한 지혜로군. 제국의 예지는 귀족사회의 시시한 관습에 사로잡히지 않고 실리를 취하는 건가……."

인심장악을 위해 상인처럼 왕후·귀족의 상식을 간단히 내던진다……. 그 자세에 유하르는 꺼림칙함을 느꼈다.

"속으로는 우리를 내려다보면서도 겉으로는 우리에게 경의를 보여주는 거냐……. 잔머리가 잘 굴러가는군……."

유하르는 알고 있다.

'자존심 같은 건 실리 앞에서는 아무런 의미도 없다'는 식으로, 합리적으로 생각할 수 있는 자가 귀족이나 왕족 중에도 있다는 사실을.

분명 미아 황녀도 그런 부류의 인간이다. 자존심보다 이익을 중시할 수 있는 현실주의자임이 틀림없다고, 그는 판단했다.

"그런데 미아 황녀는 저 밀에 대해 알고 있었나⋯⋯?"

보통 밀에는 작은 가시가 있기 때문에 맨살에 닿으면 따끔거리거나 간지러워진다.

페르쟝의 밀은 품종을 개량하여 그런 일이 거의 일어나지 않도록 해 놓았지만⋯⋯, 그 밀의 습성을 제대로 간파하고서 안전을 확신하고 한 행동이라면 방심할 수 없는 관찰력과 재치였다.

"혹은, 어느 쪽이든 상관없었거나⋯⋯."

유하르는 무심코 흠칫했다.

만약 저 밀을 밟고 발을 다친다면 그걸 이유로 무언가 무모한 요구를 할 생각이었던 건지도 모른다. 상대방을 환대하기 위해 페르쟝 측에서 관리에 소홀히 했을 거라고 생각하진 않으나, 관리가 소홀했어도 상관없다고⋯⋯ 그런 생각이었던 건지도 모른다.

"밀에 대해 알고 있었거나, 페르쟝 측의 관리를 계산했거나, 혹은 가시가 있어도 상관없다고 생각했거나⋯⋯."

어느 쪽이든 미아의 행동이 어디까지나 계산에 기반한 것임이라고 유하르는 판단했다.

혹은⋯⋯, 어쩌면 그는 그렇게 생각하고 싶었던 것뿐인지도 모른다.

언젠가 갚아줘야 할 대상인 제국의 황녀는 강대한 상대여야만 하니까⋯⋯.

강대하고 냉혹한⋯⋯ 적이어야만 했다. 방심하면 자신들을 짓밟으려고 드는, 아니면 백성을 배려하는 척하면서 선뜻 잘라내는…… 그러한 자여야만 했다.

결코 배려심을 지닌 사람이어서는 안 되었다.

그렇지 않으면, 위험을 감수하고 싸울 수 없게 되니까…….

유하르는 자신이 믿고 싶은 것을 믿고, 보고 싶은 것을 봤다.

자신에게 유리한 허상을 보고 말았다.

"그나저나 이 오로 알데아를 방문한 최초의 티어문 황제 관련자가 설마 걸어서 이 언덕길을 올라올 줄이야……. 상상도 못 했군……."

그때였다……. 그의 뇌리에 미약한 위화감이 느껴졌다.

그건…… 일종의 흔들림 같은 것. 수면에 일어난 파문처럼 그의 기억이 흔들리고, 그리고…….

"……아니, 그게 아닌가. 선대의 황후님이 오신 적이 있었나……? 하지만…… 아니, 그건…… 꿈이었나……?"

어렴풋하게 터지는 기억의 거품, 그것이 꿈인지 현실인지……. 유하르는 자신의 애매모호한 기억에 당혹스러워하며, 그걸 얼버무리듯이 천천히 고개를 저었다.

"기억의 혼탁이라……. 후후, 나이를 먹는 게 참 싫구나……."

그리고는 메마른 웃음소리를 흘렸다.

"미아 황녀 전하, 먼 길 오시느라 고생이 많으셨습니다……."

미아가 황금의 언덕을 다 올라오자, 유하르는 미아의 앞에 섰다.

"처음 뵙겠습니다. 미아 황녀 전하. 페르쟝의 국왕, 유하르 타 하리프 페르쟝입니다."

그 후 그는 한쪽 무릎을 꿇었다.

아무리 상대가 제국의 황녀라고 해도, 일국의 왕이 보여야 하는 태도가 아니었다.

하지만 유하르 또한 필요하다면 자존심을 버릴 수 있는 자였다. 속국의 왕이 보이는 인사는 비굴한 정도가 딱 좋다. 특히 좋지 않은 꿍꿍이를 숨기고 있는 지금은 괜한 탐색을 받는 건 곤란하다.

"정중한 인사 감사합니다, 폐하. 저는 미아 루나 티어문입니다. 앞으로 잘 부탁드려요."

스커트 자락을 살짝 들어 올리며 미아가 인사했다.

"딸들이 무척 신세를 지고 있는데도 인사하러 찾아뵙지 못하여 면목이 없습니다. 그 사죄라고 할 정도는 아니지만, 오늘 밤은 환영하는 연회를 준비했습니다. 긴 여행길에 피곤하지 않으시다면 좋을 텐데요……."

"아아, 그건 참으로 근사하군요. 아무런 문제도 없습니다. 저는 아무리 피곤해도, 배가 가득 찼어도 페르쟝의 요리라면 먹을 수 있을 거예요. 이 나라의 요리는 극상의 맛이니까요. 기대하고 있겠습니다."

활짝 웃으면서 속이 훤히 보이는 빈말을 한 미아는 보란 듯이 고개를 갸우뚱 기울였다.

"아, 그래요. 그렇다면 한 가지 부탁이 있습니다."

"부탁…… 입니까? 어떠한 부탁이신지……."

"저를 환영하기 위한 연회에 샬로크 콘로그 씨를 꼭 동석시켜주셨으면 합니다."

"흠⋯⋯."

기습처럼 나온 그 이름에 유하르는 라냐 쪽을 힐끗 쳐다봤다. 자신과 눈을 마주치려 하지 않는 딸을 보고 유하르는 내심 한숨을 쉬었다.

——미아 황녀에게 정보를 흘린 건가⋯⋯. 설마 딸에게 배신당할 줄은⋯⋯.

그런 생각을 하면서도 유하르는 표정 하나 바꾸지 않고 말했다.

"하지만 그자는 단순한 상인입니다. 미아 황녀 전하의 만찬회에는 어울리지 않지 않겠습니까. 대체 왜 그런 부탁을 하시는 겁니까?"

대국 티어문 제국의 황녀를 초청한 만찬회에 일개 상인을 부르는 것은 부적절하다는 뜻을 담아 말했다. 하지만 미아는 쾌활한 웃음을 머금은 얼굴로 말했다.

"네, 실은⋯⋯."

그때, 미아가 타고 왔던 마차가 뒤늦게 언덕을 올라왔다.

마차 안에서 내린 사람은 미아와 비슷한 나이로 보이는 두 명의 소녀, 그리고 메이드와 안경을 쓴 청년이 한 명.

미아는 그쪽으로 시선을 주면서 말했다.

"실은 제 친구인 타티아나 양이 샬로크 씨에게 큰 은혜를 입었다고 하더군요. 꼭 직접 만나 뵙고 감사의 인사를 하고 싶다고 합니다."

미아의 시선을 받고 한 소녀가 긴장한 듯 움찔 몸을 굳혔다.

——그렇군. 이미 구실은 준비해두었다는 건가……. 이 정도는 당연한가…….

유하르는 자신의 딸보다 어린 미아에게 한층 경계심을 품고 대하기로 했다.

"우후후, 샬로크 씨는 무척 좋은 분이신 것 같더군요. 저도 그때의 이야기를 들어보고 싶어졌답니다."

교활한 미소를 짓는 미아에게 유하르는 방심하지 않고 고개를 끄덕였다.

"그렇습니까……. 그렇다면 부탁하신 대로 수배하겠습니다."

도망칠 수 없는 제국 황녀의 부탁에, 내심 혀를 차면서…….

제21화 미아의 네거티브 캠페인 대작전!

"우후후, 잘 풀렸네요. 만찬회에 샬로크 씨를 끌어들이는 것에
성공했어요."

페르쟝 국왕과 인사를 마친 후, 미아는 성의 한 곳에 마련된 방
에서 쉬고 있었다.

방에는 안느, 루드비히, 벨, 라냐, 그리고 타티아나의 모습이
있었다.

그들을 앞에 두고 미아는 흡족한 미소를 지었다.

"하지만 지금부터는 어떻게 하실 생각이십니까?"

루드비히는 안경을 밀어 올리며 말했다.

"제국과의 거래를 유지하도록 에둘러 위협하는 건 가능하다고
봅니다만……."

"흐음……. 그걸 라냐 양이 있는 앞에서 말한다는 건, 진심이
아니군요? 루드비히."

"글쎄요? 일부러 라냐 왕녀님께 들려드려서 위협하고 있는 건
지도 모릅니다."

미아는 라냐의 얼굴을 힐끔 쳐다봤다. 다행히 라냐는 차분한
모습이었다. 그걸 확인한 후 미아는 루드비히에게 말했다.

"그럼 확실하게 말해두죠. 과거는 몰라도, 저는 페르쟝을 힘으
로 굴복시킬 생각이 없습니다."

이전 시간축에서, 제국은 실패했다.

'힘'으로 억눌렀던 것은 '힘'을 잃었을 때 간단히 배신당한다. 심지어 상대는 눈치채지 못하도록 제국의 '힘'을 야금야금 깎아 먹으려고 할 게 틀림없다.

아니면 제국의 '힘'과 대항할 수 있는 '힘'을 다른 나라에서 빌리는 것도 생각할 수 있다.

그런 방식으로는 미아의 소심한 심장은 아무리 시간이 지나도 안심할 수 없다. 그렇기에…….

"페르쟝 농업국은 '신뢰'로서 설득한다. 이것 말고는 없어요."

라냐는 미아를 '신뢰'하기 때문에 연락해주었다. 제국이, 자신의 힘으로 어떻게 할 수 없는 상황에 빠졌을 때 도와주는 건 힘으로 굴복시킨 상대가 아니다.

신뢰 관계를 제대로 구축해둔 나라이다.

그럼, 그러기 위해서 어떻게 할 것인가?

미아가 세운 작전은 간단하다. 미아는 이렇게 생각했다. '상대적으로 적의 신뢰도를 추락시키면 된다'고.

슬프게도…… 제국의 귀족이 여태까지 쌓아온 역사를 보면 페르쟝과 확고한 신뢰 관계를 구축하는 건 쉽지 않다.

라냐나 아샤와는 개인적으로 친하게 지내고 있는 미아이지만, 그걸 전 국민 수준으로 확장하는 건 시간이 걸리니…….

──정말이지, 선조님도 참 너무한다니까요. 농업에 대한 차별 의식 같은 걸 심어놓지 않았다면 이런 사태가 되지 않았을 텐데 말이죠!

아무튼, 제국 귀족의 의식을 개혁하는 것도 페르쟝에게서 신뢰를 얻어내는 것에도 시간이 걸린다.

그런 고로 미아는 발상을 뒤집었다.

자신들의 신뢰도를 올릴 수 없다면, 샬로크의 신뢰도를 내려버리면 되지 않나?

소위 네거티브 캠페인이다.

페르쟝 국왕 앞에서 샬로크 콘로그의 가면을 벗겨버리는 것이다.

──'돈을 위해서라면 인정사정없이, 철저하게 뭐든 다 한다'는 그 태도⋯⋯. 그것이야말로 그 남자에게 괴물 같은, 정체를 알 수 없다는 느낌을 부여하고 있죠. 어쩌면 그라면 해줄지도 모른다는 기대감을 만들어내는 원인이에요.

그렇기에 그가 사실은 평범하게 좋은 사람이라는 걸⋯⋯ 친절한 마음도 무른 감정도 지닌 평범한 사람이라는 걸 보여주는 것이다.

그렇게 페르쟝 국왕이 그린 망상, 샬로크에게 맡기면 제국에게 보복할 수 있을지도 모른다는 달콤한 꿈을 박살 내는 것이다.

"후후후, 눈을 뜨게 해드리겠어요."

그러기 위한 비장의 카드가 바로⋯⋯.

"그래서 타티아나 양의 힘이 필요한 거죠."

샬로크의 과거를 아는 자, 타티아나였다.

사실 미아는 거기에 일말의 불안을 느끼지 않는 건 아니었다.

아무튼 타티아나는 샬로크에게 은혜를 입었다. 그런 그가 미아에게 능욕을 당하는 게 유쾌할 리가 없다.

──하지만 그 탓에 증언을 거부하면 큰일이에요.

따라서 여기서 단단히 못을 박아두기로 했다.

"말했죠? 타티아나 양. 그분에게, 샬로크 씨에게 달렸다고……."

그 자식이 아무런 짓도 하지 않았다면 이렇게 되진 않았을 거랍니다? 라고.

우선 책임이 어디에 있는지 확실하게 해두었다.

자신은 나쁘지 않다고 명시해둔 뒤에는.

"이건 그분을 위한 것이기도 합니다."

계속 제국을 적대하는 건 샬로크에게도 도움이 되지 않는다. 상처를 공연히 후벼 파게 될 뿐이라며 샬로크 측이 얻을 이득도 강조.

이로 인해 타티아나의 심리적 부담의 경감을 꾀했다.

참으로 교활한 수법이다.

그런 노림수를 눈치채지 못하도록, 미아는 타티아나에게 말했다.

"그러니 사양할 필요 없습니다. 거짓말을 할 필요도 없습니다. 전력으로 그 녀석의 **뺨**을 날려버리도록 하세요!"

이리하여 방침은 정해졌다.

"……그런데 미아 님, 그…… 발바닥이나 피부는 괜찮으세요?"

"……네? 무슨 말씀이시죠?"

어리둥절한 얼굴로 고개를 갸웃거리는 미아에게 라냐는 눈썹을 살짝 찌푸리고 말했다.

"밀이 닿은 부분이 아프거나 간지럽지는 않으세요?"

"그러고 보면 왠지 발이 조금 따끔거리는 것 같기도……."

"아아, 역시⋯⋯."

라냐는 미아의 발치에 무릎을 꿇었다.

"미아 님, 실례합니다."

그러더니 미아를 앉힌 후 재빠르게 신발을 벗겼다.

"기억해두세요, 미아 님. 밀에는 무척이나 가느다란 가시가 있어서, 거기에 찔리면 통증이나 간지러움을 느낍니다. 그 길에 깔려있던 밀은 페르쟝에서 품종을 개량한 것이니 가능성은 낮지만, 종류에 따라서는 큰일이 나기도 하니까 조심성 없이 그런 행동을 하시면 안 돼요."

"어머나! 그랬군요⋯⋯. 어쩐지 따끔따끔하더라니⋯⋯."

미아의 뇌리에 스치기만 해도 위험해지는 불꽃 같은 버섯이 떠올랐다.

"라냐 양에게도 면목이 없는 일을 해버렸네요."

"저는 익숙해서 괜찮습니다. 하지만 죄송합니다. 막을 새도 없었어요."

"전혀 몰랐어요. 다음부터는 조심하겠습니다."

역시 경솔하게 행동하면 안 된다고 반성하는 미아였지만⋯⋯.

"하지만⋯⋯ 미아 님께서는 알면서도 하시지 않을까요?"

"⋯⋯네?"

"농민들의 성의에 보답할 방법이 그것밖에 없다면⋯⋯ 미아 님께서는 그렇게 하시지 않겠습니까?"

"어, 그⋯⋯, 그건⋯⋯."

말을 이어가려던 미아는⋯⋯ 주위를 보고 눈치챘다.

다들, 아마도 라냐와 같은 생각을 하고 있는 것 같다는…… 사실을…….

그래서…….

"네, 네에. 뭐, 그렇죠. 필요하다면 했겠죠, 아마도……."

결국 주위의 분위기가 떠미는 대로 그런 말을 해버렸…… 으나…….

──어, 어라? 하지만 이거, 또 같은 상황에 맞닥뜨리게 된다면 저는 조금 아프거나 간지러워도 참아야만 하게 된 건가요……?

퍼뜩 그런 불길한 예감을 느끼는 미아였다.

라냐는 미아의 발을 꼼꼼히 관찰한 뒤 말했다.

"조금 치료하는 게 좋을 것 같습니다."

"무언가 약이 있나요?"

의사 지망생인 타티아나가 흥미진진해 하면서 물어보자, 라냐는 작게 고개를 끄덕였다.

"왕도에 클로리오 연못이라는 장소가 있습니다. 그곳의 물은 피부 염증이나 가려움을 억제하거나 작은 찰과상에도 효과가 있다고 합니다. 땀을 닦을 때도 쓰는 장소이니 여행하면서 흘린 땀을 씻고 오는 게 좋을지도 모르겠습니다."

제22화 미아 황녀, 타티아나에 찔리다 (······정신적으로)

"여기가 클로리오 연못······. 정말 아름다운 장소네요."

라냐가 안내해준 그곳은 인공적으로 조성한 연못이었다.

나무로 만든 성과는 다르게 돌이 깔려있고 구석구석 잘 정비되어 있었다.

연못물은 무척 맑고, 졸졸졸 흐르는 물소리는 듣기만 해도 졸음이 올 것 같은 평화로운 소리였다.

"다른 사람들은 들어오지 말라고 해 두었으니 이곳에서 땀을 씻어주세요."

연못은 사방이 벽으로 가로막혀 있어 밖에서는 보지 못하는 구조였다.

"흐음, 뭐 목욕탕 같은 곳이군요. 지붕이 없는 건 조금 신경 쓰이지만······ 이 정도면 땀을 씻어낼 수는 있겠어요."

그렇게 미아는 재빠르게 신발을 벗고, 입고 있던 옷도 훌훌 벗어던졌다.

"자, 벨도 씻어두도록 하세요. 타티아나 양도, 오늘 밤은 만찬회에 나가야 하니까 제대로 몸을 씻도록 하세요."

옆에 대기하고 있던 안느의 도움을 받아 멱감기 전용의 상하 일체형 옷으로 갈아입은 미아는 다소 '의젓한 언니' 같은 소릴 했다. 하지만······ 문득 벨의 발치를 본 순간 미아의 몸이 굳어버렸다.

"네, 알겠습니다. 미아 언니!"

힘차게 대답한 벨은 옷을 전부 벗은 뒤 깔끔하게 개어 두었다.

그 옆에서 옷을 갈아입는 중인 타티아나 또한 벗은 옷을 개어 놓았다. 의사의 길을 지망하는 자로서 고지식한 성격인 건지, 벨보다 더 각이 잡혀있다.

"…………."

한편 미아의 발밑……. 거기에는 뱀의 허물처럼 널려있는 드레스가 있었다.

미아는 제국의 황녀다. 대국의 귀하신 몸이다.

턱짓으로 사용인을 부리는 입장이다. 그렇기에 벗은 옷을 신경 쓸 필요는 눈곱만큼도 없다. 나중에 안느가 정리해놓는 걸 의심할 여지도 없다. 없지만…………, 미아는 두 사람에게 들키지 않도록 샤샤샥 옷을 정리했다.

필요의 유무가 아니다. 두 사람보다 더 언니라는 자존심의 문제다!

"그럼 가죠!"

처음부터 저도 잘 개어두었거든요? 라는 양, 아무렇지도 않은 얼굴을 가장하며 미아는 연못으로 향했다.

수면에 살짝 발끝을 담가보자…… 생각했던 것보다 차갑지 않았다. 하지만 걷는 동안 조금 뜨거워진 발을 식혀주는 것이 참으로 기분 좋았다.

더욱이 무릎 부근까지 담가보자 조금 전까지 따끔따끔하게 느껴지던 발바닥의 통증이 거짓말처럼 싹 내려갔다.

"아아, 그렇군요. 정말로 효과가 있어요. 이건 어떻게 된 거죠……?"

"용수(湧水) 중엔 상처에 효과가 있거나, 피로를 풀어주는 등 다양한 효능을 지닌 게 있다고 들었습니다."

"어머, 그런 효능이……."

그런 말을 하며 미아는 자신의 발을 확인했다.

겉으로 봐서는…… 잘 알 수 없었다.

──뭐, 지하 감옥의 그 울퉁불퉁한 돌바닥에 베인 적도 있었으니 이 정도는 별것도 아니지만요…….

지하 감옥과 단두대로 단련된 미아는 밀 정도로는 동요하지 않았다.

"미아 님…… 괜찮으세요? 저는……."

안느가 걱정하는 얼굴로 다가왔으나…….

"아, 괜찮으시다면 제가 볼까요?"

그때 타티아나가 작게 손을 들었다.

"아아, 그러고 보면 의학 지식이 있다고 했죠. 그래요. 그럼 안느는 벨을 봐주겠어요? 제대로, 부끄럽지 않도록 꼼꼼히 씻겨주세요."

"아…………. 네. 알겠, 습니다."

안느는 순간 숨을 삼킨 듯 침묵한 뒤 작게 고개를 끄덕였다.

──으음? 이상하네요…….

미아는 눈치챘다. 어쩐지 안느가 기운이 없는 것 같은 느낌…….

──그냥 피곤한 것뿐이라면 다행이지만…… 연못에서 나간

뒤에 확인해둘 필요가 있겠군요.

밤에는 샬로크와의 대결이 기다리고 있다. 걱정거리는 일찌감치 제거해둬야 할 것이다.

그런 생각을 하며 미아는 발을 들어 올렸다.

타티아나는 발바닥을 살펴본 뒤 미아의 종아리를 가볍게 주물렀다. 미간에 살짝 주름을 만들며 심각한 표정을 지었다.

"어머? 혹시 그런 곳까지 영향이 간 건가요?"

"아뇨, 여행하는 동안 조금 뭉친 게 아닌가 생각해서요……."

그렇게 말하며 종아리를 주물주물 풀어주었다.

"어머나, 그런 것도 할 줄 아는군요. 그나저나 기분이 참 좋아요."

시험 삼아 미아도 반대쪽 종아리를 주물러보았다. ……그러자 어쩐지 전보다 조금 토실한 듯한 느낌이 들었는데……. 뭐, 아마도 착각일 것이다.

그렇게 태평하게 생각하고 있었으나…….

"저기, 미아 님……. 이런 말씀을 드리는 건 실례가 된다는 건 알고 있습니다만……."

문득 고개를 들자 타티아나가 진지한 얼굴로 바라보고 있었다.

설마 밀의 가시가 생각보다 문제가 된 걸까……? 하며 약간 걱정을 느끼며 미아는 물었다.

"뭐죠?"

"이 여행이 시작된 뒤로 계속 미아 님께서 식사하시는 걸 지켜봤는데요……, 과식하고 계십니다."

"…………네?"

입을 떡 벌리는 미아. 그런 미아의 종아리를 꾹꾹 주무른 뒤, 타티아나는 무언가를 확인한 듯 고개를 끄덕이고는…….

──뭐, 뭘 확인한 건가요?!

"단것을 너무 많이 먹으면 몸에 해가 됩니다. 비만은 건강 악화로 이어집니다."

"비, 비만…… 이라고요?"

"네. 지금은 아직 그 정도는 아니지만……. 단것을 많이 드시면 살이 쪄서 건강이 나빠집니다."

아직, 그 정도는 아니다…….

아직……, 이라는 건 언젠가 그렇게 된다는 소리고…….

그 정도는 아니다, 라는 건 조금은 그렇다는 소리고…….

타티아나의 가차 없는, 충격적인 발언을 한 마디 한 마디 곱씹으며…… 미아는 말없이 곁에 있던 벨의 위팔을 붙잡고 주물럭거렸다.

"흐학! 미, 미아 언니. 간지러워요."

손녀의 비명 같은 웃음소리를 들으며 미아는 자신의 위팔을 주물럭거려보았다. 토실함 비교 결과…….

"…………!"

자신이 더…… 토실했다!

여기에 와서 미아는 마침내 인정할 수밖에 없게 되었다.

자신은 실패했다……. 너무 많이 먹었다!

"먹는 것을 신경 쓰시는 게 좋다고 봅니다. 중요한 몸이시니까요……."

그러더니 타티아나는 진지한 얼굴로 이렇게 말했다.

"후, 후후후. 네, 그렇죠. 당신의 그, 겁먹지 않고 필요한 주의를 줄 수 있는 점은 무척 대단합니다. 의사로서 분명 필요한 자질이라고 보고……."

미아는 약간 떨리는 목소리로 그렇게 말했다.

"부, 부디, 그 솔직함을 잃지 말아 주세요. 아아, 만약, 당신이, 그, 말을 가리지 않는 솔직함 때문에 궁지에 빠졌을 때는 저를 의지하세요. 반드시 도와드릴 테니까요."

기본적으로 미아는 조언을 제대로 들을 수 있는 사람이다.

하지만 동시에 '미아 님, 조금 토실해졌으니까 조심하세요!'라는 조언에 상처받는 게 자신뿐이라니 용서할 수 없다! 고 생각하는, 조금 글러 먹은 사람이기도 했다.

그런 고로 미아는 타티아나가 기탄없이 조언할 수 있도록 도와주기로 했다.

주위를 적극적으로 끌어들이는 스타일이다.

──분명 에메랄다 양이나 뭐 그런 사람들도 숨겨진 토실함이 있을 거예요. 그렇고 말고요! 후후, 저와 마찬가지로 굴욕에 떨도록 하라죠!

그 후 미아는 생각했다.

──흐음……. 그렇다고는 해도, 페르쟝의 채소는 신선하고 과일도 무척 몸에 좋아 보이는…… 싱싱한 것들이었죠. 만찬회까지도 시간이 있으니까 조금 정도라면 먹어도 괜찮지 않을까요……? 이 나라의 왕도에 와서 먹지 않는다는 건 그야말로 실례일 테고요…….

뭐 이런 꿍꿍이를 꾸미기 시작한 미아였으나…….

멱을 다 감은 미아는 그대로 방으로 돌아왔다.

놀러 가고 싶어 하는 벨을 타티아나에게 맡긴 뒤, 더불어 루드비히에게 인솔을 부탁했다. 겸사겸사 먹을 것 리서치를 부탁하는 것도 잊지 않았다.

──이 나라에 있는 동안에 먹어야 할 것과 가져갈 수 있는 것을 분간하는 게 중요해요.

조금 전 과식을 지적받은 미아였으나 이미 결심했다.

미아는 올바른 충언에는 제대로 귀를 기울이는 편이다. 확실히 타티아나의 지적대로 이번 여행 동안 자신은 너무 많이 먹었다. 그건 인정한다. 건강에 놓지 않고, 무엇보다 위팔의 포동포동함은 미아 본인도 마음에 걸리는 부분이긴 했다.

그렇기에…… 미아는 생각했다! 노력하자……. 이 여행이 끝나고 나면…….

──여행은 특별한 법. 그렇게 자주 있는 일도 아니고, 페르쟝에서밖에 맛볼 수 없는 과자…… 가 아니라, 경험이라는 것도 있겠죠. 그렇다면 겪지 않고 넘어가는 건 아까워요!

그렇게 미아는 선을 긋기로 결심했다.

이 여행 동안에는 눈을 감아버리자고.

그건…… '내일부터 열심히 하면 되잖아?'라는, 농땡이를 피우기 위한 상투어를 포장해놓은 듯한 참으로 그런 결의이긴 했으나……. 여하간, 미아는 굳게 결의했다.

하지만……, 그 전에…….

"안느, 잠시 괜찮을까요?"

"……네? 무슨 일이세요? 미아 님."

멱을 감아 촉촉하게 젖은 미아의 머리카락을 빗질하던 안느가 고개를 갸웃거렸다.

지금은 그렇지 않지만, 조금 전엔 상태가 이상했던 안느이다. 미아는 지금 미리 이야기를 들어두기로 했다. 동시에 마음을 열고 이야기해주려면 좀 더 밝은 상황이 바람직하다는 생각도 했다. ……예를 들면 맛있는 걸 먹는 도중이라거나.

그런고로…….

"만찬회까지 시간이 있으니 잠시 마을에 나가서 먹을 것이라도……."

"안 됩니다! 발도 다치셨으니까 시간이 될 때까지 이 방에서 쉬고 계세요."

"……네?"

드물게도 강한 어조로 부정하는 안느의 말에 미아는 눈을 크게 떴다.

"앗……."

정작 안느도 경악한 표정으로 굳어 있었다. 아무래도 자신이 한 말이 충격적이었던 모양이다. 입술을 작게 떨면서 쥐어짜듯 말을 뱉어냈다.

"죄, 죄송합니다!"

그리고는 힘차게 머리를 숙이더니, 그대로 발걸음을 돌려 방에서 나가려고 했다.

"잠깐, 기다려요. 안느!"

미아는 급하게 그 손을 붙잡았다.

"혼자서 어디에 갈 생각이죠?"

"······!"

세인트 노엘이나 제도라면 모를까, 여기는 외국이다. 안내도 없이 뛰쳐나갔다간 길을 잃을 것이다. 눈을 부릅뜬 안느를 향해 미아는 작게 미소 지었다.

"우후후. 요즘은 딱 부러지게 행동하게 되었다 생각했는데, 역시 안느는 덜렁거리는군요."

그 후 미아는 조용히 눈을 감았다.

"하지만 음, 그래요. 안느가 그렇게 말한다면 여기서 쉬기로 할까요. 머리카락을 계속 빗겨주겠어요?"

"네······. 죄송, 합니다."

다시 머리를 숙이는 안느. 역시 그 목소리에는 기운이 없는 것 같았다.

"저기, 안느. 무슨 일이 있었나요? 어쩐지 조금 전부터 기운이 없어 보이는데요······."

미아의 지적에 안느는 순간 숨을 삼키더니, 조곤조곤 이야기하기 시작했다.

"미아 님께서 그 밀 위를 걸어가려 하셨을 때······ 저는 막지 못했습니다. 그 결과 미아 님의 발에······. 심지어 그걸 전혀 눈치채지 못하다니······."

"아아, 그건……. 괜한 걱정을 끼쳐서 면목이 없다고 저도 크게 반성하고 있습니다. 이번에는 조금 너무 무모했죠……."

"그것만이, 아닙니다……."

안느의 목소리가 떨렸다.

"타티아나 양이 말했던 것……. 사실은 제가 미아 님께 말씀드려야만 했던 건데……. 너무 많이 드신다고…… 막아야만 했는데……. 저는…… 그 의무를 다하지 못했습니다……."

고개를 숙인 안느의 눈에 눈물방울이 글썽거렸다.

"제가…… 더 잘해야 하는데요……. 타티아나 양처럼……, 미아 님의 몸을 살펴서……."

"안느……."

미아는 안느의 어깨에 툭, 하고 가볍게 손을 올려놓으며…….

──크, 크크. 큰일이에요.

내심 마구 당황하고 있었다!

──만약 안느가 타티아나 양에게 자극을 받아서 단것을 일절 금지한다는 말을 해버리면 큰일이에요!

물론 미아는 자기에게 듣기 좋은 말만 하는 사람을 주위에 두는 것이 얼마나 위험한지 잘 알고 있다.

안느에게는 기탄없이 의견을 말해주길 바라고, 필요하다면 훈계해달라고도 생각하고 있다.

하지만 동시에, 안느에게는 조금 어리광을 부리고 싶기도 한 미아였다.

필요하다면 미아를 두려워하지 않고 주의를 주지만…… 평소에는 대체로 부드럽게 응석을 받아주는…… 그런 안느인 채로 변하지 않길 바라고 있다!

어떻게든 안느의 생각을 바꿔놔야 한다고 지혜를 쥐어짠 끝에 미아는 작은 미소를 지었다. 미아가 웃으며 얼버무릴 때 자주 써먹는 미소다.

"안느……. 당신의 마음이 저는 무척 기쁩니다. 그렇지만 이 말은 해 두고 싶어요."

미아는 열심히 생각하면서…… 말했다.

"안느, 당신은…… 누구죠?"

"네? 저…… 저는……."

"당신은 안느예요. 타티아나 양도, 루드비히도 아니죠. 당신은 안느, 누구보다 제가 신뢰하는 저의 소중한 심복이에요."

안느는 타티아나와는 다르다. 그러니까…… 딱히 단것을 먹는 걸 그렇게 엄격하게 규제할 필요는 없다. 미아는 그런 뜻을 담아 힘차게, 절절하게 호소했다.

"당신은 지금 그대로, 제 옆에 있어 주었으면 해요. 물론 안느가 열심히 산수를 배우거나 요리 실력을 단련하거나 말을 탈 수 있게 된다거나……, 그런 분야에서 노력하는 건 막지 않을 거예요. 하지만…… 무리하면서 다른 사람이 될 필요는 어디에도 없습니다."

"미, 미아 님……."

안느가 눈을 깜빡였다. 그 눈동자에서는 커다란 방울이 된 눈물이 또르르 굴러떨어졌다. 그걸 손가락으로 닦아준 뒤 미아는 말했다.

"알았죠? 안느. 당신은 계속 당신으로 있어 주세요. 그것이야 말로 제가 바라는 바랍니다."

"네……, 네! 감사, 합니다……."

떨리는 목소리로 나온 안느의 대답에, 미아는…… 아무래도 잘된 것 같다며 가슴을 쓸어내렸다.

……하지만 이야기는 거기서 끝나지 않았다.

"지금 막 돌아왔습니다. 미아 황녀 전하."

루드비히가 벨과 타티아나를 데리고 돌아온 것은 하늘이 붉게 물들기 시작한 무렵이었다.

"아아, 돌아왔군요. 재미있었나요?"

미아의 질문에 벨이 팔을 붕붕 휘둘렀다.

"엄청났어요, 미아 언니! 저 그렇게 맛있는 건 처음 먹어봤어요. 진짜, 배가 가득해요."

"어머? 그럼 오늘 밤 만찬회는……."

"무슨 소릴 하시는 거예요, 미아 언니! 저녁 먹을 배는 따로 있다고요!"

미아는 반사적으로 벨의 위팔을 붙잡고 주물럭거렸다.

"꺄하! 미, 미아 언니, 간지러워요."

"이건…… 팔을 붕붕 휘두르기 때문에 이런 건가요……? 어쩐지 수긍할 수 없어요……."

그런 대화를 하면서 미아는 루드비히에게 시선을 주었다.

"그래서, 농작물 조사는 잘 되었나요?"

"네. 역시 페르쟝입니다. 처음 보는 작물이 많이 있었습니다."

거기서 한번 말을 끊은 루드비히가 씁쓸한 표정으로 다시 이었다.

"게다가…… 처음 알게 된 것도 많이 있었습니다. 역시 스승님께서 말씀하셨던 대로 실제로 보지 않으면 알 수 없는 게 많이 있군요. 저는…… 아직 멀었나 봅니다."

"어라? 왜 그러나요?"

"미아 황녀 전하, 조금 전엔 죄송합니다. 저는 밀에 대해 몰랐습니다."

그렇게 말하며 어깨를 축 늘어트린 루드비히에게 미아는 조금 놀란 시선을 보냈다.

"어머, 안느에 이어서 이번엔 당신인가요?"

"네……?"

"아뇨, 아무것도 아닙니다."

그렇게 대답하며 고개를 저으면서도 미아는…… '흐음' 하고 신음했다.

──뭐, 드물게 시무룩해진 루드비히를 보는 건 나쁘지 않지만요……. 어쨌든 루드비히는 앞으로도 활약해주지 않으면 곤란하고……, 그 이상으로…….

미아는 루드비히를 힐끗 쳐다보며 희미한 위기감을 느꼈다.

──이건……. 위험한 냄새가 나요.

본래 루드비히는 지식의 사도(使徒). 우수한 문관이긴 하나, 그 뿌리는 면학을 즐기는 학자 체질이다.

그것 자체는 딱히 신경 쓸 필요가 없는 부분이지만……. 문제는 그가 교육 분야에도 열의가 넘쳐난다는 점에 있다.

그리고 그 뜨거워진 교육열이 향하는 곳이 어디인지 미아는 잘 알고 있었다.

──조금 전 일은 밀의 특성을 알고 있었다면 하지 못했겠죠. 그러니 앞으로 제가 그런 무모한 짓을 하지 않도록 제대로, 이런 저런 것을 공부하자는 소리라도 나온다면 끝장이에요!

절실한 위기감에 등을 떠밀린 미아는 말했다.

"루드비히, 저는 이렇게 생각해요. 이 세상의 모든 것을 아는 건 사람의 몸으로는 도저히 불가능한 일이라고."

"네. 미아 님조차 이 세상의 모든 것을 알지 못하신다는 건 저도 알고 있습니다. 그렇기에 제가 미아 님의 부족한 부분을 보완해야만 한다는 것도……."

"루드비히, 저는 확실히 당신의 지혜를 원하고 있죠. 하지만 당신에게 전지(全知)의 현자가 되라고 요구한 적은 한 번도 없습니다. 저는 제가 할 수 있는 일이 적다는 걸 알아요. 그렇기에 당신에게도 전부 할 수 있게 되라고는 말하지 않고, 모든 것을 알라고 요구할 생각도 없습니다."

미아는 그 후 살며시 가슴 위에 손을 올렸다.

"물론 당신이 향학심이 이끄는 대로 지식을 얻는 걸 제가 막지는 않습니다. 하지만…… 저는 제가 뭐든 알고, 뭐든 할 수 있게 되고자 하는 마음은 없어요. 저는 제 부족한 부분은 다른 사람에게 의지하는 게 좋다고 생각합니다. 무슨 의미인지 알겠나요?"

요컨대…… 루드비히가 열심히 공부하는 건 뭐 딱히 알 바 아니지만, 자신은 그렇게 공부하지 않고 남의 머리를 빌릴 생각이라고…….

그런 뻔뻔한 소리를 부끄러움 한 점 없이 호언하는 미아였다.

이러한 미아의 말에…… 루드비히는 퍼뜩 놀랐다.

지금까지 생각지도 못했던 것을 지적받았기 때문이다.

자신은…… 미아 옆에서 제국을 위해 일할 수 있다면 뭐든 상관없다고 생각했다.

허드렛일이든, 육체노동이든…… 어떠한 일이든 미아의 도움이 될 수 있다면 상관없다고 여겼고, 실제로 그렇게 해왔다.

그건 말하자면 만능 부관으로서 온갖 분야에 걸쳐 일하는 역할이다. 그러나…….

──미아 님께서는 나에게 만능 부관을 요구하는 게 아니라고…… 그렇게 말씀하시는 건가?

미아가 시사한 것, 그것은 전문가들의 힘을 총괄하는 존재였다.

즉……, 그것은…….

──나에게 사람의 위에 서는 지위에 올라서는 것을 원한다고, 말씀하시는 건가……. 위에 서는 지위, 예를 들어 재상 같은…….

미아를 황제로 추대하기 위해 획책하는 루드비히. 그 의기에 보답하듯 미아는 루드비히에게도 각오를 묻고 있는 것이다.

자신처럼 부족한 부분을 타인에게 맡기는 존재가 될 생각이 있는가? 능력이 있는 전문가들을, 제국에 수없이 많은 능력자들을 이끌어갈 마음이 있는가?

제국의 재상……. 그건 기본적으로 귀족 작위를 지닌 자가 앉는 자리다.

설령 미아라는 배후가 있다고 해도 평민인 루드비히가 재상이 되는 건 지극히 어렵다.

더욱이 그가 아군으로 끌어들인 동문들을 능력으로 수긍시킬 필요가 있다. 그들의 위에 서는 것이라면 그에 맞는 그릇을 보여줄 필요가 있다.

그것은 미아의 수족이 되어 분골쇄신 일하는 것보다 더 힘든 일이다. 개인의 능력과는 별개로, 사람을 보는 눈과 지도력, 인내력이 요구된다.

──디온 씨에게 위에 가 달라고 했었지. 나 자신도…… 각오를 굳혀야만 하는 건가…….

훗날의 명재상, 루드비히 휴이트가 제국의 재상 자리를 지망하게 된 것은 바로 이 순간이었다.

이리하여 미아는 안느의 '충성'과 루드비히의 '각오', 그리고 자신에게 걸려있던 미식 버프 '공복'을 각각 한 랭크씩 올리는 데 성공했다.

──으으, 결국 간식은 먹으러 가지 못했어요……. 이, 이렇게 된 이상 환영 만찬회에서 후회가 남지 않을 만큼 잔뜩 먹어주겠어요!

그런 결의를 가슴에 품고…… 미아는 운명의 만찬회에 임하게 되었다.

제23화 운명의 만찬회 ~버섯 삼연발~

그날 밤, 미아는 페르쟝 국왕의 만찬회에 참석했다.

케이크 모양 성의 한 곳에 설치된 연회석. 길쭉한 직사각형 식탁 위에 올라온 진수성찬을 보고 미아는 무심코 꿀꺽 침을 삼켰다.

중앙에 떡하니 자리 잡은 것은 신선한 녹색이 찬란한 채소. 그 채소의 표면에는 요리사의 손에 멋들어진 꽃무늬 조각이 들어가 있다. 그 주위에는 마찬가지로 커다란 채소를, 이번에는 그른 대신 사용한 요리가 놓여 있었다. 안에 들어있는 소스를 찍어서 먹는 건인지 그릇 주변에는 적절하게 구워진 채소가 놓여있다. 채소에서 나는 향긋한 유혹에 미아의 배가 호응했다.

더불어 지난번에 먹은 타코스 생지 위에 버섯이 놓여있는 요리까지……

──어머나! 저게 페르쟝의 버섯이군요. 아아, 기대돼요……. 어떤 맛이 날까요…….

설레는 마음을 군침과 함께 삼킨 미아는 우아하게 인사했다.

"폐하, 저를 위해 이런 멋진 만찬회를 열어주셔서 감사합니다."

"아뇨, 마음뿐인 것들이니……. 만족해주신다면 다행입니다만……."

"우후후, 겸손하시군요. 이렇게 호화로운 요리라니, 보기만 해도 가슴이 들뜹니다."

그렇지 않아도 간식을 먹으러 가지 못해서 꼬르륵 몬스터 상태인 미아이다.

그런 미아의 눈동자에는 식탁 위에 놓인 요리가 반짝반짝 빛나 보였다.

만찬회에는 페르쟝의 국왕 유하르와 그 옆에는 왕비, 그 옆에는 라냐와 남동생인 왕자의 모습도 있었다.

왕자는 벨과 타티아나보다 더 어린 나이로, 아마도 10살도 되지 않은 듯했다. 눈앞의 요리를 빤히 쳐다보며 당장에라도 침을 흘릴 것 같은 얼굴을 하고 있는 것이 참으로 귀여웠다.

──흐음, 저쪽이 라냐 양의 동생과 어머니로군요……. 역시 라냐 양을 살짝 닮았어요.

미아에게는 형제가 없고 어머니도 이미 돌아가셨다. 가족은 황제인 아버지뿐이다. 딱히 그 사실에 외로움을 느낀 적은 없으나……. 그래도 가족이 많은 라냐가 아주 조금 부럽다고 느끼는 미아였다.

뭐, 그건 그렇다 치고. 요리다. 미아는 빠르게 자신의 자리로 향했다.

미아의 자리는 왕비와 마주 보는 반대쪽, 국왕의 옆자리였다.

그 옆에 미아벨이, 또 그 옆에는 타티아나가 갔다.

이어서 미아의 뒤에는 루드비히와 안느라는 충신 두 명이 대기했다. 미아 기준 거의 완벽한 진형이다.

──자, 이쪽의 준비는 완벽하게 갖춰졌는데……. 샬로크 씨는 아직인가요?

아마도 라냐의 동생 옆이 샬로크의 자리일 것이다. 그 빈자리를 미아가 노려보듯 쳐다보며 기다리고 있었더니…….

"실례합니다. 늦어져서 면목이 없습니다."

샬로크가 나타나자 미아는 작게 인사했다.

"평안하셨나요, 샬로크 씨. 오랜만이군요. 또 만나게 되다니, 생각지도 못했어요."

"미아 황녀 전하……. 이러한 자리에 불러주셔서 지극히 영광입니다."

샬로크 콘로그는 역시 역전의 상인답게 과거의 사정 같은 건 조금도 느껴지지 않는, 완벽하게 친근감이 담긴 미소를 지었다.

"하지만 저 같은 볼품없는 상인에게 황녀 전하께서 무슨 용건이신지……."

미아는 그렇게 말을 잇던 샬로크를 한쪽 손을 들어 제지한 뒤에 말했다.

"우선 식사부터 하고 싶습니다. 만찬회를 시작하지 않겠어요?"

지금은 식사가 먼저다. 식사 퍼스트다.

샬로크를 쓰러트리는 건 언제든지 할 수 있지만, 요리를 맛있게 먹을 수 있는 시간은 한정적이다. 요리사가 모처럼 따뜻하게 내온 요리가 식어버리는 건 아깝다.

아니, 애초에 미아는 이미 배가 한계였다. 그런 이유가 있지만…….

"저기 있는 왕자님도 아무래도 배가 오픈 모양이니까요……."

아무리 그래도 자신이 먹고 싶으니까 빨리 시작하자고 재촉하는 건 체면에 좋지 않았다. 그런 고로 슬그머니 남에게 떠넘기는 미아였다.

한편 화살이 날아온 왕자는 조금 부끄러워하는 표정을 지었다. 동시에 꼬르륵하는 소리가 들렸다. 그 소리에 순간 긴장될 뻔한 분위기는 단숨에 훈훈하게 변모했다.

"그도 그렇군요. 그럼 만찬회를 시작하겠습니다."

유하르는 엄숙한 어조로 만찬회의 개시를 알렸다.

만찬회가 시작되자마자 미아는 바로 눈앞의 요리에 손을 뻗었다.

먼저 가장 앞쪽, 타코스의 노르스름한 생지 위에 버섯을 올려서 구운 것에 손이 갔다. 한입 크기로 잘린 그것을 입 안에 쏙 집어넣었다.

바삭바삭 생지가 부서지는 소리, 꼬들꼬들한 버섯의 질감, 끈적하게 녹는 소스의 감촉. 식감의 삼중주에 미아의 혀가 스텝을 밟았다.

이어서 손이 간 것은 버섯 꼬치구이다. 조금 전 먹은 버섯보다 큼직한 검은 버섯이다. 코를 가까이 가져가자 뭐라 말할 수 없는 좋은 냄새가 미아의 코를 간질였다.

바로 깨물어 먹자, 앞니를 쫀득하게 받아내는 탄력감 후에 이가 토톡 파고드는 기분 좋은 감촉이 느껴졌다. 간은 소금으로만 낸 것 같았는데, 오히려 그 덕분에 담백한 버섯의 미미하면서도 복잡한 맛을 즐길 수 있었다.

이어서 미아는 돌진했다. 이번에는 버섯을 고기에 끼워서 구워낸 것이었다.

갓 구워낸 고기에서 줄줄 흐르는 육즙과 버섯의 꼬들꼬들한 식감.

"근사한 맛이에요……. 주방장에게 최상급의 찬사를 보내야겠어요……."

그 훌륭함에 미아의 입에서 무심코 거만한 감상이 굴러 나왔을 정도다.

어느새 미아는 식욕이 인도하는 대로 버섯, 버섯, 버섯, 세 종류의 버섯 요리를 배 속에 집어넣고 있었다.

말하자면 버섯 삼연발이다.

버섯을 먹어 위를 채우고, 먹으면 먹을수록 식욕이 샘솟는 미아 제1의 오의다.

……뭐, 아무래도 상관없지만.

"아아…… 멋져요. 너무 맛있어요. 참을 수 없어요!"

"어머, 미아 황녀 전하께선 무척 맛있게 식사하시는군요."

왕의 옆에 앉은 왕비가 자상한 미소를 지었다.

"요리가 훌륭하기 때문이죠. 게다가 이 채소의 신선함. 버섯도 최고예요. 이렇게 풍부한 농작물을 만들어내는 페르쟝과는 부디 앞으로도 변함없는 우의를 맺어가고 싶군요……."

미아는 샬로크 쪽에 힐끗 시선을 주었다.

샬로크는 미아의 시선 같은 건 조금도 느껴지지 않는다는 양 요리를 먹고 있었다.

……그리고 그의 접시에 고기 요리만 놓여있는 걸 타티아나가 날카로운 눈으로 바라보고 있었다.

제24화 운명의 만찬회 ~가시처럼 좀먹는 것~

"유하르 폐하, 이번에는 이토록 멋진 자리를 마련해주셔서 감사합니다."

미아는 역대 최고로 좋은 컨디션 하에서 승부의 순간을 맞으려하고 있었다.

배도 부르고, 전의도 충만하다.

그런데다 이 자리에는 든든한 아군, 루드비히와 안느가 있다. 라냐도 여차하면 가세해줄 것이고, 무엇보다 비장의 카드인 타티아나도 있다.

더군다나 배고픈 미아가 왕성하게 먹는 것을 보고 왕비와 왕자도 우호적인 분위기였다.

――이건 어떻게 굴러가도 질 리가 없어요!

마치 10만의 대군으로 1만의 적을 포위하여 섬멸하려는 대장군처럼…… 절대적인 승리의 확신과 여유를 가지며 미아는 유하르 쪽을 보았다.

"아뇨, 이렇게 일부러 수확 감사제에 찾아와주셨으니 당연한 일입니다."

저자세를 보이는 왕에게 미아는 미소를 돌려주었다.

"무슨 말씀을 하시나요. 저희 티어문과 페르쟝의 사이, 저와 라냐 양의 사이인걸요. 아샤 양에게도 신세 지고 있으니 오는 건 당연합니다. 앞으로도 굳건한 신뢰 관계를 쌓아갈 수 있다면 좋겠는데요…….”

아무렇지도 않은 말속에 페르쟝과 티어문이 여태까지 쌓은 신뢰 관계를 슬쩍 강조. 더불어 샬로크의 신뢰를 흔들어서 국왕의 마음에 동요를 줄 생각이었다. 만…….

“신뢰 관계…… 말이죠.”

왕은 어째서인지 쓴웃음을 지었다.

그 얼굴이…… 어째서일까……, 미아는 조금 마음에 걸렸다.

하지만 그렇다고 해서 거기서 멈출 수는 없었다.

“네, 우호적인 신뢰 관계 말입니다. 하지만 사실, 얼마 전 좋지 않은 소문을 듣고 저는 몹시 우려하고 있답니다. 들자 하니 티어문 제국에게 판매하는 밀의 가격을 기근에 맞춰서 끌어올리려고 하신다면서요?”

“……글쎄, 무슨 말씀이신지? 저는 도통……. 애초에 기근이 온다니, 그런 건 아무도 알 수 없는 것 아니겠습니까?”

유하르는 딱 보기에도 놀랐다는 얼굴로 그런 소릴 했다.

“시치미는 떼지 않으셔도 됩니다. 유하르 폐하. 페르쟝이라면 알아차리실 수 있지 않나요? 작년부터 밀 수확량이 감소하고 있습니다. 이걸 기회로 밀의 가격을 올린다면 확실히 크게 벌어들일 수 있을 테지만, 백성은 굶주리게 되겠죠. 저기 있는 샬로크 씨의 사주일지도 모르지만…… 저분은…….”

도저히 믿을 수 없는, 그냥 좋은 사람이라고요! 라는 말을 이어가려던 미아였으나…….

"하하하, 그렇군요. 백성을 생각하는 그 마음은 훌륭하십니다. 미아 황녀 전하."

별안간 웃음을 터트린 유하르에게 미아는 놀라서 눈을 깜빡였다.

"백성을 생각하는, 선량하고 자애로운 성녀의 모습. 역시 대단하십니다……. 작년 겨울의 그 방식도 훌륭하셨죠. 제 딸의 마음도 잡으신 모양이고, 오늘 그 밀의 길을 걷는 연출도 그렇고. 당신께선 아무래도 사람의 마음을 유도하는 기술을 지니신 모양입니다. 그 나이에 그 정도라니 참으로 무시무시하군요."

유하르는 고요한 미소를 지으며 말했다.

"백성이 굶주리지 않기 위해서라는 대의명분을 내걸고 페르쟝을 구속하러 오셨습니까? 그렇게 말하면 제가 당신의 말을 따르리라고?"

──흐음…….

미아는 그 말속에 있는 가시를 알아차렸다.

아니, 정확하게 말하자면…… 그 전에, 신뢰 관계라는 단어를 입에 담은 순간부터. 그것은 날카로운 검과 같은 적의는 아니었다. 오히려 조심하고 있어도 눈치채지 못할 만큼 작고 가느다란 가시……. 마치 그 밀에 달린 가시와도 같았다.

눈치채지 못하고 무시한 채 계속 밟다 보면 나중에 고통스러워 몸부림치게 되는 위험한 가시……. 결코 방심하고 무시해도 되는 것이 아니다…….

그런 위험한 징조를 민감하게 감지한 미아는…… 조용히 손을 뻗었다. 눈앞의 식탁에 있는, 탐스러운 과일을 향해!

당분을 충전하여 뇌를 활성화시키는 작전이다. 미아의 상투수단이다.

입에 들어간 페르쟝 베리의 새콤달콤함에 미아의 뇌가 단숨에 각성했다.

그 후 미아는 유하르와 샬로크의 얼굴을 다시금 관찰했다. 그리고는 문득 생각했다.

혹시…… 제국에 대한 신뢰도가 생각했던 것보다 더 낮은 게 아닐까? 라는…….

영락없이 샬로크라는 수상한 상인과 비슷한 정도는 될 줄 알았다. 그렇기에 샬로크의 신뢰도를 아주 조금 내려주기만 하면 제국을 배신하지 않으리라고……, 그런 안이한 생각을 하고 있었으나…….

미아는 자신이 방심했음을 깨닫고 이를 악물었다.

그렇다. 전쟁은 그리 쉽지 않다.

10만의 병사를 갖추고 있다고 생각했으나…… 사실 미아의 지휘하에 있는 병사는 대부분 배불뚝이라……. 적과 거의 비슷한 수준의 전력밖에 없었다. 전력상 비등했던 것이다!

그리고 그런 상황에서의 작전을 짜지 않은 채 미아는 이 자리에 임하고 말았다.

──이 무슨 실태인지! 이거 큰일이에요.

열심히 타개할 방책을 짜는 미아를 두고 유하르가 계속 말을 이었다.

"제국의 사정을 강요하고 싶으신 것이라면 아무쪼록 무력을 꺼내 드십시오. 그리하시면 저희는 거역할 수 없게 됩니다. 신뢰라는, 백성을 위해서라는 대의명분을 사용하실 필요는 어디에도 없습니다."

——아아, 그래서는 의미가 없어요. 힘으로 억누른 건 힘이 떨어졌을 때 배신한단 말이에요. 약해졌을 때 적이 된다는 건 최악의 전개……. 끄으응, 지금까지 제국 귀족들이 보인 나쁜 태도를 얕보고 있었어요!

별안간 열세에 몰린 미아는 마음속으로 제국 귀족을 매도했다. 그 후 어떻게든 태세를 재정비하기 위해 모색했는데…….

"그건 아닙니다. 아바마마."

지원군은 뜻밖의 방향에서 달려왔다.

그것은 만찬장 입구 쪽에서 들린 여성의 목소리…….

"아샤? 돌아왔었느냐?"

페르쟝의 제2왕녀, 아샤 타하리프 페르쟝이 그곳에 서 있었다.

"오랜만에 뵙습니다. 아바마마."

갑자기 나타난 언니, 아샤의 모습을 보고 라냐는 안도의 한숨을 쉬었다.

언니를 이 자리에 부른 건 다름 아닌 라냐였다.

처음 아샤는 올여름의 귀국을 미룰 예정이었다.

성 미아 학원에서 강사로 일하는 것도 있고, 무엇보다 미아에게 맡은 소중한 임무인 밀 품종개량 연구도 있다.

수확감사제는 페르쟝의 중요 행사이긴 하나, 감사의 제례무는 라냐만 있다면 올릴 수 있다.

그렇기에 아샤에게서는 돌아가지 않겠다는 연락을 받았으나…….

——아바마마의 상태가 이상해서 만약을 위해 불렀는데, 정답이었어.

"돌아왔느냐. 무탈하였던 듯하여 다행이구나."

아샤의 모습을 보고 유하르는 뜻밖이라는 표정을 지었다.

"돌아올 수 없다는 전보를 받았었다만……."

"어떻게든 아바마마께 말씀드리고 싶은 것이 있어 돌아왔습니다."

"그래……."

아버지의 시선이 힐끗 날아왔지만, 라냐는 천연덕스러운 얼굴로 눈앞의 과일을 입에 넣었다.

딱히 나쁜 짓을 했다는 생각은 조금도 없었다.

——그야 미아 님의 편에 붙는 게 틀림없이 잘 될 테니까…….

라냐에게는 그런 확신이 있었다.

조금 전의 대화가 그녀의 머릿속에 되살아났다.

미아는 말했다.

신뢰로 설득하겠다고.

힘으로 굴복시킬 생각은 없다고.

눈앞에서, 확실하게 그렇게 말해주었다.

그 후 라냐는 미아의 뒤에 선 청년을 보았다. 안경을 쓴 예리한 눈을 지닌 청년. 미아의 심복, 루드비히…….

처음 그의 이야기를 들었을 때 라냐는 몹시 놀랐다.

페르쟝을 위협한다는 말을 꺼냈을 때는 이런 녀석은 미아의 신하에 어울리지 않는다는 생각마저 했다.

하지만 지금에 와서는 그의 의도를 잘 알게 되었다.

그는 미아의 진의를 라냐에게 들려주기 위해서 그런 말을 한 것이다. 라냐의 마음에 일말의 의심조차 생기지 않도록, 미아가 부정하는 걸 보여준 것이다.

──미아 님에게 걸맞은 지성의 소유주……. 저 안경 너머의 눈에는 분명 흔들림 없는 진리가 비치는 거겠지…….

그런 감상에 잠겨있는 동안에도 아샤와 유하르의 대화는 이어지고 있었다.

"아바마마, 저는 미아 님의 학원에서 아이들에게 농업을 가르치고 있습니다."

"물론 듣고 있다."

"그렇습니까……. 그럼 미아 님의 명령을 받아 추위에 강한 밀을 연구하고 있다는 건, 알고 계십니까?"

"추위에 강한 밀…… 이라고?"

유하르의 얼굴에 경악이 퍼졌다. 그건 그 자리에 있던 페르쟝 사람들, 더불어 샬로크도 마찬가지였다.

아샤는 고개를 크게 끄덕인 뒤 미아 쪽을 보았다.

"죄송합니다, 미아 님. 사후승낙의 형태가 되었지만, 제 연구에 대해 아바마마께 말씀드리는 것을 허락해주시겠습니까?"

일부러 물어보는 언니를 보며 라냐는 반사적으로 생각했다.

──아아, 언니는…… 루드비히 씨와 같은 의도로 저러는 거야.

아샤는 이미 미아의 뜻을 알고 있다. 미아가 무슨 생각으로 추위에 강한 밀을 개발하려는 건지…….

그 지식을 어떻게 할 생각인지도.

추위에 내성을 가진 밀……. 그런 게 있다면 냉해로 인한 기근이 발생했을 때 지극히 강력한 무기가 된다. 타국이 흉작에 허덕이는 와중에도 자국에서는 평소처럼 수확할 수 있기 때문이다.

그렇기에 본래대로라면 비밀로 해 두어야 한다. 결코 이러한 자리에서 밝혀도 괜찮은 정보가 아니다.

적어도 페르쟝의 상식으로는 그렇다.

……그럼에도 불구하고.

"네? 딱히 상관 없는데요……."

그런 어마어마한 폭로임에도 불구하고, 미아는 산뜻한 얼굴이었다. 화내거나 하는 기색은 조금도 없다.

그, 얼핏 보면 아무 생각도 없는 것처럼 보이는 미아의 얼굴을 유하르 왕에게 보여준 뒤에야 아샤는 말했다.

"학원의 학생들과 함께 저는 추위에 강한 밀을 연구하고 있습니다. 백성들을 굶주림에서 구한다는, 어린 시절의 꿈을 실현하기 위해……. 무척 의의 있는 일이라고 생각합니다."

"말도 안 돼……. 추위에 강한 밀이라니, 그런 게 있을 리가……."

"어머? 추위에 강한 밀은 있답니다. 아샤 양과 세로 군이 반드시 찾아낼 거예요."

미아는 마치 그걸 알고 있다는 듯 단언했다.

유하르 이상으로 아샤를 믿는 것 같아서……. 그 절대적인 신뢰를 맞닥뜨린 유하르는 머쓱해진 듯 입을 다물었다.

"하지만 그것조차 어차피 제국의 번영을 위해서가 아니냐. 그래, 추위에 강한 밀이 만들어진다면 백성들은 살기 위해 그걸 사겠지. 백성은 밀을 얻고, 추위에 강한 밀을 보유한 제국은 그만큼 돈을 독점할 수 있겠군……."

"미아 님께서는 그 밀의 지식을 주변국에 나눠주시려고 합니다."

아버지의 말에 아샤는 즉시 반론했다.

"이해하지 못하신 겁니까? 그렇기에 이렇게 제가 말씀을 드려도 미아 님께서는 전혀 간섭하지 않으시는 겁니다."

"언니가 하는 말은 사실입니다."

거기서 라냐가 일어났다. 자신이 미아에게 어떤 것을 받았는지…… 말한다면 지금밖에 없다고 생각했다.

"미아 님은 저에게도 길을 보여주셨습니다. 아샤 언니가 성공하고 나면 그 밀 지식을 대륙 전역에 퍼트리면 된다고……. 고민하는 저에게 나아가야 할 길을, 의의 있는 길을 제시해주셨습니다."

자긍심을 갖고 걸어갈 그 미래가, 라냐에게는 찬란하게 빛나 보였다.

제국의 예지가 비춰준 길은 눈이 부실 정도로 빛나고 있다.

"말도 안 돼……. 설령 추위에 강한 밀이 생긴다고 해도 그 기술을 타국에 간단히 넘길 리가 없다. 그렇게 중요한 정보를 타국에 쉽게 넘길 리가……."

그건 농업으로 부유해지는 것을 목표로 삼아온 유하르에겐 받아들이기 힘든 사고방식이었다.

농업기술이란 페르장에게는 보물이자 무기이다. 그건 쉽게 타국에 넘길 수 없는 소중한 것…….

"필요하다면 페르쟝에 연구 성과를 가지고 돌아가도 상관없습니다. 아샤 양은 페르쟝의 왕녀이니, 티어문 제국에서 좋은 발견을 했다면 자국의 농업에도 응용해보고 싶어 하는 건 당연한 일이죠."

미아는 온화하며 자상함마저 느껴지는 미소를 짓고 있었다.

"만약 괜찮다면 페르쟝의 땅도 빌려서, 거기에서도 추위에 강한 밀을 기르면 좋을 것 같다는 생각도 했습니다. 공동으로 연구를 진행하면 양국에 무척 의의 있는 연구가 될 테죠."

그런 말까지 듣자 유하르도 인정할 수밖에 없었다.

미아는 진심으로 백성을 굶주림에서 구할 생각이다. 그것도 자국민만이 아니다. 주변국에 있는 백성까지 모두.

――분명 아바마마께서도 이해해주실 거야…….

그렇게 기대하는 라냐였으나…… 직후에 그 기대는 배신당했다.

"그렇게…… 백성을 생각하는 황녀 전하가, 어째서 페르쟝의 처지는 묵인하고 넘겨버리시는 거지? 황녀 전하는, 지금까지처럼…… 우리에게 노예로 머무르라고, 그렇게 말씀하시는 건가?"

마치 피를 토해내는 것 같은 떨리는 목소리로, 유하르는 말했다.

제25화 저를 신뢰해주실 수 있을까요?

유하르의 외침……. 그것은 루드비히에게 쓰라림을 주는 말이었다.

유하르가 하는 말은 루드비히는 익히 알고 있는 것……. 제국과 페르쟝 사이에는 확실히 공평하지 않은 조약이 맺어져 있다.

그건 어떻게 할 수 없는 일이기도 했다. 문제가 있다는 걸 알고는 있어도, 어떻게 하지 못하는……, 눈을 돌릴 수밖에 없는 문제…….

애초에 그건 어디까지나 제국 측의 논리다. 페르쟝 측에는 그들의 주장이 있었다.

"오랫동안 제국과의 조약으로 인해 우리 페르쟝의 밀은 부당하게 저렴한 가격으로 팔아야 했다. 제국이 있는 한 우리나라는 영원히 농노국이라는 비난에서 벗어날 수 없어. 아무리 입으로는 이상적인 말을 한다고 해도 이 현실은 바뀌지 않는다."

그건 어떻게 할 수 없는 현실이었다. 상대를 이해하게 만드는 건 불가능하고, 하물며 신뢰를 얻어내는 건 절대로 불가능한…….

어떻게 할 수 없다, 어쩔 수 없다. 그렇게 포기하고 눈을 돌려버리게 되는 일…….

그러나 미아는…….

"그래요……. 그런 조약이……."

고작 숨 한 번 쉴 정도의 짧은 망설임 후에…….

"그렇다면 그러한 조약은 철폐해버리는 게 좋겠군요."

아무렇지도 않다는 양 말했다.

정말로, 별것 아니라는 것처럼……. 마치 아무 생각도 하지 않고 있는 것처럼.

혹은…… 그게 바뀌지 않는, 절대적인 진리라는 것처럼…….

미아는 말한 것이다.

그런 조약은 없애버리라고.

그 말에 그 자리에 있던 사람들이 여럿 굳어버렸다.

유하르 왕, 샬로크, 그리고 루드비히도…….

그런 와중에 가장 먼저 정신을 차린 건 다름 아닌 루드비히였다.

"미아 님, 그건……."

그런 그의 얼굴을 보고 미아는 이해했다는 얼굴로 고개를 끄덕였다.

"아, 물론 저에게는 그러한 권한은 없으니까 할 수 있는 건 조약을 파기하도록 활동하는 것뿐이지만요……."

거기서 미아는 유하르에게 짧게 양해를 구한 뒤.

"가능할까요? 루드비히."

루드비히에게 시선을 던졌다.

——여기서 나에게 오는 건가!

갑작스러운 미아의 말에 내심 비명을 지르는 루드비히. 순간 속마음이 고스란히 드러날 뻔한 것을 필사적으로 참으며, 그래도 그는 생각했다. 미아가 한 말의 의미를.

자신은 절대 불가능하다고 생각하는 것이어도 미아가 한 말이다. 분명 의미가 있는 게 틀림없다.

먼저 도의적인 측면에서 말하자면 미아의 주장은 올바르다. 확실히 제국과 페르쟝 사이에는 페르쟝의 국민을 농노로 대우하는 듯한, 불평등한 조약이 체결되어 있다.

아주아주 대충 설명하자면, 그건 제국이 필요한 양의 밀을 무척 저렴한 가격에 파는 것을 핵심으로 하는 조약이었다.

매년 형식상의 가격 교섭이 이뤄지고 있으나 군사력을 배경으로 대부분 제국의 요구에 맞춘 가격대로 거래가 진행된다. 샬로크는 여기에 눈독을 들이고, 제국의 군사개입을 일으키지 않을 정도로만 가격을 올려서 식량부족에 빠진 제국에게 다양한 요구를 받아들이게끔 획책하고 있었던 것인데…….

아무튼, 페르쟝 측에서는 별다른 벌이도 되지 않는 밀을 위해 광활한 토지를 점령당한 것이나 마찬가지인 상황이었다.

심지어 모처럼 수출한 밀을 하찮게 취급해대니 화도 날 것이다. 이걸 내버려 두는 건 적어도 공정하다고는 할 수 없는 상황이었다.

또 미아가 구상한 '페르쟝과의 신뢰 관계를 맺는 것'에서도 이 조약이 방해가 된다는 건 틀림없다.

그런 의미에서도 그걸 철폐해버리라는 미아의 생각은 단순하면서도 합리적이다…….

──문제는 현실성이지…….

아무튼 미아 본인도 말한 것처럼 미아에게는 그런 권한이 없다.

조약은 나라와 나라 사이의 약속이다. 아무리 미아가 황제의 총애를 받고 있다고는 해도, 황녀라는 신분에 그 정도까지의 힘은 없고 떼를 써서 통과시킬 수 있는 일도 아니다.

그래……. 미아가 **평범한 황녀라면**…….

말할 것도 없이, 미아의 권세는 제국 내부만이 아니라 대륙에서도 손에 꼽히는 수준이다.

베이르가 공국의 성녀 라피나, 선크랜드 왕국의 시온 왕자, 렘노 왕국의 아벨 왕자…….

그들은 미아가 올바른 일을 하려고 한다면 협력을 아끼지 않을 것이다.

그에 더해 제국 사대공작가의 자녀들……. 이쪽도 미아가 부탁하면 거부하지 않으리라.

더해서 지금 미아에게는 국민의 압도적인 지지도 있다.

그런 절대적인 세력을 거느린 제국의 황녀가 움직이는 '활동'이다.

미아의 권한이 있든 없든 상관이 없다. 그 '활동'은 담당하는 월청장의 말보다도, 재상의 말보다도…… 경우에 따라서는 황제조차 능가할 정도의 힘을 지닌다.

현실성은 결코 낮다고는 할 수 없다.

──무엇보다 결정적인 건, 그게 제국의 개혁에 필요하다는 거야…….

루드비히는 망설이면서도 인정할 수밖에 없었다.

미아의 주장은 제국을 더 좋은 방향으로 개혁하기 위해서는 반드시 필요하다는 것을.

왜냐하면 페르쟝과의 이 조약이 있는 한 제국의 귀족은 자신의 영지에 있는 농지를 늘리려고 하지 않을 테니까.

어차피 페르쟝에서 저렴한 가격에 밀을 수입할 수 있다. 그런 생각이 있는 한 제국 내의 식량자급률을 올리는 건 어려운 일이다.

따라서 제국의 농지를 신속하게 개혁하기 위해서는 페르쟝의 의존도를 줄일 필요가 있다.

——명쾌한 논리야. 참으로…… 그 녀석들이 좋아할 것 같군.

루드비히의 머리에 떠오른 것은 자신의 동문들. 얼마 전 그가 소집하여 협력을 부탁한 자들의 얼굴이었다.

현자 갈브의 제자들이 이런 미아의 생각을 이해하고, 그 필요성이 제시된다면……. 자신들이 보유한 행정처리 능력을 모조리 동원하여 움직일 게 분명하다.

여하간 자신의 힘을 발휘할 수 있는 자리를 열심히 찾아다니는 녀석들이다. 의욕에 넘쳐서 사력을 다할 게 뻔하다.

그리고 그건…… 조약 교섭에 권한을 지닌 자에게도 아마 미칠 수 있을 것이다.

——그러니 할 수 있냐, 아니냐를 따진다면…… 할 수 있어.

그렇게 할 도의적인 '이유'가 있고, 그렇게 할 합리적인 '필요'가 있고, 그렇게 할 '힘'조차 있다.

더군다나…… 루드비히는 어떠한 사실을 떠올리고 무심코 감탄의 한숨을 흘렸다.

——아아, 그래서인가……. 그래서 미아 님께서는 이 '시기'에 이런 말씀을…….

루드비히는 알고 있다. 커다란 개혁에는 반대가 따라붙기 마련이라는 것을.

평온한 일상은 말하자면 멈춰버린 상태다. 같은 나날, 같은 일년이 이어지는 정적과 정지의 시기.

변하지 않는 것에, 멈춰있는 것에 민중은 안심감을 느낀다.

그걸 바꾸는 것, 즉 멈춰있는 것을 움직이는 일에는 반드시 반대가 발생한다. 멈춰있으니까 안심할 수 있다. 변화한 후가 지금보다 좋다는 보장이 없다. 아니, 그게 '좋은 일', '올바른 일'이라고 해도 반대의 목소리는 적지 않다.

인간은 본질적으로는 보수적이어서 변화를 두려워하기 때문이다.

따라서 루드비히에게는 본래대로라면 반대할 이유가 있었다.

미아가 하려는 일은 귀족만이 아니라 백성의 반감도 예상할 수 있는 일이었으니까…….

하지만……. 아아, 하지만.

──지금 이 시기에 한정하자면……, 그 반대할 이유는 사라진다.

평온한 일상에 변화를 주는 건 어렵다. 하지만 변화라는 건…… 미아가 일으키지 않아도 일어나게 된다.

시대의 흐름은 이제 곧 《기근》이라는 형태로, 대륙 각국에 거부할 수 없는 변화를 강요하게 될 테니까. 그렇기에 미아가 하려는 일은…….

──미아 님께서는 그 급변에 맞춰서 단숨에 제국을 개혁하실 생각이신 거야.

기근으로 인해 약해지고 망가진 나라를 '원래의 형태'로 되돌리는 게 아니다.

'새로운 형태'로 재창조하려는 것이다.

어중간한 개혁으로는 안 된다. 그래서는 중간에 좌절한다.

지금의 루드비히는 그걸 알 수 있었다. 아니, 사실대로 말하자면 원래 알고 있었다. 알면서도 지금까지 보지 못한 척했던 진리에 미아가 빛을 비춰준 것이다.

──기근으로 인해 귀족도 백성도 식량 자급에 위기감을 느끼고……. 그 기억이 생생할 때 일들 단숨에 진행하자는 건가…….

시대의 흐름조차도 시야에 넣은 장대한 구상에 루드비히는 현기증이 났다.

──그렇기에 타인에게 맡기고, 타인을 쓰라는 거군……. 확실히 이러한 생각을 실현하려면 나 혼자서는 무리야.

루드비히는 생각을 정리하면서 입을 열었다.

"네……. 제국 내에서는 현재 농지를 늘리는 걸 목표로 활동하고 있습니다. 농지가 늘어나면 필연적으로 제국이 수입하는 밀의 양도 줄어들 테니까, 단계적으로 페르쟝과의 조약을 개정해가는 건 가능하리라 생각됩니다. 제국이 페르쟝에서 수입하는 밀의 양을 줄인다거나……."

루드비히는 신중하게 자신의 생각을 제시했다.

그것은 몇 년에 걸친 개혁이 될 것이다.

하지만 제국에 수출하는 양이 줄어들고, 남은 밀을 적정 가격으로 타국에 팔 수 있게 된다면 페르쟝으로 들어가는 돈은 늘어날 터. 상황은 개선된다.

혹은 밀이 아닌 다른 용도로 그 토지를 사용하는 것도 가능할지도 모르지만⋯⋯.

──아니, 이러한 국내의 사정은 페르쟝의 백성이 생각할 일이지.

그렇게 나아간 곳의 최종적인 형태는 모른다.

군사력이 없는 페르쟝 농업국이기 때문에, 안전보장이라는 명목으로 제국에 다소 유리한 형태의 거래는 남겨둘지도 모른다.

애초에 개혁 자체도 단계적으로 진행해가야 하니 난데없이 모든 불평등이 해소되지는 않을 테지만⋯⋯.

그래도⋯⋯ 그건 희망의 빛이 될 것이다.

매년 조금씩이라도 상황이 개선된다면 페르쟝의 농민들에게는 커다란 희망이 될 수 있다. 정체에서 희망으로 나아가는 발걸음⋯⋯. 그 걸음이 느리다고 해도, 나아간다는 것에 의미가 있으니까.

그렇게 페르쟝 농업국과 티어문 제국 양측에 이득이 되는 관계로 맺어진다. 그것이야말로 미아가 그리는 양국의 새로운 형태다.

루드비히의 이야기를 다 들은 뒤에도 여전히 얼떨떨하게 입을 벌리고 있는 유하르 왕⋯⋯. 그런 그에게 지극히 차분한 미아의 목소리가 날아갔다.

"하지만⋯⋯ 그것도 당장 실현되는 건 아니죠. 처음에 말씀드린 대로 앞으로 몇 년에 걸친 기근이 찾아옵니다. 제국에서 농지를 늘린다고 해도 아마 제때 맞출 수 없을 규모의⋯⋯."

거기서 말을 끊은 미아는 유하르를 바라보았다.

"그렇기에 지금 여기서 할 수 있는 건 구두 약속에 불과합니다.

그 점을 감안하고…… 저를 믿어주실 수 있을까요? 저를 '신뢰'해
주실 수 있을까요? 유하르 폐하."

미아는 물었다.

자신을 신뢰할 수 있는가? 라고.

제국과 바닥부터 신뢰 관계를 맺을 생각이 있는가? 라고.

제26화 대장군 미아의 가차 없는 잔당 청소

——이건…… 어떻게든 된 거려나요?

유하르 왕의 얼굴을 보면서 미아는 마음속으로 히죽 웃었다.

영락없이 샬로크를 두들겨놓아야만 하는 줄 알고 준비해두었는데……, 그렇게 할 것도 없이 완승할 수 있을 법한 기세였다.

——아샤 양과 라냐 양의 지원군이 유효했어요. 우후후, 제가 보기에도 저의 인덕이 무섭다니까요!

인덕이 넘치는 미아는 덕이 묻어나오는 듯한 흡족한 미소를 지었다.

참고로 말할 것도 없을 테지만……. 미아에게는 깊은 생각 같은 건 없다. 당연히 없다.

루드비히가 추측한 것을 생각해서 한 말도 아니다.

미아의 생각은 언제나 단순하다. 완전히 단순함에 단순함을 곱한 것 같은, 1 곱하기 1 같은 사고방식이야말로 미아의 진면목이다.

미아가 우직하게 생각하고 있던 건 오직 하나였다.

그건 페르쟝과의 신뢰 관계다.

페르쟝에는 풍부한 농작물이 있다. 그러니 흉작이 든 해에도 어느 정도의 여력이 있을 것이다. 풍부한 농작물을 보유한 이웃 나라와 친하게 지내면 곤경에 처했을 때 도와줄 게 틀림없다.

그런 페르쟝 농업국과의 관계를 방해하는 조약이 존재한다.

그렇다면 어떻게 할까? 미아라면, 그걸 어떻게 처리할까?

간단하다. 목적을 위해 방해되는 것이라면 배제할 뿐.

그 방해되는 돌멩이를 걷어차면 어떤 일이 일어날지 등 복잡한 문제는 일단 제쳐두면 된다.

아니, 복잡한 문제는 루드비히에게 맡겨두면 된다.

미아에게는 심플 이즈 베스트, 방해되는 건 걷어차 버릴 뿐이다!

그 결과 막연한 감이긴 하지만 페르쟝 국왕의 태도가 누그러든 것 같은 느낌이 든다.

이건 흐름이 온 거겠지? 라며 만족감을 느끼기 시작하는 미아였으나……

"……페르쟝 국왕 폐하, 설마 계약서도 나누지 않은 구두 약속을 신용하실 생각은 아니시죠?"

찬물을 끼얹는 듯한 샬로크의 짜증 섞인 목소리가 들렸다.

유하르가 경악한 것과 마찬가지로 샬로크 또한 경악을 숨기지 못했다.

애초에 그에게는 모든 게 기습이나 다름없었다.

미아 황녀가 예정보다 일찍 이 나라에 온 것도, 이렇게 만찬회에 초대받은 것도……

생각해 보면 초대를 받은 시점에서 의심해야 했다. 그러나 그는 의문을 느끼지 않았다……. 아니, 그렇게 생각하고 싶지 않았다.

미아가 자신의 행동을 모두 파악하고 있으며, 동시에 페르쟝 국왕의 마음을 녹여버릴 기술을 갖고 있다는 건……

애초에 이러한 심각한 이야기로 넘어갈 필요 같은 건 조금도 없었다.

지금까지처럼 거래하겠다고 구두 약속을 하면서, 기근이 일어났을 때는 가격을 올려야 하니까 다소의 가격 교섭은 하겠다는 걸 덧붙인다.

그 정도의 가벼운 대화로 이 자리를 극복하면 그만이었다.

그럼에도 불구하고…… 페르쟝의 국왕이 넘어가 버린 것은 미아가 입에 담은 말이 원인이었다.

우호적인 신뢰 관계.

……참으로 뻔뻔한 말이 아닌가.

티어문과 페르쟝의 관계를 알고 있는 자라면 결코 할 수 없을 법한 말, 제국의 황녀가 입에 담는다면 증오마저 품을 수도 있는 위선적인 말…….

그 한마디는 확실하게 유하르 왕의 역린을 건드렸다.

본심 같은 건 가식적인 미소 뒤에 숨기고 적당히 그 자리를 넘긴다……. 그것이야말로 이 자리에서의 최선책이다.

마음속에 있는 꿍꿍이를 증명하는 건 불가능하다. 그렇기에 눈치채지 못하게, 꼬리를 잡지 못하게 시시껄렁한 이야기로 시간을 보내게 하면 충분했다.

하지만 미아 황녀는 놓치지 않았다.

일부러 유하르 왕의 분노를 유발하여 자신의 필드로 끌어들였다. 거기서부터는 미아의 독무대였다.

잇달아 도착하는 지원군에 샬로크는 끼어들 여유도 없었다.

그건 단순한 담소로 얼버무리려고 했던 자와 이 자리에서 승부를 내려고 온 자의 차이였다.

그렇게 미아는 샬로크가 근거로 잡고 있던 것, 페르쟝이 제국에 느끼는 불신감을 모조리 불식시킨 뒤에 말했다.

자신을 신뢰할 수 있겠는가? 라고.

자신의 말을 신뢰하고, 받아들이겠는가? 라고.

"유하르 폐하……. 설마 그런 말을 믿으시는 건 아니시죠?"

그렇게 말은 해 봤지만…… 샬로크는 자신의 말에 힘이 없다는 걸 눈치채고 있었다.

왜냐하면 유하르 왕은 이미 매료되었기 때문이다. 제국의 예지, 미아 루나 티어문이 보여준 희망의 빛에…….

──최악의 타이밍에 최악의 짓을 하다니……. 그래, 이게 제국의 예지인가…….

"아아, 샬로크 씨. 저는 당신에게도 할 말이 있답니다."

갑자기 미아가 이쪽을 향했다.

"예전에 저는 당신에게 말했었죠? 돈이 전부가 아니라고……. 그에 대해 당신은 뭐라고 했는지 기억하시나요?"

미아는 보란 듯이 뺨에 손가락을 대고 고개를 갸웃거렸다.

"분명 돈이 되지 않는 일을 하는 건 무르다거나, 그런 말을 하셨던가요?"

"그렇습니다, 미아 황녀 전하. 상인이란 돈에 인상을 마치며 살아가는 자. 저의 신은 이 세상 모두를 지배하는 힘인 돈입니다."

그렇게 대답하며 샬로크는 자신이 냉정함을 잃었다는 걸 자각했다. 그리고 동요의 원인도 알고 있었다.

돈이 전부가 아니라는 미아의 말과 체현하는 행동. 그것은 샬로 크가 지금까지 살아온 길을 모조리 부정하는 것이었으니까⋯⋯.

⋯⋯어쩌면 틀렸던 건지도 모른다는⋯⋯ 미약한 상처를 후벼 파는 말이었으니까.

자신이 다름 아닌 유하르 왕과 같은 상태에 놓였다는 걸 자각 하면서도⋯⋯ 그걸 멈출 수 없었다.

"상인, 아니⋯⋯. 사람이라면 그래야 하는 것 아닙니까? 사람 은 일을 합니다. 무엇을 위해 일합니까? 그건 돈을 위해서 아니 겠습니까⋯⋯. 그렇다면 효과적으로 돈을 벌기 위해 최선을 다하 는 것이야말로 올바른 행위입니다."

자신의 인생은 돈을 벌기 위해 있으며, 상인은 자신이 보유한 모든 지혜와 힘을 사용하여 효율적으로 돈을 벌어야 한다. 그래 야만 한다.

그렇기에⋯⋯ 추위에 강한 밀이라는 돈벌이가 되는 정보를 무 료로 알려주고 다닌다는 폭거가 허용될 리가 없는데⋯⋯.

"그런가요? 당신도 예전에는 제법⋯⋯, 어머? 왜 그러시죠?"

불현듯 미아가 미간을 찌푸렸다.

뭐가 왜 그러냐는 건지⋯⋯. 순간 이해하지 못했던 샬로크였으 나, 직후 가슴에 강렬한 통증을 느꼈다.

"으⋯⋯ 윽."

"샬로크 님!"

비명과도 같은 소녀의 목소리가 들리고⋯⋯. 그 직후, 샬로크 의 의식은 깊은 어둠 속으로 떨어졌다.

제27화 미아 황녀, 팔을 붕붕 휘두르다

샬로크 콘로그가 쓰러졌을 때 가장 먼저 움직인 사람은 타티아나였다.

무너지는 거구를 받아내려고 했지만 실패해서 같이 넘어졌다. 그래도 머리만은 부딪치지 않도록 단단히 보호했다.

그런 후 몸 밑에서 기어 나온 뒤 기도를 확보하여…… 최소한의 조치를 취했다.

척척 지시를 내리는 타티아나를 미아는 어벙하게 입을 벌린 채 바라보고 있었다.

모처럼 정신적으로 비수를 꽂아버리려던 차에 물리적으로 쓰러지다니. 아무리 미아라고 해도 예상하지 못한 사태였다.

그렇게 성인 남자 네 명의 손에 의해 실려 나가는 샬로크의 거구를 뒤로 미아는 타티아나에게 말을 걸었다.

"샬로크 씨, 괜찮은 건가요?"

"앗, 네……. 아마도 일시적인 발작이 아닌가 합니다. 호흡도 안정되었고, 조금 누워있다 보면 회복하실 거예요……."

"저건 어떠한 병인 건가요?"

"병…… 인지 아닌지는 조사해보지 않으면 모릅니다. 다만 비슷한 증상을 들어본 적이 있습니다. 어느 부유한 나라의 귀족님이 저런 증상을 보이고 돌아가셨다고……. 그분은 맛있는 것을 많이 먹으며 일절 운동하지 않고 방에서만 생활하셨다고 합니다."

타티아나는 심각한 얼굴로 팔짱을 꼈다.

"즉 과식과 운동 부족으로 인해 저런 병에 걸리는 거죠."

타티아나의 이야기를 들으며 미아는 자신의 배를 문질러보았다.

──과식과…… 운동, 부족……!

"다행히 아직 늦지 않은 것 같지만요……. 저기…… 죄송합니다, 미아 황녀 전하……. 샬로크 님이 신경 쓰이니 다녀와도 괜찮을까요?"

"네? 아, 네……. 물론 상관없습니다. 걱정될 테니까……."

타티아나의 요청을 들은 미아는 당황하며 고개를 끄덕인 뒤…… 한 번 더 자신의 배를 문지른 후…… 생각에 잠겼다.

"샬로크 씨가 실려 간 치료실은 어디에 있죠? 아, 성안의 조금 떨어진 장소…… 흐음, 그렇군요……. 그거 잘됐네요……. 확실히 신경 쓰이니까……."

미아는 고개를 주억거린 뒤 말했다.

"그럼 타티아나 양, 저도 같이 가겠습니다."

"네? 어째서죠? 미아님."

어리둥절한 얼굴로 고개를 기울이는 타티아나. 그 순수한 시선을 받은 미아는 스스슥 배를 가리듯이 몸의 각도를 틀어버렸다.

"왜냐니…… 으음……, 그게요."

……말할 수 없다. 차마 자기 전에 조금이라도 운동해두지 않으면 위험할 것 같았기 때문이라고는……. 말할 수가 없었다.

미아에게도 자존심이라는 게 있다.

그렇다고…… 병문안하러 간다는 것도 이상하다. 자신이 가 봤자 무언가 할 수 있는 것도 아니다. 애초에 적이니 병문안을 갈 의리도 없다.

오히려 이 자리에서 유하르 왕과 계속 회담하는 게 일반적이긴 할 테지만…….

그렇기에…… 미아는 심각한 얼굴로 생각에 잠겼다가…… 이 윽고 생각을 개진했다.

"……샬로크 씨가 약해져 있기 때문입니다."

그렇다. 대장군 미아는 알고 있다. 전쟁에서 자비는 무용. 적의 약점을 철저하게 공략할 필요가 있다.

샬로크는 지금 약해져 있다. 그렇기에 지금에야말로 그의 숨통 을 끊어둬서 다시는 제국에 칼을 들이대지 못하도록 해둘 필요가 있다.

결코 운동하기 위해서가 아니다. 미아는 마지막 전투에 임하는 것이다!

뭐 그런 식으로 스스로를 타이르며 미아는 싱긋 미소를 지었다.

"드디어 당신의 차례가 왔네요, 타티아나 양."

그렇다. 샬로크의 숨통을 끊어놓기 위핸 비장의 카드 타티아나 는 바로 이 순간을 위해 데려온 것이다.

그녀의 존재를 보여주며 샬로크에게 말하는 것이다.

'너 같은 게 냉혹하고 합리적인 상인이라 자칭하다니 교만하다. 너도 결국은 감정도 약점도 배려심도 있는, 평범한 인간에 불과 하다'라고.

그러기 위해서는 타티아나의 협력이 꼭 필요하다.

따라서 도망칠 수 없도록 미아는 못을 박았다.

"제대로 일해주셔야겠어요, 타티아나 양."

타티아나의 눈을 바라보면서…….

"미아 님……."

그 말을 듣고 타티아나는 이해했다.

미아의 몇몇 말의 의미를…… 이제야 이해할 수 있게 된 것이다.

──미아 님께서는 샬로크 님이 약해진 모습을 보고…… 병문 안하러 가시는 거야!

──라고.

조금 전의 대화를 보는 한 미아와 샬로크는 사이가 좋지 않다. 아니, 적대적이라는 느낌이었다.

그래서 타티아나는 영락없이 미아가 '자신을 이용하여 샬로크 에게 본때를 보여주려 한다'고 생각하고 있었다.

하지만…… 아니었다.

──미아 님께서는 샬로크 님을 구하려 하시는 거야!

모든 정황이 지금 이 순간 타티아나의 눈앞에서 하나로 이어지 는 것 같았다.

클로리오 연못에서 나눈 대화……. 미아는 이렇게 말했다.

'솔직함을 잃지 말아라'라고.

'겁먹지 않고 주의를 줘라'라고.

그리고 만약 그 일로 타티아나가 위기에 처할 때는 자신이 도 와주겠다며 용기를 불어넣고 등을 떠밀어주었다.

미아의 말이 잇달아 되살아났다.

미아는 말했다. '모든 것은 샬로크에게 달려 있다'고.

그건 바로 지금과 같은 순간을 가리키는 말이었다.

미아는 알고 있었던 것이다…… 샬로크가 기존의 식생활을 유지하면 몸이 상한다는 것을.

그렇기에 타티아나를 데려온 것이다. 건강을 해치는 생활에 충고하기 위해…….

——아니, 그것만이 아닐지도 몰라. 어쩌면…… 미아 님께서는……. 샬로크 님께 떠올리게 하시려는 건지도…….

타티아나를 통해 건강 상태에 주의를 줘서 샬로크의 목숨을 구하고, 더불어 과거에 그가 했던 멋진 행위를 떠올리게 하려는 거다.

미아는 샬로크의 몸과 마음, 동시에 건강을 되돌리기 위해 자신을 데려온 게 아닐까?

그런 생각마저 들었다.

——샬로크 님에게 달렸다고 말씀하시면서 최대한 샬로크 님께서 파멸하지 않을 수 있도록……, 올바른 길로 돌아올 수 있도록 하시다니…….

그런 의사의 길과도 통하는 건지도 모른다고, 타티아나는 생각했다.

샬로크가 절제할지 아닐지는 확실히 샬로크에게 달려있다. 그가 오래 살 수 있는지 아닌지, 건강해질 수 있는지 아닌지는 최종적으로는 샬로크의 선택에 달린 것이니…….

"하지만 그렇게 유도할 수는 있어."

아무것도 하지 못한다고 포기해버릴 필요는 없다.

완고하게 거부하는 사람에게 그래도 거듭 알려준다. 그러면 언젠가는 그 말에 귀를 기울이는 날이 올지도 모른다.

진지하게 받아들이기 때문이 아니다. 그저 귀찮기 때문에, 그 말을 막기 위해 이야기를 듣게 될지도 모른다.

——샬로크 님에게 달렸다……. 미아 님의 말씀은 냉정하게 들렸지만…….

타티아나는 지금 진심으로 미아에게 감사를 느꼈다.

이 자리에 자신을 데려온 것……. 샬로크 콘로그라는 은인을 구할 수 있을지 없을지가 달린…… 이 분수령에 자신을 데려와 준 것을!

"미아 님, 갑시다."

그렇게 말하며 타티아나가 보자, 어째서일까……. 미아는 팔을 붕붕 돌리고 있었다.

그건 미아가 데려온 소녀, 벨의 움직임과 흡사했다.

제28화 실

깊고 어두운 어둠의 늪으로 떨어진다. 가라앉는다.

막혀버린 시야, 소리 없는 세계……. 냄새도 없고, 맛도 없고, 온기조차도 느껴지지 않는 세계.

——그래, 이게 죽음인가…….

여기가 제 인생의 종착점……. 이것으로 모든 게 끝나는…….

모든 것이 지금 끊어져 버린다. 내일을 위해 세워두었던 계획도, 팔려고 했던 상품도 모든 게 무로 돌아간다. 그런 현실이 별안간 눈앞에 들이닥치자…… 샬로크는 뜻밖에 동요했다.

그 꿈을 꾸고 분명히 자신의 끝을 알게 되었다. 언젠가는 이런 날이 온다는 건 알고 있었다. 하지만 그건 '언젠가'였다.

이렇게나 갑작스럽게 찾아오는 것임은 생각지도 못했다.

그는…… 냉철한 상인답지 않게 당황했다.

가슴을 뒤덮는 감정. 그것은 형태를 이루지 못하는 초조함.

자존심에 걸고, 자신이 여태까지 살아온 인생을 부정할 수는 없다고…… 고집을 부려보긴 했으나 죽음이 가져오는 종언은 그런 허식을 손쉽게 벗겨버린다.

남은 것은 부정할 수가 없는 후회.

아아, 그렇구나. 자신은 실패했고……. 그 실패를 인정하지 못한 채, 그걸 고칠 기회조차 날려버렸다.

그는 실패했고……, 마지막까지 완고하게 실패를 거듭했다.

절망의 어둠이 그 몸을 좀먹어갔다.

그날 꿨던 꿈처럼 눈을 뜨는 일은 이제 없다. 농밀한 어둠의 늪에 가라앉으려고 한, 바로 그 순간…… 불현듯, 그는 찾아냈다.

눈앞에 보인 위화감……. 어둠을 가르듯이 눈앞에 흘러내린 그것은 하얗고 가느다란 실……. 당장에라도 끊어져 버릴 듯한 힘없는 실. 그러나 그는 손을 뻗었다…….

그것이 무엇을 의미하는지는 몰랐다. 하지만 물에 빠진 자가 연약한 지푸라기에라도 매달리는 것처럼, 어둠에 빠진 그는 필사적으로 손을 뻗고, 뻗어내고──눈을 떴다.

"으, 응……. 여기는……?"

시야가 새하얗게 물들고, 직후에 소리가 돌아왔다.

"눈을 뜨셨습니까? 샬로크 님."

처음 들린 것은 가련한 목소리……. 그쪽으로 눈을 돌리자 한 소녀의 모습이 보였다. 본 적이 있는 소녀였다.

"너는……, 분명 미아 황녀 전하와 함께 있던……."

"타티아나라고 합니다. 샬로크 님께서 만드신 장학금 제도로 세인트 노엘에 다니고 있는 학생입니다."

"엇, 앗, 잠깐……."

타티아나의 말 직후 무언가 기묘한 목소리가 들린 것 같은 느낌이 들었지만…… 샬로크는 아직 몽롱한 머리로 생각했다.

"장학금……? 아……."

그러고 보면 그런 것도 있었다.

그건 샬로크가 아직 신출내기일 무렵, 처음으로 일에서 큰 성공을 거뒀을 때 만든 것이었다.

그 시절엔 자신이 번 돈을 사람들을 위해, 사회를 위해 쓰겠다고…… 풋내나는 소리도 했었지만…….

──같잖고, 어리석고, 세상의 가혹함도 인간의 잔인함도 모르던 때에 만든 하잘것없는 제도로군…….

그런 건 금화 한 닢의 이득도 되지 않는다. 샬로크는 코웃음을 쳤다.

──하찮은 감상, 아무런 의미도 없는 것…….

문득 그 순간 그의 입가에는 냉소적인 미소가 번졌다.

"아니, 그건 내 인생도 마찬가지인가……."

자신의 인생에 어떠한 가치도, 의미도 없다는 걸 맞닥뜨린 지금. 이제 그는 무엇이 올바른 것인지 알 수 없어졌다.

"무사히 눈을 뜨셨군요."

이번에는 다른 목소리가 들렸다. 시선을 돌리자, 그곳에는…….

"아무래도 괜찮은 것 같아 안심했어요."

미아 황녀가 서 있는 게 보였다.

"이것 참, 미아 황녀 전하……. 설마 저를 문병하러 와 주신 겁니까?"

그 질문에 미아는 순간적으로 타티아나 쪽을 보았다. 무언가를 확인하는 것 같은, 그런 표정을 하고 있었으나…… 바로 고개를 젓고는 악마와도 같은 요사스러운 미소를 지었다.

"아뇨, 저는 당신의 숨통을 끊으러 왔습니다."

"허어, 아주 뒤숭숭한 말씀이군요……. 설마 독이라도 탈 생각이십니까?"

침대 위에서 일어나려고 한 샬로크였으나, 미아는 한쪽 손을 들어 올려 움직임을 제지했다.

"아, 무리하지 마시…… 는 게 아니고, 또 쓰러지면 귀찮아지니까요. 거기에 얌전히 누워 계세요."

이전의 샬로크였다면 그래도 일어나려고 했을 것이다.

그에게 상대방과 마주 보는 건 교섭의 기본이다. 일어나서 내려다보는 게 효과적이라거나, 의자에 앉은 채 거만하게 대응한다거나, 아니면 무릎을 꿇고 몸을 잔뜩 낮춘 자세를 취하거나.

하지만…… 샬로크는 순순히 미아의 말을 따랐다.

조금 전에 느낀 죽음의 기척이 그의 안에서 허세를 부릴 이유를 빼앗아버렸기 때문이다.

"그래요, 말을 잘 듣는 건 좋은 일이죠. 그리고 독 같은 귀찮은 수단을 쓰지 않아도 당신의 숨통을 끊을 수는 있답니다."

미아는 온화한 미소를 지으며 말했다.

"사람은 자신이 뿌린 씨앗을 반드시 자신의 손으로 거둬야만 하는 법. 당신의 숨통을 끊는 것은 다름 아닌 당신 자신이 뿌린 것이에요."

그 말에 샬로크는 순간 눈을 깜빡이더니, 그 후 쓴웃음을 지었다.

"아……. 그렇군, 그건…… 맞는 말씀입니다."

새삼 샬로크는 생각했다.

자신을 절망에 빠트린 것. 그게 독 같은 게 아니라는 걸 실감했다.

"그런 의미로는 당신은 이미 죽었다고도 할 수 있을지도 모르겠네요."

죽음이, 그 절대적인 절망이라고 한다면…… 마주치는 게 지금인지 나중인지의 차이에 불과하다. 종언의 형태는 바뀌지 않는다. 그러니 이미 죽었다…….

미아의 신랄한 말은 샬로크의 가슴을 깊게 꿰뚫었다.

"익숙하지 않은 씨앗은 뿌리는 게 아니라는 뜻입니다. 실패했네요, 샬로크 씨."

"아무래도, 그런 모양입니다……."

샬로크는 작게 고개를 저었다.

——나는 어디에서 틀린 거지…….

도달할 장소가 그 절망의 암흑이라고 한다면, 확실히 자신은 틀렸다.

어차피 죽으면 다들 같은 곳에 간다……. 모든 인간은 허무 속에서 무로 돌아갈 뿐…….

지금의 그는 그렇게 호언할 수 없었다. 왜냐하면…… 눈앞의 소녀, 제국의 예지가 올라서는 장소가 그러한 장소라는 생각은 도무지 들지 않았기 때문이다.

——익숙하지 않은 씨앗이라. 혹은 그 종언에 만족할 수 있는 자가 있을지도 모르지만, 나는 그렇게까지 강하지 않았다는 건가……. 하지만…… 그렇다면 어떻게 해야 했던 거지……?

답지 않게 상념에 잠긴 샬로크를 미아는…… 어째서인지 연민하는 눈으로 바라보고 있었다.

제29화 버섯 여제 미아의 응원

사실…… 미아는 이미 샬로크를 공격할 마음이 사라진 뒤였다.

여기에 올 때까지는 어떻게 마음을 꺾어버릴지 고민에 고민을 거듭하던 미아였으나…… 힘없이 누워있는 샬로크를 보고 그 마음은 완전히 사라져버렸다.

아무리 적이고 악덕 상인이라고는 해도 약해진 인간을 걷어찰 수 있을 만한 담력은 미아에겐 없다.

게다가…… 문득 이런 생각이 들었다. 샬로크는…… 자기 자신이 아닌가?

저기에 누워있는 남자는 절제하지 않고 신나게 이것저것 먹어댄 미래의 자신이 아닐까……?

──아니, 아무리 그래도 이렇게까지 되진 않겠죠…….

마음속으로 지적하면서도 자꾸만 자신의 배를 더듬어보는 미아. 샬로크까지는 아직 상당한 유예가 있어 보였다.

여하간, 미아의 본능이 소리쳤다. 이 남자를 몰아붙이는 건 조금 내키지 않는다고…….

──생각해 보면 불쌍한 분이잖아요. 그저 맛있는 것을 배부르게 먹고 뒹굴거렸던 것뿐인데 이렇게 되다니…… 세상이 잘못된 거예요!

분개하는 미아. 미아는 샬로크의 토실함에 동정과 공감을 느끼고 말았다!

그래서 눈을 뜨는 걸 기다렸다가 얌전히 돌아가려고 생각했으나…… 타티아나가 불쑥 폭로를 시작하는 바람에 놀라고 말았다.

──잠깐! 괜찮은 건가요?! 타티아나 양?

무심코 캐물어 보고 싶어진 미아였으나…… 직전에 멈췄다.

──피해를 최소한으로 억제하기 위해서……. 그런 거죠?

미아는 타티아나의 생각을 알아차렸다.

해야 할 때 과감하게 때려놓지 않으면 피해는 커지기만 할 뿐.

샬로크도 마찬가지다. 여기서 회복했다간 또 고집불통이 될 것이다. 약해진 지금 이 순간에 철저하게 때려눕혀서 나쁜 짓으로부터 손을 씻게 만들어야 한다.

──나쁜 짓에는 가담하지 않고, 조용히 요양하는 것이야말로 그를 위한 것……. 그렇게 판단한 거죠? 타티아나 양…….

그렇다면. 미아는 일어났다.

엉겁결이긴 해도 협력자로 따라와 준 타티아나가 은혜를 갚으려 하고 있다. 여기서는 소매를 걷어붙이고 악역을 연기해주겠다! 라고 결의했다.

그렇게 미아는 입술을 초승달 모양으로 끌어올렸다.

에리스의 이야기에 나오는 악역 영애 같은 못된 미소를 지으면서 미아는 말했다.

"익숙하지 않은 씨앗은 뿌리는 게 아니라는 뜻입니다. 실패했네요, 샬로크 씨."

그렇게 나쁜 짓을 해 놓고 거만한 소릴 했으면서 사실은 평범하게 착한 아저씨였다니…… 얼마나 창피한지!

미아는 마음을 독하게 먹으며 샬로크를 걷어찼다! 미래의 자신이었을지도 모르는 인물을 논리 킥으로 뻥뻥! 차버린다!

──이것도 샬로크 씨를 구하기 위해서예요! 그냥 좋은 아저씨로서 여생을 건강하게 보내게 하기 위해서라고요!

그렇게 스스로를 독려하면서.

그때, 샬로크가 가늘게 뜬 눈으로 미아를 쳐다보았다.

"미아 황녀 전하……. 한가지 여쭤보고 싶은 게 있습니다."

"……어머? 뭐죠?"

"부디, 들려주셨으면, 합니다……."

샬로크는 몸을 일으키면서 말했다.

"만약 자신이 어떻게도 할 수 없는 곳까지 길을 잘못 들어서고 말았다면…… 그걸 부정할 수 없을 만큼 뼈저리게 눈치채게 되면…… 당신은 어떻게 하실 겁니까?"

그 질문에 미아는 어리둥절해서 고개를 갸웃거렸다.

──갑자기 이상한 걸 물어보는 사람이네요……. 화제를 바꿔서 얼버무리려고 하는 건가요……? 하지만 놓치지 않을 거니까요. 여기서 제대로 마음을 꺾어놔서, 평범하게 좋은 아저씨가 되어주셔야겠어요!

미아는 흠! 하고 기합을 넣으며 바로 답을 내놓았다.

"그런 건 당연하죠. 잘못 들어선 곳까지 돌아간 뒤에, 거기서부터 올바른 길을 찾을 수밖에 없어요."

그렇다. 미아는 알고 있다……. 버섯을 캐러 간 숲에서 길을 잃었을 때는 어떻게 해야 하는지.

간단하다. 헤매기 시작한 장소까지 왔던 길을 돌아가면 된다.

최근 미아의 애독서이자 어떤 모험가가 적은 미식 서적 '버섯 레시피'에 그렇게 적혀 있었다.

애초에 길을 헤매게 되면 어떻게도 할 수 없는 곳까지 왔다는 소리를 하고 있을 때가 아니다. 여태까지 걸어온 노력을 아쉬워해서는 안된다. 돌아가지 않고 계속 걸어 다니면 한층 더 길을 잃고, 괜한 체력을 소모할 뿐이니까 돌아가는 것 말고는 방법이 없다.

그리고 미아는…… 그 진리를 인생에도 적용할 수 있다고 생각한다.

그렇다. 미아는 이전 주위의 반대로 인해 버섯 요리 연구를 단념했다. 말 모양 버섯 소테, 버섯 디저트의 끝을 보겠다는 끝없는 탐구의 길은 입구에서 닫히고 말았다.

……하지만 그건 커다란 잘못이었다.

──역시 저는…… 버섯이 좋아요!

버섯 레시피를 읽고 난 미아의 안에 한 가지 결의가 굳혀졌다.

──반드시 아벨에게, 학생회 구성원에게 제가 연구한 혼신의 버섯 풀코스를 먹여드리겠어요!

미아는 고귀한 보라색의 버섯을 움켜쥐고 드높이 선언했다.

그것은 버섯 프린세스 미아가 버섯 엠프레스의 길을 걷기 시작한 역사적 순간이었다!

뭐, 아무래도 상관없는 이야기다.

그건 그렇다 치고…….

"잘못 들어서기 전, 이라……. 그렇군요, 그런 게 있다면 얼마나 좋았을지⋯⋯."

그런 혼잣말을 중얼거리는 샬로크에게 미아는 추가 공격을 날렸다.

──얼버무리려고 해도 그렇게 되진 않을 거니까요! 질문에는 대답했으니, 이야기를 되돌려서 제대로 숨통을 끊어드리겠어요!

미아는 팔짱을 끼고 승리에 찬 미소를 지으며 말했다.

"당신은 인정해야 합니다. 그녀⋯⋯ 타티아나 양도 당신이 뿌린 씨앗이라는 걸⋯⋯."

'타티아나의 존재는 과거 자신이 저지른 소소한 일탈'이라는 소리를 하지 못하도록 조심스럽게 접근하며 지적했다.

"네⋯⋯?"

"당신을 구한 건 저기 있는 타티아나 양이에요."

"아, 아뇨, 그건⋯⋯."

화제가 날아오자 타티아나는 당황한 듯 고개를 저었다.

"구했다니, 그 정도는⋯⋯. 그건 쉽게 치료할 수 있는 게 아니니까요⋯⋯. 아, 하지만⋯⋯."

거기서 말을 끊은 타티아나가 샬로크를 바라보았다.

"단것, 기름진 것을 먹은 뒤에 운동을 하지 않으면 몸을 좀먹습니다. 살이 너무 많이 찌면 심장에 부담이 가서 쓰러지고, 앞으로 더 심한 일이 일어날지도 모릅니다. 그러니 식사에는 더 신경을 쓰시는 게 좋습니다."

얼떨떨한 얼굴로 타티아나의 말을 듣는 샬로크에게 미아가 보충 설명을 했다.

"타티아나 양은 겸손해하고 있지만 실제로 당신이 쓰러졌을 때는 가장 먼저 달려가서 머리를 부딪치지 않도록 감쌌으니 당신을 구한 건 틀림없이 그녀라고, 저는 생각해요."

타티아나가 얼버무리려 한 것을 일부러 명확하게 드러냈다.

샬로크를 구한 건 타티아나임을 제대로 명시해놓은 뒤…….

"타티아나 양의 아버지는 의사 선생님이었지만, 그녀가 어릴 때 돌아가셨답니다. 타티아나 양은 아버지와 같은 의사의 길을 지망했어요. 하지만 돈이 없으니까 그걸 포기해야만 했죠. 아아, 이 무슨 비극인지……."

연극이라도 하듯이 호들갑스러운 어조로 말을 이었다.

"하지만 그런 타티아나 양을 구한 것이 있습니다. 그게 바로 당신이 설립한 장학금이에요, 샬로크 씨. 당신에게는 아무런 이득도 되지 않는 장학금 제도 말이죠!"

금전적 이득이 되지 않는 건 하지 않는다거나, 남의 불행마저 돈벌이의 수단이라거나…… 그런 식으로 악독한 소릴 하던 인간이 과거에 자신이 베푼 선행 덕에 목숨을 건진다.

——이건 정말 부끄럽다고요! 못되게 굴었던 녀석이 가장 당하고 싶지 않은 종류일 거예요.

미아는 샬로크의 어깨 위에 툭 손을 올렸다.

"이제 충분하지 않나요? 샬로크 씨. 당신은 돈이 전부고, 돈만이 힘이자 신이라고 했지만 당신을 구한 건 낭비의 결과였어요. 슬슬 인정하세요. 결코 돈이 전부가 아니라고……."

그리고는 미아는 자애로 가득한 미소를 지었다.

"시시한 꿍꿍이로 수명을 갉아먹는 건 어리석은 일이죠. 요양하세요. 그러기 위한 도움은 타티아나 양이 해줄 겁니다. 제대로 그녀의 조언을 듣고 따르도록 하세요. 알았죠?"

샬로크의 마음을 꺾어버린 뒤, 타티아나의 은혜 갚기로 연결한다.

그렇게 모든 것을 다 처리했다는 얼굴로 미아는 응원을 보냈다.

──힘내세요. 아무쪼록 오래오래 사시라고요, 샬로크 씨. 서로 건강에는 조심합시다.

자신의 토실함 선배에게……

"아…… 아아……, 그런가……."

샬로크는…… 갈라진 목소리로 중얼거렸다.

자신은 확실히 길을 잘못 들었다.

그러나………… 자신의 인생이 모두 무의미했던 건 아니었다.

언젠가 어딘가의 미래에서…… 상인왕이라 불리던 남자가 무가치하다고 잘라냈던 것이……. 결코 귀를 기울이려고 하지 않았던 약자들의, 구원받은 사람들의 목소리가…… 지금 분명히 샬로크의 귀에 닿았다.

"그런가……. 뭐야, 이렇게나 간단한 것이었나……."

길을 잃었다면, 그 전으로 돌아가면 된다.

반성이라는 이름의 자기혐오에 지쳐서 자신 같은 건 고작 이 정도라고 체념하고…… 어느새 헤매고 있다는 것조차 보이지 않는 척을 해왔다.

정신을 차리자 숲속 깊은 곳에서 길을 잃어버려…… 이제 와서 다른 길로 갈 수 없다고 냉소하기만 할 뿐. 그러나 그런 샬로크에게 미아는…… 아무렇지도 않게 말했다.

돌아가면 된다고…….

돈이 전부라는 건 잘못된 생각이니까, 그 주박에 사로잡히기 전에 돌아가면 될 뿐이라고…….

그의 눈에 되살아나는 과거의 풍경. 스승 밑에서 독립하여 행상을 시작했을 무렵의 기억이다.

머나먼 땅의 신기한 장난감에 눈을 반짝이는 아이들.

아름답고 독특한 무늬의 천에 즐거워하며 감탄하는 젊은 아가씨.

이국의 담뱃대에 흡족해하는 신사들.

상품을 나르고, 사람들이 기뻐해 준다. 그는 분명히 그런 것에서 작은 자부심을 느꼈었다.

처음 일에서 성공을 거뒀을 때, 어쩐지 너무나도 기쁨으로 넘쳐난 나머지…… 어쩐지 좋은 일을 해 보고 싶어져서…….

그래서 장학금 제도를 설립하는 일에도 손을 댔다.

그때는 동료 상인들에게 상당한 비웃음을 받았다.

──어려. 하지만, 순수했어. 순수하게 이 일을 즐기고, 자부심을 가질 수 있었어.

언제부터였을까……. 즐거움이, 일 그 자체에서 돈을 벌어들이는 것으로 바뀐 것은…….

언제부터였을까……. 일을 자랑스럽게 여기지 않고, 부자라는 것을 자랑스럽게 여기기 시작한 것은…….

명확한 계기가 있었던 건 아마도 아니다.

다만 어떠한 계기로 이렇게 하면 손님이 기뻐해 줄지도 모른다는 생각이, 이렇게 하면 더 많이 벌 수 있을지도 모른다는 생각으로 바뀌어버렸다.

이렇게 하면 편하고, 이렇게 하면 더 비싸게 팔 수 있고……. 그렇게 일을 하는 기쁨이 돈을 많이 버는 기쁨으로 대체되었다…….

"샬로크 님……."

시선을 돌리자 타티아나라는 소녀가 이쪽을 똑바르게 바라보고 있었다.

"괜찮습니다. 지금부터라면 아직 늦지 않습니다. 함께 열심히 해요."

아마도 그녀가 말하는 늦지 않았다는 건 건강 분야일 것이다. 하지만 지금의 샬로크에게는 그게 자신의 삶의 방식에 대한 것처럼 들리는 바람에…….

"그런…… 가. 아직, 늦지 않았나……."

그렇게 샬로크는 오랫동안 맛보지 못했던 개운함을 느꼈다.

제30화 페르쟝의 밤

미아와 만찬회를 마친 그날 밤⋯⋯.

유하르 왕은 왕비와 함께 침실에 있었다.

"조금 전엔 그 상인이 쓰러지는 바람에 흐지부지해졌네요⋯⋯."

걱정스러운 표정인 왕비를 향해 유하르는 고개를 저었다.

"아니, 아마도 미아 황녀 전하는 우리에게 생각할 시간을 주시려는 게 아니었을까⋯⋯."

미아에겐 굳이 그 상황에서 샬로크를 쫓아갈 필요는 없었다.

그 자리에서 혼란이 진정된 후 다시금 유하르에게 물어볼 수도 있었고, 결단을 재촉하여 압력을 가할 수도 있었다.

그럼에도 불구하고 미아는 그렇게 하지 않았다.

"자신의 제안에 절대적인 자신감이 있다는 건가⋯⋯."

"아뇨, 그렇지 않을 겁니다. 아바마마."

갑작스러운 목소리. 동시에 두 명의 딸들이 모습을 드러냈다.

"아샤, 라냐⋯⋯."

"실례합니다."

두 딸의 기습적인 방문⋯⋯. 그러나 유하르 왕은 놀라지 않았다.

막연하지만⋯⋯ 대화하러 올 것 같은 그런 느낌이 들었기 때문이다.

"아바마마, 잠시 시간 괜찮으십니까?"

"그래⋯⋯. 나도 너희들에게 말해둬야만 하는 게 있었지⋯⋯."

유하르는 딸들을 방 안으로 불러들인 후…… 깊이 머리를 숙였다.

"미안하구나……. 제국과의 조약에 대해서는 너희들에겐 말하지 않았다."

페르쟝과 티어문 사이에 맺어진 조약. 그건 이 나라가 시작했을 때는 이미 맺어져 있었다.

애초에 페르쟝 농업국은 티어문 제국이 비옥한 현월지대에 나라를 세운 것에 맞물려 태어난 나라다.

비옥한 현월지대를 점령한 수렵민족과 침략당해 농노로 멸시당하게 된 농민들. 제국의 손에서 도망친 농민들이 남쪽으로 이주하여 세운 나라가 바로 페르쟝 농업국이었다.

언젠가 이 땅도 제국에 병합될 게 틀림없다고 생각한 페르쟝의 초대왕은 선수를 쳐서 제국에 어떠한 거래를 제시했다.

이 땅을 경작하여 제국을 위해 일정량의 밀을 생산할 테니까, 이 나라의 존속을 인정해달라고…….

제국의 초대 황제는 그 청을 받아들였다.

거기에 어떠한 의도가 있었던 건지 유하르는 모른다. 그렇게 하지 않아도 바로 병합해서 농노로 부려 먹으면 되었을 텐데…….

그러나 어쨌든 페르쟝은 독립이 보장되었다.

이후 페르쟝 농업국은 제국에 의존, 예속되는 형태로 나라로서 체재를 유지해왔다. 제국은 죽이지도 살리지도 않고 페르쟝의 농산물을 낮은 가격으로 착취해온 셈이었는데…….

그건 페르쟝에서는 왕족과 일부 사람밖에 모르는 일이었다.

왜냐하면 만약 제국에 대한 원한이 깊어져서 충돌이 일어나기라도 하면 페르쟝은 끝나기 때문이다. 제국이 마음만 먹는다면 자신들은 간단히 침략당한다.

비옥한 현월지대에서 쫓겨난 자들 사이에서는 특히 그러한 공포가 강했다.

제국에게 침략할 구실을 주면 농노로 전락한다. 그렇게 되지 않기 위해서는 제국의 분노를 사지 않도록, 할 수 있는 범위에서 어떻게든 해나갈 수밖에 없다.

역대 국왕은 가난에서 벗어나려는 방법으로서 '제국과의 조약 개정'이 아닌 '자신들의 농업기술 향상'을 추구했다.

그렇게 제국과의 조약은 숨기게 되었다. 매년 제국과 가격 교섭을 하는 건 왕가와 일부 사람만이 담당하고, 대부분의 국민에게는 그 숫자를 밝히지 않았다.

그건 두 왕녀에게도 마찬가지였다. 유하르는 조약의 내용을 숨긴 채 제국을 단골이라고 설명했던 것이다.

거래처로서 중요한 상대라고…….

한편 그건 사실이기도 해서, 제국은 밀 외의 농산물도 대량으로 사들였다. 조약에 묶여있지 않은 농산물에는 가격도 어느 정도 쳐주긴 했다. 그렇기에 제국에 대한 백성들의 심리는 미묘했다.

"너희들은 언젠가 타국에 시집갈 몸. 그렇게 생각하고 괜한 것은 가르쳐주지 않으려고 했다만……."

유하르의 말에 아샤가 작게 고개를 저었다.

"지금은 그 건에 대해서는 아무 말도 하지 않겠습니다. 그래서, 어떻게 하실 생각이십니까?"

"글쎄, 어떻게 할까……."

확실히 제국과의 조약이 사라진다면 대부분의 땅을 사용할 수 있게 된다. 지금 있는 밀을 제국이 아닌 다른 나라에 팔든 더 돈이 될 법한 작물을 기르든 무언가 방침이 필요했다.

"밀에 얽매이지 않아도 되는 대신 이전과 달리 제국군에게 많이 의지할 수 없게 되겠지. 더 부유해질 수는 있겠지만 그걸 지키기 위한 군사력을 갖출 필요가 생길 거다."

제국에 필적하는 수준까지는 아니어도, 다른 주변국과 어깨를 나란히 할 정도로는 병력이 필요해진다. 그건 당연한 생각이다. 그러나…….

"무언가 하고 싶은 말이 있느냐?"

라냐의 얼굴에서 미약한 불만을 읽어낸 유하르가 말했다.

그 직후…… 유하르는 자신이 한 말에 놀랐다.

딸에게 의견을 물어보다니……. 이전의 그였다면 상상도 하지 못했던 일이다.

──나 또한 미아 황녀에게 영향을 받았다는 건가…….

하지만 동시에 흥미도 느꼈다.

저 제국의 예지……. 한 나라를, 고작 한 번의 만찬회에 이렇게까지 흔들어놓는 소녀 옆에 있던 딸들이 대체 어떤 대답을 내놓을 것인지…….

라냐 쪽도 아버지의 변화에 살짝 당황한 모습을 보였으나, 바로 고개를 저은 뒤 말했다.

"그건…… 이 '케이크 성'을 세운 선인들의 마음을 저버리게 된다고 생각합니다."

라냐의 말은 어린아이와도 같은 이상론이었다.

언젠가 올지도 모르는 전쟁이 없는 세계와 전쟁을 시야에 넣지 않은 성이라는 동화 속 이야기.

어린아이밖에 믿지 못하는, 꿈같은 이야기.

그럼에도 불구하고 그 말에는 어떠한 주저도 없었다.

그 이유를 지금의 유하르는 잘 알고 있다.

제국의 예지라면 그런 비현실적인 미래조차 이뤄내는 게 아닌가. 그런 기대감이 라냐에게 그 말을 할 수 있게 만든 것이다.

하지만 만약…… 만약 라냐가 믿는 대로 정말 그러한 세계가 실현될 수 있다면?

과연 페르쟝의 백성으로서 올바른 자세는 무엇인가?

"우리는 땅을 경작하고, 사람들에게 먹을 것의 축복을 전하는 자. 그 자긍심을 버려서는 안 되는 것 아닐까요."

그 말에서 묻어나오는 건 페르쟝에 대한 긍지.

이 땅에 나라를 세운 이래 페르쟝의 백성들이 이룩한 것들에 대한 압도적인 자부심.

라냐가 휘감은 것은 빛이었다.

그것은 여광(餘光)이다.

제국의 예지와 함께 황금의 언덕을 올라온 라냐 또한 예지의 광채를 받아 눈이 부실 정도의 빛을 흩뿌리고 있는 것만 같았다.

그 모습을 본 유하르는 놀라서 눈을 크게 떴다가…… 다음 순간, 희미한 미소를 머금었다.

──아아…… 많이 자랐구나…….

그렇게 중얼거린 뒤, 새삼 생각했다.

라냐도 아샤도 페르쟝의 왕녀로서 자신이 해야 할 일을 훌륭하게 해내려 한다.

그런 딸들을 두고 자신이 해야 할 일은 무엇인가…….

"아바마마께서는 알고 계십니까? 미아 님께서 세인트 노엘 학원의 입학식에서 어떤 말씀을 하셨는지…….

침묵하며 생각에 잠긴 유하르에게 라냐가 말했다.

미아가 입학식 때 제시한 것, 빵·케이크 선언 이야기를…….

"기근이 왔을 때는 각국에서 서로를 돕는다라. 미아 황녀 전하 말고 다른 사람이 했다면 제정신인지 의심스러워질 법한 말이로군…….

"저는, 미아 님은 다양한 의미에서 파격적인 분이라고 생각합니다."

라냐에 이어 아샤가 말했다.

"그분은 자국민만이 아니라 대륙의, 다른 나라의 백성들도 동등하게 소중히 여기세요. 미아 님께 강사가 되어 달라는 권유를 받았을 때, 저는 거절할 생각이었습니다. 그럼에도 제안을 받아들인 건 제가 알고 있기 때문입니다. 제가 목표로 하는 건 페르쟝의 백성이 굶주리지 않는 게 아니라는 것을. 그것만으로는 부족하다는 걸…….

똑바로 이쪽을 바라보는 아샤의 시선에 유하르는 숨을 삼켰다.

어중간한 아버지에 대한 반발을 채 숨기지 못했던 과거의 모습은 이미 없고⋯⋯. 그곳에 잇는 사람은 커다란 역할을 짊어진 젊은 연구자의 모습이었다.

"그날 미아 님께서 보여주신 빛⋯⋯. 빵 · 케이크 선언은 바로 그 연장선에 있는 이야기로 느낍니다."

"빵 · 케이크 선언⋯⋯. 그리고 추위에 강한 밀과 퍼트리는 자가 필요⋯⋯. 우리 농업국 페르쟝의 해방⋯⋯ 새로운 발걸음인가⋯⋯. 그렇군⋯⋯. 미아 황녀 전하께서 우리에게 무엇을 원하시는지 드디어 알게 된 것 같구나. 그리고 너희가 무슨 말을 하고 싶은 것인지도⋯⋯."

그렇게 유하르는 쾌활하게 웃었다.

그것은 여느 때의 비굴한 웃음이 아니다. 참으로 어린아이 같은 미소였다.

"그래, 그거⋯⋯ 재밌겠군."

모처럼 제국에서 자유로워질 수 있는데, 미아의 계획에 가담해 버리는 건 그다지 의미가 없는 일일지도 모르지만⋯⋯.

"아니, 우리는 자유로워진다. 그렇다면 과거의 굴레에 얽매이는 것도 어리석은 짓이지. 그러니⋯⋯ 미아 황녀 전하의 계획에 가담하는 것 또한 즐거울 거야⋯⋯."

유하르 왕은 오랫동안 느끼지 못했던 고양감을 느끼고 있었다.

그것은 어린 시절에 느꼈던, 장난을 꾸미는 어린아이와도 같은 감정.

"그럼 미아 황녀 전하께서 해 주셨으면 하는 일이 있겠는데⋯⋯."

그런 아버지의 모습에 라냐와 아샤는 눈을 깜빡였다.

제31화 미아에게 휘말린 사람들

"여기가 페르쟝 농업국……."

덜컹덜컹 흔들리는 마차 안에서 클로에 포크로드는 시야 가득 펼쳐진 밭을 바라보고 있었다.

"대단해라. 보이는 게 다 밭이야……."

"우리나라에 밭이 아닌 장소는 없다는 게 이 나라의 국시(國是)니까."

"이렇게 광활한 밭은 처음 봐요……."

어릴 때부터 마르코를 따라 다양한 나라를 돌아다닌 클로에였으나, 페르쟝에 오는 건 처음이었다.

페르쟝은 굳이 따지자면 지루한 나라다.

마르코의 경우 그 농경 기술을 보는 것만으로도 흥미가 솟아나지만, 어린아이에게는 심심할 것이라고 생각해서 데려오지 않았으나…….

클로에가 이번 여행에 동행하겠다고 강경하게 부탁했다.

얼마 전 과로로 쓰러진 아버지, 마르코가 다시 무리하지 않도록 감시하겠다는 뜻이다.

"딱히 무리하려는 생각은 없는데……."

애초에 이번에는 인맥 관리를 위해 감사제에 가는 것뿐이다. 물론 좋은 작물이 있다면 사들일 수도 있겠지만, 엄밀히 말하자면 어깨에서 힘을 빼고 가는 여행이었다.

그러나 자신을 염려하는 딸이 기특해서…… 라는 건 아니다. 언젠가 딸이 휘말릴 것이 분명한 거대한 흐름……. 미아 황녀가 만들어내는 거대한 구상에 얽히게 된다면 식량 수송 루트에 대해 머릿속에 넣어둬서 손해 볼 것이 없기 때문이다.

──게다가 언젠가 우리 포크로드 상회를 맡기게 된다면 다양한 곳에서 인맥을 만들어주는 게 중요하지. 다행히 페르쟝의 유하르 폐하는 온화한 분이셔. 평민을 박대하시지도 않고, 제대로 이야기를 들어주실 거다……. 클로에를 소개하기에는 딱 좋지…….

"기대된다. 라냐 님의 감사제 춤……."

"……응?"

딸의 입에서 너무나도 자연스럽게 나온 이름…… 순간 못 들을 뻔한 마르코였으나…….

"지금 뭐라고?"

"세인트 노엘에서 친하게 지내고 있는 라냐 님이 축제에서 감사의 춤을 추신다고 하셨거든요. 보러 가기로 약속했습니다."

클로에는 생글생글 기뻐하는 미소를 지었다.

당연하다는 듯 페르쟝의 제3왕녀와 친구라는 걸 밝혀버린 딸에게 마르코는 깜짝 놀랐다.

그래, 확실히 미아나 라피나, 학생회의 왕자들도 그렇지만 클로에 주변에는 구름 위의 존재들이 많이 있다.

마르코로서는 만나는 것조차 어려운 수준의 왕후·귀족이 아주 득시글거린다.

그러니까 페르쟝의 왕녀와 클로에가 친구 관계를 맺었다는 것 자체는 놀랄만한 일이 아닐지도 모르지만…….

오히려 마르코가 놀란 건 클로에의 교우 관계가 넓다는 점이었다.

아마도 미아를 통해 친해지게 된 것이리라. 하지만 계기가 어떻든 제대로 관계를 맺고 춤을 보러 간다는 약속까지 했다고 한다.

이건 마르코에게는 놀라운 일이었다.

클로에는 내성적이고, 소극적인 성격이고…… 늘 자신의 뒤에 숨어있곤 하던 딸이었고……. 세인트 노엘에서 가끔 돌아왔을 때도 그건 달라지지 않았다고 생각했는데.

──그래, 변했구나…… 클로에도. 아니, 어른이 되었다고 해야 할까.

이것도 다 저 제국의 예지, 미아 루나 티어문의 영향일 것이다.

──그분께서는 클로에를 내가 상상도 못 할 법한 장소에 데려가 주실지도 몰라…….

아이는 부모의 곁을 떠나 부모를 넘어서는 존재. 알고는 있어도 마르코의 가슴에 일말의 쓸쓸함이 스쳤다.

"아버지, 괜찮으세요? 혹시 어디 아프시기라도……?"

문득 시선을 들자 클로에가 걱정하는 얼굴로 바라보고 있었다.

"아니, 아무것도 아니야. 괜찮다."

차마 딸의 성장을 느끼고 조금 쓸쓸해졌다는 말은 할 수 없어서…… 반사적으로 흐지부지 얼버무린 마르코였다. 그러나 그게 반대로 클로에의 불안을 자극한 모양이었다.

"아버지, 일은 최소한으로 자중해주세요. 만약 필요하다면 제가……."

뭐 이런…… 참으로 든든한 말을 하는 클로에에게 마르코는 또다시 가슴이 뭉클해지고 말았다.

"아, 아버지……?"

"아, 아니, 아무것도 아니야. 그래……. 내가 쉴 수는 없지만, 너에게도 거래 상담이 어떻게 흘러가는지 보여주는 건 의미가 있겠지."

마르코는 고개를 주억거리니 뒤 미소를 지었다.

"클로에, 학교는 즐거운가 보구나."

"네? 아, 네……. 무척 충실한 시간을 보내고 있습니다."

"그래……."

──나도 슬슬 은거를 생각할 때가 온 건지도 모르겠군…….

기쁘게 웃는 클로에를 보며 마르코는 방심했다.

미아에게 가까이 간 사람은 아무도 휘말리지 않고 도망칠 수 없다는 것을, 그는 몰랐다. 설마 딸만이 아니라 자신도 그 흐름 속에 휘말리고 있다는 건 생각지도 못하고 있던 것이다.

미아가 여기저기에 뿌려놓은 씨앗이 싹을 틔우고…… 하나의 열매를 맺으려 하고 있었다.

페르쟝의 밤이 지금, 밝아오려 하고 있다.

제4부 그 달이 인도하는 내일로 Ⅱ로 계속.

티어문
제국 이야기

TEARMOON
EMPIRE
STORY

약속의 카티라

† HE PROMISED CASTELLA

티어문 제국의 말기.

대륙을 덮친 대기근과 역병, 불모한 내전으로 인해 제도 루나티어에는 살벌한 분위기가 흐르고 있었다.

길을 오가는 사람들은 다들 숨을 죽이고, 주위에 살기등등한 시선을 보내면서 걸어갔다.

사소한 일에 싸움이 시작되어도 아무도 막지 않는다. 그렇다고 해서 부추기거나 구경하지도 않는다. 남을 향한 무관심과 이유 없는 증오가 거리 전체를 뒤덮고 있는 것 같았다.

그런 제도의 분위기와는 반대로 그날 지하 감옥에는 믿어지지 않을 만큼 온화한 시간이 흘렀다.

"역시 저는 얼음과자를 좋아합니다. 한 번밖에 먹어본 적이 없지만, 무척 맛있었어요."

안느 리트슈타인은 뺨에 손을 올리고 부드러운 미소를 지으며 말했다.

"구운 고기나 스튜 등 맛있는 건 많이 있지만, 역시 달콤한 게 제일 좋아요."

"우후후, 마음이 맞네요. 안느 양. 저도 단것을 아주 좋아한답니다."

지하 감옥의 주인, 미아 루나 티어문은 안느의 말에 온화한 미소를 지었다.

"미아 님께서는 어떤 걸 좋아하세요?"

"저는 역시 케이크가 제일이에요. 크림이 가득하고 위에 딸기가 올라간 게 정말 근사했어요."

그때 미아는 무언가 떠올렸다는 듯 손뼉을 짝 쳤다.

"그리고 카티라라는 과자도 좋아해요. 페르쟝의 전통 과자인데, 무척 달콤하고 맛있답니다. 입 안에서 사르르 녹는 게 정말 환상적인 맛이에요."

미아는 뺨에 손을 올리고 황홀해서 녹아버린 듯한 미소를 지었다.

"와아, 처음 들어봐요. 그렇게 맛있습니까?"

"천국의 맛이랍니다. 아바마마께서 아주 좋아하는 과자이기도 하고, 여기에서 나가면 같이 먹도록 해요. 그때 당신에게도 아바마마를 소개해드릴게요. 약속이에요."

"네? 아니, 저는 딱히 황제 폐하와 아는 사이가 되고 싶은 건……."

"약속이라면 약속이에요. 저는 제대로 답례하지 않으면 개운하지 않은걸요."

막무가내인 미아의 주장에 눈을 동그랗게 뜨는 안느.

그건…… 미아가 지하 감옥에 갇힌 뒤 아직 얼마 지나지 않았을 때의 이야기였다.

이윽고 시간은 흘러가…….

미아의 아버지, 황제 마티아스 루나 티어문이 단두대에 올라갔다.

안느가 미아를 찾아온 것은 그로부터 사흘 뒤였다.

"아아…… 안느 양……."

지하 감옥에 도착했을 때, 미아는 멍한 표정을 짓고 있었다. 그러나…….

"미안해요. 안느 양. 아바마마께 소개해드린다는 약속…… 지키지 못하게 되었어요."

그러더니 미아는 쓸쓸한 미소를 지었다.

"미아 님……."

안느는 할 말을 잃었다. 무언가 말을 해야 한다고 생각은 하지만 이어지는 말이 나오지 않았다.

무슨 말을 할 수 있을까? 명복을 빌어주면 되는 건가? 동정하면 되는 건가?

아니면 지금 세상에서 사람이 죽는 건 흔해빠진 일이라고 밀쳐내면 되는 걸까?

실제로 안느의 동생 에리스도 죽었다. 이 제국에 사는 사람들 중 사랑하는 가족을 잃지 않은 사람은 드물다. 그렇기에 미아도 슬퍼하면 안 된다고? 위로받는 것조차 허락되지 않는다고?

그렇게 엄격하게 주장하는 사람이 있다는 건 안다. 하지만 안느는 그렇게 생각하지 않았다.

미아는 이미 충분히 상처받았다. 그러니 위로해주는 사람이 있어도 괜찮다. 그렇게 생각해서…….

그래서…….

"미아 님, 꼭 먹으러 갑시다……. 카티라."

"…………네?"

어리둥절하나 얼굴로 눈을 깜박이는 미아에게 안느는 말을 이었다.

"카티라. 약속하셨잖아요. 같이 먹겠다고."

"……무슨 말을 하는 건지……. 그런 건 당연히 무리잖아요. 저는 여기에서 나가지도 못하고……. 게다가 이런 상황에선 입수할 방법도 없어요."

"그렇다면 제가 만들겠습니다. 만드는 법을 조사해서 가져오겠습니다."

"그런 무모한……. 애초에 그러면 반대잖아요. 제가 보답하기 위해서 대접하려고 한 거였는데……."

"그럼……. 그래요. 제 연습 상대가 되어주세요. 동생들에게 카티라를 만들어주기 위한 연습에 어울려주세요. 이런 건 어떻습니까?"

안느가 주먹을 불끈 쥐고 말했다.

"어떻냐니……."

미아는 순간 침묵했다가 입을 열었다.

"뭐, 그런 거라면 어쩔 수 없죠. 특별히 약속해드릴게요."

"네……. 약속, 입니다."

안느는 결의를 담아 크게 머리를 끄덕였다.

그 후 안느는 어떻게든 카티라를 만들기 위해 노력했다. 하지만 레시피를 조사하는 건 쉽지 않았다. 그 이상으로 일반 시민인 안느에게는 설탕도 밀도 도저히 손에 넣을 수 있는 물건이 아니었다. 하루하루 먹을 식사조차 곤궁한 상황이기 때문이다.

결과적으로 안느는 카티라를 만들어오지 못했다.

미아는 그에 대해서 딱히 아무 말도 하지 않았다.

어쩌면 잊어버렸을지도 모른다. 애초에 억지로 밀어붙인 무모한 약속이었다. 그 자리를 면피하기 위한 구두 약속. 정말 할 수 있을 거라고는 조금도 생각하지 않았을지도 모르고…….

하지만 미아의 마지막 말이 '고마워요'였으니까…….

그저 순수한, 감사의 말이었으니까…….

안느는 그런 생각이 들었다.

자신은 이 감사의 말을 들을 수 있을 만큼 행동했던가?

한순간이지만…… 그런 생각이 들어서…….

안느 리트슈타인.

제국 혁명 때 마지막 날까지 미아의 곁에서 시중을 들었던 여성의 유일한 미련이 그것이었다.

그건 안느의 영혼에 각인된 후회의 기억……. 이뤄지지 못하고 사라진, 소소한 약속의 기억.

그리고 시간은 거꾸로 흘러가…….

"으…… 응?"

아침……. 눈꺼풀 너머로 비치는 밝은 햇살에 안느는 졸음 속에서 빠져나왔다.

"응……, 끄응…….”

크게 기지개를 켜면서 눈을 뜨고…… 위화감을 느꼈다.

"어쩐지 눈앞이 일그러져 보이는 것 같은데…….”

신기하게 생각한 안느는 눈가를 문질렀다가 경악했다.

어째서인지 그녀의 눈에 눈물이 맺혀 있었기 때문이다.

이유는 모르는데, 가슴이 쿡쿡 쑤셨다. 뭔가 무척 슬픈 꿈을 꿔버린 것 같은 느낌이 들었다.

"으…… 으응, 으음……. 더는 못 먹겠어요……."

문득 목소리가 들린 쪽을 보자 미아가 태평한 얼굴로 자고 있었다. 히죽히죽 웃는 입꼬리에는 희미하게 침이 묻어있다.

"미아 님……."

어째서인지 그 얼굴을 보고 안도했다.

그리고 그런 자신에게 당황했다.

이유를 전혀 알 수 없었기 때문이다. 어제도 지극히 평범하게 보냈고, 그 옆에 있었고……. 그러니 미아가 저기서 평화로운 얼굴로 자고 있는 건 당연한 일인데…….

그런데 그게 울고 싶어질 정도로 행복한 일인 것만 같아서…….

"으…… 으응?"

그때 미아의 칭얼거림이 들렸다.

이윽고 '끄으응' 하는 기지개와 함께 미아가 일어났다.

"아아, 안느……. 조흔 아침이에요. 흐아암."

눈을 슥슥 문지르면서 '흐아아암' 하는 하품을 한 번 더. 그 후 안느 쪽을 바라보더니…… 미아는 깜빡 놀란 표정을 지었다.

"아, 안느. 무슨 일이죠? 그렇게 울다니…… 뭐, 뭔가 힘든 일이라도……?"

허둥지둥 당황하는 미아. 그 덕에 안느는 간신히 깨달았다. 자신의 눈에 다시 눈물이 고여있다는 것을.

"아뇨, 아무것도 아닙니다. 괜찮습니다."

"하, 하지만 당신이 그런 식으로 울다니 보통 일이 아닌걸요. 무슨 일이 있었던 거죠? 누군가가 괴롭혔다거나⋯⋯. 앗! 설마 망할 안경⋯⋯ 이 아니지, 루드비히에게 매정한 말을 들었다거나요?! 만약 그렇다면 발차기를 날려서 엄벌을 내리겠어요. 흥."

슉슉 허공에 발차기를 날리기 시작한 미아를 향해 안느는 고개를 저었다.

"아뇨, 정말로 괜찮습니다. 아무것도 아니에요."

"하지만⋯⋯."

어쩐지 무척 걱정하는 듯한 눈으로 쳐다보는 바람에⋯⋯ 안느는 무심코 쓴웃음을 지었다.

"조금, 슬픈 꿈을 꾼 것뿐입니다."

"꿈⋯⋯? 흐음⋯⋯. 가족과 오래 떨어져 있어서 그런 걸까요⋯⋯. 외로움을 느끼게 해서 면목이 없네요."

그렇게 중얼거리던 미아였으나, 불현듯 짝 손뼉을 쳤다.

"아, 그래요. 여기는 페르쟝이니까 마침 적당할지도⋯⋯."

그러더니 무언가를 떠올린 건지 생글생글 웃었다.

"안느, 사과라고 할 정도는 아니지만, 오늘 하루는 자유롭게 행동해도 괜찮습니다."

"네⋯⋯? 어째서죠?"

"그건 그, 어⋯⋯ 그래요. 저는 잠시 유하르 폐하와 대화할 것이 있으니까요. 그러니 푹 쉬도록 하세요."

정작 안느는 오히려 미아 옆에서 시중을 들고 싶은 기분이었지만……

"괜찮습니다. 저라면 혼자서도 어떻게든 할 수 있어요. 신경 쓰지 말고 느긋하게 정양하세요."

격려하는 듯한 다정한 미소로 그렇게 말하더니, 이어서 '이걸로 맛있는 것이라도……'라며 금화를 주는 미아의 배려를 무시할 수도 없었다.

"알겠습니다. 그럼 느긋하게 쉬도록 하겠습니다."

그렇게 말하며 미소 짓는 안느를 보고 여전히 걱정하는 표정을 보이는 미아였다.

미아와 헤어져서 거리로 나온 안느는…… 막막해졌다.

"뭘 하지……."

페르쟝의 수도, 황금 하늘의 농촌은 쾌활한 활기로 감싸여 있었다. 1년에 한 번 있는 수확제에다, 미아와 라냐가 만들어낸 '황금의 언덕'이 주는 흥분은 지금도 사람들의 마음에 열기가 되어 남아있었기 때문이다.

올해의 축제는 여느 때와 다르게, 무언가 좋은 일이 일어나는 게 아닐까……? 그런 설레는 기대감이 거리 전체를 덮고 있는 것 같았다.

하지만……

"뭘 하지. 으음……."

안느는 시간을 주체하지 못했다. 평소였다면 인맥을 만들기 위해 동분서주했을 테지만, 오늘은 도통 의욕이 나지 않았다. 게다가 축제의 떠들썩한 분위기가 어째서인지 공허하게 느껴져서…….

미아가 준 금화를 보고 작게 한숨을 쉬었다. 미아는 맛있는 것이라도 먹으라고 했지만, 먹고 싶은 것도 딱히…….

"……아…… 그래. 카티라…….."

불현듯 그 과자의 이름이 떠올랐다.

페르쟝의 과자라고, 그 사람이 말했었다.

꿈속에서, 아주 맛있으니까 같이 먹으러 가자고 약속했던 과자.

"그 사람이……. 어, 그 사람이라니 누구지……?"

얼굴이 떠오르지 않는다. 아니, 애초에 꿈이다.

떠오르지 않아도 어쩔 수 없는 것일지도 모르지만…….

작게 고개를 내저은 뒤 안느는 다시금 생각했다.

"어떤 과자일까……?"

꿈속에서 있었던 일이라고 해도 어쩐지 마음에 걸려서……. 어딘가에 팔고 있지는 않은지 걸어가려고 하던 그때였다.

"어라? 안느 양?"

목소리가 들려서 돌아보았다. 그러자 그곳에는 시녀와 함께 나온 페르쟝의 왕녀, 라냐 타하리프 페르쟝의 모습이 있었다.

"라냐 왕녀 전하……. 안녕하십니까."

"안녕, 안느 양. 이런 곳에서 뭘 하고 있나요? 미아 님은요?"

주위를 두리번두리번 둘러보는 라냐.

"네. 오늘은 유하르 폐하와 회담이 있다고 말씀하셨는데요……."

"아바마마와? 으음…… 그랬던가. 그렇다면 혹시, 오늘은 쉬는 날인가요? 아니면 무언가 미아 님의 용건으로?"

"미아 님께서 오늘 하루는 푹 쉬라고 마음을 써 주셨습니다. 그래서 모처럼 페르쟝에 왔으니 카티라라는 과자를 먹어보고 싶어져서요……."

거기까지 말한 안느는 퍼뜩 생각했다.

꿈속에서는 페르쟝의 과자라고 했는데, 정말 현실에도 있는 걸까?

순간 불안해졌지만…….

"아아. 카티라말이죠? 용케 알고 있군요. 안느 양. 외국에서는 보기 드문 편이라고 아는데……. 괜찮다면 대접해드릴까요?"

"네? 아뇨, 하지만……."

"신경 쓰지 마세요. 미아 님의 심복이 마음에 들어 하면 나중에 미아 님의 입에도 들어갈 테죠. 그러면 제국에서도 팔리게 될지도 모르잖아요."

득의양양한 얼굴로 귀엽게 윙크하더니 라냐는 자신의 시녀에게 몇 마디 말을 건넨 후 안느를 향해 미소 지었다.

"그럼 갈까요."

라냐가 안내한 곳은 도시의 한곳에 있는 건물이었다.

"여기에 사는 텔리야는 카티라의 장인이랍니다."

이미 사자가 왔던 건지 도착하자마자 부드러운 미소를 지은 아주머니가 나왔다.

"어머나, 라냐 님. 잘 와 주셨습니다."

"갑자기 미안해. 텔리야. 제국에서 온 손님에게 카티라를 대접하고 싶은데, 바로 만들어줄 수 있을까?"

"네. 축제에 맞춰서 구운 것이 있으니 바로 내올 수 있습니다. 자, 들어오십시오."

안내해주는 대로 실내에 들어가 테이블에 앉자, 타이밍 좋게 텔리야가 그걸 가져왔다. 접시 위에 올라간 것은 표면 부분이 짙은 색으로 구워진 노란색의 케이크였다.

"이것이 카티라?"

안느는 살며시 포크를 들고 한입 크기로 잘랐다.

──이게 그 사람이 같이 먹고 싶다고 했던 맛…….

희미하게 떨리는 포크로 노란색 케이크를 입에 넣었다.

달다!

혀 위에 올린 순간 느껴지는 것은 벌꿀의 진한 단맛과 코를 자극하는 들꽃 같은 상큼한 풍미.

생지를 깨물자 부드러운 식감 속에 적절한 질감. 직후에 입 안에 퍼지는 것은 구운 설탕의 향긋한 풍미였다.

"……맛있어."

그건 무척이나 달콤한 맛이었다.

무심코 행복한 기분이 들게 되는 듯한 달콤한 맛이었다.

……슬플 정도로 달콤한 맛이었다.

만약 같이 먹었다면…… 분명 너무 달다고 웃음을 주고받지 않았을까……, 그런 광경이 쉽게 상상이 갔기 때문이다.

──누군지는 모르지만…… 같이 먹고 싶었어…….

어째서 꿈속에서 만난 것뿐인 사람에게 이렇게 마음이 끌리는 건지는 모른다. 하지만……. 자꾸만 생각이 났다.

뒤늦게 안느의 마음에 피어난 것은 강렬한 초조함이었다.

다시는 그런 기분은 겪고 싶지 않다는 마음⋯⋯. 만약 그 사람과 한 번 더 만난다면 반드시 카티라를 주고 싶다는, 그런 초조함.

그러기 위해서 할 수 있는 일은 무엇일까⋯⋯?

고민한 안느는 이윽고 한가지 답에 도달했다. 그건⋯⋯.

"저기⋯⋯ 텔리야 씨. 대단히 무례한 것을 여쭤봐도 괜찮겠습니까?"

"어머? 어떤 질문인가요?"

의아한 표정을 보이는 텔리야에게 안느는 말했다.

"저에게 카티라를 만드는 법을 가르쳐주실 수 있을까요?"

"네. 물론 괜찮죠."

흔쾌히 고개를 끄덕이는 텔리야에게 안느는 미약한 죄책감을 느꼈다.

왜냐하면 안느의 부탁은 그것으로 끝이 아니기 때문에⋯⋯.

지금부터 하려는 말은 무척 실례되는 발언⋯⋯. 그런 자각이 있었다.

하지만 말을 안 할 수는 없다. 가슴속에서 끓어오르는 감정에 등을 떠밀린 안느가 말했다.

"저기⋯⋯ 그래서 말인데, 이건 대단히 실례되는 말이지만⋯⋯ 설탕을 쓰지 않고 카티라를 만들 수 있을까요?"

왜 이런 말을 하는 건지는 안느 본인도 알 수 없었다.

굳이 말하자면 그건 슬픈 꿈 때문이다.

아마 분명 올바른 카티라 레시피를 익힌다고 해도 그 세계에서는 도움이 되지 않을 테니까. 그 세계에서는 설탕도 밀도 손에 넣을 수 없으니까.

그 세계에서도 만들 수 있는 방법으로 카티라를 만드는 것에 중요한 의미가 있는 것 같은 느낌이 들어서…….

"설탕을 쓰지 않는다고요? 왜 그런걸…….”

텔리야가 고개를 갸웃거리는 건 당연했다. 뭐라고 설명해야 할지 고민하는 안느였으나, 도움의 손길은 뜻밖의 방향에서 내려왔다.

"아…… 그렇구나. 그 타티아나 양이라는 아이가 했던 말이 신경 쓰이는 거죠?”

라냐가 알겠다는 얼굴로 고개를 끄덕였다.

"확실히 미아 님께서는 달콤한 것을 아주 좋아하시니까요. 너무 많이 드시면 몸에 나쁠지도 모르죠.”

라냐는 흠흠 고개를 주억거렸다.

"하지만 설탕을 쓰지 않고 단맛을 줄여서 건강에 좋은 것으로 만든다…… 그래.”

그러더니 유쾌한 미소를 지었다.

"그거 제법 좋은 아이디어로군요. 그럼 저도 협력하겠습니다.”

라냐가 수긍했기 때문인지, 텔리야도 기분이 상한 것 같지 않았다.

"새로운 레시피……. 생각해 보지도 않았는데, 재미있겠는걸.”

오히려 적극적으로 의욕을 보였다.

그렇게 부엌을 사용해서 새로운 카티라를 만드는 작업이 시작되었다.

"죄송합니다. 이런 부탁을 드리다니……."

"신경 쓰지 마세요. 미아 님은 저에게도 소중한 분이니까요. 건강하시지 않으면 곤란하죠. 게다가……."

라냐는 장난기 어린 미소를 지었다.

"기존의 개념을 부수고 새로운 것을 만들어내려는 사고방식을 저는 아주 좋아하거든요. 새로운 페르쟝의 명물이 될지도 모르고요."

그러더니 기합을 넣으며 소매를 걷었다.

"하지만 설탕을 쓰지 않는다고 해도 단맛이 전혀 나지 않는 건 재미가 없죠. 아예 밀이 아니라 옥월맥을 쓰는 건 어떨까요?"

"옥월맥…… 그 타코스에 사용했던 것 말씀이신가요?"

"네. 옥월맥은 일반적으로 먹는 밀보다 단맛이 진하거든요. 설탕을 쓰지 않는다면 이쪽을 쓰는 게 좋을지도 모르죠."

그 말을 듣고 텔리야가 고개를 주억거렸다.

"그렇군요. 그건 맹점이었습니다."

"무슨 말씀이세요?"

고개를 갸웃거리는 안느에게 텔리야가 온화한 미소를 지었다.

"저희 페르쟝의 국민은 밀을 먹지 않습니다. 옥월맥을 주식으로 삼고, 밀은 전부 수출하죠. 하지만 카티라는 특별할 때 만드는 과자. 그래서 보통은 고급 곡물인 밀을 사용해서 만듭니다. 옥월맥은 단맛이 나는 반면 굽고 나면 조금 단단하거든요. 식감이 뻣뻣하다고 해야 할까요. 그래서 케이크에는 적합하지 않다는 평가가 있습니다."

텔리야의 말에 이어 라냐가 말했다.

"그래서 만약 옥월맥을 잘 조리해서 좋은 식감으로 구워낼 수 있게 된다면 설탕을 쓰지 않는, 완전히 새로운 카티라가 생길지도 모릅니다. 바로 시도해보죠!"

이렇게 텔리야의 지도하에 카티라 만들기가 시작되었다.

몇 번의 시도와 실패 후 완성한 카티라는 소박한 단맛이 나는 심오한 맛이 되었다.

안느는 라냐와 텔리야의 합격 도장을 받은 그것을 들고 귀로에 접어들었다.

"다행이다. 이거라면 분명 미아 님께서 기뻐해 주실⋯⋯."

그렇게 중얼거린 안느의 뇌리에 위화감이 발생했다.

"어라⋯⋯? 나 왜 미아 님께 카티라를?"

문득 발을 멈추고 중얼거렸다.

애초에 이 카티라를 먹기로 약속한 건 꿈속의 사람이다.

그것도 이상한 이야기지만, 더욱 이상한 것은 어째서인지 그 약속을 미아와 했다고 생각하고 있었던 점이다.

"갑자기 가져가봤자⋯⋯ 미아 님께서 이상하게 생각하시려나⋯⋯."

게다가 마음에 걸리는 건 하나 더 있었다.

미아는 달콤한 것이라면 눈이 돌아가는 사람이다. 게다가 뭐든 잘 아는 사람이기도 하다. 그런 미아가 이 카티라를 몰랐을 것 같지가 않다.

그럼에도 안느는 단 한 번도 미아가 카티라를 먹는 모습을 본 적이 없다.

──어쩌면 싫어하는 음식일지도…….

그런 불안을 느끼면서도 안느는 미아에게 돌아갔다.

"아아, 안느! 늦었잖아요."

방에 돌아가자 미아가 걱정하는 얼굴로 맞아주었다.

"무슨 일이 있었나 걱정했답니다. 대체 어떻게 된 거죠……?"

"지금 막 귀환했습니다. 미아 님. 죄송합니다. 사실 이걸 만들고 있었습니다."

그렇게 말하며 안느는 시행착오 끝에 완성한 특제 카티라를 미아 앞에 내밀었다.

"어머나! 이건…… 혹시 카티라인가요?"

미아는 놀란 듯 눈을 크게 뜨고는…….

"우후후, 마음이 통했네요."

방에 놓여있던 봉투를 가져왔다. 그 안에는 낮에 안느가 먹었던 것과 같은 카티라가 들어 있었다.

"안느와 같이 먹으려고 준비했답니다. 역시 페르쟝 하면 이거죠."

미소 짓는 미아를 보고 안느는 안도의 한숨을 쉬었다.

"……다행이다. 미아 님, 싫어하시는 건 아니었군요."

"네? 어째서죠?"

"미아 님께서 카티라를 드시는 걸 본 적이 없었으니까요."

"그렇지 않아요. 오히려 아주 좋아하는걸요. 하지만……, 그……."

미아는 거기서 말문을 흐렸다. 잠시 생각에 잠기듯 고개를 숙였다가 이윽고 입을 열었다.

"……약속을 했거든요. 제게 만들어주겠다고 말해준 사람이,

있었어요. 하지만 이제 그 사람과는 만날 수 없게 되어버렸죠. 그래서 그 약속을 지키지 못한 채 제가 먹어버리는 건, 조금 마음에 걸려서……."

"약속……?"

그 말에 심장이 철렁했다. 하지만 설마. 그럴 리가 없다.

왜냐하면 그건 그냥 꿈일 테니까. 게다가 자신은 미아와 만날 수도 있고…….

혼란스러워하는 안느에게 미아가 말을 걸었다.

"왜 그러나요?"

"아…… 아뇨. 그, 만약 그런 소중한 약속이 있으셨다면 무리하지 않으셔도……."

당황해서 대답하자 미아는 쿡쿡 웃었다.

"그랬다면 직접 카티라를 준비하지 않았죠. 게다가 분명 당신과 함께라면 그 사람도 이해해줄 거예요. 자, 안느가 가져와 준 것도 먹고 싶은데요."

그렇게 미아는 안느가 잘라준 카티라를 한 입에 넣었다.

그 순간, 눈을 부릅떴다.

"어라…… 이 맛은……?"

"아, 역시 마음에 안 드셨을까요?"

불안해하며 중얼거리는 안느에게 미아는 작게 고개를 저었다.

"아뇨, 무척 맛있어요. 평범한 카티라보다 단맛은 적은 편이지만, 은은하게 퍼지는 부드러운 단맛이 아주 맛있어요. 이건 대체?"

"실은, 그게…… 이건 제가 만들었는데요……. 설탕을 쓰지 않고, 밀도······ 옥월맥 가루를 사용했습니다."

"안느가 만들었다고요? 그것도 평범한 재료를 쓰지 않고? 그건 또, 대체 왜 그런 생각을 했나요?"

뭐라고 대답해야 할까······. 순간 고민했으나, 결국 안느는 솔직하게 말하기로 했다. 미아에게 거짓말을 하고 싶지 않았기 때문이다.

"그게······ 만약 무슨 일이 생겨서 밀이나 설탕을 손에 넣을 수 없게 되었을 때에도 만들 수 있도록 하려는 생각이었습니다."

"밀과 설탕을 손에 넣을 수 없는······."

"네. 물론 미아 님께서 계시는 한 그런 가혹한 일은 일어나지 않을 거라고 믿습니다. 하지만······ 어째서일까요. 그렇게 하고 싶었습니다······. 아하하, 죄송합니다. 좀 이상하죠."

얼버무리듯이 웃은 안느는 바로 고개를 갸웃거렸다. 미아가 참으로 오묘한 표정을 짓고 있었기 때문에······.

그것은 마치, 어딘가 먼 장소를 떠올리고 있는 것만 같은······. 그리운 누군가를 떠올리고 있기라도 한 것 같은······.

"안느 양······?"

"네······?"

두근. 가슴이 크게 뛴다. 약속······. 꿈속에서 누군가가 불렀던 것과 같은 호칭.

떠오르지 않는 누군가와 한 약속······.

미아 님과 한, 약속······?

하지만 그 말이 형태를 이루기 전에, 미아가 쓴웃음을 지었다.

"아뇨, 아무것도 아닙니다. 잊어주세요."

그러더니 미아는 남은 카티라를 바라보며 말했다.

"저기, 안느……. 이 카티라…… 무척 맛있어요. 아바마마께도 맛보게 해드리고 싶은데, 다음에 제도에서도 구워줄 수 있을까요?"

그렇게 미아는…… 뭐라 말할 수 없는 미소를 지었다.

그 순간 안느는…… 어째서일까. 눈물이 날 것 같았다.

꿈속의 그 사람에게 닿았다……. 이 카티라는 분명히, 그 사람에게…………. 그런 느낌이 들어서…….

그래서 무심코 '네…….'라고 대답할 뻔했다가……, ……다음 순간…… 얼굴이 파랗게 질렸다!

왜냐고 물을 필요도 없다.

안느가 만든 카티라는 설탕과 밀이 없는 상황에서도 만들 수 있도록 한 대용품이다. 도저히 황제 폐하에게 내어드릴 수 있는 게 아니다.

"그, 그런, 황공한……. 아, 그, 그래요. 그렇다면 주방장님께……."

안느의 말이 끝나기를 기다리지 않고 미아가 짝 손뼉을 쳤다.

"아, 그래요. 아예 저도 같이 만드는 건 어떨까요?"

미아는 마치 좋은 아이디어를 떠올렸다는 듯 고개를 주억거렸다.

"아바마마께 드리고, 아, 물론 아벨에게도. 시온과 사피아스 공자에게도……. 학생회의 남자들에게 제 요리 실력을 보여드리는 거예요. 좋은 생각 아닌가요?"

이 순간, 멀리 떨어진 땅에서 두 명의 남자가 동시에 위를 눌렀

다는 소문이 있지만 뭐, 그건 그렇다 치고…….

"미아 님과 함께……. 그런 것이라면."

미아가 진심으로 원한다면 안느는 거절할 수 없다.

결국 기세에 밀린 안느는 카티라 만들기에 도전하게 되었다.

그렇게 훗날……. 안느는 황제 폐하에게 부름을 받아 직접 칭찬을 듣게 되었다.

황제는 아주, 아주아주 많이! 칭찬해주었다.

덤으로 특별 보수라면서 포상금을 내려주었고, 안느는 그 금액을 가족에게 보냈다고 한다.

왜냐하면…… 안느는 이미 충분히 행복했기 때문이다.

지금 갖고 있는 것 이상은 여분이라서, 그걸 받아버리는 건 어쩐지 욕심이라는 느낌이 들었으니까…….

──어째서일까……. 미아 님과 함께 카티라를 만든 것만으로도 굉장히 행복해.

그것은 슬픈 꿈의 뒷이야기.

이뤄지질 수 없었던 소소한 약속이, 아주 조금 형태를 바꿔서 이뤄진…… 그런 조금 달달하고 행복한 이야기였다.

미아의 탄신제 일기

MIA's

DIARY

OF BIRTHDAY FESTIVAL

TEARMOON
EMPIRE STORY

12월 16일

오늘은 내 탄신제 첫날. 백월궁전에서 파티.

주방장의 요리가 무척 맛있었다. 올해의 요리는 비용을 줄였다고 했는데, 오히려 예년보다 더 맛있게 느껴졌다. 채소 케이크는 변함없는 최고의 맛이다.

또 신메뉴로 나온 감월(甘月) 감자 수프는 특히 기록으로 남겨야 할 맛이었다. 단맛과 진한 감칠맛의 하모니가 절묘하다. 흠잡을 곳 없음. 주방장의 빼어난 기술을 만끽했다.

12월 17일

오늘은 내 탄신제 둘째 날. 제도로 나와 봤다.

길거리에 있는 노점에서 미아 구이라는 과자와 조우. 내 모양을 본뜬 구운 과자였다.

안에 달콤한 크림이 들어있어서 무척 맛있었다.

형태가 둥글둥글한 것에는 화가 치밀었지만, 먹기에는 딱 좋은 분량이었다. 그래서 용서했다.

12월 20일

난로 앞에서 먹는 얼음과자는 최고!

12월 26일

바빠서 일기를 쓸 여유가 없었던 것으로 기억하는데, 제대로 적었군요. 하지만 역시 맛집 후기 같은 기록이 되었어요. 이상하네요.

지난 몇 년간의 항례(恒例)가 되었지만, 올해도 안느의 집에 초대를 받아 생일 파티를 열었습니다. 올해는 특별히 그다음 날 안느의 가족을 백월궁전에 초대했죠.

안느의 동생들도 아주 기뻐했습니다. 에리스도 원고에 도움이 된다고 말했으니 다행이네요.

이로서 만약 대기근이 찾아온다고 해도 안느의 가족만큼은 성으로 피난시킬 수 있을 테죠. 앞으로도 문지기가 얼굴을 기억하도록 정기적으로 성에 불러두도록 할까요.

그나저나 드디어 대기근이 다가오는군요.

비축분이 충분하다면 좋겠는데요. 생각하면 불안해진다니까요.

안느에게 달콤한 핫밀크를 만들어달라고 한 뒤에 자야겠어요.

후기

안녕하세요, 모치츠키입니다. 여러분은 어떻게 보내고 계신가요?

이 이야기가 벌써 7권이 되었습니다. 이번에는 웹 연재 때 호평을 받았던 미아의 '빵 · 케이크 선언'이나 페르쟝편이 중심이 되는 미식 · 티어문 제국 이야기가 되었습니다.

사이트에 연재할 때 몇몇 독자분들께서 밀은 맨손으로 만지면 굉장히 가려워진다고 가르쳐주신 덕분에 '히이익!' 하고 비명을 지르며 수정했던 추억이 있습니다.

독자 여러분의 목소리를 반영하면서 내용을 추가 · 수정할 수 있다는 게 웹연재 소설의 장점이라고 새삼 느끼게 된 에피소드였죠.

아무튼 이번 권. TO북스 온라인 스토어에서는 어나더 커버, 신규 단편 특전, 아크릴 키홀더와 책 세트 등…… 각종 부록이 붙어서 무척이나 호화로워졌습니다. 설마 미아가 이런 식으로 굿즈가 되는 날이 올 줄은 생각지도 못했습니다. 감개무량합니다.

미아 : 하지만 특전이 너무 호화로운 것 아닌가요? 제국의 담당자가 우쭐해져서 돈을 너무 많이 쓰지 않았다면 좋겠는데요……. 어쩐지 다음 권쯤에 황금으로 만든 미니사이즈 미아 조각상이라거나, 제 얼굴이 각인된 기념주화 같은 걸 만드는 건 아닌지 굉장히 걱정이에요.

황제 : 흐음……. 흐음!

미아 : 무슨, 잠깐. 아바마마, 듣고 계셨어요? 아니, 뭔가 괜한 생각을 하고 계시진 않나요? 재정이 빠듯한 상황에.

황제 : 무슨 말을 하느냐. 짐은 괜한 생각 같은 건 일절 하지 않았다. 애초에 재정이 빠듯하다는 건 화폐가 부족하다는 뜻이지. 그렇다면 미아의 초상화가 각인된 기념주화를 대량으로 만들면 그만큼 쓸 수 있는 돈이 늘어나는 게 아니겠느냐. 미아의 초상화가 들어가면 은화라고 해도 금화와 같은 가격을 유지할 수 있을 테지!

미아 : 그렇군…… 요? 어라……? 그건 아바마마치고는 의외로 묘안인 것 같기도 하고……?

이후 망할 안경에게서 경제란 무엇인지 배워야만 하게 된 미아였다…….

뭐 이런, 경제 공부를 했다는 느낌이 들 수도 있을 것 같기도 하고 아닌 것 같기도 한 티어문 제국 이야기 제7권이었습니다. 아, 참고로 제8권의 TO북스 온라인 스토어 특전은 거대 미아 황금 조각상급의 가치가 있는 오디오북 특전입니다. 이쪽도 꼭 체크해주세요!

여기서부터는 감사 인사입니다.

Gilse님, 예쁜 일러스트를 그려주셔서 감사합니다. 어나더 커버의 표지 그림이 무척 멋집니다. 컬러 일러 쪽도 감사합니다.

담당편집자 F님, 이번에도 여러모로 신세를 졌습니다. 가족에게. 늘 응원해줘서 감사합니다.

그리고 이 책을 읽어주신 독자 여러분, 미아의 모험은 조금 더 (……조금?) 이어질 것 같으니 계속해서 즐겁게 읽어주셨으면 좋겠습니다. 그럼 또 8권에서 만나요!

티어문 제국 이야기

Tearmoon Empire Story

벨의 망상

아, '성녀 미아와 유니콘의 즐거운 한때' 말씀이군요.

성 미아 학원…… 무척 좋았어요.

특히 그 멋있는 조각상!

익

머리가

학교의 아이들에게 들었어요.

그 조각상은 밤이 되면 움직인다는 소문이 있대요!

……네!?

분명 제국을 지키기 위해 싸우는 거예요!

역시 미아 할머… 언니!

그렇군. 이걸 이용하면……

아니에요, 벨. 그건 괴담이라고 해서……

루드비히가 퍼트린 소문으로 인해 미아 조각상은 사람들에게 숭배받게 되었다.

티어문 제국 이야기

7권

구매해주셔서 감사합니다

만화판 제14화 초반 미리보기

COMICS TRIAL READING

TEARMOON

EMPIRE STORY

어머…….

부활동은 기본적으로 자유 참가야.

자유로운 귀족이 많다 보니 매일 오는 녀석은 드물지.

마롱 선배가 칭찬했어.

진지하게 임한다면서.

그거 영광이군요.

이런 차이가 있었다.

탈출 수단을 확보하기 위해서는 승마 기술은 필수니까요!

아가씨도 어지간히 말이 마음에 들었나 봐.

쑥

!

괜찮다면 같이 타고 갈래?

우선 지금은 이 말밖에 없는데…….

아벨 왕자님.

열심히 하고 계시네요…….

저,

아벨 왕자님.

검술 대회
당일……

그,

응?

말인데요.

아니,
딱히
없는데…….

그게……
점심 도시락을
먹을 때

같이 먹기로 한
분이 있다거나
하신가요?

도시락?

!

핵

방심해서 안느에게도 상담하지 않았던 결과.

의뢰를 받기 힘드네요…….

그날은 좀….

네?

……

바들

이 근방의 가게는 다들 예약이 꽉 차서 지금 추가하는 건 어려울 겁니다.

호황기란 일주일 전에는 마감 했거든요…….

으…… 바들

어

어떻게 된 일이죠?

아직 당일까지 4일이나 있는데요….

콰앙

아

안느!!

이게 대체 무슨 일인가요 ━━기!

어떻게든··· 될 것 같습니다.

인맥을 만들어둔 사람들에게 이야기를 듣고 왔습니다.

일반적으로 도시락은 휴대성과 보존성이 뛰어난 말린 고기나 건조한 빵을 가리킵니다.

싸악

아뇨, 그건 못 찾았습니다.

절레

역시 안느예요!

만들어줄 수 있는 가게를 찾은 거죠?

섬에서는
호화로운 도시락의
수요가 별로
없어서⋯⋯

그럴
수가⋯⋯.

그래서
대응할 수 있는
가게가 적은
모양입니다.

그, 그럼
대체 어떻게
해야 하죠?

직접 만들죠.

⋯⋯⋯⋯네?

아, 이거 망하는 전개군요!

…………

빵 정도라면 구워본 적이

있습니다.

위기감이 자극된 미아는 도우미를 모으기로 했다.

요리 말인가요?

네?

티어문 TEARMOON
EMPIRE
STORY
제국 이야기

Tearmoon Teikoku Monogatari 6~Dantoudai kara hazimaru hime no gyakuten
story~
by Nozomu Mochitsuki

Copyright © 2021 by Nozomu Mochitsuki
Original Japanese edition published by TO Books, Inc.
Korean translation rights arranged with TO Books, Inc.
Korean translation rights © 2021 by Somy Media, Inc.

티어문 제국 이야기 7 ~단두대에서 시작하는 황녀님의 전생 역전 스토리~

2021년 12월 14일 1판 1쇄 발행

저　　　자 모치츠키 노조무
일러스트 Gilse
옮 긴 이 현노을
발 행 인 유재옥
본 부 장 조병권
담당편집 정영길
편 집 1 팀 이준환 박소연
편 집 2 팀 정영길 조찬희 박치우 조현진
편 집 3 팀 오준영 곽혜민 이해빈
미　　　술 김보라 서정원
라이츠담당 한주원 이다정 이승희
디 지 털 박상섭 이성호 최서윤 김지연
발 행 처 ㈜소미미디어
인쇄제작처 코리아피앤피
등　　　록 제2015-000008호
주　　　소 서울 마포구 토정로 222, 403호(신수동, 한국출판콘텐츠센터)
판　　　매 ㈜소미미디어
마 케 팅 한민지 최정연 박종욱
물　　　류 허석용
전　　　화 편집부 (070)4164-3962, 3963 기획실 (02)567-3388
　　　　　　 판매 및 마케팅 (070)4165-6888, Fax (02)322-7665

ISBN 979-11-384-0483-9 04830
ISBN 979-11-6507-670-2 (세트)

티어문 제국 이야기

단두대에서 시작하는 황녀님의 전생 역전 스토리

TEARMOON
EMPIRE STORY
WRITTEN BY
NOZOMU MOCHITSUKI

모치츠키 노조무 지음
Gilse 일러스트

7권 초판 한정
쇼트스토리 소책자

미아의 미식 여행 일기
~페르쟝 포식편~

Mia's

DIARY

OF BIRTHDAY FESTIVAL

TEARMOON

EMPIRE STORY

모처럼 페르장에 가기로 했기에, 스타일을 바꿔서 새 일기장에 적어본다. 오늘부터는 빼먹지 않고 매일 써야지. 식사에 대한 것 말고도 제대로 적을 생각이다.

페르장 여행 1일차.

오늘 제국과 페르장의 국경을 넘는다. 아직 해가 환할 때 페르장의 첫 번째 마을에 도착.

루비와라는 신기한 과일과 만났다.

상큼한 단맛과 싱그러운 과즙이 무척 멋진 과일이다. 마음에 든다!

그 자리에서 수확해 바로 먹는 건 최고의 사치임을 확신.

부드러워서 쉽게 상하기 때문에 우송이 어려운 관계로 제국 내에서 먹는 건 어렵다고 한다. 아쉽다. 하지만 어떻게든 해결하고 싶다. 마차를 개량할 여지가 있을까? 지금보다 덜 흔들리는 마차가 있다면.

아니면 과일을 넣는 상자 안에 부드러운 천을 까는 등, 무언가 방법이 없을까.

※먹을 것 말고도 제대로 고찰했다. 이 기세로 가야지.

페르장 여행 3일차.

두 번째 마을에 도착.

오늘은 페르쟝 베리라는 과일을 수확하는 걸 도운 후 그 자리에서 시식회를 열었다.

검은색에 가까운 작은 과일. 포도와 비슷하게 생겼지만 조금 단단하다.

먹어보자 신맛보다는 단맛이 더 강해서 놀랐다. 얼마든지 먹을 수 있을 것 같은 느낌이 들지만, 중간에 안느가 제지했다.

마을 사람에게 물어봤더니, 놀랍게도 잼으로 만들어도 아주 맛있다고 한다. 예의 타코스에 발라서 먹으면 좋다고 하니, 내일 아침에 시도해 볼 생각이다. 그나저나 그 자리에서 딴 것을 바로 먹는 것과, 잼으로 만든 것의 맛을 비교해 보는 건 제법 사치스럽구나. 근사하다.

파이로 만들어도 맛있다고 한다. 어쩜 이렇게 만능일까. 꼭 제국에 가지고 돌아가고 싶다.

※어제는 일기에 쓸 거리가 없었기 때문에 생략. 쓸 만한 내용이 없으니 어쩔 수 없지.

오늘은 먹을 것에 대해서도 적었지만, 식재로서 제국에서 이용하는 방법을 고찰했으니까 만족하자. 너무 엄격하게 기준을 조이는 건 좋지 않다.

페르쟝 여행 5일차.

세 번째 마을에 도착.

기다렸습니다. 포도따기. 페르쟝 여행 이야기가 나왔을 때부터 계속 오고 싶었다.

그 마을은 여러 종류의 포도 재배에 종사하는데, 평범한 보라색 포도만이 아니라 문컷이라는 노란색 포도나 껍질째 먹을 수 있는 붉은 태양 포도라는 것도 기른다고 한다.

이번에는 태양 포도의 수확을 거들었다. 그 자리에서 먹은 포도는 형언할 수 없이 맛있었다. 루비와나 페르쟝 베리 때도 느꼈지만, 역시 갓 수확한 과일을 먹는 건 멋진 체험이다.

아무래도 포도는 그대로 먹는 것만이 아니라 주스로 만들어서 마실 수도 있다고 한다. 와인처럼 알코올은 느껴지지 않지만, 신선하고 강렬하다. 마른 목을 적셔주기에는 최적이다.

하지만 갓 딴 것을 먹을 수 있다면 그것을 갈아버리는 것도 아까운 것 같단 생각이 들었다.

역시 질 좋은 과일은 별다른 가공을 하지 않고 그냥 먹는 게 최고다.

페르쟝 여행…… 오늘로 며칠 째더라?

이곳은 왕도, 오로 알데아.

모처럼 페르쟝 여행을 가는 것이니 특별히 일기장을 마련했는데, 평소와 똑같이 맛집 후기 같은 일기장이 되고 말았군요. 신기하단 말이죠.

그나저나, 오늘은 기쁜 일이 있었답니다. 안느가 카티라를 만들어주었어요.

놀랍게도 라냐 양에게 상의해서 평범한 카티라와는 다른 방법으로 만들었다고 하네요.

밀가루도 설탕도 쓰지 않고 만들었다고 하는데…… 은은하지만 제대로 단맛이 나고, 더불어 그게 딱 적당히 달아서 무척 맛있었습니다. 옥월맥의 풍미도 적절히 남아 있어서 오히려 평범한 카티라보다 더 맛있었어요.

아바마마는 물론이고 아벨이나 다른 학생회 구성원에게도 대접하고 싶을 만큼 뛰어난 완성도였습니다. 저도 제대로 연습해서 다음에 함께 만들어보려고 해요.

그런데 안느는 어째서 설탕도 밀가루도 사용하지 않는다는 특이한 조건을 붙인 걸까요?

이래서는 마치 그때의 일을 기억하고 있는 것 같잖아요. 확실히 그 세계에서는 밀가루도 설탕도 손에 넣을 수 없었지만…… 안느에게는 그대의 기억이 없을 텐데요.

하지만 오늘의 안느는 조금 안느 양과 겹쳐 보였습니다. 어쩌면 그때의 기억이 있는 건지도…….

아뇨, 아니죠. 오늘 만들어준 건 틀림없이 안느였어요. 안느가 다름 아닌 저를 위해 만들어준 것인걸요.

안느에게는 제대로 고맙다고 인사해야겠군요. 그리고 라냐 양에게도 인사하러 가야겠어요. 무언가 선물이라도 준비할 수 있다면 좋겠는데요.

그러고 보면 이전에 페르쟝의 미래에 대해 고민하고 있었죠. 무언가 획기적인 외화획득 수단이 없을지.

역시 페르쟝의 장점을 살려주었으면 합니다. 식사와 농업. 하지만 농사법에 관한 건 제가 간섭해봤자 의미 없는 일이고, 분명 아무것도 떠오르지 않을 거예요.

하지만 무언가 있을 법 한데요. 이번 경험을 살릴 수 있는 무언가. 예를 들어 먹는 것을 주제로 삼은 마을을 만드는 건 어떨까요?

학원을 중심으로 한 마을인 학원도시가 있으니까, 음식을 중심으로 한 도시가 있어도 이상하진 않을 거예요.

예를 들어 마을 주변에 다양한 밭을 만들어서 거기에서 과일 따기를 체험할 수 있도록 하는 거죠. 맛있는 과일만 마련할 수 있다면 귀족의 놀이로도 활용할 수 있지 않을까요?

어라? 이거 제법 좋은 아이디어 아닐까요? 그러면 매년 여름마다 이렇게 놀러 올 수도 있을 테고요. 이 과일따기라는 건 꼭 아벨과 함께 하고 싶은걸요.

제가 떠올리긴 했지만 나이스 아이디어군요. 잊어버리지 않도록 메모해두는 게 좋겠어요. 그 외에 또 쓸 수 있을 법한 아이디어는 버섯 모양의 집. 과자로 만든 나무. 전부 다 멋져요.

케이크 성도 따로 만드는 것도 괜찮은 것 같네요. 그리고 다 같이 버섯 인형탈을 입는 것도 즐거워서 좋지 않을까요.

그렇게 마을 어디서든 페르쟝의 맛있는 요리를 전부 먹을 수 있도록 하는 거죠.

그런데 그런 마을이 있다면 안느가 또 요리를 배우고 싶다고 말해줄지도 모르겠네요. 여기에 주방장도 데려와서 요리법을 배우고 돌아오게 하면 메뉴의 폭이 넓어질지도…….

음식을 배운다……. 그래요. 기왕이면 미아 학원에 요리를 공부하는 코스를 개설하는 것도 좋겠어요. 실력이 뛰어난 페르쟝의 요리사를 강사로 고용하고……. 아니, 페르쟝으로 한정할 필요도 없겠네요. 아예 대륙에 있는 다른 나라의 요리도 배울 수 있도록 하면 되는 거예요.

선크랜드의 요리나 기마왕국의 요리도 좋겠죠. 물론 베이르가나 렘노 왕국도. 아벨의 고향 요리의 맛도 궁금해요.

제국에 돌아가면 바로 학장 갈브 씨에게 상담해봐야겠어요. 무척 기대되는군요.

티어문 제국 이야기

TEARMOON
EMPIRE
STORY

번외편 머나먼 이국땅의 친구여······

티어문 제국의 황녀, 미아 루나 티어문의 탄신제는 장장 닷새에 걸쳐 치러지는 제국의 큰 행사이다.

 올해는 특히 미아 황녀의 방탕 축제도 더해져 사람들은 성대하게 즐거워했다.

 미아 본인도 여러 귀족의 영지를 돌며 여느 때보다 더 축제를 즐겼다. 그리고 축제를 마친 뒤 잠시 휴식…… 할 새도 없이 다음 행사에 나오게 되었다.

 사대공작가의 제도 저택에서 열리는 생일 파티가 바로 그것이다.

 첫날은 사피아스의 본가인 블루문가에서 열리는 파티였다.

 회장에는 블루문가와 관계가 깊은 중앙 귀족 관계자가 가득했다. 문벌귀족이라고도 불리는 그들은 제도 근교에 위치한 중앙귀족령의 영주들이자, 오래전부터 황제를 모셔 온 역사 깊은 가문 출신들이다.

 그런 그들이 보기에 개혁파 미아라는 건 참으로 껄끄러운 존재이긴 했으나…….

 "하하하. 미아, 오늘도 드레스가 참으로 잘 어울리는구나."

 "어머나…… 폐하. 부끄럽습니다."

 "무슨 말이냐! 애초에 아빠라고 불러달라고 누누이 말해오고 있거늘……."

뭐 이렇게. 당대의 황제 마티아스와 함께 왔으니 입을 경솔하게 놀릴 수도 없다. 애초에 얼마 전 성녀 라피나에 시온 왕자, 아벨 왕자와 쌓은 인맥을 적나라하게 과시한 직후이기도 하다.

따라서 미아에게 인사하러 오는 태도는 굳이 따지라면 공손⋯⋯하다는 수준을 넘어서 더 정확하게는 비굴하다는 형용사를 붙일 수 있을 정도였다.

하지만 그런 가운데⋯⋯ 당당한 걸음으로 다가오는 한 소녀의 모습이 있었다.

호화로운 웨이브를 그리는 머리카락을 살랑이며 각이 잡힌 발걸음으로 걸어오는 그녀는 미아의 앞에서 스커트 자락을 잡고 살짝 들어 올렸다.

"처음 뵙겠습니다. 미아 황녀 전하⋯⋯. 사피아스 님의 약혼자인 레티치아 슈베르트라고 합니다."

아몬드형의 고운 눈에 미소를 머금은 소녀. 기품이 넘치는 미소에 미아도 친근한 미소를 돌려주었다.

"어머나, 당신이 그⋯⋯. 우후후. 사피아스 공자에게 이야기를 들었습니다. 슈베르트 후작 영애. 사피아스 공자가 늘 자랑하더군요. 자신의 약혼자가 얼마나 대단한 여성인지."

"어머⋯⋯. 사피아스 님도 참⋯⋯."

미아의 익살에 경쾌한 웃음소리를 내는 레티치아. 그때⋯⋯.

"미아 황녀 전하. 제 사랑하는 사람을 너무 놀리지 말아주세요."

쓴웃음을 지은 사피아스가 다가왔다.

"어머, 딱히 거짓말은 하지 않았는데요⋯⋯."

미아는 장난기 어린 미소를 지으며 대답했고, 자연스럽게 담소를 나누는 흐름으로 넘어갔다.

이윽고 화제는 레티치아가 모르는 학원에서의 이야기가 되었고…… . 시온, 아벨과의 만남에서부터 검술 대회까지 이야기가 흘러갔을 때…… . 분위기가 약간 수상해졌다!

"그렇습니까? 미아 황녀 전하께서도 요리를 하시는군요…… ."

불현듯 고개를 숙이는 레티치아. 그런 그녀에게 미아는…… .

"네. 검술 대회를 앞두고 샌드위치를 만들었답니다. 이게 정말, 제가 만든 것이긴 해도 무척 맛있었는데요…… ."

과장했다. 숨 쉬듯이 자연스럽게 과장했다!

"노릇노릇 잘 구워졌고, 제 아이디어로 모양에도 공을 들였는데 그게 또 대단한 호평을…… ."

그 이야기를 들은 레티치아는 흥미진진하다는 듯 '흠, 흠' 하며 고개를 끄덕였다.

그런 약혼자의 모습에서 사피아스는 어쩐지 조금 불안해하는 표정을 지었으나…… . 그가 입을 열려고 한 바로 그 순간.

"사피아스. 이쪽으로 오너라. 저쪽에 계신 손님에게도 인사해야지."

사피아스의 아버지, 블루문 공작이 나타났다.

블루문 공작은 미아에게 꾸벅 인사한 뒤 사피아스에게 말했다.

"미아 황녀 전하의 이야기 상대가 되어드리는 것도 중요하지만, 남자가 숙녀들의 대화에 너무 끼어드는 것도 보기 좋지 않구나. 게다가 오늘은 폐하께서도 와 계시고 이웃 나라의 귀족들도 있지. 주최인 블루문가의 장남에게 태평히 담소를 즐길 시간은 없다."

"아, 네. 그건 잘 알고 있습니다만, 그……."

"아무쪼록 다녀오세요, 사피아스 님. 미아 님의 이야기는 제가 듣도록 하겠습니다. 사전에 그리하겠다고 말씀도 드렸잖아요?"

레티치아는 의젓한 어조로 말했다. 그건 귀족의 사교계가 무엇인지 잘 아는 귀족 영애의 태도. 혹은 미래의 공작 부인에 걸맞은 말이었다.

여느 때였다면 사피아스도 그녀에게 완전한 신뢰를 보냈을 것이다. 게다가 미아도 황녀로서 제대로 교육을 받은 몸. 괜찮을 거라고는 생각한다. 생각하지만……, 어째서일까. 사피아스의 머릿속에 막연한 불안이 소용돌이쳤다.

그때 한 소년이 걸어왔다.

"사피아스 님. 해야 할 일을 하러 가시죠. 여기는 제게 맡기시고."

참으로 의욕이 없어 보이는, 졸린 눈의 소년. 그는 레티치아의 동생인 다리오 슈베르트였다.

"아. 다리오. 그래. 네가 있다면……."

그렇게 중얼중얼. 아직 미련이 남긴 했지만, 어쩔 수 없다는 양 사피아스는 그 자리를 떠나갔다.

그래서……. 사피아스가 자리를 뜬 뒤에도 미아의 자랑은 계속 이어졌다.

"그러니까 뭐, 매번 할 수야 없겠지만 때로는 남성에게 요리를 만들어주는 것도 좋은 조미료가 될 수 있을 거예요."

"공부가 됩니다."

열심히 듣는 얼굴로 고개를 끄덕끄덕 동의하는 레티치아.

"역시 그런 거로군요. 사피아스 님께서 요리를 무척 잘하시기 때문에 저도 좀처럼 직접 만들 기회가 없어서요."

"어머, 그건 곤란하네요. 그래요. 그렇다면 다음에 함께 요리를 만들어보는 건 어떠신가요?"

"요리를요? 하지만……."

망설이는 기색을 보이는 레티치아. 직후, 바로 옆에 서 있었던 다리오가 소리 없이 스스슥 모습을 감춘 것을 미아는 눈치채지 못했다.

지금의 미아는 자신이 떠올린 좋은 아이디어에 푹 빠져있기 때문이다.

"아, 그래. 기왕이면 에메랄다 양이나 루비 공녀, 리나…… 아니지, 슈트리나 양도 불러서 같이 만드는 건 어때요?"

"별을 지닌 공작 영애분들과요……? 하지만……."

"상관없답니다. 당신도 장래에는 별을 지닌 공작가에 시집올 몸이잖아요? 그렇다면 지금 미리 다른 사대공작가와 친분을 다져두는 것도 좋은 일이죠."

그렇게 말하며 미아는 계획을 세우기 시작했다.

——에메랄다 양은 직접 요리를 하다니 대귀족이 할 일이 아니라고 주장할 것 같지만, 루비 공녀라면 수락하겠죠. 바노스 씨에게 직접 만든 요리를 해주고 싶다는 귀여운 생각을 할 법해요. 리

나 양도 조합은 특기일 테니, 요리도 잘할지도 모르겠어요. 벨이 온다고 하면 의외로 바로 허락할 것 같고요. 안느와 니나 양이 있다면 그다음은 대부분 어떻게든 될 것 같고요.

그렇게 미아가 머릿속으로 아주아주 즐거운 공상에 빠져있을 때였다.

"헉, 허억, 마이 스위트 레티. 미아 황녀 전하와 이야기하던 중이었어?"

어째서일까. 사피아스가 숨을 헐떡이며 돌아왔다. 그 옆에는 마찬가지로 가쁘게 숨을 쉬는 다리오 슈베르트의 모습이 있었다.

"어머? 그렇게 다급한 모습이라니, 무슨 일이야? 사피아스 님. 게다가 다리오마저. 미아 황녀 전하의 생일 파티이니 그렇게 허둥대는 모습은 보이면 안 돼."

"아, 아니, 갑자기 네가 보고 싶어졌거든. 아하하."

사피아스는 얼버무리듯이 웃었다.

"그래. 너는 오르간 연주가 특기였잖아. 어때? 미아 황녀 전하께 들려드리는 건."

"그건 상관없지만, 왜 그래? 갑자기."

"아니, 마이 스위트의 특기를 미아 황녀 전하께 꼭 자랑하고 싶어서. 부디 들어주십시오. 정말로 근사한 연주를 합니다."

그렇게 말하며 미아 쪽을 힐끗 살피는 사피아스. 미아는 그 시선에는 조금도 눈치채지 못한 채 팔짱을 끼고 있었다.

"······내일 있는 레드문가의 파티에서 권유하고······."

"미아 황녀 전하?"

"네? 아, 네. 부탁드릴게요."

미아는 사피아스를 향해 생긋 미소 지었다. 그걸 본 사피아스
는…… 마치 경계하듯이 미아를, 그리고 약혼자 레티시아에게 시
선을 보냈다.

그다음 날…….

미아는 레드문 저택에서 열린 파티를 찾아갔다.

제도 루나티어에 있는 레드문 저택은 사대공작가의 저택 중에
서도 가장 큰 면적을 자랑한다. 그건 저택의 건물 크기가 아니라
그 정원이 넓은 까닭이었다.

사병을 행진시키는 훈련에도 쓸 수 있는 넓이, 혹은 승마 연습
에도 쓸 수 있는 넓이를 자랑하는 정원이었다.

그런 널따란 정원을 내려다본 뒤, 미아는 다시금 파티회장으로
시선을 돌렸다.

차가운 바람이 불어닥치는 바깥과는 다르게 저택 안에서 열리
는 파티회장은 따뜻한 공기로 가득했다. 초대객은 어제 있던 블
루문가와는 다르게 체격이 좋은 자가 많았다. 흑월청의 고위 관
료나 군대 관계자들이다.

그런, 일종의 위압감이 흘러넘치는 회장에서 미아를 맞아준 것은
아름다운 파티 드레스를 입고 치장한 루비 에트와 레드문이었다.

심홍빛의 호화로운 드레스를 입은 루비는 미아 앞으로 나와 우
아하게 인사했다. 스커트 자락을 살짝 들어 올리며 완벽한 귀족
영애의 예법을 보여준 뒤, 루비는 쾌활한 미소를 지었다.

"미아 황녀 전하. 탄신일을 경하드립니다."

"평안하셨나요, 루비 공녀……. 어머? 오늘은 화장이 조금 다른가요? 어쩐지 전보다 더 예쁜 느낌이 드는데요……."

지적을 받은 루비는 생각지도 못했다는 듯 굳었다.

"네? 그렇습니까? 그런 변화를 주지는 않았습니다만……."

"하하하. 딸아이가 최근 일이 너무 즐거운 모양입니다. 그 때문이 아니겠습니까?"

루비의 뒤에서 나타난 장년의 남자, 만사나 레트와 레드문 공작은 미아를 보며 온화한 미소를 지었다.

"아아, 레드문 공이로군요. 평안하셨나요."

가볍게 인사한 뒤 미아도 완벽한 미소를 돌려주었다.

"그나저나 루비 공녀가 즐겁게 일하고 있다니 다행이에요."

"명예와 보람이 있는 일을 맡겨주셔서 감사드립니다."

깊이 머리를 숙이는 만사나였다.

"아뇨. 레드문가의 영애가 입대해주시다니, 저야말로 든든하기그지없죠."

그 말에 거짓은 없었다.

루비는 입대할 때 레드문가의 사병도 데려왔기 때문에, 황녀전속 근위대의 남녀 비율에 약간 변동이 발생했다.

여성 대원이 늘어나면 자연스럽게 미아의 신변 경호도 한층 충실해진다. 미아에게는 무척이나 기쁜 일이었다.

──디온 씨의 옛 부하들은 검 실력은 뛰어나지만, 다소 박력이 지나치기 때문에 미아 학원에 동행하면 아이들이 무서워할지

도 모르니까요.

황녀전속 근위대가 다양한 타입의 강자를 갖추는 것은 참으로 든든한 일이다.

"미아 황녀 전하께는 못 당하겠군요……."

한편 만사나의 얼굴에는 씁쓸한 미소가 번졌다. 물론 그가 그런 미소를 지을 수 있게 되기까지는 다소 시간이 필요했으나……

아무튼 만사나에게는 루비만이 아니라 아들들도 있다. 황위 계승권을 지닌, 황제가 될 가능성도 있는 남자아이들이다. 만약 미아가 여제가 된다면 그 기회는 사라질 것이다.

그게 아쉽지 않을 리 없었다.

하지만…… 동시에 그는 알고 있었다. 자신의 아들은 황제의 그릇이 아님을.

유일하게 그 그릇을 가지고 있을 법한 자식은 루비이다. 만약 여제라는 가능성이 열려있다면 전력으로 루비를 응원하는 것도 즐거움이었을 것이다. 하지만…… 미아는 그 가능성을 먼저 없애 버렸다.

루비에게 황녀전속 근위대에 입대를 권하여 다른 영달의 길을 제시함으로써.

그리고 그 길은 레드문 공작가에 지극히 잘 어울리는 길이었다.

미아 여제의 군대, 그중에서도 가장 영예로운 전속 근위대. 그 부대장. 그것은 가늠할 수 없을 만큼 명예로운데다 지루한 황위 같은 것보다는 루비의 적성에 더 잘 맞는 역할이기도 했다.

기뻐하는 딸의 모습도 보았기에, 만사나는 일찌감치 황위계승권 다툼에 관심을 잃었다. 그가 지금 관심을 주는 것은 다른 쪽이었다.

그건…… 즉, 루비의 영달이다.

그녀가 소속한 조작이 '황녀' 전속 근위대인지, 아니면 '여제' 전속 근위대가 될 것인지…… 그것은 커다란 차이이다.

루비를 더욱 높은 명예로 이끌기 위해서는 미아가 여제가 되는 게 지름길이다. 그렇다면 레드문가가 선택할 길은…….

만사나가 그런 복잡한 생각을 하는 줄도 모른 채, 미아와 루비는 환담을 계속 이어갔다.

"맞아요. 루비 공녀, 실은 제가 생각하고 있는 게 있는데요. 상담해주실 수 없을까요?"

"상담 말씀입니까? 무엇이죠?"

"아, 그렇게 심각한 표정은 짓지 마시고요. 거창한 건 아니랍니다. 사실 사피아스 공자의 약혼자인 슈베르트 후작 영애와 이야기를 하다가……."

뭐 이런…………, 참으로 좋지 않은 상담을…….

"루비 양……."

파티도 마무리에 접어들 무렵……. 불현듯 루비를 부르는 목소리가 들렸다.

목소리가 난 쪽으로 시선을 돌린 루비는 순간 의외라는 듯 고개를 갸웃거렸다.

"이런, 별일이 다 있군. 네가 우리 레드문가의 파티에 오다니 말이야. 창월의 귀공자."

"아니야. 매년 결석하는 것도 실례일 테니까. 게다가 올해는 특별한 해이니……."

사피아스는 얼마 전에 열린 월광회를 떠올리며 말했다.

"그런데, 무슨 일 있나?"

고개를 옆으로 기울이는 루비에게 사피아스는 어떻게 설명할지 고민했다.

위험을 회피하기 위해 어떤 수단을 쓸 수 있을까……. 아이디어를 조합해서 말을 꺼내려고 한 바로 그 순간, 사피아스는 발견하고 말았다!

"……그나저나 그분은, 어떤 음식을 좋아하실까……?"

사랑에 빠진 소녀의 눈을 한 루비의 모습을!

──아…… 이거, 틀렸구나.

사피아스는 바로 깨달았다. 루비는 아군으로 포섭할 수 없음을.

이미 요리할 생각에 가슴이 들뜬 듯한 루비를 보고 무심코 머리를 부여잡을 뻔했다.

"이봐, 창월의 귀공자 사피아스. 남성은 어떤 음식을 좋아하지? 체격이 좋고…… 이렇게, 근육이 참으로 훌륭한! 분인데……."

"……글쎄. 그런 인간은 네 주변에 더 많이 있을 텐데……."

경직된 미소를 지으며 사피아스는 전율마저 느꼈다.

──미아 님의 영향력은 가늠할 수 없구나.

그리고…… 또 그다음 날.

"오오……."

옐로문가의 파티회장에 발을 들여놓은 순간, 미아는 저도 모르게 감탄사를 터트렸다.

"이것 참, 너무도 호화롭군요……."

테이블 위에 나열된 색색의 과자, 과자, 과자!

더욱이 그 중앙에는 수많은 디저트를 거느린 황제와도 같이 거대한 케이크가 우뚝 솟아 있었다. 새하얀 크림으로 코팅된 그것은 말 그대로 하얀 케이크 거탑. 미아는 압도당하면서도, 마음속에 불타오르는 도전욕에 부르르 떨었다.

아무튼 오늘은 미아의 생일 파티다. 주역은 미아다.

아무리 먹어도 아무도 불평할 수 없다는 멋진 환경이 미아의 마음을 설레게 했다.

아니……. 뭐 실제로는, 아주아주 많이 먹으면 안느가 화낼 테지만……. 그런 건 미아도 알고 있긴 하지만……. 괜찮지 않은가, 지금은. 두근거림에 몸을 맡겨도 되는 순간이라는 게 가끔은 존재한다. 아마도.

그런고로, 곧바로 인사 대신 아름다운 쿠키를 쏙쏙 집어먹고 있었더니…….

"미아 황녀 전하. 탄신일 경하드립니다."

가까이 다가온 슈트리나가 스커트 자락을 살포시 들어 올렸다. 바로 뒤에는 옐로문 공작인 로렌츠의 모습도 보였다.

"어머나, 리나 양. 평안하셨나요. 옐로문 공도."

미아는 달달한 쿠키의 맛에 풀어진 표정을 지으며 인사했다.

"저희 옐로문가에서 총력을 기울여 갖춘 디저트는 어떻습니까? 미아 님."

"네. 정말, 훌륭한 과자를 갖춰두셨군요. 대단히 감복했답니다. 눈이 여기저기로 빨려 들어갈 것 같아요."

흡족해하는 한숨을 내쉰 뒤, 미아는 불현듯 고개를 갸웃거렸다.

"어라…… 그런데 신기하네요. 저는 매년 참석하고 있는데 옐로문가의 파티에서 이토록 훌륭한 과자가 나왔던 기억이 없는걸요."

"하하하, 그도 그럴 겁니다. 눈에 띄지 않도록, 최대한 수수한 파티를 열고자 노력하였으니까요. 가장 약한 옐로문에 걸맞게 말입니다."

"그렇군요……. 이 풍부한 과자는 옐로문가가 해방되었다는 증명이군요."

그런 것이라면 먹는 걸 사양하는 게 오히려 실례. ……라는 양, 미아는 기합을 넣었다.

……참고로 처음부터 사양할 생각 같은 건 털끝만큼도 없었다는 설이 있는 것 같기도 하고 없는 것 같기도 하지만, 뭐 그건 아무래도 상관없는 일이다.

그래서 드디어 메인 디시라는 듯 눈앞에 우뚝 선 케이크 거탑 공략에 임하려고 한 미아였으나……. 퍼뜩. 떠올랐다는 얼굴로 슈트리나 쪽을 보았다.

"아. 맞아요, 리나 양. 이번에 사대공작가의 여러분과 함께 요리 모임을 열려고 생각하고 있는데, 어떤가요?"

"어어, 거기에는 벨도 참가하나요?"

어리둥절한 얼굴로 고개를 갸웃거리는 슈트리나였다.

"흠……."

미아, 찰나의 숙고. 벨에게도 인맥을 만들어줘서 나쁠 건 없다고 판단.

"음, 그렇죠. 벨도 참여하라고 해도……."

"그럼 가겠습니다."

슈트리나, 아주 적극적으로 대답하다.

무심코 주춤거릴 뻔한 미아를 뒤로 슈트리나는 싱글벙글, 콩닥콩닥, 잔뜩 신난 표정이었다.

"우후후. 기대된다. 아, 예행연습도 해야지……. 이 집에 있는 걸로 연습할 수 있을까……. 조합하는 요령으로 하면……."

작은 목소리로 중얼중얼 혼잣말을 하는 슈트리나. 한편 미아는 다시금 거대 케이크 공략에 임했다.

참고로 이날 사피아스는 미아가 여제가 되는 걸 반대하는 귀족들에게 붙잡혀 비밀회담이라는 것에 끌려가고 말았다.

……솔직히 황위계승 같은 것보다는 훨씬 더 코앞에 닥친 문제가…… 생명의 문제가 있었기 때문에! 이 방해 행위에는 무척이나 짜증이 난 사피아스였다. 그가 화풀이 겸 자신을 붙잡은 귀족들에 대해 미아에게 털어놓았다고 해도 아무도 비난할 수 없을 것이다.

아무튼 목숨이 달린 문제이니까!

그렇게 또 다음날……. 사대공작가에서 주최하는 생일 파티의 마지막을 담당하는 것은 그린문 가였다.

"흐음……. 하지만 어떻게 말을 꺼낼까요……. 에메랄다 양은 분명 반대할 것 같은데요……."

미아와 사대공작가의 영애(엄밀하게 말하자면 블루문가에서는 슈베르트 후작 영애)가 참가하는 요리 모임에 어떻게 권유할 것인가.

"틀림없이 대귀족의 영애가 요리라니! 같은 말을 할 거라고요. 그렇다고 부르지 않으면 않은 대로 시끄러울 것 같고요. 흐으음……. 어떻게 하죠……."

그런 고민을 하던 미아였으나…….

"평안하셨나요, 에메랄다 양."

회장에 들어가 에메랄다의 얼굴을 보고 위화감을 느꼈다.

"미아 님. 저희 그린문 가에 잘 오셨습니다."

그렇게 말하며 웃는 에메랄다였으나, 어딘가 동작이 어색했다.

"흐음? 무슨 일이 있었나요? 어쩐지 상태가 이상한데요……."

미아의 지적에 꼼지락꼼지락 몸을 배배 꼬는 에메랄다. 그 두 팔은 어째서인지 등 뒤로 돌리고 있었다.

"저, 저기…… 미아 님. 그, 제가 드리는 선물 말인데……. 예전에, 미아 님께서 말씀하셨거든요. 가격은 비싸지 않아도 괜찮으니까, 직접 만든 것이 좋다고. 기억하고 계신가요? 그래서, 그……."

"아…… 그러고 보면, 그런 말을 했었죠. 네……."

물론 완전히 잊고 있었다.

그건 예전에 세인트 노엘 섬에서 있었던 일. 어느 날 휴일이라 우연히 마을을 걷고 있던 미아는 쇼핑하는 에메랄다를 발견. 미아의 생일 선물을 고르고 있다는 에메랄다가 어마어마하게 비싸 보이는 보석을 사려는 걸 혼신을 다해 저지했다.

그때 수제 액세서리에 사용하는, 작고 저렴한 보석을 보고는 말했다.

저렴해도 괜찮으니까, 세상에 하나밖에 없는 수제 장신구를 갖고 싶다고.

"혹시…… 정말로 만드신 거예요?"

미아의 질문에 말없이 고개를 끄덕 움직이는 에메랄다. 부끄러워서 그런지 뺨이 은은하게 붉게 물들어 있었다.

솔직히 설마 기억하고 있었을 줄은 꿈에도 몰랐던 미아였지만……. 막상 기억해주고 있었다니 조금 기쁘기도 하고……. 어쩐지 기대감에 가슴이 간질거리기도 하고…….

"봐도 될까요……?"

그렇게 묻자, 에메랄다는 어쩐지 굉장히 부끄러운 듯 우물쭈물 몸을 비틀었다.

"저기…… 너무, 기대는 하지 말아주세요. 저는 그, 이런 건, 그리 잘하는 편이 아니라…….”

그런 소릴 하는 에메랄다에게서 작은 나무상자를 받았다.

조심조심 열어보자 안에서 나온 것은 조금 큼직한 브로치였다.

딱 미아의 손바닥만한 크기일까. 작은 보석이 어설프게 배치된 그것을 보고 미아는 무심코 웃어버렸다.

에메랄다가 서툰 손놀림으로 그걸 만드는 모습이 상상이 갔으니까…….

그 후 미아는 드레스의 가슴께에 브로치를 달았다.

"아아…… 역시. 영 별로네요. 저기, 미아 님. 무리해서 달지 않으셔도……."

"감사합니다. 에메랄다 양. 이거…… 무척 기뻐요."

미아는 에메랄다의 얼굴을 보며 생긋 미소 지었다.

"소중히 간직할게요."

그 말을 듣자 에메랄다는 순간 얼떨떨한 표정을 지었다가.

"네. 물론이죠. 소중히 아껴주세요!"

얼굴 가득 환한 미소를 지었다.

──이 반응이라면……, 괜찮을지도 모르겠어요.

지극히 자연스럽게 떠올린 미아는 별다른 고민도 없이 에메랄다에게 말했다.

"저기, 에메랄다 양. 사실은…….."

이렇게 미아는 요리 모임에 에메랄다를 권유했다.

그런 감동적인 우정 에피소드가 펼쳐지는 무대의 뒤에서…….

에메랄다의 메이드, 니나는 분주히 회장을 오가고 있었다. 그러던 도중 그녀는 별안간 팔을 잡아당기는 손길에 복도 구석으로 끌려갔다.

"앗……, 사피아스 님. 무슨 일이십니까?"

그녀로서는 드물게 조금 놀란 표정으로 물었다. 그런 니나에게 사피아스는 소곤거리는 목소리로 말했다.

"그게……. 실은 조금 큰 문제가……."

"조금…… 큰 문제?"

어리둥절해서 고개를 갸웃거리는 니나에게 사피아스가 뻣뻣한 미소를 지었다.

"무시무시한 일이 일어나려 하고 있어. 부디 네 힘을 빌리고 싶어. 아니, 이제 너 말고는 부탁할 수 있을 법한 사람이 없거든……."

자……. 이리하여 별을 지닌 공작 영애와 미래의 별을 지닌 공작 부인 feat. 미아의 요리 모임이 열리게 되었다.

그 전말이 어떻게 되는지……, 그건 여기서는 생략하기로 하지만…….

모든 것이 끝났을 때, 새하얗게 불태운 사피아스가…….

"……아아, 키스우드 씨, 잘 지내? 또 조만간 술잔이라도 나누고 싶은데……."

머나먼 이국땅의 친구를 그리워하였다.

해피엔딩.

티어문 제국 이야기

TEARMOON
EMPIRE
STORY

제국의 예지의 허상…… 팽창 중.

"흐으음⋯⋯."

미아의 탄신제가 끝나고, 선크랜드로 돌아오는 마차 안⋯⋯.

키스우드는 조용히 자신의 주인, 시온을 관찰했다.

——어디 보자, 시온 님도 무슨 일인 건지⋯⋯.

어딘가 여느 때와 다른 시온의 모습에 키스우드는 고개를 갸웃거렸다.

기운이 없다⋯⋯ 는 느낌은 아니다. 굳이 따지라면 사색에 잠겨있다고 해야 할까, 무언가 생각할 거리가 있는 모양이었다.

"저기, 무슨 일 있었습니까? 전하."

"응? 왜 그런 걸 묻지?"

"아니 거, 무슨 일 있었나? 하는 얼굴이라서요⋯⋯."

편한 어조로 그렇게 지적했다. 그러자⋯⋯ 시온은 뜻밖에 진지한 표정으로 고개를 끄덕였다.

"그런가⋯⋯. 의식하진 않았지만⋯⋯ 조심해야겠군."

그 뒤로 시온은 작게 한숨을 쉬었다. 절절하고도 참으로 우수에 어린 그 얼굴을 보고 키스우드는 쓴웃음을 지었다.

——어느 귀족 영애라도 봤다면 단숨에 사랑에 빠져버릴 듯한 얼굴이구나. 저런.

어깨를 으쓱이며 키스우드가 말했다.

"혹시 미아 황녀 전하의 생일 파티에서 무슨 일이 있었다거나?"

"그래. 뭐, 여러모로……."

뒷말을 흐리는 것이 참으로 수상했지만…….

"아하, 그렇군요……."

대충 느낌으로 눈치채버린 키스우드는 씩 웃었다.

"나쁜 일은 아닌 것 같아 안심했습니다."

"나쁜 일이 아니라고? 그런가?"

"네. 전부터 저는 시온 전하가 좀 더 청춘다운 경험을 해 두는 게 좋다고 생각했었거든요."

"딱히 일부러 멀리하는 것도 아닌데. 혹시나 해서 묻는데, 그 청춘다운 경험이라는 건 대체 어떤 거지?"

"그야 물론, 역시 사랑이 아닐까요?"

농담하듯 던지자 시온은 순간 딱딱해지더니…….

"사랑이라……."

작게 중얼거렸다. 그리고는 정신을 다잡은 듯 어깨를 으쓱했다.

"선크랜드의 왕위계승권 1위인 나에게 사랑을 권하다니, 제법 용기가 있잖아. 역시 늑대 사냥꾼 키스우드야."

"……아니, 딱히 사냥은 못했지만요……. 애초에 살아남는 것만으로도 급급했지만요!"

지금도 떠올리면 등골이 오싹해진다. 그 늑대들을 상대로 용케 살아남았다며, 스스로도 감탄할 정도인 키스우드였다.

"정말, 시온 전하도 용케 무사하셨지……. 참나, 진짜 딱 죽을 것 같은 기분이었다니까요."

"그래. 아벨과 내가 둘이서 덤벼도 전혀 쓰러트릴 수 있을 것 같지 않았어. 실제로 전원이 살아남은 것만으로도 충분히 만족해야겠지만……. 언젠가 다시 전장에서 대치할 날이 올지도 몰라. 그때를 위해서도 빠짐없이 단련해야겠어."

아니, 애초에 그런 위험한 일에 끼어드는 걸 자중해달라는 생각을 하면서도 키스우드는 화제를 틀었다.

"그런데 미아 황녀 전하는 역시 대단하죠. 그런 위험한 상황에서도 전혀 두려워하는 기색을 보이지 않으셨잖아요."

말을 하면서 새삼 생각했다.

──실제로 미아 황녀 전하는 참 대단했어.

검을 잡아본 적이 없는 미아는 말 그대로 시온과 아벨이 졌다면 한순간도 버티지 못했을 것이다. 그럼에도 그 침착함. 심지어 중간부터는 응원을 시작하질 않나…….

──아니, 진짜 대단해. 간이 배 밖으로 나온 건지, 달관한 건지…….

키스우드라고 한들 무기도 들지 않고 그 자리에 있었다면 간담이 서늘했을 것이다. 그런데도 그런 태도다. 동료들을 철저하게 믿으니까, 그들이 패배해서 자신이 숨을 거둔다고 해도 어쩔 수 없다고 생각했던 걸까…….

"대체 어떻게 해야 그 상황에서 그렇게 침착할 수 있는지…… 요령을 물어보고 싶을 정도야."

시온의 말에 무심코 고개를 끄덕이는 키스우드였다.

한편 그 무렵. 백월궁전의 식당에서…….

"저기, 미아 님. 이건 대체……?"

미아의 부름을 받아 식당에 온 안느는 테이블 위에 놓인 것을 보고 고개를 갸웃거렸다.

의자에 떡하니 앉아있는 미아. 그 눈앞의 테이블에는 조금 커다란 빵이 놓여 있었다. 노릇노릇하게 아주 잘 구워진 빵. 향긋한 냄새가 식욕을 제대로 돋우는, 참으로 맛있어 보이는 빵이었다.

하지만 그 빵은 평범한 빵이 아니었다. 어떠한 모양을 하고 있었다.

그건…….

"후후후……. 잘 물어봤어요. 이건 늑대 빵이랍니다. 주방장에게 부탁해서 만들어달라고 했죠."

미아는 득의양양한 얼굴로 말하고는 우쭐우쭐 가슴을 폈다.

"제가 문득 생각났거든요. 지난번에는 적의 마수에서 잘 도망칠 수 있었죠. 하지만 언제 또 비슷한 일을 겪을지 모르는 일. 또 그렇게 늑대가 공격하는 일이 있을지도 몰라요."

미아는 지극히 진지한 얼굴로 눈앞에 있는 늑대 얼굴 모양의 빵을 노려보았다.

"그렇기 때문에 마음가짐이 중요한 겁니다. 늑대들과 대치한다고 해도 이렇게, 사전에 먹어버린다면 별것 아니잖아요? 또 먹어버리겠다는 마음가짐을 가질 수 있다면 여유도 생기겠죠. 그래서, 그래요. 이건 일종의 예행연습 같은 것이랄까요?"

제법 그럴싸한 소리를 늘어놓는 미아였다.

참고로 그 늑대 빵은…… 눈 부분에는 건포도를 박고, 털의 질감을 내기 위해 설탕을 뿌려놓았다.

참으로 달콤하고 맛있는 빵이다.

평소였다면 미아가 그냥 달콤한 빵을 먹고 싶었던 것뿐이 아니냐는 의혹이 순간 고개를 쳐들 법도 하지만…….

"그렇군요. 그런 마음가짐이 중요하군요."

안느는 참으로 감탄한 듯 고개를 끄덕였다!

미아의 꿍꿍이를 알아차린 기색은…… 없다!

"어떤가요? 안느도 같이 먹는 건…….."

맛있어 보이는 빵을 앞에 두고 미아는 기분 좋게 말했다.

"뭐, 그런 일에는 최대한 휘말리지 않도록 노력할 생각이지만요…….."

"아뇨! 먹겠습니다! 아무리 위험한 때라도 미아 님 곁에 있고 싶으니까요."

뭐 이렇게…… 달달한 늑대 빵을 앞에 두고서 충성심으로 후끈후끈한 대화를 주고받았다.

이것이야말로 미아식 공포 극복 방법이다.

또다시 장소를 바꿔서 선트랜드 왕국. 왕도, 솔 살리엔테.

왕성 앞에는 많은 가신단이 줄을 지어 서서 제1왕자 시온의 귀국을 기다리고 있었다.

지략과 무용을 겸비한 미모의 젊은 왕자는 백성들의 자랑. 그런 왕자를 마중할 수 있는 것은 가신단에게도 더없는 영광이었다.

그런 많은 가신 사이에 한 명의 어린 소년이 있었다. 시온과 마찬가지로 반짝반짝한 백은색 머리카락을 지녔으며 시온보다는 조금 더 어린 소년…… 그는…….

"형님, 건강하실까……."

에샤르 솔 선크랜드. 선크랜드 왕국의 제2왕자, 즉 시온의 남동생이다. 조마조마 기다리기를 잠시, 이윽고 그 앞에 경애하는 형과 그 종자의 모습이 나타났다.

"형님……. 무사히 귀환하신 것을 진심으로 기쁘게 여깁니다."

"그래. 에샤르. 건강해 보여 다행이구나."

오랜만에 재회한 형, 시온은 부드러운 미소를 지으며 에샤르에게 말을 걸었다.

"잘 지냈어? 아바마마나 어마마마께도 별일은 없고?"

"네. 아바마마도 어마마마도 형님의 귀국을 손꼽아 기다리셨습니다. 자, 가시죠. 키스우드도."

조심스러운 미소를 지은 에샤르는 두 사람을 이끌듯이 앞장서서 성 안으로 향했다.

"그런데 형님. 티어문 제국은 어땠습니까?"

"아…… 그래. 우선 문제는 해결했다고 봐도 되겠지."

"그렇습니까. 역시 형님이세요. 제국의 문제를 해결하시다니……."

에샤르는 감탄했지만, 시온이 고개를 저었다.

"아니, 사실 나는 거의 아무것도 하지 않았어. 전부 제국의 황녀인 미아 황녀의 공적이라고 말해도 과언이 아니야. 그녀는 정말 대단해."

그 말을 들은 에샤르는 조금 장난치는 듯한 표정을 지으며 물었다.

"혹시 형님, 그 황녀님께 사랑에 빠지셨습니까?"

"사랑……? 사랑이라……. 글쎄."

그렇게 대답하는 시온을 에샤르가 놀란 눈으로 쳐다보았다.

"뭐야. 의외인가?"

"네. 형님께선 바로 부정하실 줄 알았습니다."

"그래. 불필요한 의혹은 나라를 혼란케 하고, 백성을 괴롭게 만들기도 하지. 본래대로라면 당장에라도 부정해야 할 테지만, 사랑이라……. 확실히 그녀와 맺어지게 된다면 선크랜드의 백성에게도 유익할 거야."

시온의 말에 에샤르는 고개를 갸웃거렸다.

"그렇게 대단한 분이십니까? 그 미아 황녀님은."

"그래. 훌륭한 지도자지. 지혜도 뛰어나지만, 그녀는 타인의 마음에 울리는 말을 지니고 있어. 선견지명도 있고. 본받아야 할 부분이 너무 많을 정도다."

그러더니 시온은 조금 아련한 눈빛이 되었다.

"분명 지금쯤 다른 공작가와 회담이라도 하고 있지 않을까."

미아가 예언한 대로 대기근이 왔다면, 국내 귀족의 협력은 꼭 필요해진다.

그러기 위해 대귀족들에게 미리 손을 써 두는 건 상식이라 할 수 있었다.

"열심히 하고 있겠지."

시온은 피식 미소 지었다.

한편 그 무렵, 미아는 뭘 하고 있냐면……

"흐음, 가죠……."

진지한 표정이 된 미아는 제국 사대공작가의 한 축, 그린문가의 영지를 찾아와 있었다. 영도에 있는 그린문 저택의 문을 지나가니 그곳에는 그린문가의 영애, 에메랄다가 기다리고 있었다.

"미아 님……. 잘 와 주셨습니다."

기뻐하며 쪼르르 다가오는 에메랄다.

그렇다. 미아는…… 오늘 그것을 실행할 생각이었다……. 파자마 파티 in 에메랄다 저택 계획을!

지난번 월광회에서 과거의 응어리를 완전히 버린 미아는 옛 우정을 돈독하게 다지기 위해 에메랄다의 저택으로 놀러 가기로 계획했다.

"생각해 보면 에메랄다 양의 집에 오는 것도 오랜만이죠."

이전 시간축에서는 몇 번 온 적이 있었으나, 이번 시간축에서는 처음이었다.

"조금 반갑네요……."

주위를 두리번두리번 둘러보며 미아는 뭐라 말할 수 없는 표정으로 중얼거렸다.

그린문가의 저택은 배를 타고 건너온 진귀한 물품을 많이 소장하고 있다. 또 외국의 지식을 수집하는 게 얼마나 소중한지 아는 그린문가는 학문에 조예가 깊었고, 그러한 관계로 책 수집에도 힘을 쏟고 있었다.

그 장서량은 국내에서도 손에 꼽힐 정도이며, 흥미가 있는 자가 보기에는 천국과도 같은 장소이지만…… 그 집의 영애인 에메랄다는 해당되지 않았다. 따라서 미아의 독서 친구가 되는 일은 없었다. ……지금까지는. 하지만.

"미아 님. 이거, 이 책, 정말 굉장했어요."

미아와 대화할 화제의 폭을 넓히기로 굳게 결심한 에메랄다는 열심히 책을 읽었다. 그 결과, 훌륭하게 빠져버렸다!

닥치는 대로 책을 읽게 된 에메랄다는 나중에 미아의 전속 작가인 에리스의 열렬한 팬이 되기도 하지만, 그건 여기서는 생략하기로 한다.

방에 도착할 때까지 기다리지 못한 건지, 복도를 걸으면서 한 권의 책을 내미는 에메랄다. 그걸 본 미아는 '호오……' 하며 신음을 한 번 흘렸다.

"그렇군요. 에메랄다 양은 예상대로 연애에 관한 이야기를 좋아하는군요……."

그건 최근 항간에 유통되기 시작한 연애소설이었다.

"참으로 에메랄다 양답네요."

무심코 수긍해버린 미아였지만, 독서 친구가 늘어나는 건 그녀에게도 대환영이었다. 특히 에메랄다는 미아의 비위를 맞추기 위해 자신의 감상을 굽히는 사람이 아니다.

독서 친구로서 참 적합한 인재라 할 수 있다.

자연스럽게 두 사람의 대화는 열기를 띠었고, 그날 밤 침대 위에서도 이어졌다.

두 개 나란히 놓인 침대, 그 가장자리에 걸터앉은 두 사람은 떠들썩한 대화에 빠져 있었다.

이윽고 밤도 깊어졌을 무렵, 이야기의 주제는 연애소설에서 실제 연애로 넘어갔다.

"역시 왕자님이 좋죠."

은은한 램프의 불빛이 이상한 분위기를 조성한 건지, 에메랄다는 쿡쿡 웃으며 말했다.

"아아, 어느 나라에 제 취향의 미남 왕자님이 안 계실까요."

"어머, 세인트 노엘 학원에는 핏줄도 미모도 적절히 좋은 분이 많이 있지 않나요……? 아, 말하지 않아도 알고 있을 테지만 아벨은 안 되니까요? 가로채려고 하면 용서하지 않을 거예요. 후후후."

뭐가 웃긴 건지는 알 수 없었지만, 미아도 작게 웃음을 흘렸다.

어딘가 간지러운 것 같으면서도 달콤한 것 같기도 하고 조금 부끄러운 비밀 이야기를 하는 듯한…… 그런 보들보들한 분위기. 그건 먼 옛날, 에메랄다와 아무런 응어리도 없었던 시절을 떠오르게 했다.

지금 이 순간을 맞을 수 있게 된 게 어쩐지 무척이나 기쁜 미아였다. 그래서일까……?

"미아 님. 어쩐지 무척 행복해 보이시네요?"

에메랄다의 그 질문을 들었을 때, 조금 우쭐해지고 말았다!

"우후후, 네. 아주 행복합니다. 아, 그래요. 이렇게 된 거, 제가 에메랄다 양에게 왕자님과 좋은 관계를 먼저 맺은 선배로서 조언을 드릴게요."

"조언……? 그건 무척 감사한 말씀인데요……."

꿀꺽 침을 삼키며 진지한 표정이 되는 에메랄다. 등을 곧게 세우고는 미아의 얼굴을 똑바로 바라보았다.

그런 자세에 기분이 좋아진 미아는 당당하게 가슴을 폈다.

"잘 들으세요. 에메랄다 양……. 언젠가 얼굴도 성격도 좋고 든든한 왕자님이 데리러 와 준다…… 는 건 소설 속에서만 있는 이야기랍니다."

미아는 마치 설득하듯이…… 혹은 연애를 속속들이 잘 아는 현자와도 같은 어조로 말했다.

"특히 무도회. 운명의 사람이 데리러 와 줄 테니까…… 같은 안이한 꿈에 젖어서 남성의 권유를 전부 거절했다간 피눈물을 흘리게 됩니다."

과거의 경험을 떠올리며 진지하게 충고하는 미아…… 였으나…….

"후후후. 미아 님도 참. 농담만 하시고. 아무리 저라고 해도 그렇게 생각 없는 짓은 안 한답니다."

에메랄다는 웃었다. 가벼운 쓴웃음이었다. 마치 웃기지 않은 농담을 들은 사람이 짓는, 사교용과 같은 미소였다.

그 얼굴을 보고 미아는 '으윽' 하고 신음을 흘렸다.

그렇다. 에메랄다는 이래 보여도 외교에 강한 그린문가의 영애다. 그런 외교계의 엘리트는 파티에서 외톨이가 된 경험이 없다. 단 한 번도…… 없다!

그렇기에 미아가 파티에서 외톨이가 된다는 상황을 상상할 수 없었다…….

"미아 님도 참. 그런 이상한 분이 계실 리가 없죠. 농담도 너무 심하세요."

"……그, 그렇죠. 우후후, 저, 저도 조금 농담이 지나쳤네요. 그런 사람이 있을 리가 없는데 말이에요. 흐아암, 어쩐지 졸리네요."

살짝 눈물이 맺힌 미아였지만…… 크게 하품해서 얼버무렸다.

이렇게 시온의 예상대로, 사대공작가의 저택에서 밤새 사교계에서 활용하는 대인관계 기술에 대해 이야기를 나누는 미아였다.

자 그럼, 선크랜드로 귀국한 시온은 오랜만에 가족이 모여 하는 식사를 즐기고 있었다.

티어문 제국의 황제만큼은 아니어도 선크랜드 국왕도 가족과의 식사를 중요히 여기는 사람이었다.

그것은 훗날 나라를 짊어질 왕자들과의 대화를 소중히 여기기 때문이었다.

"그나저나 시온, 무사히 돌아와서 다행이구나."

"또 위험한 일을 했던 건 아니니?"

온화하게 웃는 왕과는 대조적으로, 시온의 어머니인 왕비는 걱정하며 눈썹을 찌푸렸다. 자신의 아들이 때때로 무모한 짓을 벌이는 성격이라는 걸 잘 알고 있기 때문이다.

"물론입니다. 그렇게까지 위험한 일도 아니었습니다. ……그렇지? 키스우드."

왕가의 식탁에 동반하는 특권을 지닌 키스우드였지만……, 비교적 자주 시온의 억지 주장을 수습해야만 했기 때문에 마음이 편할 새가 없었다.

자칫 먹던 것을 뿜어버릴 뻔한 그는 당황해서 콜록콜록 기침을 한 뒤 대답했다.

"네, 넵. 음, 그렇죠. 그렇게까지 위험하지는 않았다고 할까⋯⋯. 영애들도 함께 있었으니까요⋯⋯. 그 정도로는⋯⋯."

그 정도⋯⋯. 뭐, 렘노 왕국에서 일어난 혁명미수 사건에 휘말렸을 때도 그리 위험하진 않았다고 보고했었으니까? ⋯⋯그때와 비교하면 이번에도 대충?

──아니, 그건 아무리 그래도 무리수지. 그때와 비교하면이고 뭐고 둘 다 왕자가 경험해볼 법한 위기가 아니라고⋯⋯.

스스로를 설득하려다가 성대하게 실패해버린 키스우드였다.

두 번의 위기 모두 호위도 대동하지 않고 홀랑홀랑 가버린 미아를 기본으로 생각하기 때문에 이상해지는 것이다. 속으면 안 된다.

키스우드는 자신의 판단기준을 리셋하고 마음을 다잡았다.

그런 그를 뒤로 대화가 계속 진행되었다.

"영애라고 하니 말인데, 어떻더냐. 네가 마음을 사로잡힌 티어문 제국의 황녀는 여전히 재미있는 일을 하더냐?"

"네. 무척이나. 들려드릴 이야기가 무척 많습니다만⋯⋯. 아바마마마저 놀리지는 말아주세요. 딱히 마음을 사로잡혔다거나 한 건 아닙니다."

시온은 쓴웃음을 지으며 고개를 저었다.

"애초에 아바마마 역시 본인을 보면 마음에 드실 겁니다. 그녀의 행동은 순수하게 흥미로울 테니까요."

그러더니 시온은 이야기하기 시작했다.

미아가 한 일에 대하여…….

승마대회에서 멋지게 말을 다룬다 싶더니, 섬에서 자라는 위험한 버섯을 발견한 일.

황야에서 늑대를 거느린 암살자와 대치한 일…… 은 혼날 것 같아서 적당히 생략하고. 이야기는 탄신제로 넘어왔다.

"뭐라……? 자신의 탄신제를 구실로 귀족들에게 백성을 위한 식량을 뿌리게 하다니……."

"미아 황녀의 종자인 루드비히 경에게 들은 이야기로는, 매년 상당한 식량을 낭비하고 있었다고 합니다. 그걸 참을 수 없었기 때문이라 들었습니다."

"확실히. 아직도 대귀족은 낭비로써 그 힘을 보여주는 것이라는 허튼 생각을 하는 자는 우리나라에도 있지. 그러한 귀족의 심리를 정면으로 부정하는 것이 아니라, 낭비하게 되는 식량을 민중에게 나눠준다고……. 그런 부류의 귀족은 민초에게 나눠주는 행위 자체를 낭비라고 생각하니, 낭비임은 변하지 않는다…… 고 수긍하게 되겠군."

그렇게 중얼거린 뒤로 왕은 침묵했다.

생각에 잠긴 얼굴로 팔짱을 끼나 싶더니, 곧바로 항복이라는 양 어깨를 으쓱했다.

"그래. 시온의 말대로 흥미로운 인물 같구나. 하지만 어린 황녀에게 그만한 권한을 주다니, 티어문의 황제도 제법 대단한 인물인 모양이야. 나이나 성별에 구애받지 않고 그저 그 능력만 평가하는 건 상당히 어려울 터. 주위 귀족들의 체면도 있을 텐데, 나라를 위해 필요한 것을 행하는 사심 없는 인물이란 건가."

"그렇겠죠. 만나 뵈었을 때의 인상은…… 눈매도 날카롭고, 저희의 힘을 가늠하는 듯한……, 그런 분위기였습니다."

시온은 미아의 아버지를 만났을 때를 떠올렸다. 몸을 보는 한 검술을 단련한 적은 없어 보였으나, 그 눈빛은 마치 전장에 임하는 자와 같이 날카로웠다.

……그 인상이 강하기 때문일까. 시온 안에서 황제의 등 뒤에 우뚝 서 있던 미아의 얼음 동상의 존재는 없었던 것으로 지워졌다.

무언가 커다란 게 있었던 것 같긴 한데, 뭐 신경 쓸 필요는 없겠지…… 하는 느낌이다.

"그래, 그럴 게다……. 사람이 지닌 힘을 간파하고, 힘이 있다는 걸 알고 나면 사사로운 감정은 배제하고 최선의 결단을 내리게 된다. 좋은 통치자와 만난 일은 네게도 좋은 영향이 되었겠지."

시온이 고개를 끄덕이는 것을 본 뒤 왕은 흡족하게 미소 지었다.

"어쨌거나, 티어문과 선크랜드는 둘 다 대국이다. 검을 나누면 필연적으로 많은 피가 흐르겠지. 우호적으로 교류할 수 있다면 그게 백성의 안녕으로 이어진다. 황제와는 언젠가 얼굴을 보고 직접 대화를 나눠보고 싶구나……."

"네……. 언젠가, 반드시."

시온은 고개를 깊이 끄덕이며 말했다.

한편, 해가 바뀌고 며칠이 지난 티어문 제국의 황성 내 '백월궁전'.

좋은 통치자라는 평가를 받은 마티아스 황제와 그 딸, 미아 또한 여유로운 저녁식사를 하고 있었다.

눈이 많이 내리는 이 시기는 공무도 비교적 적은 편이고……, 그렇기에 최근에는 매일 아버지와 함께 식사를 하게 된 미아였다.

"아아……. 정말 주방장의 요리는 최고예요. 세인트 노엘에도 이 정도로 뛰어난 요리를 만들 수 있는 사람은 없더군요. 제국에서 벗어나기 싫어진다니까요."

뺨에 손을 올리고 그런 소리를 종알거리는 미아. 그걸 들은 황제는…….

"오오, 그러냐. 좋아, 주방장을 불러라. 미아를 제국에 머무르게 하기 위해서라면 최고의 훈장을 수여하는 것도 검토……."

"아뇨, 아바마마. 포상은 내려주고 싶지만 너무 과합니다……. 조금 더 간단한 것을……."

최고위 포상이라면 오늘 일을 그만둬도 먹고살기 곤란하지 않은 수준이 된다.

미아도 당연히 주방장이 잘 되길 바라고는 있으나…… 만약 포상을 받는 바람에 주방장이 일을 그만두기라도 했다간 커다란 문제가 된다.

여기서는 마이 퍼스트를 밀어붙이는 미아였다.

"그러고 보면 미아……. 세인트 노엘로 출발하는 건 닷새 뒤였던가?"

"네, 맞습니다. 우후후, 친구들을 만나는 게 기대되네요."

다들 지금쯤 뭘 하고 있을까? 쉬는 시간을 어떻게 보냈을까? 오랫동안 만나지 못한 클로에나 라피나는 잘 지내고 있을까……?

그런 생각을 하는 자신을 알아차린 미아는 무심코 생각했다.

이전 시간축에서는 이렇게 될 줄은 상상도 못 했다……. 변하려면 변한다고, 감개무량해지는 바람에 자칫 아버지의 말을 놓칠 뻔했다.

"……출발이 너무 이른 것 아니냐? 조금 더 제국에 머무르는 게……."

무지무지 진지한 얼굴로 그런 소리를 꺼냈다!

"아바마마……. 또 그런 제멋대로인 말씀을……."

조금 기가 막혀서 흘겨보듯 시선을 던지자…….

"아니, 딱히 나만을 위해 하는 말이 아니란다."

아버지는 몹시 진지한 얼굴로 말하더니…….

"다만……. 역시 네가 있는 게 백성들도 기뻐하고…… 물론 나도 기쁘단다. 그러니 나는, 모두의 행복을 생각해서 하는 말이지 결코 나만을 위한 말을 하는 게……."

"아바마마……."

미아는 재차 말없이 아버지를 빤히 쳐다봤다.

그 강렬한 시선에 패배한 건지, 아버지는 크게 한숨을 쉬었다.

"끄으응……. 이렇게 부당할 수가……. 귀여운 외동딸을 왜 외국에 보내야만 하는 것이냐……. 악독한 세인트 노엘 학원, 악독한 베이르가 놈들……."

"……그런 말씀을 하시면 전쟁이 일어날 겁니다. 자신의 입장을 제대로 파악해주세요."

아버지를 타이른 뒤, 미아는 고개를 절레절레 내저었다.

──역시 이 나라엔 제가 없으면 안 되나 보군요. 피곤해요…….

이리하여 겨울은 끝나고 다시 봄이 찾아온다.

그 너머에 기다리고 있는 운명을, 미아는 아직 몰랐다.

Tearmoon Teikoku Monogatari 7~Dantoudai kara hazimaru hime no gyakuten
story~
by Nozomu Mochitsuki

Copyright © 2021 by Nozomu Mochitsuki
Original Japanese edition published by TO Books, Inc.
Korean translation rights arranged with TO Books, Inc.
Korean translation rights © 2021 by Somy Media, Inc.

티어문 제국 이야기 7

초판한정 쇼트스토리~단두대에서 시작하는 황녀님의 전생 역전 스토리~

2021년 12월 14일 1판 1쇄 발행

저   자 모치츠키 노조무
일 러 스 트 Gilse
옮 긴 이 현노을
발 행 인 유재옥
본 부 장 조병권
담당편집 정영길
편 집 1 팀 이준환 김혜연 박소연
편 집 2 팀 정영길 조찬희 박치우 조현진
편 집 3 팀 오준영 곽혜민 이해빈
미   술 김보라 서정원
라이츠담당 한주원 이다정 이승희
디 지 털 박상섭 이성호 최서윤 김지연
발 행 처 ㈜소미미디어
인쇄제작처 코리아피앤피
등   록 제2015-000008호
주   소 서울 마포구 토정로 222, 403호(신수동, 한국출판콘텐츠센터)
판   매 ㈜소미미디어
마 케 팅 한민지 최정연 박종욱
물   류 허석용
전   화 편집부 (070)4164-3962, 3963 기획실 (02)567-3388
             판매 및 마케팅 (070)4165-6888, Fax (02)322-7665

ISBN 979-11-384-0483-9 04830
ISBN 979-11-6507-670-2 (세트)